Virginia Henley | Fronteras de pasión

byblos

Título original: *The Border Hostage*

Traducción: Juan Soler

1.ª edición: enero 2004

© 2001 by Virginia Henley
© Ediciones B, S.A., 2004
   Bailén, 84 - 08009 Barcelona (España)
   www.edicionesb.com

Diseño de colección: Ignacio Ballesteros

Printed in Spain
ISBN: 84-666-1631-4
Depósito legal: B. 616-2004

Impreso por LITOGRAFÍA ROSÉS

VIRGINIA HENLEY | Fronteras de pasión

Castillo de Eskdale, frontera de Escocia, mayo de 1514

«¡Quedé prendado de ti desde el primer día!», exclamó Heath Kennedy en voz baja. Oculto tras una alta pared de piedra, su silueta espigada y oscura observaba a la bella hembra, envuelta en las cada vez más renegridas sombras del crepúsculo. Cuando levantaba la cabeza con orgullo, su garbo quedaba realzado por el porte regio. Su belleza era misteriosa; su piel, lisa como el satén. No sólo tenía el rostro primoroso; también el cuerpo rayaba en la perfección. Sus esbeltas piernas eran las más largas que él había visto jamás. Cuando volvió la cabeza y miró hacia él, Heath se preguntó si ella notaba una presencia masculina.

Sabía que, tan pronto reparara en lo que iba a suceder, ella se defendería. Pero no le serviría de nada; había planeado el encuentro durante una semana, observándola atentamente, siguiéndola, acechándola cuando acudía a sus lugares predilectos. En el crepúsculo siempre paseaba junto al río Esk, entreteniéndose pensativamente hasta que aparecía la luna. Ese prado era el sitio ideal; altos muros de piedra por tres lados, y por el otro el río, imposibilitaban la huida.

Heath cruzó la verja despacio y la cerró silenciosamente tras él. Ella lo vio al instante, pero su presencia le resultaba familiar y no albergó desconfianza. Cuando el hombre se acercó a medio galope, ella echó la cabeza atrás en un gesto juguetón y seductor a la vez. Lo miró atentamente apearse del semental.

«Hoy es nuestra noche, sublime criatura mía.» Su blanca dentadura destellaba en la cara morena y sombría.

En el instante en que él bajó del caballo, la hembra supo qué ocurriría a continuación y trató de escapar. Su perseguidor fue tras ella, acortando poco a poco la distancia entre ambos. Presa del terror, la yegua se echó a temblar de manera incontrolada. Demasiado tarde: él la había acorralado. Entonces relinchó de pánico.

Heath lamentó por un momento que ella sintiera miedo y angustia, pero reprimió ese sentimiento. El fin justificaba los medios. El macho debe dominar, la hembra ha de someterse; era la ley de la naturaleza. Arrinconada y temblorosa, aún estaba dispuesta a luchar. En el instante en que él se abalanzó sobre su presa, ella le mordió con furia.

Enloquecido por su instinto copulador, el oscuro semental alzó sus poderosas patas delanteras, hincó los dientes en el cuello de satén de la yegua y la montó a viva fuerza. La esbelta bereber cedió al dominio y su relincho se moduló hasta convertirse en un débil gemido salvaje. Se estremeció mientras el macho dominante la penetraba hasta lo más hondo, embistiéndola con un ritmo furioso que daba rienda suelta a su violenta energía sexual.

El negro semental la tomó brutalmente por el cuello y se hundió con fuerza en su ardoroso celo. Por último, brotó un grito desgarrado de su garganta mientras su cuerpo se ponía tenso y liberaba su simiente. El viscoso semen irrumpió en la fecunda yegua como lava al rojo vivo, y ella se apretó a él con dolor, asegurándose de que no se perdía ninguna gota.

El semental, reluciente de sudor, soltó a la yegua y casi dobló las rodillas, agotado. La hembra bereber, sin embargo, había cobrado nuevo aliento. Se restregó juguetona contra él, frotándole con la nariz. Permanecieron juntos, con sus cuerpos pegados. Ella piafó seductoramente mientras él agitaba sus crines entre jadeos.

Había sido un apareamiento magnífico. Heath se sintió momentáneamente atemorizado por aquella belleza primitiva. Se acercó despacio a la yegua y la tocó con suavidad. Sus cálidos ojos castaños mostraban inequívocamente el profundo afecto que sentía por ese caballo. «Con suavidad, belleza mía. Le has dado quince y raya. Ha acabado tambaleándose. Si no ha salido bien, puede volver a intentarlo, pero te aseguro que ha cumplido a la primera.»

Un mes antes, cuando Heath Kennedy y Ramsay Douglas cabalgaban hacia el norte, hacia los montes Grampianos, para llevar de vuelta los caballos salvajes, no domados, a los que habían dejado libres en los bosques para que pudieran resistir un tiempo riguroso y frío, Heath vio por primera vez el semental negro. Supo enseguida que aquel animal sería capaz de engendrar una magnífica progenie, sobre todo con las hembras adecuadas. Ram rió y le dijo que podía quedarse con el caballo si era capaz de capturarlo. No fue fácil, pero cuando los dos hombres partieron con la manada, el joven semental tenía un nuevo dueño, quien le puso el nombre de *Blackadder*.

Heath trabajó con él y el resto de caballos salvajes desde la mañana a la noche, día tras día, hasta que sus esfuerzos comenzaron a dar resultado. Estaba domando caballos robustos para los hombres de Douglas, que tenían que vigilar las salvajes, accidentadas y desnudas tierras aluviales y las marismas de la frontera entre Escocia e Inglaterra. Los caballos de los hombres de la frontera tenían que tener fuerza, resistencia y mantener el aliento; si no, no servían.

Heath Kennedy estiró un brazo por encima de la cabeza mientras yacía desnudo en la ancha cama. El dolor en sus músculos era placentero, pues derivaba de un esfuerzo que le encantaba. Los caballos eran su pasión; toda su vida los había comprado, vendido, había comerciado con ellos y también robado alguno, sí, pero nunca había podido criarlos porque no poseía tierras. Ese año por fin haría realidad su sueño gracias a su poderoso cuñado, lord Ramsay Douglas. Heath había ayudado a Ram a huir de la Torre de Londres, donde el rey inglés Enrique Tudor lo había encerrado para colgarlo; y como muestra de gratitud, Ram le ofreció el usufructo de las extensas tierras de los Douglas para empezar su labor. Con arduo esfuerzo y habilidad comercial, Heath había logrado ya una docena de buenas yeguas de cría, y con algo de suerte su nuevo semental doblaría el tamaño de su cabaña en el plazo de un año.

La sonrisa de Heath brillaba en la oscuridad mientras distraídamente se daba masaje en el muslo, en el duro músculo del cuarto trasero. Su polla se excitaba ligeramente ante el recuerdo estimulante del apareamiento, pero se obligó a relajarse y pronto estuvo tranquila en su nido de gruesos rizos negros. Anhelaba ver el potro que la hermosa yegua bereber, *Índigo*, de su hermana Valentina, pariría. Por fin, quizás el destino había decidido de súbito serle favorable. Estigmatizar a Heath Kennedy con la siniestra marca de la condición de bastardo no había sido suficiente para esa perversa mujerzuela del destino. Con cruel placer, también le había concedido sangre gitana, condenándole por partida doble desde el día de su nacimiento. No obstante, Heath Kennedy se había reído en la cara de esa mujerzuela y había hecho un corte de manga al mundo. Su porte orgulloso había engañado a todos haciéndoles creer que, en vez de una maldición, había recibido una bendición.

Sintió una repentina premonición de peligro. Se esforzó por respirar hondo, despacio, apuntando al centro de la amenaza. Heath era capaz de leer la mente con facilidad y percibir todo mal presagio. Tenía más poder físico y psíquico que los hombres corrientes. Valentina... Su hermana Tina era el único ser al que amaba en el mundo, y de pronto sintió que el miedo de ella lo aplastaba como una ola gigantesca.

Brincó de la cama, se puso rápidamente unos pantalones de piel de becerro y se calzó sus botas, flexibles y hasta el muslo, que ocultaban una afilada daga. Con el sigilo y la velocidad de un depredador, guiado sólo por el instinto, Heath anduvo con paso majestuoso por los aposentos del castillo hasta llegar a la Torre Maestra. Cuando oyó el aterrador grito de Tina, empezó a subir los escalones de piedra de tres en tres.

Se detuvo ante la puerta del dormitorio lo suficiente para oír una pregunta masculina: «¿Dónde está Black Ram Douglas?» Dio un violento puntapié a la puerta, que se abrió estrellándose contra la pared, y vio a su hermosa hermana con las manos de un intruso alrededor de su garganta. Heath sólo tardó tres segundos en sacar la daga de la bota, partir el espinazo de aquel hombre y atravesarle el corazón. La voluminosa bestia soltó una especie de gorgoteo, y un espumarajo de sangre salpicó el blanco camisón de Tina.

—¿Estás bien, cariño? —A Heath se le había hecho un nudo en el estómago, por su hermana y por el hijo que ésta llevaba en su seno. Sintió un hormigueo en la nuca ante la idea de lo que Ram le habría hecho a él si no hubiera protegido a su mujer y su futuro hijo, al que Douglas ya amaba más que a nada en el mundo.

—Mordiste el anzuelo, muchacho, ¡te hemos pillado!

Heath se volvió hacia la puerta y vio a seis fornidos hombres de Douglas avanzando hacia la espaciosa sala de la torre.

—¡No es lord Douglas! —gritó Tina con desespero.

—¡Embustera! —El jefe, de pecho grande y redondeado, revelaba unos dientes picados y ennegrecidos y una mirada repugnante e impúdica—. Nadie salvo el cabrón de Black Ram Douglas se atrevería a entrar en vuestro dormitorio... Sería su sentencia de muerte.

—¡Es mi hermano Heath Kennedy! —gritó ella.

—¡Mientes! —El fornido hombre de la frontera se estaba divirtiendo—. Todos los zopencos de los Kennedy tienen el cabello rojo llameante, como tú misma, muchacha.

—¡Cállate, Tina! —ordenó Heath antes de que el irreprimible carácter de su hermana explotara. Si ellos creían que tenían a Ramsay Douglas, se lo llevarían y quizá dejarían a Tina tranquila. El parecido entre Heath y Ram era acusado; no era la primera vez que los confundían.

—¡Vaya, el chico está enamorado, santo Dios! Dispuesto a sacrificarse por una maldita mujer. —El hombre meneó incrédulo su desgreñada cabeza—. Lleváoslo —ordenó.

Dos musculosos hombres con puños como jamones asieron a Heath Kennedy y lo arrastraron fuera de la estancia. Heath se maldijo por ser un estúpido impetuoso.

Si hubiera estado en posesión de su espada habría podido enfrentarse a los seis.

—Voy a por la espada —dijo un tercero ansiosamente.

—Traerás algo más que la espada de ese idiota; trae también el cadáver. No podemos dejar atrás a nadie de nuestro clan, estúpido patán. Ello nos delataría, ¿comprendes?

La mente de Heath destelló como el mercurio mientras trataba de identificar a los intrusos y sus intenciones. Sus rasgos duros y marcados, su semblante oscuro y su complexión fornida les señalaban como hombres de la frontera. Lo más probable es que fueran ingleses sin dinero, pues sus músculos eran sus únicas armas. El secuestro de lord Ramsey Douglas les proporcionaría un buen rescate, pero tenían que ser muy torpes y de muy pocas luces para arriesgarse a que Douglas descargara su poderosa ira sobre todo el clan.

Uno de los asaltantes se echó el cadáver a la espalda mientras los otros cinco obligaban al atenazado Kennedy a bajar las escaleras del castillo. Heath no opuso resistencia; quería alejarlos de Tina y decidió no malgastar fuerza ni coraje. Sentía una aguda curiosidad por saber qué había tras ese secuestro y supuso que pronto se enteraría de la identidad del hombre. Quienquiera que fuera se sentiría muy decepcionado cuando comprobara que no llegaba el dinero esperado. Aunque el padre de Heath era el acaudalado lord de Galloway, Rob Kennedy no pagaría ni un penique de plata para rescatar a su hijo bastardo. Ante lo irónico de la situación, Heath esbozó una sonrisa.

No obstante, el caos fuera del castillo de Eksdale dibujó en su rostro una expresión ceñuda. Los guardias y mozos de cuadra de Douglas cubrían la muralla exterior, sin conocimiento o muertos por los golpes de los intrusos, una docena de los cuales estaba robando los caballos. Todos montaban ponis en mal estado, y sus captores le empujaron hacia uno al que habían puesto un ronzal.

—Átale las manos a la espalda —ordenó el jefe.

—¿Tienes un trozo de cuerda, Mangey?

—La cuerda cuesta dinero —fue la sucinta respuesta.

Heath pensó que el apodo era de lo más atinado; el jefe parecía un auténtico mangante. De pronto, le quitaron la cinta de cuero que recogía su larga cabellera y le ataron fuertemente las muñecas a la espalda. Sólo de pensar que aquellos canallas estaban robando los caballos de Douglas, junto a sus queridas yeguas, alimentó su deseo de castrarlos, y juró que lo haría a la menor ocasión. Se sujetó al poni con las rodillas y se inclinó sobre el cuello del animal. Tras años de montar a pelo había aprendido a mantener el equilibrio y a no caerse. Aunque mayo estaba en sus inicios, la noche fría castigaba su espalda y su pecho desnudos, pero las muchas veces que había dormido a la intemperie lo habían curtido, como a los caballos que llevaba al sur.

Los forajidos se detuvieron en Langholm, donde Eskdale se unía a Ewesdale. Heath Kennedy vio impotente cómo conducían los caballos al este. Sin embargo, sus seis captores y él se dirigieron todos al sur. Mientras apremiaban a sus ponis al cruzar el río Esk, uno de ellos sugirió:

—¿Por qué no lo ahogamos aquí?

—¡Serás mentecato! Hemos de llevarlo al otro lado de la frontera; utilizaremos un río inglés.

«¿Ahogar? ¿Los muy cabrones quieren ahogarme?» Tras sentir un escalofrío que le llegó al tuétano, Heath Kennedy examinó de nuevo a sus captores. Eran de la peor calaña, las heces de la tierra, y una pobreza agobiante les empujaba a cometer acciones malvadas que a nadie en su sano juicio se le ocurrirían. Alguien les pagaba por asesinar a Ramsay Douglas y aparentar que éste había perecido ahogado por accidente. «Desde la fatal derrota del rey Jacobo Estuardo en Flodden, el clan Douglas tiene el poder en Escocia. Así que esas órdenes proceden de Inglaterra», pensó Heath. No obstante, seguía notando una comezón en la nuca.

Heath respiró hondo y dejó que su pensamiento discurriese, invocando a su sexto sentido que casi nunca le fallaba. De los recónditos pliegues de su memoria evocó relatos horribles de un clan escocés tan falto de escrúpulos que sus miembros ahogaban a sus víctimas porque era la forma más económica de matar. Su instinto le dijo que aquéllos eran escoceses pagados por Inglaterra, aunque lo bastante astutos para cometer el espantoso crimen en territorio enemigo, de modo que el dedo acusador nunca los señalaría.

Pese a que la frontera real era invisible, Heath supo en qué momento la cruzaban. Aquella región había sufrido la violencia durante cuatro siglos. Las enemistades hereditarias entre los ingleses y los escoceses duraban desde hacía mucho tiempo; los que habitaban a lo largo de la frontera vivían de saquearse unos a otros. Los robos, las incursiones, el secuestro, el chantaje y la extorsión constituían un estilo de vida. Pero si escoceses mataban a escoceses por dinero inglés, significaba que se había alcanzado el peldaño más bajo de la degradación.

Cuando pasaban junto a una torre de vigilancia, Heath reparó en que el terreno le resultaba familiar, y supo que el primer río inglés que encontrarían sería el Eden. Tenía las manos entumecidas debido al fuerte nudo hecho con su cinta de cuero, y su cuerpo se había vuelto casi insensible por culpa del frío aire nocturno. Cuando se detuvieron y Heath fue desmontado con brusquedad, le soltó una patada en la ingle al hombre que tenía más cerca, y cuando éste se dobló le pegó un rodillazo seco en la barbilla, con lo que el muy patán se arrancó el extremo de la lengua con los dientes.

Dos brutos voluminosos lo derribaron de un empellón, y desde el suelo Heath oyó claramente que el río bajaba impetuoso. La amenaza del agua lo llevó a redoblar sus esfuerzos por liberarse. Hundió la cabeza en el estómago de un atacante, dejándolo sin aliento, pero otro tomó una piedra y se la descargó en el cráneo. El impacto le hizo caer de rodillas, y el dolor le recorrió el espinazo.

—Basta de juegos. Metedlo en el agua. —El jefe estaba perdiendo la paciencia.

Hicieron falta tres hombres para arrastrar a Heath Kennedy hasta el río, y aun así no conseguían hundirlo lo suficiente para ahogarlo.

—¡Ayudadnos, por el amor de Dios! —gritaban quejándose a sus compañeros.

Heath asió a uno con sus férreos muslos y lo arrastró bajo el agua. Acto seguido rodeó con sus piernas la garganta del canalla y lo atenazó con fuerza. Si iban a ahogarlo, juró que se llevaría con él a uno de ellos. Al final tuvieron que ser cuatro los que lo sujetaran mientras el grueso cabecilla le pisaba brutalmente la espalda con el tacón de su bota; a continuación se sentó encima hasta que menguaron las sacudidas. Pero ni siquiera entonces liberó Heath Kennedy al hombre que retenía bajo el agua.

Poco a poco, la fuerza de Heath fue desvaneciéndose en la corriente. Mantuvo la respiración hasta que sintió que los pulmones le iban a estallar. Lentamente, le embargó una sensación de euforia y empezó a revivir sucesos de su infancia. Vio a su hermosa madre gitana, Lily Rose, y la reconoció enseguida, pese a que ella había muerto al nacer él. Aunque era de noche, de súbito se notó envuelto por una brillante luz blanca y tuvo una sensación de júbilo. «Así que esto es la muerte», pensó asombrado. Y luego, nada.

Cuando por fin los hombres de la frontera soltaron a su víctima, el cuerpo subió a la superficie. A su lado surgió otro, y la corriente se llevaba a ambos. Los asesinos chapotearon tras ellos y los arrastraron a la orilla. El jefe desató las muñecas de Heath Kennedy y con la bota le puso el rostro boca arriba. Cabeceó incrédulo.

—Dios santo, decían que Black Ram Douglas era más duro que un mochuelo hervido, y, maldita sea, tenían razón. —Lanzó una mirada siniestra al otro cuerpo ahogado y blasfemó—: Otro hijo de puta que hay que llevar a casa.

Raven Carleton fue al establo en silencio, en la oscuridad previa al alba, si bien las aves de caza notaron de inmediato su presencia y le dieron una estridente bienvenida.

—Vaya lata —murmuró, haciendo lo posible por ignorarlas mientras acariciaba la nariz de su poni *Sully*.

Lo sacó del establo sin ensillar. Tenía un sentimiento de culpa cuando se imaginaba a los halcones moviéndose inquietos en sus perchas, algunos con su pequeño capirote. No obstante, Raven se desprendió de la culpa con determinación sabiendo que, antes que ocuparse de sus aves, debía alejarse de los resentimientos que le habían impedido dormir. Adiestrar aves rapaces exigía paciencia y calma interior, y Raven esperaba que un paseo por la orilla a la salida del sol le devolvería la tranquilidad.

Como para cabalgar prefería ropa cómoda, llevaba una falda dividida rematada por una blusa holgada de su hermano. Tan pronto montó el robusto poni de la frontera, éste salió al trote. *Sully* no necesitaba que lo guiaran mucho para llegar al río Eden, que desembocaba en Solway Firth. Raven nunca se cansaba de cabalgar por la orilla del Solway, que separaba Inglaterra de Escocia y ofrecía espléndidas vistas despejadas del mar y, más lejos, de las montañas purpúreas. Cuando el confinamiento de Rockcliffe Manor y la opresión de sus padres se combinaban hasta hacerla sentir atrapada, una galopada junto a la costa casi siempre satisfacía su necesidad de libertad.

La discusión entre Raven y su madre había partido de la habitual manzana de la discordia. Katherina Carleton opinaba que criar aves de caza era absolutamente impropio de una señorita.

—¡De hecho, raya el escándalo! —le había dicho la noche anterior.

—Entonces ¿qué te gustaría que criara? —replicó desafiante Raven.

—Ésa es precisamente la cuestión; una señorita no debe dedicarse a criar nada de nada.

—En ese caso, ¿cómo te las arreglaste para criar a tres hijos, madre? —inquirió Raven con la inocencia reflejada en sus ojos abiertos de par en par.

—Ya basta, señorita. ¡Lancelot! ¿Qué te parecen las palabras tercas y burlonas de tu hija? Escucha lo que te digo: si persiste en esa conducta extravagante acabará solterona.

—Pero mi hermano Heron cría perros de caza, y tú nunca le pones ningún reparo —señaló Raven.

—Raven, hemos hablado de esto cientos de veces. Si fueras un chico podrías criar lo que quisieras.

«¿Una serie de bastardos?», pensó Raven con malicia.

—Mi sexo no debería tener nada que ver con esto. Si lo hiciera mal entendería tus objeciones, pero lo hago bien.

—En teoría tiene razón, Katherine —puntualizó Lance Carleton.

—Lancelot, ¿por qué me contradices siempre? Raven no debería pasarse todo el tiempo en Rockcliffe Marsh haciendo volar esos espantosos halcones; tendría que perfeccionar sus habilidades sociales y aprender a llevar una casa. ¡Vamos, si parece una criatura salvaje!

Sir Lance Carleton guiñó el ojo a su hija.

—Teóricamente ella tiene razón, Raven. Tu madre quiere que te corte las alas. Cuando vayas a Carlisle y visites a los Dacre, deberás fingir que eres una señorita bien educada, al menos hasta que estés fiablemente prometida en matrimonio.

—¡A Christopher Dacre le gusto como soy! —proclamó Raven.

«No me cabe ninguna duda», pensó Carleton mientras observaba a su hermosa hija de cabello negro.

—No queremos que le gustes, queremos que se case contigo. Ningún caballero quiere a una esposa de lengua mordaz y carácter terco y desafiante. Si no cambias tus maneras y tu actitud, tu hermana Lark logrará un buen matrimonio mucho antes que tú.

—Quiero a Lark; no nos enfrentes una a otra.

—¡Vaya acusación más infame! ¡Vete a tu habitación!

Cuando el alba volvió el cielo de color oro pálido, Raven empezó a animarse. Aspiró el aire salado como si fuera un elixir de vida mientras las pezuñas galopantes de *Sully* se hincaban en el esquisto arenoso a lo largo de la orilla. El resentimiento hacia su madre se fue desvaneciendo y las comisuras de su generosa boca se curvaron. Raven sabía que era obstinada y de carácter fogoso, y reconocía que su madre sólo quería lo mejor para ella. Su madre había sido simplemente Kate Heron hasta que hizo una buena boda y se convirtió en la esposa de sir Lancelot Carleton, el administrador del castillo de Carlisle. Los Heron eran un clan de la frontera inglesa, y había sido todo un milagro que Kate atrapara en las redes del matrimonio a un caballero inglés. Ahora Katherine esperaba que sus dos hijas «emparentaran bien» y elevaran su estatus social, como había hecho ella. Nunca se hartaba de advertir a sus hijas acerca de los hombres de la frontera. «¡Mirad a mi hermano y sus primos, unos patanes groseros e incivilizados! ¡Todos los hombres de la frontera son iguales: sombríos, despóticos, canallas y jactanciosos, y por supuesto un peligro para cualquier mujer que se les cruce en el camino!»

Raven sabía que su madre saltaría de alegría si lograsen concertar un matrimonio con Christopher Dacre, hijo y heredero de lord Thomas Dacre, Vigilante Principal de la Marca Inglesa. Christopher había recibido educación en Londres y había ido al norte hacía menos de un año para luchar con su regimiento en Flodden, donde los salvajes escoceses habían sido sometidos de una vez por todas.

En la cara de Raven apareció su sonrisa secreta. La unión no le desagradaba; además, la semana siguiente estaría en Carlisle como huésped de los Dacre. Alzó la cabeza y se animó al sentir el viento que le batía el pelo sobre los hombros y la falda en torno a las piernas desnudas. Su interior burbujeaba con malicia: ¡seduciría a Chris Dacre en una persecución frenética!

2

Heath Kennedy abrió los ojos y vio que en el cielo las estrellas se desvanecían con el amanecer. «Así que después de todo no estoy muerto —pensó—, ¡sólo a medias!» Permaneció inmóvil, aspirando fuerza y calor de la tierra en su cuerpo musculoso, y se propuso dejar de temblar. La curación por la tierra era una vieja creencia céltica. Separó sus largas y vigorosas piernas y extendió los brazos con las palmas sobre el suelo de tal modo que el cuerpo formaba una estrella de cinco puntas. Cerró los ojos, respiró hondo y trató de fundirse con la energía del mundo. Notó sus pulsaciones y acomodó su respiración al ritmo de la tierra. Poco a poco se convirtió en uno con el suelo en que yacía, sintiendo en su cuerpo el poder de la naturaleza y absorbiendo el latido de la vida.

Heath no sabía cuánto tiempo llevaba allí, sintiendo que recuperaba el pulso poco a poco hasta que incluso pudo oírlo realmente... pero de pronto comprendió que lo que en realidad oía eran cascos de caballos. Abrió los ojos sobresaltado y rodó de costado para ponerse boca abajo.

Heath Kennedy se quedó pasmado cuando vio a una chica cabalgar como el viento por la orilla. Aquella imagen fue un bálsamo para su cuerpo. El hermoso pelo negro de la muchacha ondeaba a su espalda como un orgulloso estandarte; era evidente que se trataba de un espíritu libre y que amaba la naturaleza tanto como él.

Montaba a pelo y parecía no saber, o no importarle, que la falda se le había subido dejando al descubierto sus largas piernas. La tomó por una gitana. Sería imposible olvidar una hembra como aquélla.

Heath se incorporó sobre sus rodillas y a continuación, sin apartar los ojos de la amazona, se puso en pie. Sabía que ella lo había visto, pues de súbito la muchacha echó la cabeza atrás y espoleó su montura hasta alcanzar una velocidad peligrosa. Su poni negro de la frontera era de pie firme y casta resistente, si bien el frenético galope hasta el otro extremo de la playa revelaba un desenfrenado deseo de exhibir sus habilidades de amazona. La chica apenas aminoró su loca carrera cuando hizo girar al animal y se lanzó directamente hacia Heath a galope tendido.

Él, que no tenía intención de apartarse, se plantó con firmeza y se rió de aquella locura.

—¿Dónde está acampado el resto de la caravana? —gritó.

En el último instante, ella refrenó al animal en seco y se deslizó de lomos del poni con un ágil salto.

—¿Qué caravana? —preguntó con tono desafiante.

—Los gitanos. Sois gitana, ¿no?

Raven se quedó boquiabierta. La injuria había contraído los rasgos de su hermoso rostro.

—¿Gitana? —repitió incrédula—. ¡Cerdo ignorante! ¡Jamás me habían ofendido así! ¿Cómo os atrevéis a insultarme? —Raven estaba pasmada de que aquel moreno hombre de la frontera la hubiera confundido con alguien de la chusma de los gitanos. Su mirada de desdén recorrió el pecho y los hombros desnudos de Heath, sus músculos firmes y sus gruesos tendones. El tipo seguramente buscaba un revolcón rápido—. ¡Soy una dama! Mi padre es sir Lancelot Carleton. ¡Poseemos Rockcliffe Marsh, donde vos, quienquiera que seáis, habéis entrado ilegalmente!

Ahora que Heath la tenía cerca pudo comprobar que no era gitana. Su piel no era oscura sino más bien rosácea, y sus ojos eran de un sobrecogedor azul lavanda. También veía su aura, que era una sombra de lavanda a juego con su cabello negro. «Una dama inglesa.» Le hizo una reverencia burlona, que acompañó con una mueca para sus adentros por la aflicción que ello le causaba.

—Qué lástima.

Raven alzó la barbilla y no pudo contenerse.

—¿Por qué? —inquirió con hostilidad.

—Las muchachas gitanas tienen fuego en la sangre... las inglesas, hielo.

La joven puso los brazos en jarras.

—Ahora sé lo que sois: ¡un insolente habitante de la frontera y, además, seguramente escocés! —Raven se asombró de su propia temeridad. Un halo de peligro rodeó al hombre, que desprendía una actitud amenazante.

Sin embargo, aquellas palabras no le ofendieron, más bien le halagaron. Heath Kennedy era, en efecto, antes que nada escocés y hombre de la frontera. Cuando Raven lo miró como si fuera escoria, sonrió para sí, preguntándose qué pensaría la chica si supiera que él tenía algo de sangre gitana.

Raven se tragó el miedo y soltó una baladronada:

—¡Mejor que os vayáis antes de que mi hermano os eche encima los perros y mi padre os haga detener por invadir sus tierras!

Heath sonrió con ironía. Sabía que en otro tiempo Lance Carleton había sido administrador del castillo de Carlisle, pero pensó que su edad debía pesarle mucho ahora que andaba cojo y, por así decirlo, lo habían mandado a pastar. No obstante, por sus servicios a la Corona había sido nombrado para el Tribunal de Vigilantes de la Marca, que celebraba sesión cuatro veces al año.

—Si sir Lancelot viera que enseñáis tan desvergonzadamente vuestras piernas desnudas os pondría el culo como un tomate, no me cabe duda.

Raven no pudo evitar el sonrojo que le subió a las mejillas, pues aquellas palabras decían una gran verdad. Se enojó tanto que no supo replicar. En su lugar, le lanzó una mirada de desprecio, le dio la espalda y volvió a montar su caballo.

El rubor le reveló a Heath que, bajo aquel altivo orgullo, era una chica inocente. Y sintió una atracción instantánea hacia aquella fogosa belleza. Dejó que se alejara una corta distancia antes de llevarse dos dedos a los labios y silbar. El poni se detuvo, dio la vuelta y trotó de regreso hacia Heath.

—¡*Sully!* ¡So! ¡So, muchacho! ¡Deténte, *Sully*! —gritaba Raven.

Sully se detuvo, pero sólo cuando estuvo a un paso de Heath Kennedy. El hombre de pecho desnudo alargó la mano y le rascó el hocico, y *Sully* se movió para empujarlo cariñosamente.

—¿Qué demonios estáis haciendo? —exclamó Raven furiosa, reparando de pronto en que el peligro era real.

Heath sujetó la brida de *Sully*.

—Mi estimada dama, esta mañana me encuentro en apuros. Necesito una montura y vos, como un ángel misericordioso, habéis hecho llegar ésta a mis manos. Prometo devolverla a la primera ocasión.

Raven se rió en su cara.

—¿Daros a *Sully*? ¡Estáis loco!

Heath asintió con la cabeza.

—Un loco de la frontera, ¡y además escocés! Permitid que os ayude a desmontar.

Por primera vez, los ojos de Raven revelaron una mezcla de miedo y cólera. Le lanzó un puntapié, pero él le retuvo hábilmente el tobillo y tiró de ella hasta bajarla de la grupa. Soltó las riendas, y *Sully* permaneció obediente a la señal de Heath mientras éste sujetaba a Raven por los hombros y la recorría con la mirada.

—Hay algo más que deseo vehementemente, hermosa mía. —Sus dedos comenzaron a desabotonar la camisa con destreza.

Raven abrió los ojos como platos.

—¿Vais a violarme?

—Quizás en otra ocasión, mi señora. Hoy sólo deseo vuestra camisa.

Ella se quedó boquiabierta mientras él le quitaba la camisa, dejándola en ropa interior por toda vestimenta. Se puso a jadear iracunda.

—¡Bastardos escoceses, asquerosos! ¡Robar caballos es un crimen que se castiga con la horca! ¡Os colgarán! ¡Oh, Dios mío, ayúdame!

Heath subió a lomos de *Sully*.

—No pongo peros a lo de «bastardo», pero sí a «asqueroso». Anoche me bañé en el río Eden. Me despido; volveremos a vernos.

Aunque a Heath Kennedy le habría gustado regresar al castillo de Eksdale con su hermana Tina, se dio cuenta de que un hombre solo serviría de poco. En lugar de ello, debía encontrar a Ram Douglas y contarle lo sucedido. Ramsay era el Vigilante de la Marca Escocesa Occidental, al mando de una fuerza de cincuenta bandoleros que en ese momento patrullaban el condado de Dunfrieshire. Heath cruzó la frontera y se dirigió al oeste, agradecido de que su herida más grave fuera una simple costilla rota. Acarició el cuello del robusto poni que montaba, apretando los dientes contra el dolor punzante, pero añadiendo éste a las cuentas pendientes con el malvado bastardo que había tras la conspiración para matar a Ram Douglas.

Era más agradable recordar aquella belleza de carácter fogoso. Heath entendía que todas las criaturas jóvenes necesitaban ser libres e impetuosas. La mayoría de las muchachas decentes lo reprimía al abandonar la infancia, pero algunas, como su hermana Valentina, seguían siendo espíritus libres toda la vida. Tina era la única de la familia a la que Heath siempre se había sentido unido. Era hijo ilegítimo de Rob Kennedy, lord de Galloway, a quien su familia legítima consideraba un proscrito; todos excepto Tina. Se había casado con el poderoso lord Ramsay Douglas, por lo que Heath y Ram se hicieron grandes amigos.

Pensó en ellos y se maravilló de la perfecta pareja que hacían. Aunque Tina y Ram habían empezado siendo enemigos, se enamoraron tan profundamente que se unieron de por vida; y Black Ram Douglas besaba el suelo que Tina pisaba. Iban a tener su primer hijo; Heath los envidiaba, y deseaba formar su propia familia. Entonces se rió de su desatino. Antes de tener una familia necesitaba una esposa. A Heath no le costaba atraer a las mujeres, pero una esposa era un asunto muy distinto. Las chicas gitanas eran amorales y no le interesaban más allá del sexo, y una joven que se preciara, fuera inglesa o escocesa, jamás se casaría con un bastardo sin tierras, sobre todo si además llevaba sangre gitana.

Heath cabalgó unos veinte kilómetros hasta encontrar a Douglas y sus hombres en Annan. Olía a madera quemada; la ciudad había sido incendiada. Los hombres de Douglas habían apagado el fuego y estaban ocupados atendiendo sus quemaduras.

—¡Ingleses hijos de puta! —maldijo Ram—. Hemos

llegado demasiado tarde para atraparlos. Además de Annan, han incendiado una docena de pequeños pueblos. —Ram miró a Heath con agudeza y preguntó—: ¿Qué pasa? ¿Le ha ocurrido algo a Tina?

—Cuando me fui, Tina estaba bien —aseguró Heath, y acto seguido pasó a contarle cómo aquellos brutos se lo habían llevado del castillo de Eskdale creyendo que era lord Douglas.

—¡Ingleses hijos de puta! —repitió Ram—. Pretendían un rescate.

—¡No buscaban rescate alguno! ¡Querían matarte! Y no estoy seguro de que fueran ingleses; ¡sospecho que eran escoceses!

Las espesas cejas negras de Ram se juntaron arrugando la frente. El rey Jacobo había proscrito las disputas entre clanes y puesto fin a las mismas mediante lazos de sangre y matrimonios. Todavía se robaba ganado, pero los escoceses ya no se mataban unos a otros.

—No, amigo, te equivocas. El poder de Douglas es una amenaza para el trono de Inglaterra. Hemos de hablar con Archie Douglas para guardarle las espaldas. El nuevo conde de Angus será el próximo objetivo. Ya se habrán olido que pretende casarse con Margarita Tudor, la viuda de nuestro rey fallecido. —La boda con la viuda de Jacobo IV convertiría a Archibald Douglas en regente de Escocia, ya que el rey Jacobo V era un niño de dos años.

—Necesito otra montura —dijo Heath—. No quiero reventar a este poni.

—Por tu aspecto, parece que necesitas algo más.

Ram lo examinó y, al reparar en las costillas magulladas, convirtió la camisa de hilo de Heath en tiras que luego aplicó en un fuerte vendaje. Le proporcionó un caballo fresco y una zamarra de piel y finalmente convocó a sus hombres:

—Vamos a Eskdale, muchachos; aquí ya no podemos hacer más.

Mientras los jinetes cruzaban desde Annadale a Eskdale, Heath dijo con tono pesaroso:

—Esos asquerosos canallas se llevaron todos los caballos menos el *Índigo* de Tina. Lo puse a salvo en el pastizal que hay junto al río.

Ram asintió con ironía.

—Ni vacas ni ovejas. Les harían perder demasiado tiempo; y los caballos son más valiosos.

—Intentaré recuperarlos —dijo Heath implacable.

Ram le lanzó una rápida mirada acerada.

—Ya estarán a varios kilómetros de la frontera.

—Tal vez sí —admitió Heath—, pero tal vez no. Me pareció que eran escoceses.

Su cuñado meneó la cabeza.

—Todos los habitantes de la frontera se parecen y hablan igual. En las sesiones del Tribunal de Vigilantes, la única manera de distinguir a los ingleses de los escoceses es mediante sus símbolos de clan.

—Reconocería a esa escoria allá donde fuera. Tarde o temprano daré con ellos.

—No debes hacerlo solo; era a mí a quien querían matar. ¿A cuántos perseguimos?

—Sólo cinco. Ya mandé a dos al infierno.

Ram rió con ganas. Heath Kennedy era el único hombre del que podía decir que tenía más agallas que él.

Dado lo temprano de la hora, Raven Carleton pudo llegar a su dormitorio sin que nadie advirtiera su indecorosa semidesnudez. Sabía que si contaba a sus padres su encuentro con aquel hombre le prohibirían ir a Rockcliffe Marsh y sin duda pondrían trabas a sus paseos a caballo y su cría de halcones. Raven aún bufaba de cólera ante el recuerdo del perverso descarado que la había abordado y había robado a *Sully*, al que tanto quería. También estaba furiosa porque él la había derrotado. Si su padre o Heron le preguntaran por el caballo, diría que lo había dejado pastando en el prado más lejano. No obstante, sólo Dios sabía qué historia tendría que maquinar finalmente para explicar la desaparición de *Sully*.

Raven se miró en el espejo y se sobresaltó. Su cabello era una alborotada maraña, y la cinta del corpiño de su prenda interior se había desatado, revelando la redondez de sus pechos. Alzó la barbilla y puso los brazos en las caderas para ver cuál habría sido su aspecto ante aquel hombre. De repente, sus maliciosos ojos reflejaron regocijo. «¡Dios mío! ¡No me extraña que me haya confundido con una gitanilla!» Se calmó enseguida, reparando en la suerte que había tenido de escapar ilesa.

La joven que bajó a comer exhibiendo un inmaculado vestido blanco no guardaba ningún parecido con la alocada criatura que había salido a cabalgar al amanecer. Raven escuchaba atentamente mientras su madre les explicaba a ella y a Lark cómo comportarse en la mesa, las normas en el vestir y la conducta distinguida que esperaba de sus hijas cuando visitaran a los Dacre.

—Parece que no seremos los únicos invitados al castillo de Carlisle. Entre otros estará también lady Elizabeth Kennedy, prima segunda de vuestro padre. Sin duda irá en busca de marido para Beth, su hija pequeña.

De súbito, Raven prestó más atención. La encantadora y rubia Beth Kennedy era una temible rival en el mercado del matrimonio, pues su padre era el lord de Galloway, Escocia, y poseía innumerables acres llenos de ovejas y una flota de barcos mercantes que exportaba la lana de los Kennedy.

Kate Carleton le entregó una invitación que había llegado aquella mañana.

—El fin de semana, los Dacre organizan un baile. ¿Qué es esto, cariño? —preguntó, señalando una de las palabras de la tarjeta—. No estoy segura de su significado.

—Mascarada —contestó Raven, sabiendo que su madre leía con dificultad—. Significa que los invitados han de llevar disfraces y máscaras.

—Un baile de disfraces. ¿Por qué demonios no lo ponen así en vez de usar esta boba palabra francesa?

—¡Oh, qué divertido! Me alegra que lady Dacre nos invite, sobre todo durante la semana de la Feria de Carlisle. ¿Podremos ir, madre? —preguntó Lark, ansiosa.

—Pues claro que iremos a la feria. —Raven miró airada a su hermana por pedir permiso.

—Si prometéis portaros correctamente, Christopher Dacre y vuestro hermano os acompañarán.

—Raven quiere que en la feria le digan la buenaventura.

—De eso nada —negó Raven al tiempo que propinaba un discreto puntapié al tobillo de Lark.

—Espero que no —señaló Kate Carleton con tono admonitorio—. Los gitanos no son de fiar; son todos ladrones, embusteros, o aún peor.

Raven cambió rápidamente de tema.

—Para ti sería una buena ocasión de visitar a tu amiga Rosalind.

—¡Raven me dijo que cuando lord Dacre era joven raptó a su novia y se la llevó a la fuerza! ¿Es verdad?

Raven asestó otro puntapié a Lark. ¿Cuándo aprendería a mantener la boca cerrada? Katherine apretó los labios y dirigió a Raven una mirada de desaprobación.

—Eres irritante —le dijo, y luego se volvió hacia Lark y le explicó—: Rosalind Greystokes era una pupila de lord

Clifford de Westmoreland. Clifford le negó a Thomas Dacre el permiso para casarse con Rosalind, ¡de modo que el muy terco e imprudente se la llevó y se casó con ella!

—¡Oh! ¡Espantoso, infame! —Lark estaba horrorizada.

—¡Creo que es lo más romántico que he oído en mi vida! —declaró Raven con vehemencia—. ¡Imagínate un hombre que te ama tanto que te secuestra!

Kate le lanzó una mirada de advertencia.

—Fue efectivamente espantoso, y os aseguro que hubo un escándalo horrendo. La pobre Rosalind no tenía culpa, pero su reputación quedó por los suelos.

—¿Y qué diablos importaba su reputación, madre? Se convirtió en lady Dacre, ¿no?

—Una reputación inmaculada es esencial para cualquier mujer que aspire a ser la próxima lady Dacre —sentenció la madre.

Raven alejó la conversación del tema preferido de su madre.

—¿Qué disfraz te pondrás, madre?

—Si tuviera el valor de llevar una corona, el de reina inglesa o algo así es muy tentador.

—Boadicea —sugirió Raven con malicia—. ¡Sólo necesitas una lanza!

Lark tenía la mirada absorta.

—Si madre es una reina, yo seré una princesa. ¿Y tú, Raven?

Tuvo que morderse los labios para no reírse de ellas.

—Hummm... creo que algo sencillo. Diosa, tal vez —dijo, y se excusó. Tenía en la cabeza cosas más importantes que los disfraces. Debía dar instrucciones al joven cetrero al que estaba enseñando a cuidar sus halcones para cuando ella se ausentase.

Lady Valentina Douglas salió corriendo de la muralla en cuanto oyó el estruendo de los cascos. Con la mano en la garganta observó al medio centenar de hombres pasar ruidosamente bajo el rastrillo. Sintió que las rodillas le temblaban de alivio al ver a su marido y al hombre más alto que cabalgaba a su lado.

Ram saltó de la silla y en cuestión de segundos estuvo junto a su hermosa y pelirroja esposa.

—Amor mío, querida, ¿estás bien?

—¡Por la sangre de Cristo! Jamás imaginé que Heath llegaría contigo. ¿Cómo lo rescataste?

Ram besó a su mujer con ardor.

—No me necesitó, se rescató solo. ¿Qué bajas hemos tenido?

—Dos centinelas muertos y media docena de mozos heridos. Ada no me permitió atenderlos.

—En vuestro estado no creo que debierais —se justificó secamente la alta y delgada criada—. Pasamos la mitad de la noche fregando la sangre del suelo de vuestro dormitorio.

—¡Es el colmo, Tina! Volverás a Douglas, que es un lugar seguro. Nunca debí dejar que vinieras conmigo tan cerca de la frontera.

Tina se guardó de contradecir a Black Ram Douglas delante de sus hombres, pero tendría mucho que decirle cuando estuvieran solos. Se encogió de hombros y observó los afectuosos ojos castaños de su hermano.

—Santo Dios, temí que te colgaran.

Heath sonrió burlón.

—La cuerda vale dinero. —De repente, miró a Tina con atención—. ¿Estás bien, cariño? —El aura de su hermana había cambiado. Siempre emitía una luz dorada, que no se había apagado, pero ahora aparecía en forma de doble anillo en torno a la cabeza.

Tina llevó su mano al vientre hinchado bajo su holgada capa.

—Estoy gorda como una calesa llena de higos. Te refieres a esto, ¿no es verdad?

—Eres encantadora, lozana y más atractiva de lo que ninguna otra mujer casada tiene derecho a ser —le aseguró Ram pasándole posesivamente un brazo por la cintura y acompañándola al castillo.

—¿De verdad estáis bien, Heath? —preguntó Ada en voz baja. Lo había observado desmontar lentamente. Heath y la atractiva viuda que estaba al servicio de su hermana habían sido buenos amigos durante años. Rozó con sus labios la frente de la mujer.

—Estoy bien, Ada; es por Tina por quien debemos preocuparnos. ¡Creo que en su vientre lleva mellizos!

Ada se apresuró a entrar en el castillo mientras Heath llevaba a los establos el caballo de Ram, junto con el suyo y el poni que había «tomado en préstamo». La mujer alcanzó a la pareja antes de que llegara a su alcoba en la Torre Maestra, ya que Tina subía los escalones despacio. Ada cabeceó con incredulidad, pues los dos obstinados esposos ya estaban discutiendo.

—¡La respuesta es no! Harás lo que te digo, testaruda.

—¡Douglas de mirada aviesa, no llevas aquí ni cinco malditos minutos y ya estás dando órdenes como si fueras el amo del mundo!

Entraron en el dormitorio y se quedaron uno frente a otro como combatientes dispuestos a no ceder ni un palmo de terreno.

—Mando en tu mundo, terca. Nadie me convencerá de que te permita quedarte en la frontera.

—¿Y si son mellizos? —se interpuso Ada.

Ram la fulminó con la mirada.

—Nunca has respetado nuestra intimidad; sería esperar demasiado que lo hicieras ahora —soltó con ácido sarcasmo.

—¿Mellizos? —exclamó Tina; sus manos se movieron protectoramente hacia su vientre y sus ojos dorados se abrieron de par en par asombrados—. ¡Creo que tienes razón, Ada! Oh, eso explicaría muchas cosas.

—¿Mellizos? —A Ramsay se le hizo un nudo en el estómago por la inquietud que sintió por su bella esposa, aunque al mismo tiempo creció la esperanza en su corazón.

Tina se desprendió de la capa y comenzó a desabrocharse el vestido.

—Ayudadme con esta maldita ropa —pidió—. Cuando estoy tumbada tranquilamente en la cama, oigo y percibo dos latidos distintos; pero antes creía que uno era mío.

Ada le quitó el vestido y Ramsay puso sus callosas manos en el centro de la redondez de su esposa. Concentrado, juntó sus cejas oscuras y a continuación tomó las manos de Tina y se las colocó en el vientre.

—¿Qué piensas, cielo mío?

Al principio Tina meneó la cabeza; después sonrió y asintió.

—¿Ada?

Ada, que no sólo estaba al servicio de Tina sino que además era su más querida amiga, puso sus palmas sobre la fina blusa que cubría el voluminoso vientre y las movió de un lado a otro.

—O llevas mellizos o es un taburete de ordeño de tres patas.

Tina empezó a reír y dar gritos de alegría.

—Oh, qué hábil e ingeniosa soy; ¡me he superado a mí misma!

—¿Tú? Soy yo el autor de esta espléndida obra —afirmó Ram, mientras su corazón se desbordaba de ternura y adoración hacia su amada. La levantó con suavidad y la acostó en la cama. Le tomó la cara entre las manos y acercó sus labios a los de ella.

—Redomado engreído —murmuró ella, dichosa—; ahora no habrá quien te aguante. Ah, por supuesto, esto significa que no podré viajar todos esos kilómetros hasta Douglas.

—Bruja, siempre consigues lo que quieres.

—Pero no voy a quedarme en la cama. —Le dirigió una mirada sesgada y seductora—. A menos, claro, que te acuestes conmigo.

Él era incapaz de negarle nada.

—Iré a ver a los heridos, tomaré un baño y después podemos cenar en la cama. —Se volvió hacia Ada—. Ve y dile al señor Burque que prepare algo especial; y no te olvides de advertirle que milady está comiendo por tres.

Dos horas más tarde Tina y Ram cenaban en la amplia cama encortinada, alimentándose mutuamente por turnos y riéndose mucho, hasta el punto de que cualquiera que les hubiera oído habría pensado que eran niños traviesos. Después yacieron entrelazados uno en brazos del otro, haciéndose mimos, besándose y susurrándose al oído durante horas.

—Todavía no puedo creerlo —dijo ella admirada.

—Yo sí —dijo Ram, acariciándole la mejilla con el dorso de los dedos—. Lo haces todo con un estilo y un fervor únicos, revoltosa mía. Eres feraz.

—¿Qué demonios significa eso? —musitó ella.

—Que eres fértil, fecunda, fructífera y estás muy...

Tina le tapó la boca con la mano y le reprendió en broma:

—No digas palabrotas delante de los niños.

3

Al día siguiente, Ramsay preguntó a Heath si quería ir a Douglas y traer consigo algunos caballos del castillo Peligroso, tal era su nombre.

—Necesitamos monturas de repuesto para los hombres.

—Preferiría que enviaras a Jock. Esta noche quiero empezar a buscar los caballos que nos han robado.

—El mes que viene presentaré una queja formal ante el Tribunal de Vigilantes de la Marca por la incursión de Annan, y de acuerdo con la ley reclamaremos nuestros caballos.

Heath meneó la cabeza.

—Cuéntame en qué consiste una incursión legal.

—La incursión está regulada por un proceso legal y consagrado. Si es reciente, se persigue inmediatamente a los ladrones. Si no, es legal en el plazo de seis días desde los hechos. Pero recuerda que, según la Ley de la Frontera, existe una clara distinción entre una incursión y un ataque de represalia.

—¿No tengo el «privilegio fatal» de recuperar mi propiedad por mi propia mano y enfrentarme a los ladrones sin contemplaciones? —preguntó Heath imperturbable.

—Sí, siempre y cuando los atrapemos con las manos en la masa —asintió Ram con una mueca—. Si una incursión es reciente, la persecución es simplemente suicida. Si han pasado unos días, casi nunca se tiene éxito. Los asaltantes acaso conozcan cada centímetro del terreno. Se esconderán con facilidad mientras tú has de resolver un acertijo tras otro entre los barrancos.

—Sería cierto si fueran escoceses —dijo Heath pensativo.

—Lo más probable es que sean ingleses, y si cruzas la frontera hay normas que regulan las incursiones legales con cuernos y perros, gritos y vocerío. Debes comunicarlo de inmediato y buscar ayuda.

—¿No es ilegal impedir una incursión?

Ram rió.

—¡Parece que conoces las leyes tan bien como yo! No iré contigo, las próximas dos semanas no dejaré a Tina ni un instante, pero puedes llevarte hombres de Douglas.

—Gracias, seguro que algunos irán a la Feria de Carlisle, así que si necesito ayuda los buscaré allí. —Heath sonrió burlonamente—. Intentaré estar de vuelta para el gran día.

—La Feria de Carlisle es un lugar fantástico para encontrar caballos robados.

—Eso mismo pienso —convino Heath—. Hasta yo los he vendido allí.

A medianoche, Heath partió para Eskdale con el poni de la frontera sujeto con una correa a su ruano castrado. Esperaba encontrarse con la hermosa señora Carleton a solas, y para ello lo mejor era esperarla al amanecer en las marismas de Rockcliffe, donde el río Eden desemboca en el estuario de Solway. En esa ocasión iba convenientemente vestido, y bien armado con una espada y un cuchillo en la bota.

La marcha de Heath resultó tranquila, y cuando llegó a Rockcliffe ató los dos animales a un sauce, se envolvió con un tartán escocés de los Douglas y se quedó dormido sabiendo que si le acechaba algún peligro los caballos lo despertarían enseguida. Cuando abrió los ojos al alba, lo primero que vio fue un ave rapaz revoloteando en el cielo. Observó con atención cuando empezaba su descenso en picado, y por la velocidad supo que era un halcón.

Heath se volvió y vio cómo el ave se elevaba con su presa: un pato de las marismas tan grande como él. Voló directamente hacia alguien que hacía oscilar un señuelo. Heath se llevó la mano a los ojos a modo de visera y sonrió complacido al ver que era la joven Carleton. Quedó aún más sorprendido al comprobar que cazaba con halcones, deporte al que normalmente sólo se dedicaban los hombres. Esto acrecentaba su atractivo, y Heath decidió averiguar cómo se llamaba.

Desató el poni, le soltó las riendas y le indicó dónde estaba su dueña. Al oír el grito «¡*Sully!*» de sorpresa y alegría, desató su caballo ruano y se dirigió hacia ella. Cuando Raven lo vio, el regocijo desapareció de su rostro.

—¡Vos! —chilló acusadora.

La inclinación de Heath se reveló burlona.

—A vuestro servicio, señora Carleton. —Ella estaba en desventaja; con una mano enguantada sujetaba las riendas de *Sully* y con la otra la pihuela del halcón.

El miedo la volvió osada.

—¡Hombre de la frontera, no os atreváis a usar mi nombre con tono afectuoso! ¡Nosotros no nos tenemos afecto! —Sus ojos azules echaban chispas. Era insoportablemente más atractivo de lo que ella recordaba. Su porte orgulloso proclamaba su arrogancia.

Heath la observó con admiración. «Qué magnífico desafío.»

—Tal como prometí, os devuelvo vuestro poni, inglesa. Bastará un simple «gracias».

—¿Gracias? ¿Esperáis que os dé las gracias por habérmelo robado? ¿Cómo sé que no lo habéis dejado cojo?

—No tengo la costumbre de lisiar animales, inglesa.

—¡Pero sí la de robarlos, habitante de la frontera! ¿Dónde robasteis este saco de huesos? —El ruano castrado era un caballo precioso. Entre las damas inglesas había una gran demanda de aquellos animales, y a Raven le fastidiaba que él tuviera uno.

—En una carrera vencería al vuestro.

El reto de Heath la sacó de sus casillas, y el joven halcón, notando su enfado, batió las alas con nerviosismo.

—¡Mirad lo que habéis hecho! —le reprochó ella—. Adiestrar un ave de presa requiere una conducta sosegada.

—Sois vos quien mostráis un carácter fogoso, inglesa. Yo estoy muy tranquilo. Dejádmelo.

—¿Por qué demonios debería hacerlo? —espetó ella.

—Así podréis hacer correr a *Sully* contra mi saco de huesos.

—¡Por Dios que lo haré, canalla arrogante! —Ató la pihuela del halcón a la rama baja de un floreciente aliso y subió a la grupa de *Sully*.

—Me libraré de vos, hombre de la frontera. ¡Si perdéis, nunca más asomaréis vuestra asquerosa cara en Rockcliffe Marsh!

—Y si gano, me diréis vuestro nombre —estipuló Heath.

Montó el ruano, y ambos condujeron sus animales juntos hacia la orilla donde él la había visto cabalgar por primera vez. Ella no lo miraba, pero él sí a ella, y vio que la temeridad de la muchacha había encendido sus mejillas como si fueran rosas.

Tan pronto los cascos de *Sully* tocaron la playa de guijarros, ella hincó sus talones y el poni salió disparado.

Heath arrancó detrás al galope, manteniendo un prudente espacio entre sus monturas. Llegó a alcanzarla y a ir a su misma velocidad. Raven lo miró un momento, sin revelar miedo alguno. Heath entendió la actitud de la chica: él era una amenaza, pero ella ignoraría el peligro. Sin duda le entusiasmaba jugar con fuego. Raven le dirigió una mirada de desafío y siguió corriendo.

Heath se puso otra vez a su lado. No quería vencerla; sólo disfrutar observándola. Su caballo ruano era más grande y tenía las patas más largas, pero el poni negro estaba entrenado para aguantar. Galoparon parejos hasta el final de la playa, y cuando ella advirtió que él podía superarla con facilidad, desvió su montura hacia su rival, obligándole a tirar de las riendas.

Heath desmontó cabeceando por la insensatez cometida por la chica. Ella había hecho trampa, pero valía la pena contemplar sus piernas desnudas y su cabello alborotado. No tenía intención de bajarse del caballo; alzó el mentón y lo miró fijamente. Él tomó la camisa plegada de sus alforjas, se acercó y se la tendió. Su mirada oscura e intensa la recorrió, y al fin se cruzó con la de ella.

—Tenéis mucho orgullo femenino que perder, pero espero que tengáis también la suficiente dignidad para pagar vuestra apuesta.

Mientras ella lo observada, se acordó de los ondulados y flexibles músculos de su pecho desnudo. Tomó la camisa de su mano y espoleó el caballo, sintiendo el impulso de alejarse de la sutil amenaza que él representaba. A continuación volvió la cabeza y gritó hacia atrás: «¡Raven!»

El gráfico nombre hizo que el corazón de Heath se saltara un latido. «¡Raven! Esplendor de Dios, qué bien le queda.» Después rió a carcajadas. Podía leer en la mente de ella y supo que lo encontraba atractivo. Ella también era vanidosa y no había podido resistirse a hacer gala de su bello nombre.

Heath llegó a Carlisle temprano, antes de que comenzara la feria, pues quedaba sólo a unos ocho kilómetros de Rockcliffe. Carlisle era la mayor ciudad de la frontera, y en su mercado semanal y su feria anual sus vecinos escoceses del norte siempre habían sido bien recibidos. Tabernas y posadas bordeaban la calle del otro lado del mercado, donde escoceses e ingleses de la frontera se codeaban unos con otros, bebían, apostaban e iban de putas. Granjeros de ambos países ofrecían sus productos y su ganado cada semana, pero la Feria Anual de Carlisle había crecido hasta abarcar una extensión diez veces más grande que el mercado.

Heath alquiló una habitación en la posada llamada The Fighting Cocks, en la que ya había estado antes, y con aire distraído echó una ojeada a la sala común, esperando encontrarse allí con Mangey y sus secuaces. Al no verlos, se dirigió a la feria para examinar los caballos que se vendían. Aunque estaba seguro de que ningún animal era suyo o de Douglas, no se desanimó. Era sólo la primera mañana de una feria que duraría toda la semana.

Divisó un grupo de carros pintados con colores alegres y decidió hacer una visita a los gitanos. Éstos seguían las ferias desde Londres en invierno hasta la villa de Stirling en verano, acompañando a la corte real. Heath meneó la cabeza, recordando con tristeza que había sido precisamente el último verano cuando los gitanos actuaron allí para el rey, antes de que Jacobo muriera en la desastrosa batalla de Flodden. A Heath no le resultó difícil reconocer el carro rojo de su abuela. La vieja Meg tenía sus guijos de la buenaventura colgados encima de su letrero de herbolaria, y su puerta estaba decorada con signos mágicos.

Meg miró fijamente al apuesto hombre, tan alto que para entrar en el carro tuvo que inclinarse.

—Bendito seas —murmuró sin apartar los ojos del tartán de los Douglas que Heath llevaba en los hombros—. ¿Quién te ha dicho que tienes derecho a llevar la manta de los Douglas? —le espetó imperturbable.

Él entrecerró los ojos.

—¿Tengo derecho o no?

La vieja Meg se encogió de hombros.

—El padre de Lily Rose era Archibald Douglas.

Al oír esas palabras, Heath sintió un sofoco; no podía admitir que el poderoso conde de Angus fuera su abuelo. Archibald llevaba muerto dos meses, de modo que la historia no podía verificarse. Él no hacía caso de la mayoría de aquellas historias. ¿No le había contado la vieja Meg que a su madre, Lily Rose, la habían prometido en matrimonio a Rob Kennedy, lord de Galloway, cuando ella le dio a luz? «Demasiada sangre azul; no podía ser.» El curtido rostro de Meg parecía un pergamino oscuro y arrugado. «¿Es posible que en otro tiempo fuera bella?», pensó Heath. Con el rabillo del ojo vio la tortuga de su abuela, con el enorme rubí incrustado en su caparazón. Él siempre había creído que era vidrio rojo, pero ahora lo observaba con otros ojos y se preguntó quién era lo bastante rico para haberle regalado aquella joya tan grande. No era redonda ni cuadrada, sino que tenía aproximadamente la forma de un corazón, y, de súbito, le vino a la memoria el famoso emblema de Escocia: el corazón sangrante de Douglas.

—¿Qué te trae por aquí? ¿Una mujer? —inquirió Meg.

Heath rió al pensar en Raven Carleton, aunque sabía que los gitanos eran astutos y siempre adivinaban aquello que tenía más probabilidades. Gracias a eso tenían fama de predecir el futuro, si bien la mayoría de ellos eran charlatanes que hacían y decían lo más conveniente. Tras generaciones de vivir del cuento habían agudizado su ingenio.

—Caballos. Caballos robados —respondió Heath.

—¡Y que por una vez no has robado tú! —Ella soltó una risotada—. Estás buscando a ciertos hombres, ¿eh?

Heath asintió renuente.

—Hombres de la frontera; uno llamado Mangey y otros cuatro.

Los ojos de Meg revelaban una mirada lejana, y se quedó callada unos instantes. Luego dijo:

—A veces a los hombres de Magerton les ponen el mote de Mangey.

Dos atractivas muchachas gitanas surgieron como adornos a uno y otro lado de la puerta de Meg.

—¡Heath! ¡Heath! ¡Hacía más de un año que no te veíamos! Ven, deja que te demos de comer —exclamó una de ellas.

—Siempre tenías un apetito insaciable —soltó la otra.

Meg echó a los tres del carro. Las chicas deseaban a Heath, pero sabía que ese día no conseguirían nada de él. Por el momento, el interés de su nieto estaba centrado en una belleza de pelo azabache de otro talante.

Raven Carleton tomó asiento en el carruaje con su madre y Lark sin poner reparos. Su hermano Heron las acompañaba a caballo, y ella lo miraba con envidia. Había preguntado si podía cabalgar hasta Carlisle y había recibido una negativa rotunda de su padre, que se había puesto del lado de su esposa para moderar la conducta de Raven. «Vendré el viernes», aseguró Lance Carleton a su esposa, dirigiendo a su hija mayor una severa mirada desde debajo de sus pobladas cejas. A su vez, ella le brindó su expresión de entera ingenuidad, aliviada de que él no la reprendiera más. Lo cierto es que Raven adoraba a su padre. Cuando él había resultado herido, ella fue quien añadió adormidera y raíz de regaliz en su vino para mitigar el dolor. Era el hombre más valiente que había conocido jamás, pues ni una vez se había quejado, ni siquiera cuando fue obvio que le quedaría una cojera permanente. Durante los tres largos meses que tardó en recuperarse, Raven se sentó a su lado para leerle o jugar con él interminables partidas de ajedrez para que así olvidara el dolor. «Cuídate, padre», le susurraba Raven cuando le daba un beso y se despedía.

Desde que el carruaje salió de Rockcliffe, Kate Heron empezó a catalogar todas las conductas que ella consideraría inaceptables mientras fueran huéspedes de los Dacre. Raven se mordía la lengua sabiendo que no tardarían mucho en recorrer el trayecto de ocho kilómetros. Se sintió más tranquila cuando vio que se acercaban a la puerta norte de Carlisle. Pronto llegarían al castillo rojo, grande y cuadrado, en el que había pasado su infancia y del que sir Lancelot había sido administrador.

Pero vivió un tormento desde el mismo instante en que descendió del carruaje. Lady Dacre estaba allí para recibirlos, pero Heron condujo su caballo a los establos, con el perro de caza que le había llevado a Chris Dacre siguiéndole de cerca. Raven miró con desazón a su hermano y entró dócilmente al interior tras su madre y Lark.

—Kate, qué hijas tan maravillosas tenéis, cómo os envidio. —Rosalind Dacre era bajita, morena y todavía bonita pese a estar ya entrada en años. Tenía un carácter amable, pasivo, inadecuado para meter en vereda a su testarudo hijo, viva imagen del padre dominante.

—Cuando Christopher elija esposa, ganaréis una hija —dijo Kate con intención, llevando la conversación al terreno que le interesaba—. Lark y Heron son claros de piel como su padre, pero Raven es morena como yo y como tú, Rosalind.

«Ella es morena pero no como yo, gracias al cielo. Piensa por sí misma y no tiene miedo de expresar su opinión. Ningún hombre podrá jamás dominar a Raven Carleton, no me cabe duda.»

—Diré al mayordomo que os enseñe las habitaciones. Podéis descansar y arreglaros antes de que lleguen los otros invitados. Lord Dacre y Christopher vienen a caballo desde Bewcastle. Pronto estarán aquí.

El clan de los Heron de Kate vivía cerca de Bewcastle, la plaza fuerte de la frontera inglesa, a unos veinticinco kilómetros al noreste; pero Kate no quería recordarle a lady Dacre sus humildes orígenes.

Para Raven era como volver a casa. El castillo de Carlisle no tenía pináculos románticos ni torres almenadas, pero ella sentía un gran cariño por la fortaleza. Estaba familiarizada con todos los pasillos tortuosos, sobre todo los que conducían a los desvanes o las mazmorras, donde había jugado a menudo de pequeña. No necesitaba ningún mayordomo que le mostrara el camino, pero siguió obedientemente al hombre que les llevaba el equipaje al dormitorio que ocuparían ella y Lark. Raven deshizo los bultos enseguida, los de ella y los de su hermana.

—Venga Lark, vamos a los establos.

—Nos han dicho que descansemos.

—¿Descansar? ¡Sólo hemos recorrido ocho kilómetros! ¿Te encuentras bien, Lark?

—Oh, sí, pero quería ponerme un vestido más bonito antes de... —No terminó la frase, sino que preguntó—: No me llevarás a las jaulas, ¿verdad?

—Desde luego que no. Quédate aquí mientras voy a ver las aves.

Las jaulas de Carlisle eran grandes por el elevado número de rapaces que tenían que albergar. Raven habló con el cetrero y obtuvo su permiso para observarlas. Mientras pasaba por delante de las aves encapirotadas, algunas chillaban y extendían las alas en señal de alarma, pero cuando Raven les musitaba palabras dulces, se calmaban y las plegaban. Se detuvo frente a un pequeño esmerejón de plumaje luminoso.

—Qué hermosura —canturreó ella, acariciándole el ala con la yema del dedo, y vio cómo a la pequeña hembra se le encrespaban las plumas de placer—. Ésta es vuestra —le dijo al cetrero.

—Se llama *Morgana*. ¿Cómo sabéis que es mía?

—Mientras escuchaba, movía la cabeza de un lado a otro, y cuando ha reconocido vuestra voz se ha acicalado. —Raven fue a contemplar cuatro halcones que estaban separados de los demás—. ¡Oh, a dos de estos halcones les han cosido los ojos! —No pudo ocultar la desaprobación en su voz—. Creo que es cruel, antinatural e innecesario. Basta con el capirote hasta que estén adiestrados; y después incluso la capucha está de más si las jaulas se mantienen en penumbra.

—Estos dos nuevos halcones pertenecen a lord Dacre, milady. Sólo obedezco órdenes —señaló el cetrero.

—¡Raven, estáis aquí! —Christopher Dacre se acercaba por la hilera de perchas—. Heron me ha dicho que os encontraría en las jaulas, pero no le creí. —El heredero de lord Dacre era alto y rubio, con la nariz aguileña de sus antepasados anglofranceses.

—Hola, Christopher. Me interesan mucho las aves de caza. Cuando era niña pasé aquí muchos ratos felices. —Raven no le contó que criaba rapaces; si la relación iba a más, él pronto se enteraría.

—Qué extraño; la cetrería es un deporte de hombres.

Raven no quería contradecirle, de modo que eligió sus palabras.

—Las damas, en especial las de la corte, están cada vez más interesadas en la cetrería. He oído que se está poniendo de moda.

Christopher se mesó su rubio cabello mientras sus ojos gris verdosos se posaban en Raven pensativos. Las damas de la corte tenían mala fama por su promiscuidad, y se preguntó si ella lo sabía.

—¿Os gustaría salir a cazar con halcón?

—¡Me encantaría! —Raven aceptó su ofrecimiento con entusiasmo.

El joven Dacre ocultó una sonrisa de satisfacción. Estaba claro que Raven Carleton trataba de complacerle.

—Prepara mi halcón —ordenó Christopher al cetrero, deseoso de hacer alarde de sus habilidades con el halcón peregrino.

—Permitid que ofrezca a la señora mi esmerejón. —El cetrero entregó a Christopher Dacre un guante de cuero.

—¡Es un honor, señor! —Raven sonreía encantada mientras se ponía un guante más pequeño y ofrecía su brazo al ave. Tras una pequeña indecisión, el esmerejón saltó de su percha e hincó sus garras en la muñeca protegida por el cuero. Raven aseguró la pihuela y quitó el capirote; miró fijamente los imperturbables ojos amarillos durante un momento—. Me acepta —indicó satisfecha.

Bajaron a los establos de abajo con el cetrero tras ellos llevando el halcón peregrino de Dacre.

—Christopher y yo vamos a cazar con halcón. Necesitaré tu caballo —informó Raven a su hermano.

Heron pareció indeciso pero Christopher rió y lo tranquilizó.

—Conmigo va segura. Estaremos en aquellos bosques una hora. —E hizo un ofrecimiento a modo de incentivo—. ¿Por qué no pruebas el nuevo semental que compré en Bewcastle?

—¿El negro? —preguntó Heron con tono ilusionado—. Gracias, es magnífico. —Cuando ayudó a su hermana a montarse en la silla, murmuró un consejo en voz baja—: Raven, no intentes eclipsarle.

Mientras la pareja trotaba hacia los bosques con sus halcones encaramados en los arzones, Christopher preguntó:

—¿Cabalgáis a menudo a horcajadas?

Ella le dirigió una mirada provocativa.

—Si respondo que sí pensaréis que soy un marimacho; si digo que no, creeréis que miento.

—¿Cómo lo hacéis en vuestra casa?

—Muy bien. Tengo un poni de la frontera.

A Christopher pareció divertirle el modo en que ella cambiaba de tema.

—¿Os gustaría tener un caballo?

—Por supuesto. Uno como vuestro nuevo semental —contestó Raven con atrevimiento.

—¿Para una señora no sería preferible un castrado? —La miró para ver si ella sabía lo qué convertía a un semental en un castrado.

Raven le adivinó las intenciones.

—¿Cuál es la diferencia? —inquirió con inocentes ojos desmesuradamente abiertos.

Chris Dacre guardó la compostura y se aclaró la garganta.

—Creo que se comportan mejor.

«A diferencia de algunos caballeros», pensó ella, aguantándose la risa.

—Mi abuela vive cerca de Bewcastle. Allí los bosques son inmensos y tienen una belleza salvaje.

—Sí, una belleza salvaje —repitió Dacre, con su mirada ardiente acariciándola como la llama de una vela.

—Este claro puede ser un buen sitio para hacer volar nuestras aves, ¿verdad? —preguntó con deferencia, pues sabía que eso solían esperar los caballeros.

—Sí. —Dacre desmontó—. Dejad que os ayude.

En el momento en que la alzó para bajarla, Raven alcanzó el esmerejón para impedir que las manos de él se demoraran en su cintura.

—Permitid que os enseñe cómo pasar la pihuela por los dedos.

—Gracias —dijo ella con voz débil, sorprendida de aquella arrogancia masculina.

Dacre tomó el halcón peregrino en su muñeca y se puso a dar instrucciones.

—Ahora miradme. —Quitó el capirote y lanzó el ave hacia arriba. No aguardó a que los ojos del halcón se adaptaran a la luz repentina, pero Raven se abstuvo de mencionarlo. Ambos miraron el ave elevarse y revolotear por el claro—. Arrojad el esmerejón —ordenó.

—No hasta que vuestro halcón vea su presa e inicie su descenso en picado. No quiero que mate a *Morgana*.

—Tenemos rapaces en abundancia —le aseguró Dacre, pero cuando vio la mirada fulminante de ella, dijo—: Quizá sois demasiado compasiva para practicar este deporte.

Raven observó el descenso del halcón peregrino e inmediatamente lanzó el esmerejón. La pequeña y oscura hembra, que ya había localizado un topo, se abalanzó sobre el claro y lo atrapó con sus garras; regresó para ofrecerle su presa a Raven.

—Buena chica, *Morgana* —dijo ella elogiándola, y le devolvió el topo.

—¡No! ¡No! No debéis alimentar a una rapaz. ¡Si no están hambrientas no cazan!

Ella lo miró de soslayo.

—Una hembra prefiere una recompensa a pasar hambre.

Dacre rió.

—Las aves son diferentes de las damas. —Su halcón regresó con un joven pavo real de los jardines del castillo—. Dios mío, a mi madre le dará un ataque.

—¿En serio? ¿No tenéis pavos reales en abundancia?

—*Touché!* ¿Me perdonaréis mi cruel comentario o lo utilizaréis en mi contra? —soltó él en son de broma.

Raven siempre tenía a mano alguna frase con doble sentido.

—Comportaos, y mañana tal vez os deje acompañarme a la feria. —Y le concedió el privilegio de auparla a la silla.

—La semana próxima he de regresar a Bewcastle. Si visitáis a vuestra abuela, podemos continuar las lecciones.

Las comisuras de la boca de Raven se curvaron.

—Suena muy interesante, señor, pero está fuera de lugar. —Esbozó una amplia sonrisa. ¡Christopher Dacre había volado hacia el señuelo más rápido que su halcón!

4

Aquella noche en el castillo de Carlisle la mirada de Raven Carleton recorría la larga mesa de la cena. Lord Thomas Dacre estaba sentado a la cabecera con lady Elizabeth Kennedy y su hija Beth a su derecha. Aunque Raven se hallaba demasiado lejos para oír su conversación, advirtió los afables modales con Elizabeth Kennedy y observó que ella sonreía afectadamente y disfrutaba de aquella atención. Luego sus ojos se posaron en Beth Kennedy, desechándola como una dulce y pequeña nulidad. Si hubiera sabido de las acaloradas discusiones que la muchacha había provocado, se habría quedado pasmada.

Lady Kennedy y Beth se habían desplazado desde el castillo de Doon, en el puerto escocés de Ayr, hasta Carlisle a bordo de un barco mercante de los Kennedy. Desde la derrota escocesa en Flodden, Elizabeth Kennedy no ocultaba que quería un marido inglés para su hija Beth. El rostro de Rob Kennedy, lord de Galloway, se había congestionado y vuelto morado cuando su esposa recibió la invitación de los Dacre y pronunció las blasfemas palabras: «Christopher Dacre sería una pareja ideal para nuestra hija Beth.»

—¡Por los clavos de Cristo, mujer, jamás ha venido nada bueno de Inglaterra!

Por lo general, la imponente corpulencia y la fuerte y áspera voz de Kennedy intimidaban a su esposa, pero en esa ocasión ella fue lo bastante imprudente para protestar indignada:

—Rob, yo soy inglesa.

—¡Me alegrará que reconozcas la validez de mis palabras, Lizzie! Los malditos ingleses atacaron mis barcos, robaron mi valiosa lana, mataron a mi rey y a mi hijo menor y a otros cien Kennedy en Flodden, y aun así mi esposa tiene el descaro de sugerir un matrimonio entre mi mocita y el hijo del muy bastardo Vigilante Principal de la Marca Inglesa.

Para Elizabeth era demasiado doloroso hablar de la pérdida de su hijo Davey. Culpaba a su marido por haber permitido que un chico tan joven fuera a la guerra.

—Sabes bien que Thomas Dacre era un buen amigo de mi familia en Carlisle.

Al oír Rob Kennedy que su mujer, habitualmente dócil, le replicaba, una oscura sombra púrpura le cubrió el rostro.

—¡Lástima que no te casaras con el maldito Thomas Dacre; me habrías ahorrado este tormento de quejas y lágrimas!

—Me has tratado sin miramientos durante años, Rob Kennedy, y siempre he sido una esposa sumisa y complaciente. Pero si se trata de la felicidad de mi querida hija, estoy resuelta a hacerte frente. No eres más que un grosero bravucón. ¡Quizá me quede en Carlisle definitivamente!

—¿Es una amenaza o una maldita promesa? —bramó Rob—. Tú no eres la única que puede proferir amenazas, Lizzie. ¡Si Beth no tiene dote, verás la prisa que se da el condenado Thomas Dacre en prometer en matrimonio a su heredero con ella!

El altercado entre Thomas Dacre y su heredero, Christopher, había sido algo menos encarnizado. Dacre sabía que su hijo era obstinado como él y que la táctica de intimidación no funcionaba.

—El padre de la muchacha es rico como Creso, y su madre una vieja amiga de la familia.

—Pero tiene la belleza y la personalidad de una torta de avena. En mi pan de jengibre quiero algún motivo dorado, padre —señaló Chris.

—No estoy ciego, Chris. Me he fijado bien en la belleza de Raven Carleton y su tentador par de tetas, pero la dote de Beth Kennedy aportará una gruesa capa de miel para endulzar la casera torta de avena.

—No será lo bastante dulce para que yo quiera lamerla. Además, Raven Carleton es inglesa, mientras que Beth Kennedy es escocesa.

—Beth Kennedy es mitad inglesa —puntualizó lord Dacre.

—¿Qué mitad? —dijo Christopher con voz cansina—. ¿La de arriba o la de abajo? Padre, pudiste haberte casado con Elizabeth Kennedy, ¡pero no lo hiciste! Perdiste la cabeza por una belleza azabache y te la llevaste a la fuerza. No eres el más indicado para aconsejarme que me case por dinero.

—Cristo todopoderoso, Christopher, trata de pensar con el cerebro y no con la polla. El dinero de una mujer rica te permitirá llevarte a la cama a cuantas bellezas exóticas quieras.

—Sólo quiero una cada vez, padre; no soy tan codicioso.

—Si te pareces a mí en algo, seguro que lo eres. —Dacre entrecerró los ojos—. Christopher, las mujeres son como los caballos.

—¿Porque los cabalgamos?

—Porque has de dejar claro quién es el amo y tener siempre uno de repuesto. Todo lo que te pido es que lo pienses con calma antes de cometer ninguna imprudencia.

Raven notó que alguien le daba con el pie por debajo de la mesa y vio enfrente a Christopher Dacre, que le hizo un guiño.

—¿Tenéis algo en el ojo? —preguntó ella para tomarle el pelo.

—Sí... vos —murmuró Christopher, sin importarle que el hermano de Raven pudiera oírlo. Se volvió hacia Heron y le dijo en voz baja—: Mañana me gustaría ir solo con Raven a la feria. ¿Por qué no eres buen chico y acompañas a Beth Kennedy y a tu hermana Lark?

La mirada de Heron recorrió la mesa y acabó posándose en la rubia muchacha que era su prima segunda.

Seguro que Beth notó que él la observaba, pues de repente lo miró desde debajo de sus pestañas y se ruborizó.

—¿A cambio de qué?

—Encontraré un par de chicas para esta noche —dijo Chris Dacre bajando aún más la voz en su intento de llegar a un acuerdo—. ¡Gitanas!

—¡Hecho! —Heron le ofreció la mano con sincera gratitud y ambos sellaron su pacto.

Raven miraba intrigada al uno y al otro.

—¿He oído «gitanas»?

—Vestidos de gitanas. Estamos hablando de disfraces para el baile —mintió Chris Dacre tranquilamente. Heron improvisó con rapidez:

—Chris apuesta a que ninguna de las mujeres se atreverá a vestirse de gitana.

Los fluidos perversos de Raven empezaron inmediatamente a borbotear.

En la segunda mañana de la Feria de Carlisle, Heath Kennedy recorrió nuevamente el lugar, examinando todos los caballos que estaban a la venta. Desmontó para observar con atención algunas yeguas que hubiera querido para sí y que serían excelentes madres, pero lo que quería tercamente era recuperar sus animales.

El día se estaba animando y Heath se desabrochó el cuello de su zamarra de piel preguntándose si en Carlisle estaba perdiendo el tiempo. De pronto divisó su semental *Blackadder*. Sin duda era el magnífico animal que se había pasado la vida en las montañas del norte protegiendo su manada de yeguas salvajes. Heath se paró en seco, con las piernas extendidas, listo para enfrentarse con quienquiera que sujetara las riendas del semental.

Heath observó a un hombre alto y rubio, de nariz aguileña y ropa inglesa cara, casi compadeciendo al pobre imbécil. Pero sus ojos se dilataron incrédulos cuando advirtió que el muy cabrón acompañaba a Raven Carleton. Cuando ella lo vio, Heath supo que la chica se había sobresaltado pues inspiró de súbito.

—¿Qué sucede, Raven? —preguntó su amigo.

Ella parpadeó dos veces.

—El ruano —dijo—, un hermoso caballo de montar.

—Permitidme que os lo compre. —La mirada de Dacre se desplazó desde el caballo al moreno hombre de la frontera a quien pertenecía—. ¿Cuánto vale el ruano?

—No está en venta —fue la tajante respuesta.

—Oh, vamos, todo tiene su precio —replicó Dacre dándose ínfulas.

—¿De veras? ¿Cuánto por el negro?

—Trescientas libras.

Dacre fijó el inaceptable precio con tal arrogancia que Heath Kennedy deseó partirle su aristocrática nariz inglesa. Apretó los puños para no agarrar su cuchillo.

—Bien, trescientas si incluís a la mujer.

Raven se quedó boquiabierta.

—¡Cerdo insolente, os merecéis una buena paliza!

Ante el tono airado, el semental negro comenzó a agitarse, y Dacre reparó de pronto en que era difícil controlarlo.

—Si encontráis a alguien dispuesto a hacer el trabajo, aquí le estaré esperando —se mofó Heath.

—¡Malditos los dos! Distingo una pelea de gallos a las primeras de cambio, ¡y no las aguanto! —La espalda de Raven, tiesa como un huso, mostró su agravio mientras se alejaba andando.

Dacre vio de pronto a aquel oscuro hombre de la frontera como una amenaza y notó un hormigueo de miedo en la nuca. Recurrió a su única protección.

—Veo que no sabéis mi nombre. Me llamo Dacre.

Heath estaba estupefacto, aunque su semblante lo disimuló bien. «¿Dio el maldito lord Dacre la orden de matar a Ram Douglas?» Era perfectamente posible. Fue Thomas Dacre quien en otro tiempo mandó prender a Ram y enviarlo a Inglaterra para que lo colgaran. Heath miró con odio al arrogante descendiente de Dacre, pero sabía que no podía acuchillarle en medio de la Feria de Carlisle y llevarse lo que le pertenecía.

—Veo que no sabéis mi nombre —replicó. «Pero lo sabréis antes de que acabe con vos.» Su mirada recorrió a Dacre con desdén, y a continuación se volvió y se alejó con un contoneo despreocupado y deliberadamente provocador.

Heath no tardó en localizar a Raven Carleton cerca del campamento de los gitanos. Sonrió con malicia. Estaba por nacer el espíritu femenino que pudiera resistirse a que le dijeran la buenaventura. Ató su caballo y observó. No se sorprendió al ver que la vieja Meg hacía señas a la chica y la conducía al interior del carromato.

La gitana estaba sentada mirando en su bola de cristal mientras extendía la palma de la mano. Cuando la muchacha colocó en ella una moneda de seis peniques de plata, Meg preguntó con brusquedad:

—¿Sois bruja?

—Por supuesto que no —respondió Raven.

—Veo una bruja celta, una maga —insistió Meg.

—Ah, será mi abuela. —Sonrió—. Hace sortilegios y dispensa consejos así como hierbas medicinales.

—Sonreís cuando deberíais tomarla en serio. Ella tiene conocimientos y poderes antiguos; es una adivina. Lo que deseáis saber tendríais que preguntárselo a ella.

Raven meneó la cabeza.

—Trataría de someterme a su voluntad.

La astuta mirada de Meg se entretuvo en la joven.

—Lo intentará, igual que otros, pero no será una mujer sino un hombre quien os someta a su voluntad.

—¿Un hombre? ¿Podéis hablarme de mi matrimonio?

—Todas las mujeres de vuestra edad quieren saber sobre su matrimonio —refunfuñó Meg mientras miraba en la bola de cristal—. Emparentaréis bien, con una gran fortuna y un título. Pero el camino será tortuoso.

«¡Lady Raven Dacre!» Raven sonrió.

—Pretendo conducirlo a una caza divertida.

—Una caza, en efecto —observó Meg—, pero él será el cazador y vos la presa.

—¡Oh, habláis de cazadores y presas porque adiestro aves de caza! ¡Tenéis realmente el poder de la visión!

Meg la miró fijamente.

—Vos también tenéis el poder. Sólo que no lo usáis. Preguntad a vuestra abuela.

—¡Lo haré! Pienso visitarla pronto. —Movida por un impulso repentino, añadió—: Quiero comprar un vestido de gitana, ¿podéis ayudarme?

Heath vio que la vieja Meg la conducía a otro carro. Volvieron a salir en menos de cinco minutos, Raven llevando un pequeño paquete. Cuando su abuela entró en su habitáculo, Heath se dirigió al otro.

—¿Qué quería la chica? —preguntó a la muchacha gitana.

—Le he vendido un vestido de gitana. —Abrió la mano para enseñarle una moneda de oro.

—¡Mujerzuela codiciosa! —bromeó Heath—. ¿Un soberano por un vestido?

Ella se encogió de hombros satisfecha.

—Era rojo. ¡El rojo cuesta más!

Heath también se sentía satisfecho, pues supuso que los Dacre organizaban un baile de disfraces en el castillo de Carlisle. ¡Sólo necesitaba un disfraz y una máscara! Cuando abandonó el carro, fue en busca de Raven. La vio en un puesto alegremente adornado, revolviendo entre las mercancías. Heath se le acercó por detrás en silencio.

—Conoceréis a un forastero alto, apuesto y moreno que os robará el corazón —dijo en voz baja.

Raven se volvió airada. Aquella ironía delataba que la había visto con los gitanos.

—¡Querréis decir alto, moreno y desagradable!

Heath miró los artículos que ella examinaba y advirtió que eran medias de seda.

—Sugiero las negras... son muy seductoras.

Raven le dio la espalda.

—Me llevaré un par de medias de color natural, por favor. —Esperó algún comentario insolente, pero al no oír ninguno miró hacia atrás. Con alivio comprobó que él se había marchado. Acto seguido se dirigió a la vendedora—: He cambiado de opinión. Me llevo las negras.

Tan pronto oscureció, Heath se encaminó al castillo de Carlisle. Si su semental negro pastaba en cualquier lugar de los terrenos del castillo, por la noche ya no estaría. También comprendió que si Dacre estaba en posesión de *Blackadder*, quizás otros animales de Douglas hubieran conseguido llegar misteriosamente hasta allí. El extenso prado debajo del castillo estaba lleno de caballos. Al principio parecía imposible distinguir entre uno de Douglas y cualquier otro, pero Heath había trabajado con ellos durante un mes, y al comenzar a tocarlos reconoció algunos. Además, los caballos lo reconocían a él.

Heath, decepcionado de que su semental no estuviera con los demás, regresó a la posada para urdir un plan. Sabía que el momento ideal sería la noche del baile, pero aún tenía que resolver cómo llevarse la manada hacia Douglas sin ser visto.

Cuando llegó, a Heath no le sorprendió ver a dos hermanos de Ramsay Douglas, Gavin y Cameron. Ambos capitaneaban barcos de Douglas y habían llevado víveres y forraje a Annan y los pueblos circundantes devastados por la reciente incursión, antes de echar el ancla en el río Eden, en Carlisle. En cuanto los vio, Heath supo que ellos eran la respuesta a su problema. Les explicó lo que había descubierto en el castillo y esbozó su plan.

—Lord Dacre nunca entraría en una posesión de Douglas. Es el Vigilante Principal y ha jurado hacer respetar la ley. ¿Estás seguro de que son caballos de Douglas? —preguntó Cameron.

—¿Y qué mas da? —soltó burlonamente Gavin, dispuesto a robar cualquier cosa que perteneciera a los ingleses.

—Yo nunca robaría nada que no me perteneciera —dijo solemnemente Heath, y vio cómo los hermanos

Douglas reían hasta casi caerse del taburete—. Decid a los miembros de vuestra tripulación que se corran todas las juergas que quieran hasta mañana; para la noche siguiente deberán estar sobrios.

—En ese caso, ¡manos a la obra! —proclamó Gavin.

—¿Tenéis algún tartán escocés de Douglas que pueda tomar prestado? Necesito un disfraz —dijo Heath.

—¿No has ido nunca a un maldito baile de disfraces? —Cameron casi se ahogaba de la risa.

—Fondeamos cerca de un mercante de los Kennedy. Es probable que en la fiesta os encontréis con la esposa de vuestro padre. ¿Por qué no os ponéis un tartán de los Kennedy y dais a su señoría un susto de muerte? —sugirió Gavin exultante.

—Jamás pondría a lady Elizabeth en la situación de tener que justificar a uno de los bastardos de lord Kennedy —señaló Heath con tono galante. Aunque lo decía en serio, los hermanos Douglas pensaron que hablaba en broma.

Tal como prometió, Lancelot Carleton llegó al castillo de Carlisle el viernes. Cuando saludó a su prima segunda, lady Elizabeth Kennedy, observó en ella un cierto malhumor.

—Tu hijo Heron ha estado monopolizando a mi hija. Ha apartado deliberadamente a Christopher Dacre a codazos cada vez que intentaba prestar atención a Beth.

Lance Carleton sofocó la risa. El joven Dacre no era precisamente de los que se dejaban apartar por nadie, y la única mujer a la que probablemente prestaría atención era Raven.

—¿No será que Rob quiere un noble escocés para tu hija?

—Antes muerta. Beth tiene un carácter demasiado

dulce y bondadoso para ser sacrificada en el altar de un palurdo escocés. No tengo intención de regresar a Doon. La semana próxima Beth y yo pensamos trasladarnos a la vieja casa familiar de Rickergate, aquí en Carlisle.

—Elizabeth, no puedo creer que pongas en peligro tu matrimonio con el lord de Galloway. Es inconcebible.

—En primer lugar, es inconcebible que me casara con él. Beth no será sacrificada como lo fui yo.

Lance Carleton estaba conmocionado. Su prima segunda se las había ingeniado para pescar a uno de los terratenientes más ricos del clan Kennedy, tan orgullosos de su linaje que afirmaban descender de los reyes de Carrick, y, sin embargo, lo arriesgaba todo al oponerse a Rob Kennedy. Era como echar a pelear una pulga con un zorro.

Por la tarde, mientras Thomas Dacre y Lancelot Carleton bebían whisky, surgió el asunto de los desposorios. Dacre parecía dispuesto a tener en cuenta a Raven Carleton y su dote, pero no a aceptar un compromiso firme entre ella y su hijo Christopher.

—Vuestra parienta Elizabeth Kennedy no oculta que quiere casar a Christopher con su Beth —informó Dacre a Carleton.

—No obstante, Lizzie probablemente sí oculta que se ha separado de lord Kennedy. —Carleton no necesitaba señalar que Kennedy manejaba el dinero de su familia; la mente de Dacre rara vez pasaba por alto las cuestiones financieras.

—Entiendo —dijo Thomas Dacre con aire pensativo—. Ninguno de los dos tenemos prisa, Carleton. La semana que viene, cuando regresemos a Bewcastle, tantearé a Christopher sobre la posible futura boda con vuestra encantadora hija. Entretanto, que los chicos lo pasen bien mientras se van conociendo mejor.

Sir Lancelot sabía que su esposa Kate tenía una fe inquebrantable en que se alcanzaría un compromiso que podría ser anunciado en el baile de esa noche. Él intentó mitigar su decepción.

—Kate, es mejor así. Dacre y su hijo vuelven a Bewcastle la semana próxima; así Raven podrá tomarse más tiempo. Quiero estar seguro de sus sentimientos antes de llegar a ningún compromiso.

—¡Ella está segura!

—No, Kate, eres tú quien está segura. Has dejado claro que esperas que se case con alguien con título de nobleza y la has empujado inexorablemente hacia Christopher Dacre.

Kate Carleton soltó una carcajada.

—Lance, si crees que se puede empujar a Raven a algún sitio, te engañas. Ella siempre hará lo que se le antoje.

Antes de que las Carleton se vistieran para el baile Kate fue a la habitación que compartían sus hijas.

—Raven, tu padre está negociando con lord Dacre tus esponsales. Tengo fundadas razones para creer que oiremos campanadas de boda antes de que acabe el año. —Kate tocó la tela dorada de una capa que Raven había dejado sobre la cama—. Muy bonita. Por cierto, he estado pensando que hace mucho tiempo que no visitas a tu abuela. La tienes muy desatendida.

Los ojos de Raven se abrieron como platos. Durante años su madre había intentado apartarla de la influencia de su abuela. De súbito reparó en que su padre aún no había sido capaz de comprometer a Thomas Dacre en los desposorios, y que Christopher y su padre regresarían a Bewcastle. Disimuló una sonrisa. ¡Su madre estaba intentando manipularla!

—Cumpliré con mi deber y visitaré a mi abuela la semana próxima. ¿Querréis venir las dos conmigo?

Una idéntica pátina de horror impregnó al mismo tiempo el rostro de madre y hermana.

—¡Sabes que jamás en la vida hemos estado de acuerdo en nada! Es a ti a quien quiere, Raven.

Raven suspiró de alivio para sus adentros. ¡Tendría el campo libre para poner a Christopher Dacre de rodillas y que se le declarara! No obstante, vestirse para el baile de disfraces de aquella noche presentaba más de un inconveniente. Tenía que ponerse el vestido rojo de gitana y después cubrirse con la capa dorada que la disfrazaría de diosa ante su familia.

—Lark, deja que te ayude con tu disfraz. Después puedes ir a ayudar a madre mientras yo me visto.

Hizo falta casi una hora para que Lark estuviera lista para el baile. Había decidido ser la princesa Elizabeth de York, pues ya tenía un traje largo con rosas blancas bordadas. Lo que costó más fue la corona de rosas de seda: Raven llegó a pensar que nunca lograría sujetarla a los bucles rubios de su hermana. El antifaz de Lark estaba en el extremo de una varita, de modo que podía moverlo; parecía más una princesa de cuento de hadas que una de verdad.

—Lark, ven a ayudarme con mi disfraz de reina Ginebra. Creo que hay que cubrir el tocado de aguja con más velo —indicó Kate—, pero seguiré tus consejos al respecto.

Tan pronto las dos salieron del aposento, Raven se desvistió, se enfundó el vestido rojo de gitana, se colocó unos aros de oro en las orejas, y por último decidió ponerse también las medias negras. Se cubrió cuidadosamente con la capa dorada y se puso el antifaz también dorado. En el cinturón del vestido llevaba remetidas un par de amapolas de papel rojo que había comprado en la feria. Se las colocaría en el pelo más tarde, cuando reuniera el valor necesario para quitarse la capa y convertirse en una seductora gitana por el resto de la noche. ¡Raven ardía en deseos de ver la cara de Christopher Dacre cuando descubriera su identidad!

5

Heath Kennedy, vestido con un tartán de los Douglas, arrancó una tira de su vieja capa, le hizo dos aberturas para los ojos y se la colocó a modo de antifaz. La corta prenda llegaba hasta el hueso de la cadera, con lo que sus musculosos muslos quedaban al descubierto. No llevaba camisa; en su lugar, el tartán verde y azul le cubría un hombro ancho y desnudo y quedaba metido en el cinturón junto con la espada y el puñal.

Heath llegó tarde al baile adrede, pues si ya había mucha gente podría evitar que lo observaran demasiado. Pero no había contado con las muchachas. La noticia de que uno de los apuestos y poderosos Douglas estaba presente se propagó como un reguero de pólvora. Se agruparon y lo siguieron a una distancia prudencial, cuchicheando y sofocando risillas.

Heath se acercó a ellas a grandes pasos y se inclinó delante de Beth Kennedy.

—¿Me concedéis este baile, milady? —Advirtió la mirada de espanto de su hermanastra, de modo que antes de que pudiera negarse la arrastró a un *reel*, un baile escocés muy rápido—. Soy yo, Heath —le dijo en voz baja cuando se juntaban.

—Heath Kennedy, no concibo que te hayan invitado.

Él esbozó una sonrisa burlona.

—Creo que te alegra que yo no sea un Douglas.

—La verdad es que sí —reconoció Beth cándidamente—. Jamás sabré de dónde sacó mi hermana Valentina el valor para casarse con Ramsay Douglas. ¡Ese hombre da pánico!

—Valentina tiene valor para dar y vender. Y otra cosa buena: está a punto de dar a luz mellizos.

Beth palideció.

—Oh, Dios mío, por favor dile que lo siento mucho.

—¿Que lo sientes? Ella y Ram lo están celebrando como si fuera un regalo de los dioses. De todas formas, se lo puedes decir a nuestro padre. Se pondrá como un perro con dos colas. Para él el sol refulge en el trasero de Tina; pues ahora tendrá también una aureola en la cabeza.

Al ver que Beth no le censuraba su vulgaridad, supo que ocurría algo.

—¿Qué pasa, muchacha?

—No puedo decírselo; mi madre lo ha abandonado —susurró—. Ella quiere que me case con un inglés, y él no tolera algo semejante. La semana próxima nos trasladamos a la residencia urbana de su familia.

—¿En quién ha pensado Elizabeth para ti?

—En Christopher Dacre —susurró de nuevo Beth—. Me da tanto pánico como los Douglas.

Heath deseó estrangular a la esposa de su padre. El heredero de los Dacre no era una pareja adecuada para su inocente hermanastra. Chris Dacre tomaría su dote y después utilizaría a la pasiva muchacha como si fuera un felpudo.

—En ningún caso debes permitir que tu madre te obligue a unos esponsales. Debes imponerte, como siempre lo ha hecho Tina. Has de sacar las uñas, no agachar la cabeza, Beth.

—Aquí hay alguien que me gusta —dijo Beth en confianza y ruborizándose—. Se llama Heron Carleton;

me acompañó a la feria. —Se llevó rápidamente la mano a la boca, como si hubiera dicho algo espantoso.

Heath se quedó sorprendido. Se trataba del hermano de Raven. ¡El mundo era un pañuelo!

—Sir Lance Carleton, que fue administrador de este castillo, está emparentado con tu madre. Aunque sea inglés, es un hombre íntegro y de honor. ¡Si te gusta Heron Carleton, ve tras él!

Heath notó una mano en su hombro desnudo, y a través del antifaz miró al hombre que les interrumpía. Era Christopher Dacre. Dado que el baile había terminado y se buscaban parejas para el siguiente, Heath renunció a Beth sin decir palabra.

Desde el otro lado de la sala, Raven Carleton miraba asombrada cómo los dos hombres más guapos de la fiesta flanqueaban a Beth Kennedy. El terrateniente de los Douglas cedía la muchacha a Christopher Dacre. Raven decidió que ya era momento de deshacerse de la capa dorada. Se la quitó, la arrugó y la ocultó tras el tiesto de una planta. Se ajustó el antifaz en su sitio y tomó las amapolas rojas de su cinturón para colocárselas tras las orejas. Raven estaba resuelta a llamar la atención de Christopher Dacre.

Heath Kennedy, que estaba esperando ver el vestido rojo de gitana, reparó en Raven al punto. Recorrió con paso majestuoso el perímetro de la sala hasta que estuvo frente a ella.

—¿Me permitís ser vuestra pareja, milady?

La profunda voz provocó efectos extraños en el pulso de Raven. En vez de rechazarlo, decidió que aquel magnífico sir escocés podría despertar los celos de Chris Dacre.

—Desde luego, milord.

Heath la asió con fuerza de la mano y la condujo fuera de la sala de baile, a una terraza de piedra. Ella sintió un atisbo de miedo.

—¿Qué pretendéis?

—Os he preguntado si podía ser vuestra pareja —señaló él, apretándole la mano—. No he dicho nada de bailar.

—¿Pareja de qué? —preguntó ella, disimulando su recelo.

—Un ligero coqueteo. Una gitana de verdad no pondría reparos; una gitana de verdad tiene fuego en la sangre.

Con la punta de la bota levantó la falda para dejar al descubierto las medias negras de seda. Parpadeó.

—¡Tal vez seáis un señor de los Douglas, pero no un caballero! Si no me dejáis ir de inmediato, gritaré pidiendo ayuda a mi padre.

La blanca dentadura de Heath destelló en una mueca burlona.

—No creo que lo hagáis, Raven. Lo último que querríais es que vuestros padres os vieran vestida como una ramera gitana.

En cuanto él pronunció su nombre, ella supo quién era.

—¡Sois vos, canalla! —Y también supo que estaba atrapada—. ¿Qué queréis, Douglas?

—Pagad una simple prenda y os dejo marchar.

Raven se echó el pelo hacia atrás, se quitó una amapola roja de la oreja y se la dio.

El deseo fulminó a Heath como una estocada.

—Si vuestras amistades masculinas se contentan con las flores de papel, ya es hora de que aprendáis lo que quiere un hombre de verdad. —La estrechó entre sus brazos y le dio un beso largo, lento, deliberadamente seductor.

Raven empezó a forcejear, pero finalmente cedió.

¿De qué otra forma iba a aprender lo que deseaba un hombre de verdad? La cálida boca de él parecía reclamarla para sí, ahora y siempre. Cuando Heath se apartó, Raven se sentía excitada, algo mareada y desorientada. Se tambaleó levemente pero al punto abofeteó a aquel insolente.

—La primera vez que nos vimos, me dejasteis medio desnuda; ¡y esta noche habéis osado maltratarme, Douglas canalla!

Heath vio que sus ojos azul lavanda brillaban a través del antifaz.

—El nombre es Kennedy, cariño; por favor, no lo olvidéis. ¡La próxima vez que nos veamos, prometo hacer algo aún más ultrajante! —Saltó por encima de la balaustrada de piedra y fue engullido por las tinieblas de la noche.

Raven se quedó boquiabierta. ¡Aquel maldito canalla no llevaba nada bajo la falda! «Ha dicho que su nombre es Kennedy: ¿significa que es hermano de Beth Kennedy? —se preguntó—. No, seguro que hay cientos de Kennedy.» Raven pensó en por qué no lo había reconocido inmediatamente como el hombre de la frontera que le había robado a *Sully*. Seguramente porque había creído lo que le habían dicho: que era un terrateniente escocés. Se estremeció. Era un hombre peligroso y ella había tenido suerte de librarse de él. Regresó a la sala de baile con un tembleque en las piernas hasta quedar cara a cara delante de Christopher Dacre. Él absorbió con su mirada el llamativo vestido.

—No creerás que puedes entrar aquí a hurtadillas por el balcón.

A Raven le encantó que no la reconociera.

—¿No sabéis quién soy?

—¡Eres la gitana a la que pagué para que estuviera

anoche con Heron Carleton! Esto es una fiesta respetable. Lárgate.

Raven se sintió conmocionada, pero pensó que él sólo le estaba tomando el pelo.

—Christopher, me conocéis, ¿verdad? —preguntó indecisa—. Soy yo... Raven.

Hubo un breve silencio. Luego Chris Dacre dijo:

—¿Qué demonios hacéis vestida como una fulana gitana? Id a cambiaros antes de que alguien os reconozca, Raven.

Ella alzó la barbilla.

—No acepto órdenes de buen grado, sir.

Dacre reparó en que había metido la pata.

—Lamento haberos hablado con brusquedad, Raven, pero sois demasiado ingenua para daros cuenta de que este disfraz puede mancillar vuestra reputación.

«No tan ingenua como creéis», pensó ella con pesar. Suspiró resignada. Había elegido el disfraz sólo para deslumbrar a Christopher, pero dado que él estaba claramente disgustado, más valía que abandonara la idea de ser una gitana. Se quitó la flor roja del pelo y fue a recoger la capa dorada. Cuando vio que Christopher Dacre la seguía, de pronto recuperó la seguridad en sí misma.

—Quizá deberíais bailar con Beth Kennedy —soltó con sarcasmo.

Él le colocó la capa, galante.

—No quiero estar con Beth Kennedy. Quiero estar con vos, Raven. ¿Sabéis lo excitante que es saber que debajo de esta recatada capa lleváis un vestido rojo de gitana?

—¿Y que debajo llevo medias negras de seda? No, no tengo la menor idea de cuán excitante puedo ser —dijo con guasa.

—En ese caso, venid conmigo al balcón y os ilustraré.

—¿Y correr el riesgo de mancillar mi reputación?

No, milord. —Aunque Raven deseaba en secreto que Christopher la besara para poder comparar su beso con el de aquel descarado hombre de la frontera, era lo bastante mujer para saber que convenía mantenerlo a distancia con una mano y atraerlo con la otra. No tenía prisa.

Heath Kennedy regresó al lugar donde había dejado su montura, y acto seguido se dirigió donde pastaban los caballos del castillo, en el extenso prado que había más allá de las murallas. Su extraordinaria atracción por los caballos le había enseñado que, como las personas, aquéllos tenían espíritu de clan. Preferían agruparse en su manada, lo que facilitaría la tarea de esa noche. Imitó el sonido de un chotacabras y se alegró al recibir la respuesta que le indicaba que los hermanos de Douglas y su tripulación estaban esperando.

Heath reunió los caballos, contento de que la niebla y la oscuridad los ocultaran de los centinelas de la muralla. Cuando llegó donde se hallaban los hombres, no necesitó decirles que había que ir rápido y con sigilo. Los cascos de los caballos no hacían ruido en la musgosa hierba mientras los conducían al oeste, hacia la Puerta de los Irlandeses de la ciudad de Carlisle. No preguntó si los Douglas habían sobornado a los guardias o si simplemente los habían dejado fuera de combate. Sólo le preocupaba lograr sacar los animales de la ciudad amurallada sin provocar ningún grito de alarma.

Llevaron la manada hacia los riscos que se alzaban sobre el río Eden y a continuación los guiaron, por una entrada en la arenisca, al lugar donde estaban anclados los barcos de los Douglas. Les aguardaba la otra mitad de la tripulación, y en un momento metieron los caballos en las bodegas y levaron anclas para dirigirse a Solway Firth.

Tardaron sólo una hora en arribar a Annan, y antes de que los dedos rojos del alba llegaran a lo alto del cielo los caballos ya estaban fuera de los barcos, intactos tras su breve travesía fluvial. Gavin y Cameron Douglas estaban alborozados por el éxito de la operación, y lo único que lamentaba Heath era que su semental negro siguiese todavía en manos de Christopher Dacre. «¡Pero no por mucho tiempo!», se prometió.

Gavin Douglas decidió acompañar a Heath y la manada hasta Eskdale mientras Cameron llevaba las embarcaciones remontando el río Dee hasta el castillo de Douglas, su fortaleza en la frontera, donde Ramsay tenía amarrado su barco, *Venganza*.

Cuando Heath volvió con los caballos con que había estado trabajando durante más de un mes, Ramsay Douglas cabeceó incrédulo.

—¿Dónde rayos los encontraste?

—En el castillo de Carlisle.

—¡Por los clavos de Cristo! Tenía que haber pensado que Dacre estaba detrás de esto.

—Pillé al hijo de Dacre con las manos en la masa montado en *Blackadder*. Mi semental es el único que no pude recuperar.

—¿Cómo demonios lo conseguiste? —preguntó Ram.

—Me ayudaron. Gavin y Cameron los subieron a bordo de sus barcos y navegamos por el Solway hasta Annan.

En ese momento, Gavin llegó a caballo con una sonrisa de oreja a oreja y saltó de la silla. Ram paseó su mirada de uno a otro y volvió a menear la cabeza.

—Os parecéis tanto que os tomarían por mellizos. Estoy seguro de que es cierto el rumor de que Angus era antepasado vuestro.

—Hablando de mellizos, ¿aún no somos tíos? —preguntó Heath.

Ram negó con la cabeza.

—No me he apartado de su lado. A veces pienso que nunca parirá.

Gavin estalló en risas.

—Si no lo hubiera visto con mis propios ojos jamás lo habría creído... ¡Black Ram Douglas se ha vuelto casero, Dios santo!

—Ya te llegará el turno, chico —bromeó Heath.

Ram sonrió burlón.

—Nunca tendrá tanta suerte. Este capullo no tiene la menor idea de lo que se está perdiendo. ¡Mi mujer es única! Tina me hace sentir entero, completo, me llena de vida.

Gavin guiñó el ojo a Heath.

—Se le ha reblandecido el cerebro. Es lo contrario: él la llenó a ella de vida.

—Tenemos la mejor sangre de Escocia, ya es hora de empezar a duplicarla, y si tú no tienes agallas para el matrimonio, yo me encargaré del asunto; de dos en dos —ironizó Ram.

Si Gavin no envidiaba el matrimonio de Ramsay, Heath sí. Él deseaba tener una familia propia, pero rechazó la idea de una esposa debido a los dos grandes obstáculos que había en su camino: tenía sangre gitana y era un bastardo.

Heath vio a su hermana Tina recostada en unos cojines, junto a la ventana que daba al pequeño lago de detrás del castillo de Eskdale. Estaba observando extasiada a un par de cisnes llegados hacía dos días. Cuando ella lo miró, Heath contempló su aura recortada nítidamente contra las ventanas divididas por parteluces y se alegró de que fuera clara y vibrante.

—Ojalá pudiera convencer a los cisnes de que se quedaran. Los ha habido de vez en cuando, pero siempre acaban emprendiendo el vuelo.

—Podríamos atraparlos y cortarles las alas. Si ponen huevos y los incuban aquí, quizá los cisnecitos se queden —señaló Heath.

—Yo jamás le cortaría las alas a nadie.

Heath sonrió afectuosamente.

—No lo creo. —Se sentó a horcajadas en una silla para hablar con ella—. Anoche hablé con Beth.

—¿Beth? ¿Dónde diablos te la encontraste?

—A decir verdad, bailé con ella en una mascarada en el castillo de Carlisle; te juro que no me lo invento.

Los ojos de Tina chispearon divertidos.

—Yo te creo, ¡pero nadie más lo haría!

Burque, el chef francés, apareció con una taza de chocolate para la futura madre. Lo acompañaba Ada, que portaba una manta de viaje para arropar a Tina. Heath prosiguió con su relato; no había secretos entre los cuatro.

—Beth me contó que tu madre ha dejado a tu padre y pretende vivir en la casa de Rickergate, en Carlisle.

—¡Que me aspen! ¿Cómo ha tenido el descaro de abandonarlo? Cuando yo vivía en casa, si había una crisis mi madre se iba a la cama y me dejaba a mí el paquete.

La mirada de Ada recorrió la cintura de Tina.

—Ha sido un juego de palabras no intencionado.

—Al parecer, lady Elizabeth quiere un marido inglés para Beth. Puedo imaginarme los gritos y bramidos que nuestro encantador padre le dedicó —dijo Heath.

Tina formó hoyuelos al sonreír y tomó un sorbo de chocolate con fruición.

—¿Algún inglés en concreto?

—El heredero de Thomas Dacre, Christopher.

—¡Por la sangre de Cristo!

—¡Lo peor de lo peor! —resumió Burque.

—Mi madre debe de estar loca. ¡Ha de saber que Dacre siempre será mi enemigo por lo que le hizo a Ram!

Ada añadió unas palabras juiciosas:

—Sé por qué vuestra madre quiere al hijo de Dacre para Beth. Ella creyó que Thomas Dacre la pediría en matrimonio, pero en lugar de ello se casó con Rosalind Greystokes. Elizabeth se casó con Rob Kennedy sólo para demostrar que podía cazar un marido rico con título. No tenéis que preocuparos por Beth. Tu padre tiene la llave de la caja, y sin dote como cebo Elizabeth no pescará a Dacre para tu hermana.

—Pues menos mal, porque Dacre no es lo más apropiado para Beth —repuso Heath con una mueca—. Ella me confió que le gusta el joven Heron Carleton, cuyo padre fue administrador del castillo de Carlisle. Le aconsejé que tratara de cazarlo.

—Eres el mejor hermano del mundo; soy muy afortunada.

De pronto Heath sintió enfado en nombre de Valentina.

—¡Ahora mismo tu madre debería de estar aquí contigo, no rebajándose ante Dacre!

—Por Dios santo, no quiero que mi madre caiga sobre mí como una plaga bíblica. Ada vale por mil Elizabeths.

Ada parpadeó.

—¡Eso es lo que vuestro padre solía decirme! Por la pasión de Cristo, Tina, sois igual que él!

Los cuatro se troncharon de risa, pues Rob Kennedy le había dicho a menudo a Tina: «Por la pasión de Cristo, Tina, cada día te pareces más a mí.»

—Quizá nuestro padre tenía razón; él siempre comía por tres, y ahora yo hago lo mismo. ¿Qué hay para cenar, monsieur Burque?

—Brochetas de cordero y verduras, lo mejor para provocar el parto, *chérie*.

—Espero y deseo que sea por el hecho de comerlas, monsieur, y no por ninguna manipulación obstétrica —señaló Ada con cara seria.

Tina rió y se sostuvo el vientre.

—Qué divertida eres, Ada. Si no paras, acabaré dando a luz a base de carcajadas.

—Guardadme algo de comida, monsieur Burque. Quiero empezar a marcar los caballos que logré recuperar.

—¡Bien! ¡D por Douglas! —saludó Tina con su chocolate.

—D por Douglas o M por muerte a cualquiera que se atreva a robarlos otra vez —declaró Heath.

Tardó dos días en marcarlos todos. El tercer día llenó sus alforjas para otro viaje. Cuando Ram Douglas enarcó una oscura ceja en dirección a él, Heath sólo dijo:

—Asunto inconcluso.

—No hay necesidad de vagar solo por ahí como un lobo. Estarás más seguro si te acompaña una docena de hombres que te cubran las espaldas.

—Sólo voy a pescar.

Ram vio la espada que Heath llevaba. Se la había ganado a él jugando a los dados.

—¿A pescar con una espada?

—Es muy práctica para destripar y hacer filetes. Si no regreso, puedes empezar a buscarme por Bewcastle.

—¿En la mazmorra o en el cementerio? —repuso Ram lacónico.

—Si no estoy en un sitio, seguro que estaré en el otro.

—Puede que Dacre comprara los caballos legalmente.

—Tú y yo somos demasiado escépticos para creer eso —replicó Heath sin cambiar el tono. Azuzó al ruano castrado y se alejó a medio galope.

Heath cabalgó los veinte kilómetros a Magerton a paso regular; después puso al animal al paso y echó un vistazo a la ciudad, cada edificio, cada granja; y vio que en la región se había extendido la pobreza. Escrutó el rostro de todos los individuos con que se cruzó, y por último fue a beber algo a una taberna y aguzó el oído por si sonaba el nombre de Mangey. Hizo algunas preguntas al azar, y la gente le pareció asustada. Tardó casi todo el día, pero al final se enteró de que un clan de la frontera de nombre Armstrong, proscrito por el difunto rey de Escocia, aterrorizaba la zona. Cuando empezaron a ser perseguidos, los Armstrong se convirtieron en crueles bandidos y se volvieron contra los suyos.

Heath cabalgó por las afueras de Mangerton buscando rastros de algún campamento. Una espiral de humo por encima de los árboles lo atrajo hasta el extremo del bosque. Debajo de los robles divisó cuatro yeguas y supo enseguida que eran suyas. La cautela le advirtió que no se acercara más. Reprimió su curiosidad acerca de los hombres, pues en el bosque daba igual que fueran cuatro o cuarenta; tan pronto cayera la noche, iba a recuperar sus yeguas de cría.

Miró el cielo para calcular la hora; el sol ya se ponía. Retrocedió más o menos kilómetro y medio hasta que encontró un riachuelo. Desmontó y abrevó al caballo. De las alforjas sacó una bolsa de forraje para el animal, y a continuación, recostado contra un tronco, se comió un par de tortas de avena.

Heath pensó en los hombres del bosque. Seguramente eran de los Armstrong, y la evidencia de que estaban en posesión de sus yeguas los delataba como la gentuza que había intentado matar a Ramsay Douglas por dinero. Sabía que deseaba su muerte, pero aplacó su sed de venganza convenciéndose de que era un lujo que esa noche no se podía permitir. Recuperar sus yeguas primaba sobre el desagravio.

Las horas no pasaban para Heath, consciente de que debía esperar en la oscuridad hasta que los ladrones durmieran. La noche era inusualmente cálida; y el agua del riachuelo, una tentación demasiado fuerte. Al final cedió. Se quitó la espada del cinto y la dejó en el suelo; después se desvistió y depositó la ropa sobre el arma. Se metió en el agua, que le llegaba a las rodillas. No era lo bastante profundo para nadar, pero se arrodilló y hundió la cabeza dejando que el refrescante elemento corriera por su cuerpo. Se sintió muy bien, repitió la acción, pero en esta ocasión, tras sacar la cabeza del agua, se llevó una buena sorpresa al ver a cuatro hombres de la frontera, fornidos y morenos, con la mirada clavada en él. Sus inquietantes rostros le resultaban repulsivamente familiares.

La mirada de incredulidad de los recién llegados iba acompañada de murmullos entre dientes.

—¡Cristo todopoderoso, Mangey ha ido a cobrar el dinero!

—Calma. Lo matamos ahora. Da lo mismo.

Heath se maldijo por ser tan estúpido e imprudente. Jamás su instinto le había fallado tanto. El cuarteto estaba entre él y su ropa. Decidió que no habría más tentativas de ahogarlo, así que se puso en pie. El agua le resbaló por los miembros, haciendo que su oscura piel brillara mientras salía con cautela de la corriente.

—Así que encontraste la tumba demasiado húmeda, ¿eh, Douglas?

—Mi nombre es Kennedy. ¡Supongo que el vuestro es Armstrong!

Los cuatro intercambiaron miradas inquietas.

—¿Dónde está Mangey Armstrong? —preguntó Heath, sin importarle el hecho de que iba desnudo y chorreando.

Uno de los proscritos esbozó una mueca de satisfacción.

—Está vendiendo algunas de tus jodidas yeguas en la feria de caballos de Kelso. Te reservaremos para él.

—Al mismísimo infierno con Mangey —vociferó otro Armstrong—. Quiero este placer para mí, aquí y ahora. —Aquel bruto de pelo desgreñado abrió la boca y dejó al descubierto sus dientes picados—. ¡Y además lo mataré con su propia espada!

6

Heath aparentó quedarse paralizado mientras el proscrito sacaba el largo cuchillo del cinturón, pero en realidad sus músculos se estaban tensando, preparándose para el ataque.

El fiero patán miró las partes de Heath.

—Creo que antes de acabar con él haré algunos recortes. Vamos a divertirnos un poco.

Heath disponía sólo de una fracción de segundo antes de que los otros tres lo sujetaran. Se precipitó contra ellos y rodó por el suelo hacia su ropa. No fue lo bastante rápido para evitar la cuchillada, aunque al menos el corte fue en el hombro y no en la ingle.

Mientras Heath asía su espada de entre el montón de ropa, su furia volvió de golpe. El primer objetivo era el bruto que blandía su cuchillo. Con su potente antebrazo, Heath le inmovilizó el brazo y a continuación hundió la espada en su vientre y la sacó al punto. Después alzó la ensangrentada hoja y la blandió en un círculo letal para mantener a los otros a raya. El trío no tenía armas; el cuchillo de Heath, junto al moribundo, estaba fuera de su alcance.

Se apartaron cautelosamente de aquella figura desnuda y armada, pero por lo visto aún creían que podían reducirlo. Heath pensó que tenían cerebro de mosquito. Eligió un enemigo y cargó contra su garganta. Se volvió, asió a otro por su jubón de piel y le apoyó la punta de su espada en la barbilla. El tercero puso pies en polvorosa como si la Parca fuera tras él.

—¿Quién os ordenó matar a lord Ramsay Douglas? —bramó Heath.

—No sé... Mangey lo sabe.

Heath hundió levemente la punta de la espada en el vientre del hombre, lo bastante para provocar un hilillo de sangre.

—Has dicho que había ido a cobrar. ¿Dónde? ¿A Bewcastle? ¿Fue Dacre?

—¿Dacre? —repitió el bandido, como si jamás se le hubiera ocurrido tal posibilidad—. No; fue al norte, a Kelso. Mangey es nuestro jefe, el único que lo sabe. Él negocia y maneja el dinero.

—De rodillas y las manos atrás —ordenó Heath.

Cuando el robusto forajido obedeció, Heath tomó la cinta de cuero con que se recogía el pelo y lo maniató con fuerza. Se acercó al que yacía en el suelo y comprobó que estaba muerto. Sólo entonces se tomó su tiempo para vestirse de nuevo y agarrar su cuchillo preferido, con la estrella de cinco puntas grabada en su hoja. Con la espada empujó al superviviente para que se levantara; a continuación tomó las riendas de su caballo, y los dos se pusieron en marcha hacia donde los intrusos habían instalado su campamento.

Cuando llegaron estaba oscuro y las ascuas del fuego apenas se mantenían encendidas. Heath tomó una cuerda de su silla y ató al prisionero a un roble. Después examinó y abrevó a sus yeguas. Comprobó que estaban más delgadas y que no las habían atendido bien. Probablemente no habían visto avena desde que salieron de Eskdale, aunque gracias a la hierba no se habían muerto de hambre.

Los bandidos habían estado asando una pierna de cordero, y a Heath el hedor de la grasa rancia le revolvió el estómago. Arrojó el trozo de carne entre los árboles, reavivó el fuego y se sentó a trazar su plan. Se había visto obligado a matar a dos hombres en defensa propia y era lo bastante sincero para lamentar que su prisionero no hubiera muerto también en la pelea. Aquel repugnante villano no le servía de nada, pero no podía matarlo a sangre fría. Heath quería encontrar cuanto antes a Mangey Armstrong. Quizá debía limitarse a esperar a que regresara de Kelso, que sólo estaba a unos cincuenta kilómetros de Mangerton. Decidió esperar otro día; si Mangey no aparecía, él iría a Bewcastle.

En Rockcliffe, Raven Carleton estaba a punto de partir para Blackpool Gate a visitar a su abuela, dame Doris Heron. Su hermano la acompañaría hasta Stapleton, a unos veinte kilómetros de Rockcliffe, para ayudarla a entregar a un amigo de su padre dos aves de caza adiestradas por ella. Heron se negó a escoltarla la corta distancia que había entre Stapleton y la casa de la abuela por miedo a verse forzado a visitar a «la vieja bruja».

Dado que Raven no sabía cuánto tardaría su visita, también resolvió llevar consigo dos rapaces aún no adiestradas del todo. *Sultán* y *Sheba* eran valiosos halcones peregrinos que requerían atención diaria. Había comprado recientemente dos nuevos esmerejones, aún sin amaestrar, pero decidió dejarlos en Rockcliffe al cuidado del joven cetrero.

La madre de Raven tuvo una conversación privada con su hija antes de la partida.

—Sé que pasarás tiempo con Christopher Dacre y que probablemente te invitará a Bewcastle. Eres una chica lista, Raven; aprovecha esta oportunidad. —El tono de Kate Heron se aligeró cuando añadió—: Ni se te ocurra regresar a casa antes de haber pescado un marido. —Aunque madre e hija rieron, ambas sabían que no era ninguna broma.

Doris Heron sabía que su nieta preferida estaba de camino, pues aquella mañana un cuervo se había posado en el serbal del jardín.* No había ido por las brillantes bayas rojas, pues los cuervos comen carne. Por esto supo que era un augurio.

Dame Doris salió de su gran casa de piedra a recibir a su nieta.

—Raven, querida, sabía que venías.

—Abuela, he venido para una visita larga. He traído conmigo a *Sultán* y *Sheba* para seguir con su adiestramiento. —Bajó de *Sully* y tomó dos cajas de madera del animal de carga que acarreaba su equipaje.

—Llévalos a la despensa y ponlos en la percha.

Las mujeres entraron por la puerta de dintel arqueado; acto seguido, Raven sacó a los halcones de sus cajas y sujetó sus pihuelas a la vieja percha.

—Les dejaré puesto el capirote hasta que se calmen.

Una enorme liebre salió disparada de la despensa nada más notar la presencia de rapaces, y Raven rió por el peculiar amigo de su abuela.

—*Magick*, debes de pesar más de doce kilos; ¡mis rapaces no podrían levantarte!

—No, pero sabe que le sacarían los ojos a picotazos sólo por probar la golosina. —Dame Heron siguió a su liebre fuera de la despensa y bajó el resto del equipaje de

* En inglés, *raven* significa cuervo. (*N. del T.*)

Raven. Después llamó a un muchacho que estaba arrojando piedras a una charca y le ordenó que llevara a *Sully* y al otro poni al establo—. Ven, tomaremos hidromiel de brezo y charlaremos.

—Yo llevaré mis cosas, abuela.

—Chiquilla descarada, ¿acaso crees que ya no tengo fuerzas? ¡Si me lo propongo puedo llevarte a ti y a tu equipaje!

—Sé que puedes hacer cualquier cosa que te propongas —admitió Raven.

—Y tú también... Tienes poderes, cariño; ¡ojalá aprendieras a usarlos!

Doris dejó los bultos en la sala abovedada y después sirvió su hidromiel casero en copas de peltre. Raven lo bebió a sorbos con gratitud, saboreando la miel y el brezo ahumado. No sabía si también contenía algo de ruda, que desataba la lengua.

—Dime, Raven, ¿te has fijado ya en algún hombre?

—Tal vez.

—Espero que sea un hombre de la frontera. Para ti quiero un hombre de verdad, Raven.

—Prefiero que me despellejen viva —exclamó Raven con una carcajada—. ¡Al cabo de una semana estaría muerta de asco!

—Mejor alguien salvaje y fascinante como un carnero de monte que manso y soso como un perro faldero. —Doris le dirigió una mirada especuladora—. ¿Has encontrado ya una piedra de brujas? La que te di cuando eras pequeña no sirve; debes hallar la tuya para que te proporcione un poder grande y verdadero.

Raven dudó unos instantes, pero finalmente lo admitió:

—Sí, hallé una piedra de brujas. —Sacó del bolsillo la piedra con el agujero natural que la atravesaba y la sostuvo en la palma. Tras encontrarla, la había escondido porque le parecía algo ridículo. Pero ahora, junto a su abuela, no parecía haber nada frívolo en ello.

—Ya eres lo bastante mayorcita para saber que el agujero de la piedra es un símbolo de tus genitales.

—¿Por eso no le da poderes a un hombre?

Doris dejó escapar una risita.

—Un hombre necesita una piedra con forma fálica denominada piedra de los dioses. —Observó cómo Raven se ruborizaba y le dirigía una sonrisa de complicidad—. Llévate la piedra de brujas al pecho, cierra los ojos, respira hondo y concéntrate. —Miró con aprobación mientras Raven obedecía—. Ahora fúndete con la piedra. Siente su latido. Siente su fuerza y ensámblate con su potencia vital. Tiene el poder de curar. Nunca olvides dar las gracias por su energía y su poder.

—Lo siento realmente así —dijo Raven maravillada.

—Con los años te he enseñado todo lo que sé sobre hierbas porque aprendes deprisa. Ahora te enseñaré cómo combinar propiedades de las hierbas con el poder de la hechicería para que seas una sanadora invencible.

—¿Te refieres a la brujería? —preguntó Raven seria.

—Nunca utilizo esa palabra; es simplemente la hechicería. Una Solitaria que la practique adquiere tal empatía con la naturaleza que se vuelve una con ella. Debes reverenciar al Sol, la Luna, el viento, la lluvia, la tierra y el mar. Fuego, piedras, tierra, agua, trueno... todo tiene dentro de sí energía y poder que pueden ser aprovechados. Raven, creo que posees un alma antigua. Tu alma te habla; has de aprender a escucharla.

La joven se preguntó por qué su familia, y en especial su madre, pensaban que dame Doris decía tonterías. Para ella, lo que le decía su abuela tenía todo el sentido del mundo.

Doris apuró su copa de hidromiel.

—Por hoy es suficiente. Si quieres, mañana podemos hacer un ritual.

Raven alzó su copa y brindó.

—Nada me gustaría más, abuela.

Cuando despertaron temprano a la mañana siguiente, estaba lloviendo. Raven, sólo con la blusa encima, siguió a su abuela al exterior. Ambas iban descalzas y hundían los pies en la blanda tierra del huerto de hierbas. Elevaron los brazos y el rostro para que la suave lluvia purificara su cuerpo y su espíritu. La fragancia de la hierbabuena, mezclada con el aroma del tomillo y el romero, cargaba el aire húmedo, y Raven se embebió del perfume hasta que se sintió flotar. Había hecho esas cosas con su abuela desde que era pequeña, y no vio nada extraño en el ritual. Se le había enseñado a venerar las plantas, los insectos, todos los animales. Por eso le gustaban tanto las aves.

Por la tarde, cuando dejó de llover y salió el sol, Raven hizo volar a *Sultán* y *Sheba* en el extremo de Kershope Forest. Los halcones exploraban la inmensidad del nuevo y desconocido territorio, volando tan alto que casi se perdían de vista. Raven los envidiaba. Era una enamorada de la libertad y le hubiese encantado volar por el cielo. Había una imposibilidad física, aunque no espiritual si daba rienda suelta a su alma. Se sintió más tranquila cuando sus hermosas rapaces regresaron; era evidente que gracias a su adiestramiento no se sentían tentadas a escapar. Las devolvió a la despensa pero no les colocó el capirote.

Llevó a *Sully* al establo y después recibió la visita de su tío Johnnie Heron, hermano de su madre, que tenía una granja limítrofe con las tierras de la abuela y se ocupaba del establo de ésta. Habitante de la frontera hasta la médula, con sus bromas hacía reír a Raven hasta que le dolían las mandíbulas.

Aquella noche había luna llena y dame Doris decidió que había llegado la hora de iniciar a Raven en la hechicería. Extendió una túnica diáfana de tono lavanda pálido con hilos de plata para su nieta. Colocó incienso casero en un cuenco de peltre y después reunió los utensilios necesarios para realizar el rito mágico. Por último, abrió la ventana para que los espíritus del otro mundo pudiesen entrar.

Raven se puso la túnica, consciente de que sus piernas desnudas eran bastante visibles a través de la tela translúcida. Sabía que los colores tenían poder en sí mismos. El rojo correspondía a la guerra y la venganza; el azul, a la fertilidad y la creatividad, y el lavanda plateado, a las visiones y la adivinación mágica. Su abuela enrolló la alfombra para dejar al descubierto un gran círculo marcado con tiza en el suelo de losas. Dentro del círculo había una estrella de cinco puntas. Raven colocó su mano en la de su abuela, respiró hondo, y juntas entraron en el círculo mágico.

Primero, dame Doris encendió cuatro velas de color amarillo, pero dejó una purpúrea y dos verdes sin encender. También los números tenían poder, siendo el siete el más místico. Después llevó la mecha encendida, hecha de resina de pino y flores de nébeda y rociada con milenrama, al incienso del cuenco de peltre. Situó a Raven de tal forma que la luna fuera visible a través de la ventana abierta y le dio instrucciones.

—Repite conmigo:

Cuando veo la luna nueva
me corresponde levantar el ojo,
me corresponde doblar la rodilla,
me corresponde inclinar la cabeza,
dedicando alabanzas, a vos, luna que me guiáis.

Raven salmodió las palabras de su abuela y aguardó nuevas instrucciones.

—Ahora vierte la leche en el agujero de la piedra y haz una ofrenda a Hécate, la diosa del lado oscuro de la luna.

Con cuidado, Raven vertió la leche de oveja en la piedra elíptica de ágata roja y contempló maravillada cómo parecía volverse rosa.

—No reprimas tu mente, Raven. La luna gobierna los instintos, los sentimientos, los sueños y las intuiciones. Representa los aspectos ocultos, místicos y desconocidos de la naturaleza, y arrojará luz sobre lo imprevisto y te proporcionará revelaciones sobre tus enemigos secretos. Ábrete, Raven, como una enredadera que florece de noche.

La joven cerró los ojos y respiró hondo, con regularidad, tratando de abrir su mente y su espíritu a las fuerzas naturales del universo. Notó que algo le tocaba la cabeza y abrió los ojos rápidamente, pero sólo era el bastón de su abuela. A continuación, sintió que un torrente de energía le entraba por la coronilla y le fluía cuerpo abajo hasta provocarle un hormigueo en la planta de los pies. La túnica se agitó en torno a sus piernas desnudas, y las cortinas de la ventana abierta bailotearon como azotadas por una ráfaga de viento. De pronto, todo se detuvo.

—Las velas verdes representan el amor y el matrimonio, el púrpura es el deseo de tu corazón. Enciende primero las verdes y reflexiona sobre a quién quieres por esposo, y después la púrpura e imagina el deseo de tu corazón.

Raven tomó la mecha del incienso ardiente y prendió la primera vela verde. Hizo aparecer en su mente una imagen de Christopher Dacre, alto y rubio, y acto seguido llevó la mecha a la segunda vela verde. En su cabeza apareció espontáneamente una imagen del hombre de la frontera llamado Kennedy. Su semblante oscuro y su largo cabello negro contrastaban con los rasgos del otro hombre. Raven lo rechazó al instante. ¡No! Sin embargo, como si él se resistiera a ese rechazo, la llama de la primera vela verde chisporroteó y se apagó mientras la segunda se alargaba y ardía espléndidamente. Raven volvió a encender la vela que se había apagado y se concentró en la visión de Christopher Dacre. Cuando logró fijar su atención firmemente en él, encendió la vela purpúrea.

Raven tuvo una visión de un halcón como *Sultán*. La rapaz bajaba en picado en torno a ella describiendo un gran círculo, y después ascendía hasta el techo. Se quedó sin aliento cuando vio un cuervo negro huir del halcón, aunque sabía que éste lo atraparía. No obstante, el gran halcón se limitó a obligarlo a volar al mismo ritmo. Raven se quedó fascinada, mirándolos volar juntos, a través de la ventana, hacia la noche.

Dame Doris dejó su bastón y tomó un pequeño puñal. Besó la hoja de doble filo y le tendió la empuñadura a Raven.

—Tan pronto te hagas sangre con este puñal, te pertenecerá a ti y a nadie más. Corta siempre las hierbas medicinales con este cuchillo —aconsejó—. Que te brinde buen servicio.

Raven dudó sólo un instante. Tomó posesión del puñal de empuñadera negra, se hizo un corte superficial en la yema del dedo y dejó que las gotas de sangre discurrieran por la hoja. «Ya está hecho, para bien o para mal»,

pensó. Había sido iniciada en la hechicería. Se humedeció los dedos con la lengua y apagó las llamas de las siete
velas. A continuación tomó sal, una ofrenda final a la diosa, y la echó sobre el incienso para apagarlo. Dio las gracias a la deidad, y finalmente las dos mujeres salieron del
círculo mágico.

—¿Has tenido alguna visión, querida?

—He tenido dos —respondió Raven con aprensión.

—Cuando encendiste las velas verdes viste al hombre
con el que querrías casarte —dijo dame Doris, sapiente.

—Así es. Vi a Christopher Dacre, heredero de lord
Thomas Dacre, Vigilante Principal de la Marca, nombrado por el rey Enrique.

—Dacre. —La anciana repitió el nombre con tono
neutro—. Ese muchacho desempeña un papel destacado
en tu futuro.

A Raven se le formaron hoyuelos al sonreír.

—Lo sé. Dentro de poco vendrá a visitarme. Y si me
invita, mejor dicho, cuando me invite a Bewcastle, ¡iré!

—Bien. Necesitas más experiencia con los hombres;
has crecido demasiado protegida. Tienes grandes poderes,
pero recuerda siempre que el mayor poder de una mujer reside en su sexualidad. Nunca tengas miedo de explorarla y
utilizarla. De momento tienes una sexualidad inocente que
atrae y seduce a los hombres. Pero a medida que adquieras
experiencia, serás capaz de lograr ascendiente sobre cualquier hombre. —Miró de cerca el rostro de su nieta—.
¿Qué pasó cuando encendiste la vela purpúrea?

—He tenido una segunda visión. Sabes que el deseo
de mi corazón es adiestrar aves de caza... Vi un halcón y
un cuervo que volaban juntos. Obviamente el cuervo era
yo. Aunque a mi madre no le gusta que me dedique a esto, sé que estoy haciendo lo correcto, pues hago caso a
mi corazón.

—Tu corazón es la puerta de entrada a tu alma, cariño mío. Pero nunca olvides que es el alma, no el corazón, quien tiene la última palabra. Cuando tu alma te hable, debes escucharla.

Raven sonrió cuando vio que la liebre de su abuela salía cautelosa de su escondrijo.

—¿También tú has tenido la visión, *Magick*? —La peluda criatura avanzó a saltos por el suelo y olisqueó un objeto negro que había sobre las losas—. ¡Es una pluma, una pluma de cuervo! Si sólo era una visión, ¿cómo ha llegado aquí? —Raven la tomó y miró a su abuela esperando una explicación.

—La diosa te ha dejado un regalo, un talismán. Objetos como plumas, caparazones o cuernos procedentes de seres vivos encierran gran poder y energía.

Raven rió alborozada.

—Esta noche dormiré con ella bajo la almohada; así mis sueños serán mágicos.

Pasó mucho rato hasta que Raven consiguió conciliar el sueño, pues su mente no hacía más que juguetear con el recuerdo del rito realizado con su abuela. Revivió todos los detalles, palabras e imágenes, intentando adivinar sus significados. Se preguntó por qué demonios se había entrometido la imagen del oscuro hombre de la frontera cuando ella concentraba toda su atención en Christopher Dacre. Le irritó muchísimo que aquel descarado canalla se introdujera en su ritual. Parecía representar una vaga amenaza, y ella juró desterrarlo de su conciencia. Poco a poco fue cayendo en un sueño ligero, aunque las imágenes seguían presentes.

Se hallaba en una torre de un castillo con Christopher Dacre. Raven llevaba la camisa de su hermano. Dacre apagó las velas y la estrechó entre sus brazos. Ella se soltó, tímida, y volvió a encender las velas.

—*Vas demasiado deprisa, Christopher. No deberíamos estar solos en un dormitorio.*

—*¿De qué otra forma podríamos conocernos... íntimamente?* —De nuevo la tomó entre sus brazos y le miró los labios con avidez. *Apagó las velas y buscó su boca.*

Raven no se resistió al beso, resuelta a explorar su sexualidad. De repente, las velas volvieron a encenderse por sí solas, con sus llamas alargándose brillantemente. Ella abrió los ojos y vio los cálidos y avellanados ojos del hombre de la frontera llamado Kennedy. Llevaba el torso descubierto hasta la cintura, y aquella desnudez hizo retroceder a Raven.

—*¡Vos! ¿Cómo os atrevéis?*

—*Gozasteis enormemente del beso, Raven. ¡No podéis negarlo!*

—*¡Gocé del beso de Christopher Dacre, cerdo arrogante!*

—*Estáis soñando, Raven.*

—*¡Ya sé que estoy soñando, canalla!*

—*¿Imagináis que permitiría que Dacre os besara y acariciara?*

—*¿Permitir? ¿Permitir... vos?* —soltó ella con desdén, disimulando su miedo—. *¡Soy yo quien permite que Chris Dacre me haga la corte! ¡Estamos prometidos en matrimonio!*

—*Raven, soy yo quien os corteja, ¡y si os resistís, será un galanteo bastante tormentoso!* —Para dar fe de sus palabras, la rodeó con sus brazos y poseyó totalmente su boca y sus sentidos.

La alzó y la llevó a la cama. Ella forcejeó valerosamente, pero fue en vano.

—*¡Cubríos!* —exigió, sintiéndose víctima de un ultraje.

Él vestía sólo una falda, y ella sabía que debajo no llevaba nada más. Para su asombro, notó que él le desabrochaba la camisa y se la quitaba. Después la atrajo hacia sí, y sus senos chocaron blandamente con el amplio pecho del intruso.

—*Deseo algo más, soberbia belleza mía. Exijo una prenda.* —La estrechó posesivamente y le acarició las piernas desnudas.

Desesperada, Raven metió la mano bajo la almohada y sacó la pluma negra. Se la tendió y él la aceptó. Ella se relajó aliviada. No obstante, suspiró de anhelo cuando la imagen de él empezó a devanecerse, y se agitó inquieta en su sueño. Con su palma se cubría el pecho que la mano del hombre de la frontera le había tocado de manera tan posesiva sólo un momento antes.

Cuando Raven abrió los ojos por la mañana, las imágenes todavía la acompañaban. Le indignaba que aquel descarado hubiera invadido su sueño. La idea de que la tocara, de que se acostara con ella, le provocaba una sensación de furia interior pese a que sólo había sido un sueño. Parecía tan real que metió la mano bajo la almohada en busca de la pluma de cuervo. Al no notar nada, alzó el cojín y comprobó que no estaba. Buscó desesperadamente por la cama con manos temblorosas, pero la pluma negra había desaparecido. Raven apretó los labios airada y juró que en lo sucesivo debajo de la almohada dejaría su puñal, no una inútil pluma a la que ella había atribuido propiedades mágicas. Después se convenció de que la pluma no había existido jamás, que sólo había sido un producto de su imaginación.

7

Durante toda la noche, Heath Kennedy dormitó a ratos. Aunque la herida del hombro le impedía dormir, era superficial y no le preocupaba. Sabía que una vez dejara de sangrar, sanaría sin dificultad. Al alba, oyó un crujido en los arbustos y se arrastró con sigilo para investigar. Era un zorro atraído por el olor de la pata de carnero que había arrojado entre los árboles. Desenvainó el cuchillo y se abalanzó sobre el animal que sería su provisión de alimento para los dos días siguientes. Decidió conservar la piel del zorro. Después de limpiarla y secarla se podría hacer con ella una excelente zamarra plateada.

Heath reavivó el fuego y desolló al animal para asarlo, tras lo cual buscó unas hojas de bardana para limpiarse la herida y aliviar el escozor. Era consciente de la mirada rencorosa del prisionero, por lo que fue cauto al desatarle las manos para que hiciese sus necesidades. Después lo ató de nuevo y llevó sus yeguas a un pastizal. Cuando la carne estuvo hecha, Heath le dio una torta de avena a su cautivo y para él cortó un trozo crujiente y jugoso de carne.

Cuando hubo saciado su apetito se sintió mejor; pese a que su mente seguía inquieta, la comida siempre servía de paliativo. Cierto instinto le decía que, estando allí a la espera de Mangey, era un blanco fácil. Puede que el jefe no regresara solo, sino con otros miembros del clan de los Armstrong. Quizás alguien de Mangerton había informado de su presencia a los hombres de la frontera. Lo habían sorprendido en el río porque lo estaban buscando.

Heath dio de comer a su caballo, metió en la alforja varios trozos de carne y apagó el fuego echándole tierra encima. Cuando su ruano hubo dado cuenta de las tortas de avena, Heath lo ensilló y después ató sus yeguas con un ronzal para conducirlas con más facilidad. Por último, sujetó al prisionero a la silla del ruano. Cabalgaría despacio hasta Bewcastle; el hombre caminaría por delante de él, y así podría verlo en todo momento. Si sus sospechas eran fundadas y Dacre era quien les había ofrecido dinero por matar a Ramsay Douglas, Mangey no había ido al norte, a la feria de Kelso, sino al sur, a Bewcastle.

Heath cruzó la frontera desde Liddesdale a Inglaterra y se dirigió al sur. Cuando llegaba a las inmediaciones de Bewcastle, ya oscurecía. Aunque rodeada de árboles y riachuelos, la fortaleza inglesa estaba casi a un kilómetro de la espesura del bosque, por lo que Heath acampó en el bosque. Abrevó a sus caballos y los ató. No encendió fuego; comió carne fría y le dio algo al prisionero. Caída la noche, Heath decidió ir a pie a inspeccionar la fortaleza. Tras un momento de duda, arrancó una tira de su camisa de hilo y amordazó al fornido hombre de la frontera; no le convencía dejarlo y lo llevó consigo.

El rastrillo de hierro de Bewcastle estaba vigilado, por lo que Heath evitó la entrada principal, y con el cuchillo en una mano y la cuerda con que sujetaba al cautivo en la otra avanzó con sigilo alrededor de las enormes murallas. Se paró en seco al ver, en el muro posterior del castillo, a dos hombres apostados junto a la puerta de salida.

El amordazado hizo un ruido con la garganta, pero Heath lo conminó con el cuchillo a que se callara. Uno de los dos hombres era el que había huido de la espada de Heath. El segundo no era otro que el jefe, Mangey. Los hombres estaban enfrascados en una conversación, y aunque se encontraban demasiado lejos para que Heath pudiera oír lo que decían, era evidente que se trataba de un altercado.

De pronto, Mangey propinó un puñetazo al estómago del otro hombre, que cayó al suelo. Sólo cuando el agresor se agachó para limpiarse la mano en la hierba reparó Heath en que el bandido sujetaba un puñal. La víctima se encogió formando un ovillo, y al poco su cuerpo quedó inmóvil. Mangey habló con alguien del interior, salió un hombre y entre ambos arrastraron el cuerpo adentro. De nuevo el prisionero soltó un gemido gutural, y Heath tuvo que aguantarse las ganas de acabar con él de una vez.

Regresó al bosque con pensamientos homicidas. De súbito oyó el sonido del chotacabras. Después de responder, vio a Gavin Douglas y cuatro de sus hombres aparecer entre los árboles donde estaban atadas las yeguas.

—No te enfades... Ram insistió en que viniéramos.

—Cuidado, Gavin, estoy de un humor de perros. Se me acaba de escapar el único hombre que podía relacionar a Dacre con el complot para matar a Ramsay. El muy bribón se ha puesto a salvo dentro de Bewcastle.

—¿Y éste quién es? —Gavin señaló al prisionero.

—Una basura inútil que jura no saber nada. De momento lo mantengo con vida, pero aún no he terminado con él. —Heath añadió—: Dios, si Mangey está a resguardo dentro de Bewcastle, no conseguiré llevar a Dacre ante un tribunal. ¡Quiero tomar Bewcastle por asalto y hacer que ese indeseable pague por sus fechorías!

—No hay duda de que encontrarás el modo de que

Dacre pague su crimen —dijo Gavin—. Pero creo que, más que andar rondando por aquí, sería conveniente llevar a Eskdale las yeguas que has recuperado.

Heath desenfundó el cuchillo y empezó a afilarlo. El odio a los Dacre casi lo consumía. Justicia demorada era justicia denegada.

—El resto de mis yeguas de cría seguramente está dentro de Bewcastle, y Christopher Dacre todavía tiene mi semental negro.

Gavin Douglas sabía que era mejor no discutir con él. El orgullo, la obstinación y la tenacidad de Heath le impedían irse sin lo que era suyo. Resignado, Gavin desensilló el caballo e indicó a sus hombres que pasarían allí la noche.

Heath sacó carne de su alforja, la troceó y la ofreció a los recién llegados.

—No es erizo —les aseguró lacónico.

—¿Qué demonios es? —preguntó Gavin con una mueca.

—Zorro —respondió Heath con seriedad.

El sol naciente despertó a Heath y al poco pudo ver a Christopher Dacre cabalgar solo bajo el rastrillo de Bewcastle. Aquel canalla arrogante iba a lomos de *Blackadder*. De repente a Heath se le ocurrió cómo conseguir que Dacre pagara por lo que había hecho, y sonrió con furiosa anticipación. Tarde o temprano el joven Dacre regresaría, y entonces Kennedy y Douglas estarían esperándolo.

Raven Carleton se sintió encantada cuando Christopher Dacre llamó a la puerta. Sabía que vendría, pero le sorprendió aquella celeridad. Fingió asombro por la visita. Raven tenía a punto un traje de montar especial para cuando él llegara: una fina camisa negra hasta las rodillas que realzaba sus altas botas de piel de becerro, zamarra de terciopelo carmesí con trencillas negras en el cuello y las muñecas, gorra de terciopelo rojo tocada con una pluma negra de avestruz, y guantes de piel negra con abalorios carmesí bordados.

Raven presentó a lord Dacre a su abuela, y estuvo a punto de abrazarla cuando dame Doris Heron les sirvió vino y a continuación se retiró para dejarlos a solas.

—Vuestra abuela es una mujer muy perspicaz.

Raven sonrió formando hoyuelos.

—Más de lo que podéis imaginaros, Christopher Dacre.

—Ah, sin duda una maga que hace sortilegios y prepara brebajes en su despensa.

—Reíros cuanto queráis, sir, pero tened cuidado con lo que bebéis.

Chris Dacre alzó su copa de vino y la apuró lentamente.

—Con vuestro brebaje de amor me habéis nublado el sentido. —Dejó la copa y tomó las manos de Raven entre las suyas—. Venid a Bewcastle. Quiero estar con vos.

—Una invitación muy sugestiva. Ya que es un trayecto de sólo cinco kilómetros, supongo que podré ir y quedarme una hora —dijo ella con tono alegre.

—No quiero que os quedéis una hora, Raven.

—¿Cuánto tiempo, pues? —repuso ella, seductora.

—Para siempre. —Los ojos de Dacre estaban clavados en su boca.

Raven recobró el aliento.

—Sois un bromista fatal, Chris Dacre.

—No, Raven, vos me tomáis el pelo a mí. Venid para quedaros una semana, un mes —suplicó.

—¡Eso es imposible! —Se echó el cabello por los

hombros en un calculado gesto femenino que desmentía sus palabras.

—No es imposible, Raven. Si aceptáis mi invitación, juro que todo será como Dios manda. Si sois mi huésped en Bewcastle, se observarán todas las reglas del decoro.

—No se observarían las reglas del decoro a menos que estuviéramos formalmente comprometidos, Christopher. —Le dirigió una sonrisa embelesadora—. Permitid que suba a cambiarme; después cabalgaremos hasta Bewcastle. Pero debéis prometerme que me traeréis de vuelta al anochecer.

Arriba, la abuela ayudó a Raven a ponerse su pintoresco traje de montar.

—¿Llevas tu piedra y tu puñal?

—Sí. —Raven abrazó a la anciana—. Te aseguro que Chris Dacre encontrará el modo de convencerme de que me quede en Bewcastle. —Los ojos de Raven chispearon con malicia—. Si no regreso esta noche, no te preocupes. Tengo todas mis cosas empacadas; si decido quedarme, mandaré por ellas.

—Adiós, cariño —La voz de dame Heron tenía un tono melancólico—. Hoy empieza la aventura de tu vida. No olvides usar tu poder, Raven.

Al ver la reacción de Christopher ante su llamativo atuendo, Raven supo que había elegido bien.

—Lamento haberos hecho esperar.

—La espera ha valido la pena —le aseguró él, los ojos demorándose en la redondez de sus pechos bajo la ceñida zamarra carmesí.

Mientras uno de los mozos de Heron sacaba a *Sully* del establo, Raven lanzó a Chris una provocativa mirada de soslayo con una caída de sus largas y negras pestañas.

—No os importa si llevo también mi par de halcones, ¿verdad, Christopher? Necesitan ejercicio. —Raven sabía que si se quedaba en Bewcastle durante una semana, debía llevar consigo las valiosas aves de caza.

—¿Son vuestros estos peregrinos? —preguntó Dacre sorprendido.

—Sí, una preciosidad, pero aún muy jóvenes.

Dacre miró el macho de ojos ávidos.

—No hay duda de que vuestro padre os consiente todo.

—Creo detectar una nota de desaprobación en vuestra voz —repuso Raven jocosamente mientras bajaba a las rapaces de sus perchas.

Él disimuló la censura que habían revelado sus palabras.

—Tal vez sea envidia. Me gustaría ser yo quien os consintiera todo.

Salieron al sol exterior, y Raven le cedió un instante las aves para subirse a lomos de *Sully*. Después las tomó de nuevo para que Dacre montase en su nuevo semental negro. Le dio a elegir uno de los halcones, y él prefirió el macho, como ella suponía. Raven sonrió para sus adentros; Christopher Dacre era muy previsible.

Cabalgaron unos tres kilómetros en dirección a Bewcastle antes de lanzar los halcones. Mientras las aves se elevaban hacia el cielo, Chris Dacre desmontó y ayudó a Raven a hacer lo propio. Sus manos se entretuvieron en la cintura de ella y la atrajo hacia sí para darle su primer beso. Raven cerró los ojos, pero los abrió al instante y miró aquellos ojos gris verdosos que tenía delante, tranquilizándose al ver que el hombre que la besaba era realmente Christopher. Después se rió de su propia necedad.

—¿Por qué reís? —graznó él.

—Porque soy feliz.

—Hacedme feliz, Raven. Quedaos en Bewcastle conmigo —le rogó.

—Me gustaría —dijo ella para reforzar las esperanzas de él y luego defraudarle a propósito—, pero no puedo. —Le dio la espalda para volver a subirse a *Sully*, pero él la retuvo.

—Raven, si venís podéis consideraros comprometida.

Ella recobró el aliento.

—¿Me estáis pidiendo que me case con vos?

Él la miró fijamente.

—Ya que es la única forma de estar con vos, he decidido teneros definitivamente.

Raven sabía que el heredero de lord Dacre estaba acostumbrado a conseguir todo lo que quería.

—Sois muy impetuoso, Christopher. Ahora tendréis que armaros de paciencia mientras yo tomo mi decisión —contestó ella con tono ligero. *Sheba* regresó a su muñeca sin su presa, y Raven sospechó que el halcón hembra la había devorado. Colocó a la rapaz en su arzón.

—Vuestro halcón necesita un amo con mano dura.

Raven echó la cabeza atrás.

—Supongo que no estáis insinuando que yo también lo necesito. Uno de los incentivos para casarme es la libertad que ello me proporcionaría.

Él acarició con un dedo el jaspeado plumaje crema y gris de *Sheba*.

—Según mi padre, la libertad no es buena para una mujer. —«¡Dios mío, me gustaría domesticarla, más que al halcón!»

A Raven le brillaban los ojos.

—Si me niego a casarme con vos, ¿me llevaréis a la fuerza, como hizo vuestro padre con vuestra madre?

—Pensaba que no queríais un amo.

Raven rió.

—¡Por supuesto que no! De todos modos, creo que es lo más romántico que he oído jamás.

101

—Aquí viene mi halcón... Maldición, se ha quedado en la copa de aquel árbol y ahora no bajará.

—*Sultán* no está acostumbrado a los hombres. Vendrá conmigo.

Cuando Raven se alejó de Chris Dacre, *Sultán* voló hasta su muñeca y liberó la agachadiza que había cazado. Raven cedió el halcón a Dacre.

—¿Queréis intentarlo de nuevo? —Su invitación encerraba doble sentido.

—Acerquémonos a Bewcastle; allí hay caza abundante.

Raven, riendo, estuvo de acuerdo.

—Queréis aseguraros la presa. ¡Mostradme el camino!

Dacre afianzó a *Sultán* en su arzón, montó en *Blackadder* y cabalgó entre los árboles dejando a Raven bastante rezagada. De repente vio en el camino a un caballo y su jinete: el oscuro hombre de la frontera con el que había discutido en la Feria de Carlisle. Presintiendo peligro tiró de las riendas, pero al punto se vio rodeado.

—¿Qué queréis? —preguntó.

—Mi caballo. —El tono era inexorable.

La mirada y la voz de aquel hombre eran tan amenazantes que Dacre sintió un escalofrío. Vio que aquellos hombres llevaban a la fuerza al hermano de Mangey Armstrong, atado y amordazado, y tuvo buen cuidado de fingir que no lo reconocía. De pronto, Dacre hincó sus talones en los flancos del caballo y lo azuzó en un desesperado intento de huir. Heath Kennedy fue tras él en un suspiro, y los hombres de Douglas cerraron filas para atraparlo. *Blackadder* se encabritó aterrado, la sangre en sus ijadas claramente visible sobre su liso pelaje. Heath saltó de su ruano y agarró la brida del semental negro. Después asió a Dacre, lo derribó y le asestó un puñetazo en la cara.

—Maldito cabrón, si vuelvo a ver que maltratáis a otro caballo, os daré de latigazos.

—¡Llevaos el maldito caballo! —exclamó Dacre desesperado.

—Lo que haré es llevaros conmigo a los dos.

En ese momento Raven apareció en escena. Cuando vio que Dacre se levantaba del suelo, gritó:

—¡Christopher! ¿Qué pasa?

Se fijó en los jinetes que los rodeaban y entonces reparó en aquel hombre de la frontera que respondía al nombre de Kennedy. El miedo le erizó el cuero cabelludo. Sabía que era alguien peligroso, había percibido su sutil amenaza cada vez que ambos habían estado cerca, aunque ella lo había ignorado deliberadamente. De pronto el enfado venció al miedo.

—¡Canallas escoceses! ¿Cómo osáis atacarnos sin mediar provocación?

Heath Kennedy la miró a los ojos, incrédulo.

—Raven Carleton, ¿qué diablos estáis haciendo aquí?

—Voy de visita a Bewcastle con Christopher Dacre.

—Los indeseables como él manchan vuestra reputación —le espetó él, airado.

—¡Estamos prometidos! Christopher Dacre y yo vamos a casarnos.

Sus palabras, como flechas con punta de acero, dieron en el blanco. Jamás en su vida Heath Kennedy había deseado nada tanto como a Raven Carleton. El deseo que le despertaba era tan fuerte que le hubiese arrancado sus elegantes ropas y la hubiese tumbado en la hierba para marcarla a fuego. Aquella sinuosa belleza era un desafío para su virilidad, y la idea de que ella perteneciera a Christopher Dacre le resultó insoportable.

—Es extraño —se mofó con desprecio—. En Carlisle, Thomas Dacre estaba pensando en Beth Kennedy como pareja para su valioso hijo y heredero.

—Las cosas han cambiado mucho —dijo Raven con altanería—. Christopher y yo estamos prometidos.

«No por mucho tiempo», juró Heath en silencio. «¡Me llevo a *Blackadder* y os llevaré a vos!» De pronto sintió regocijo, pues de ese modo los Dacre pagarían por más de una vía. ¡No podía haber planeado una venganza más perfecta que secuestrar a Christopher Dacre y a su pretendida novia!

—¡Bien! —dijo—. Lord Dacre estará aún más dispuesto a pagar rescate por la futura esposa de su hijo. —Se dirigió a Gavin—: También nos la llevamos.

Gavin Douglas sonreía enseñando los dientes como un salvaje.

—A menudo he querido secuestrar a una mujer, pero siempre he acabado desistiendo. Pueden surgir muchos contratiempos, sobre todo si se trata de mujeres inglesas.

—¡Liberadla! ¡Dejadla ir! —gritó Dacre.

—Cerrad el pico —ordenó Heath—. Y ya puestos, dadme vuestras botas.

Tras un momento de vacilación, Dacre se quitó las botas con espuelas y se las entregó a Kennedy, que las arrojó entre los árboles y después le ordenó que montara el ruano.

—Llévatelo —le dijo a Gavin, y contempló con satisfacción cómo los hombres de Douglas se dirigían al oeste con sus prisioneros y sus yeguas.

Raven saltó de la grupa de *Sully* para encararlo.

—¡Debéis de estar loco! ¡Llevarlo a Escocia es secuestrarlo!

—Veo que lo habéis entendido.

—¡No iré con vos!

Heath la ignoró y se dedicó a recoger hojas de bardana.

Raven se sulfuró ante la indiferencia de él. Se llevó la mano al bolsillo, apartó la piedra de las brujas y empuñó el puñal. Lo sacó con sigilo y se abalanzó sobre su captor. En un instante se encontró de espaldas en el suelo y con el hombre de la frontera a horcajadas sobre ella. Le abrió los dedos para quitarle el cuchillo.

—Milady, haréis exactamente lo que se os ha dicho. —ordenó. La miró y se preguntó si había consentido en que Dacre le hiciera el amor. Sintió un nudo en el estómago.

Mientras Raven yacía jadeante debajo de él, tuvo auténtico miedo. Su imprudencia la había empujado a una situación de peligro. Temió que él la violara, y fue a gritar, pero Heath le tapó la boca con un beso tosco que efectivamente acalló el grito. Se apartó y la miró con fiereza a los ojos.

Ella recordó la última vez que él la había besado. «El nombre es Kennedy, cariño, quiero que no lo olvidéis. La próxima vez que nos veamos prometo hacer algo aún más ultrajante.» Raven tembló ante la idea de que estuviera a punto de cumplir su promesa.

—Dejadme ir, Kennedy —suplicó en voz baja.

Heath reprimió el deseo sexual que la proximidad de ella le provocaba. Era hermosa e imprudente, su espíritu ardiente era un grito que lo envolvía.

Por fin, se puso en pie y la ayudó a incorporarse. Se alejó de ella para seguir cortando hojas de bardana, esta vez con el cuchillo de ella. Frotó con las hojas las heridas sangrantes de los costados de *Blackadder* al tiempo que le hablaba en voz baja. Cuando hubo terminado, el caballo lo empujó cariñosamente con el hocico.

Raven advirtió la delicadeza con que trataba al animal, y parte de su miedo se disipó. Cuando le devolvió la pequeña daga, Raven se quedó atónita. ¿Significaba eso que él confiaba en ella o se estaba burlando de su pueril ataque?

—No pretendéis secuestrarme realmente, ¿verdad? —inquirió ella aferrándose a una esperanza.

—Sí, muchacha, lo haré. Estabais en el lugar equivocado en el momento equivocado. Montad y vámonos.

—Aún no puedo —dijo ella con desespero—. He traído conmigo un par de halcones.

Heath miró hacia los árboles más altos, donde divisó la silueta de un halcón recortada contra el cielo. Arrancó un trocito de carne de su alforja, lo ató a una cuerda e hizo girar el señuelo en un amplio círculo imitando el vuelo de un pájaro pequeño. *Sheba* se abalanzó sobre el cebo de inmediato, y Heath asió su pihuela y la sujetó al arzón. Le alisó las plumas con firmeza y suavidad, y silbó una tonadilla que repitió varias veces. *Sheba* irguió la cabeza y se calmó.

De pronto el peregrino macho bajó en picado y se posó en el hombro de Raven, que se tambaleó ligeramente pero consiguió sujetar con fuerza la pihuela.

—Buen chico, *Sultán*.

—Podéis llevaros vuestras aves de caza.

—¡Vuestra generosidad me impresiona! ¿No será que las codiciáis? —soltó Raven mientras sujetaba la pihuela del halcón a su arzón.

Heath la recorrió de arriba abajo con la mirada.

—Tengo una especial predilección por las hembras.

Estas palabras colorearon las mejillas de Raven. Sentía aún la impresión del beso y el áspero contacto de su ruda mandíbula en la cara. Observó cómo montaba en su semental y después le indicaba a ella que hiciera lo mismo. Raven obedeció a regañadientes, y cuando estaba ya en la silla pensó en escapar. Pero él volvería a capturarla en cuestión de minutos; si quería huir tendría que utilizar métodos más ingeniosos.

Raven cabalgó por delante de él, y sintió en su espalda la mirada fija y apremiante del hombre. Recordó la visión de aquel halcón que entraba volando en la habitación, abalanzándose sobre ella describiendo un amplio círculo. Vio que el cuervo salía del techo e intentaba volar. La rapaz no había hecho daño al pequeño cuervo, pero lo había obligado a volar al mismo ritmo. Entonces comprendió que esa visión había sido un presagio de cosas que sucederían, y que Kennedy era el ave de rapiña.

8

Cuando Heath y su cautiva alcanzaron a los demás, Gavin Douglas hizo una señal en dirección a Dacre.

—Lo he amordazado; no habría podido soportar sus quejidos durante treinta kilómetros.

Raven fue a protestar por el modo en que trataban a Christopher, pero se lo pensó mejor. Cualquier cosa que dijera empeoraría su ya delicada situación. Cabalgó en silencio por los accidentados páramos y reparó en que debían de estar en Escocia. A medida que kilómetros de tierras no cultivadas ni protegidas se extendían ante ellos, vio que las regiones fronterizas escocesas estaban mucho menos habitadas que sus equivalentes inglesas, lo que las hacía solitarias y peligrosas, un terreno engañoso. Obedeció las órdenes de su captor y permaneció junto a él siempre que bordeaban una ciénaga o un pantano, pues ella tenía miedo de que *Sully* se hundiera hasta el menudillo y se dañara una pata.

El cielo se nubló, y cuando llegaban al valle de Eskdale apenas había ya luz diurna. Raven se tranquilizó al ver que la pequeña comitiva se encaminaba hacia un castillo situado en el lado del valle protegido del viento. No le gustó demasiado que el hombre de la frontera fuera tan infatigable. Cuando llegaron a los establos, aparecieron varios hombres para hacerse cargo de los caballos; dedujo que no eran mozos de cuadra sino guardianes de la frontera. Se deprimió, pues con tantos hombres les sería imposible huir.

Kennedy alzó a *Sheba* de su arzón.

—Los llevaremos a las jaulas del establo —dijo—. Ahora están vacías. Lord Douglas dejó sus aves de caza en el otro castillo.

Raven lo siguió con *Sultán* por cinco escalones de piedra y a través de una puerta.

—¿De qué lord Douglas me habláis? —inquirió con tono altivo, al tiempo que dejaba el halcón en la percha, junto a *Sheba*, y aseguraba su pihuela.

—Lord Ramsay Douglas, Vigilante de la Marca Occidental y sobrino del fallecido Archibald Douglas, conde de Angus.

Raven disimuló su sorpresa. Dado que el rey Jacobo Estuardo había muerto en Flodden, el clan de los Douglas detentaba todo el poder en Escocia. Y lord Ramsay era vigilante de la frontera como lord Thomas Dacre, tras prestar juramento de hacer respetar la ley y mantener la paz. Quizá Ramsay no sabía que lord Dacre había sido secuestrado. Presentaría ante él una protesta formal si por suerte residía allí.

Cuando abandonaron las jaulas para rapaces, Kennedy ordenó a Dacre que se dirigiera al castillo. Raven vio que se habían llevado al otro prisionero, y se apresuró a andar junto a Christopher, resuelta a permanecer a su lado. Dentro había criados por todas partes, y a Raven la impresionó la suntuosidad del mobiliario. Kennedy habló con un fornido mayordomo, quien asintió y condujo a Dacre hacia una puerta tachonada. Raven trató de seguirle, pero Heath la detuvo.

—¡Quiero estar con Christopher... quiero compartir su destino!

A él pareció divertirle aquel melodramático gesto.

—Las paredes de las mazmorras chorrean humedad y la paja infestada de ratas apesta a moho... —La mirada ofendida de Raven, le hizo soltar una carcajada—. Quizá penséis que soy un bárbaro. Lamento decepcionaros, milady, pero Dacre ocupará un elegante aposento en la torre hasta que su familia pague el rescate. Y vos no debéis consideraros una prisionera; seréis una huésped respetada.

—Estáis loco... ¡ambos sabemos que soy vuestra cautiva!

—Si insistís. —Se inclinó burlón ante ella—. Venid, os acompañaré a vuestro aposento. Allí podréis descansar y recuperaros.

Raven bajó los ojos, consternada ante su notorio desaliño.

—Maldito, sólo tengo la ropa que llevo encima.

—Muy llamativa, por cierto —dijo él empujándola por la espalda para que subiese los peldaños.

Raven irguió la espalda y se apartó de él al punto, apresurándose escaleras arriba.

—No me toquéis.

—Como deseéis —dijo él con voz cansina, y abrió de golpe una pesada puerta de madera por la que se entraba a una torre bien amueblada—. De hecho, estas dos habitaciones son mías, pero ya que sois mi respetada huésped, podéis ocupar la que tiene la ventana y la chimenea.

Raven comprendió que se encontraba totalmente atrapada: debería entrar y salir a través del aposento de él.

—No puedo dormir en una habitación contigua a la vuestra; ¡sería indecente!

—Me preocupa vuestra seguridad.

—¿Y qué hay de la seguridad de mi honra?

Los descarados ojos de Heath la recorrieron evaluándola.

—Si Dacre es vuestro amante, no tenéis honra.

—¡Cómo osáis...! Quiero hablar con lord Douglas.

—Os sugiero que antes de pedir audiencia con su señoría adecentéis vuestro aspecto —le espetó sin rodeos.

Raven tuvo ganas de abofetearlo, pero se contuvo. En vez de ello, fue a la habitación contigua y cerró dando un portazo. Una ancha cama dominaba la estancia, y sabiendo que era de él, apartó los ojos hacia el acogedor fuego del hogar. Frente a un enorme armario había un espejo, y cuando se puso delante quedó boquiabierta. Su camisa negra estaba cubierta de tierra de cuando rodó por el suelo con el hombre de la frontera. La gorra roja de terciopelo formaba un ángulo cómico, y la pluma de avestruz antes empenachada con primor ahora colgaba hacia atrás, fláccida y manchada de barro. El cabello cubierto por la gorra era una maraña tal que se desesperó por peinarse. Acto seguido refunfuñó al recordar que ni siquiera tenía un peine.

Se quitó los guantes y la ridícula gorra. Asió uno de los cepillos que había en un arca de roble sin importarle que perteneciera a su captor, y se peinó con brío la maraña de rizos.

Debido a la humedad, el cepillado hizo que su pelo pareciera un matorral de zarzamoras y tuvo que usar el lazo del cuello de su blusa para sujetarlo por detrás. A continuación agarró otro cepillo y se limpió la falda. Por último, vertió en una jofaina agua de una jarra y se lavó las manchas de la cara y las manos, secuelas del viaje.

Raven oyó voces de apremio en la habitación de al lado, y un grito de mujer a lo lejos. Abrió la puerta de golpe y vio que el hombre de la frontera conversaba con una atractiva mujer de unos treinta años.

—Gracias a Dios que habéis regresado, Heath. Lleva de parto ya doce horas, y Ram está preocupadísimo.

Ahora se encuentra con ella, lo que empeora las cosas. Necesito que lo tranquilicéis para que Tina, la comadrona y yo podamos ocuparnos del asunto.

—Haré lo que pueda, Ada. —Salió a toda prisa de la sala de la torre dejando que las mujeres se las arreglaran por sí solas.

—¿Quién está de parto? —preguntó Raven.

—Valentina, la hermana de Heath. Es lady Douglas... va a tener mellizos, pero ¡tras doce horas no ha asomado nada salvo dolor y sufrimiento!

De repente aquellas identidades adquirieron sentido para Raven. «Claro, Valentina Kennedy, la hermana mayor de Beth Kennedy, se casó con el poderoso lord Ramsay Douglas, ¡y el hombre que la había secuestrado era nada menos que uno de los hermanos de Valentina!»

—¿Habéis probado con la colza? —preguntó Raven.

—Oh, alabado sea Dios, ¿sabéis de hierbas medicinales?

—Mi abuela me enseñó. La colza empapada en vino acelera el parto.

—No tengo ni idea de cómo es. Id a la despensa y si encontráis algo, llevádselo a monsieur Burque, en la cocina. Él preparará una decocción que Tina pueda beber. Debo irme... Por favor, apresuraos.

Heath corrió hacia la Torre Maestra, pero antes de que pudiera llamar a la puerta del dormitorio, Ram Douglas la abrió de golpe. Tenía el semblante turbado, y su cabello negro estaba erizado de tanto mesárselo.

—¡Me ha ordenado que saliera! —exclamó Ram, incrédulo—. Así me agradece que haya estado junto a ella día y noche... ¡me ha echado fuera!

—En momentos como éstos, a las mujeres les gusta

estar al cargo de las cosas, y con razón. Es su terreno, y tú lo estás invadiendo. Ada me ha pedido que te distraiga, lo que debería resultar bastante fácil.

Ram enarcó una ceja.

—¿Cómo?

—Estoy convencido de que Dacre está pagando a escoceses para que maten a escoceses. Localicé a los bellacos que iban a por ti y me prendieron a mí por error. Tengo motivos para creer que son los Armstrong, un clan escocés de proscritos. Vi a su jefe, Mangey Armstrong, en Bewcastle, donde había ido a cobrar dinero manchado de sangre. Está a salvo tras las murallas de la fortaleza inglesa; no pude echarle el guante. Tenía tanta sed de venganza que en su lugar secuestré al hijo de Dacre, al que estoy reteniendo para cobrar rescate.

Ram rompió a reír estentóreamente.

—Eres un hombre de la frontera hasta la médula —dijo con admiración—. Es un método seguro para hacer que Dacre pague lo que ha hecho y al mismo tiempo mandarle el mensaje que sabemos quién hay detrás de estas malditas incursiones. —Los ojos de Ram brillaban de expectación—. Vamos, le dictaremos al heredero una carta que asustará a su padre; Jock irá a entregarla.

—No quiero que Jock corra ningún riesgo.

—No hay riesgos —replicó Ram—. Soy perro viejo en estas lides; te explicaré cómo se hace. Sin rodeos, la carta del rescate dirá que si nuestro mensajero no ha regresado a medianoche, el hijo de Dacre será devuelto en trocitos, y fijará el lugar y la hora en que se producirá el intercambio y el monto del rescate.

Heath asintió.

—Yo le daría dos días, y que el intercambio se haga en la torre de vigilancia de Liddel Water, justo en la frontera.

—Bien pensado. El puente sólo se puede cruzar de uno en uno; llévate dos docenas de hombres, por si acaso.

—Una muchacha acompañaba a Chris Dacre. También la he traído.

—Dobla la cantidad del rescate —dijo Ram con tono aprobatorio.

Heath meneó la cabeza.

—No quiero el dinero que Dacre dé por ella.

Raven se puso enseguida a buscar en la despensa. Una regordeta sirvienta con fuerte acento escocés la condujo abajo, a través del espacioso vestíbulo y de la cocina hasta una cámara fresca donde se guardaba leche y mantequilla en losas de piedra; y del techo colgaban manojos de hierbas. A Raven no le costó demasiado identificar las distintas hierbas por su olor y aspecto. La colza era una planta corriente cuyas semillas se usaban en la cocina para aromatizar sopas o postres, y Raven se alegró de hallarla en abundancia. Sacó el cuchillo y cortó algunas hojas con sus pegajosas semillas y volvió a toda prisa a la cocina. La cocina del castillo, impregnada de olores deliciosos, bullía de actividad. El chef al cargo destacaba entre sus ayudantes escoceses por su acento y su rostro expresivo y agradable mientras iba y venía inquieto de un lado a otro. Raven se acercó a él y le entregó la colza.

—Creo que sois monsieur Burque. Ada me ha pedido que os dé esta hierba para que preparéis una decocción para lady Douglas. Cuando se empapa en vino, las semillas... —Raven vaciló, preguntándose cómo podía hablar de parto con un desconocido.

Burque tomó la colza y en su cara destelló una luz de esperanza.

—Ah, ayudará en el parto y a mitigar el dolor, ¿verdad?

—Lo acelerará, sí —confirmó Raven. Observó las delicadas manos del hombre mientras lavaba la planta, la colocaba en una marmita de cobre y vertía sobre ella vino tinto. Cuando llevó la mezcla a ebullición, el aire se llenó del aroma de la colza, que recordaba al del clavo. Burque añadió miel para espesar la poción y endulzarla, y en brevísimo tiempo anunció que ya estaba lista. Finalmente vertió el vino humeante en una copa.

—¡Gracias, querida; lo llevaré en vuestro nombre y lo ofreceremos juntos!

Burque se dirigió hacia la Torre Maestra, y Raven tuvo que correr escaleras arriba para ir a su paso. Cuando él alzó la mano para llamar a la puerta, del interior del aposento llegó un largo gemido de aflicción. Burque entregó la copa a Raven y desapareció. Ella llamó y Ada abrió al instante.

—Oh, gracias a Dios, encontrasteis algo. Entrad.

Raven se acercó al lecho y contempló a una de las mujeres más hermosas que había visto jamás. El cabello rojo llameante le caía desordenado sobre los hombros. Unos grandes ojos dorados miraban desde un rostro pálido y con forma de corazón. Su vientre, que se sujetaba con una bien formada mano, estaba hinchadísimo. Raven le tendió la copa.

—Este vino con colza acelerará vuestro parto.

—Si me dais de beber otro brebaje inmundo, ¡os lo arrojaré a la cara! —replicó Tina—. ¿Quién sois? —preguntó con tono perentorio.

—Es la mujer de Heath —dijo Ada—. Lo sabe todo sobre pócimas de hierbas.

—¡Ah, gracias a Dios y todos los santos! —Tina se relajó.

Raven se tragó la réplica que había aflorado a sus labios y se sentó en el extremo de la cama, pues la compasión por el estado de Tina le embargaba. Sostuvo la mano que alcanzó la copa y la guió hacia su boca. Se dispuso a aliviar la aflicción de la futura madre con el tono tranquilizador que usaba con sus halcones.

—Sois muy valiente. Es difícil soportar doce horas de esfuerzo, pero es la duración habitual de un primer alumbramiento. Todo irá bien. —Observó cómo Tina apuraba la copa; después se la dio a Ada y buscó en su bolsillo—. Esto es una piedra de brujas. Posee un gran poder mágico. Tomadla y absorbed su poder en vos.

Tina asió desesperadamente la piedra y se la llevó al pecho, dispuesta a depositar su fe en cualquier cosa que pudiera ayudarla. Poco después, cuando un gran dolor de parto invadió su cuerpo, se incorporó en la cama. La colza estaba intensificando las contracciones para expulsar al niño del útero. Cuando Tina gritó, la comadrona se precipitó hacia ella y Raven retrocedió. A los pocos instantes nacía el primer mellizo de Tina.

Ada tomó la niña de brazos de la comadrona para lavarla, y Tina se recostó en las almohadas, jadeando por el esfuerzo.

—Descansad unos minutos —aconsejó Raven, cautivada por el milagro del nacimiento—. Tenéis el poder, Tina. Vos debéis decidir cuándo estáis lista.

—Oh, Tina, vuestra hermosa hija tiene el pelo negro.

—¿Una niña? Ram Douglas me matará. ¡No; lo mataré yo si se me acerca otra vez! —juró Tina colérica; sufrió otra contracción dolorosísima y empujó con todas sus fuerzas. Apretó la piedra hasta que los nudillos se volvieron blancos—. Seguro que es un chico... ¡sólo un hombre podría causar tanto dolor y sufrimiento a una mujer!

—¡Es verdad, un niño! —se alegró la comadrona—, y tiene una diminuta cabeza pelirroja como la vuestra.

—El Señor ha tenido compasión de nosotros —dijo Ada, irreverente, con lágrimas de alegría y alivio.

Los lloros de los nuevos bebés atrajeron a media docena de criadas al aposento, a quienes Ada puso a trabajar de inmediato, a bañar a Valentina y cambiar la ropa de cama. Raven ayudó a Ada a poner los pañales a los niños, mientras la comadrona, resollando orgullosa, fue a informar a su señoría. Aunque Tina estaba exhausta, tenía un aspecto radiante, y resplandecía de felicidad cuando Ada le colocó delicadamente un bebé en cada brazo.

Ramsay Douglas irrumpió en la estancia con la violencia de una tormenta de verano. Cuando se acercó a la cama a grandes pasos todas las sirvientas retrocedieron por respeto. Echó un vistazo a su bella esposa, que sostenía los bebés, y cayó de rodillas a su lado.

—Cielo mío, ¿cómo te sientes?

—Perfectamente —aseguró Tina.

—Muchacha, has sido muy valiente; has estado pariendo más de doce horas. —La voz casi se le quebrajaba por la emoción.

Tina le tocó la cara con ternura.

—No, no, la primera vez doce horas es normal —le dijo, repitiendo las palabras de Raven.

Él le tomó la mano con un gesto de reverencia y depositó un beso en su palma.

—Tanto dolor y sufrimiento... —dijo, desgarrado por la culpa.

—Ni mucho menos —replicó ella galantemente.

—Te amo con todo mi corazón, testaruda mía. Gracias por estos niños preciosos. —Pasó un dedo por sus suaves mechones y besó la frente de su esposa—. Ahora duerme, amada mía, descansa mientras puedas.

Raven quedó asombrada de lo cariñoso que era aquel hombre con su esposa. Según rumores, Ram Douglas tenía fama de ser alguien temible. Oyó cómo daba las gracias a Ada y a las otras mujeres de la habitación, abrumándolas con su gratitud. Raven lo siguió fuera del aposento, resuelta a aprovechar esa oportunidad para presentar una queja formal contra su captor.

—Lord Douglas...

Ram se volvió y clavó en ella sus grises ojos de peltre. Raven alzó la barbilla y dio libre curso a su ira.

—¡Heath Kennedy me ha traído contra mi voluntad!

Los ojos de Ram se abrieron como platos.

—¿Os ha violado?

—¡No, por supuesto que no!

—Entiendo. Y éste es el fundamento de vuestra queja.

Raven quedó boquiabierta.

—¡Sois tan salvaje como él!

—Mucho más —le aseguró Ram con tono serio.

—¡Siendo escocés y hombre de la frontera, os creo!

—Señor de la frontera —corrigió él, y torció la boca con regocijo—. Hoy es imposible enojarme. He sido bendecido por los dioses. Soy el hombre más feliz de la tierra. Esta noche celebraré el nacimiento de mis mellizos. Como mujer de Heath, os sentaréis en el lugar reservado al huésped de honor.

—¡No soy mujer de Heath!

—Paciencia, muchacha —aconsejó Ram con una mueca maliciosa.

Cuando Raven estuvo de nuevo sola, decidió buscar a Christopher. Kennedy había mencionado un aposento en la torre, que debía de estar por arriba. Se le aceleró el corazón mientras se apresuraba por el largo corredor que desembocaba en otro, y al poco se vio completamente perdida. Subió unas escaleras que conducían a las murallas y, pese a que ya estaba oscuro, distinguió las siluetas de las torres de las esquinas, que la ayudaron a entender la disposición del castillo. Bajó las escaleras y siguió el muro de piedra hasta una de las torres. Se acercó a una puerta tachonada y llamó con los nudillos.

—Chris, Christopher, ¿estáis ahí?

Raven se llevó un susto cuando la puerta se abrió y salió Heath Kennedy.

—¿Ya me echabais de menos? —Cerró la puerta y guardó la llave en el bolsillo—. ¿O acaso os habéis perdido?

No tenía sentido mentir; él sabía exactamente lo que ella quería hacer.

—Maldita sea, sabéis que iba en busca de Christopher.

—Vuestra inquietud está fuera de lugar. Él no está preocupado por vos. Permitid que os acompañe a vuestra torre, señora.

—¡Vuestra torre, Kennedy!

—Si insistís —dijo él—. Ya que estamos compartiendo alojamiento, me llamo Heath. Ada me ha dicho que habéis ayudado a mi hermana, por lo que os estaré eternamente agradecido, Raven. —Entraron en el aposento y él cerró la puerta—. Creo que esto es vuestro.

Raven miró la piedra de brujas que él le enseñaba. De repente se sintió ridícula y temió que él se mofara.

—Tenemos en común más de lo que pensé al principio. Yo también creo en las antiguas costumbres celtas, como la de la curación por la tierra. —La estudió—. ¿Tenéis poderes, Raven?

Ella estaba sorprendida. ¿Qué sabía él de los poderes? Entonces percibió su magnetismo y se sintió atraída hacia él contra su voluntad. Bajó la mirada para romper el hechizo.

—Si tuviera algún poder no estaría aquí. —Cuando alargó la mano para asir la piedra, su estómago crujió.

—Debéis de estar muerta de hambre. Venid abajo; estamos celebrando el nacimiento de los mellizos. Y tenemos el mejor cocinero de Escocia.

—No, gracias. Prefiero estar sola.

Heath se acercó amenazador.

—Podría llevaros abajo por la fuerza.

Raven sabía que así era, pero en ese momento se preguntó si también sería capaz de forzar su mente.

—¿Amenazar a una mujer os proporciona placer? —preguntó.

Heath percibió ojeras de fatiga debajo de sus ojos azul lavanda.

—No, la verdad es que no. Os dejaré en paz. —Abrió la puerta para salir—. Por ahora —añadió.

Raven aún sentía su presencia incluso después de que se hubiera ido. Se dijo que era porque se hallaba en sus aposentos, pero en lo más profundo de su corazón sabía que esto no era todo. Su abuela creía en la magia y el poder de la naturaleza, y desde el día del rito Raven estaba convencida de ello. ¿Era posible que Heath Kennedy tuviera poderes? Heath... Había hechizado a *Sully* con facilidad. ¿También la hechizaría a ella? Sacudió la cabeza y se reprendió por ser tan fantasiosa.

Llamaron ligeramente a la puerta y Raven quedó sorprendida al comprobar que era una criada con una bandeja de comida. Al olerla se le hizo la boca agua; la llevó dentro y se sentó junto al fuego a comer. Todos los platos eran un auténtico manjar de los dioses, y estaba dispuesta a admitir que monsieur Burque era realmente el mejor cocinero de Escocia, y también, por qué no, de Inglaterra. Los que vivían en la frontera comían casi siempre cordero, pero la salsa que acompañaba a aquel plato lo transformaba por completo.

En un batido de leche, azúcar y licores había fresas

auténticas. Raven no probaba fresas desde que era una niña en Carlisle. También había una jarra de vino y una pequeña fuente de plata con trufas de chocolate. Cuando éste se le fundía en la boca, entremezclado con el exquisito vino tinto, supo que tenía que darle las gracias a Heath Kennedy. El muy canalla le había mandado toda aquella comida para que ella se sintiera agradecida y, para su pesar, ¡había funcionado!

A su espalda sentía la atracción de la gran cama de Heath y resistió todo lo que pudo. Pero al final, incapaz de aguantar más, se desvistió y se metió bajo la cálida colcha sólo con la blusa puesta. Mientras se acurrucaba, recordó las palabras de su abuela: «Para ti quiero un hombre de verdad, Raven, un hombre de la frontera... mejor alguien salvaje y fascinante como un carnero de monte que alguien manso y soso... Hoy empieza la aventura de tu vida... no te olvides de usar tu poder, Raven.»

Mientras coqueteaba con el sueño, Raven se sintió entusiasmada y extrañamente feliz. Estaba contenta de haber sido capaz de utilizar sus conocimientos de hierbas con Valentina y sus niños. Y también había usado otro poder. El secreto estaba en creer y hacer que los demás creyeran; el poder era esto. De pronto supo que Heath Kennedy tenía también ese poder. Ello explicaría la extraña atracción que sintió hacia él, cuando su mente le decía categóricamente que debía odiarlo. Cuando Raven cerró los ojos y cedió al sueño, quedó una sonrisa pintada en su boca. ¡Qué desafío más emocionante sería medirse con él... y vencer!

Fue después de la medianoche, antes de que terminara la fiesta en el comedor de Eskdale. Todos los miembros del clan Douglas que residían en el castillo, todos los hombres de armas y todos los criados habían felicitado a lord Ramsay Douglas y bebido a la salud de sus mellizos. Cuando se hubo cantado la última canción y disipado en la noche el último sonido de las gaitas, Heath Kennedy subió a sus aposentos. Sonrió burlón cuando sacó la carta de su jubón. En ella pedía ocho yeguas de cría de buena raza y una cantidad ofensivamente baja de doscientas libras por el hijo y heredero de Dacre. Jock había regresado antes de medianoche con la conformidad de lord Dacre sobre el rescate exigido.

Encendió la vela cuadrada y vio que la puerta que daba a la habitación contigua estaba cerrada. Sólo tendría a Raven con él dos días más. La idea lo impulsó hacia la puerta; dudó un instante, abrió y entró silenciosamente. El fuego casi se había apagado, de modo que lo avivó y puso enfrente una pantalla. Después se acercó a la cama y observó a la muchacha que dormía. A la luz del hogar, el cabello negro estaba desparramado sobre la blanca almohada, y las oscuras pestañas le ensombrecían las mejillas. El deseo lo encendía, y sin embargo no era tan intenso como su anhelo de algo más profundo. Lo que lo atraía era su carácter, que agudizaba su ansia de unión con ella. Si Raven Carleton lo mirara igual que su hermana Valentina miraba a Ram Douglas, no le pediría nada más a la vida. En ese momento supo que no la dejaría marchar.

9

En Castle Doom, Rob Kennedy estaba pasando uno de los peores días de su vida. Toda la noche había sido presa del dolor, y temía que el culpable fuera su corazón. Llamó a Bothwick, el peludo gigante que era el mayordomo del castillo y cirujano ocasional. Bothwick tenía mucha experiencia en sacar muelas y en abrir forúnculos, pero sus conocimientos no alcanzaban a las dolencias internas.

—¡Estoy maldito! —El rostro colorado y la mandíbula caída desmentían el hecho de que el señor de Galloway hubiera sido en otro tiempo un tipo apuesto. Se pasaba las manos por el redondeado pecho que con los años se había ido cayendo hasta formar una gran barriga—. ¿Qué puedes darme para quitarme este dolor en el pecho? —preguntó malhumorado.

—¡Whisky! —Bothwick sugirió la panacea para toda clase de dolor.

—¡Métete el whisky por el culo! Desde que Elizabeth me abandonó he dejado el castillo seco. Por los clavos de Cristo, las mujeres pueden ser vengativas. Estoy maldito, te lo digo yo.

—Los gitanos han regresado al valle de Galloway. ¿Queréis que vaya a buscar a la vieja Meg? Tiene algunos remedios eficaces.

Rob le dirigió una mirada siniestra. Él y Meg estaban unidos por viejos odios. Si su mayordomo sugería la ayuda de su enemiga gitana, es que pensaba que el amo se estaba muriendo.

Cuando Bothwick llegó con la noticia, la vieja Meg saboreó el momento sin prisa. Aunque aborrecía a Rob Kennedy con toda el alma, acudiría a su lado. Ello le proporcionaría algo más que dinero: la perversa satisfacción de verlo sufrir.

Esperó que empezara a anochecer y reunió sus hierbas y chismes de preparar pociones. Si llegaba a esa hora se aseguraría una buena cena y quizás una de las lujosas habitaciones de invitados para pasar la noche.

Cuando llegó, Meg fue a la cocina y, para su decepción, se enteró de que monsieur Burque, el famoso jefe de cocina francés, se había ido con lady Valentina al casarse ésta con el poderoso Black Ram Douglas. La cena que le sirvieron era incomible, por no decir algo peor. El cordero estaba duro y grasiento, y el budín de leche y pan era una masa pesada y pastosa.

Cuando acompañaron a Meg a la estancia de la primera planta donde lord Kennedy dirigía sus negocios, su perspicaz mirada advirtió el polvo y la suciedad en la desordenada sala, lo que le daba un aspecto desaliñado que se correspondía con el de su propietario.

—Estoy mal, Meg. Hay un soberano de oro para ti si me quitas este dolor del pecho.

Ella miró cómo Rob se frotaba el hinchado estómago, oyó el eructo que soltó y llegó a la conclusión de que el viejo e irascible canalla estaba padeciendo una fortísima indigestión. Sin duda se debía a una dieta invariable de alimentos poco cocinados regados con demasiado whisky. Meg se inclinó como si fuera a confiarle un secreto.

—Tienes razón, Rob Kennedy, estás mal. Creo que es el corazón.

Él cerró los ojos; era justo lo que se temía. Pensó fugazmente en Elizabeth. El verdadero sitio de una esposa estaba junto a su esposo, para confortarlo en esas circunstancias desgraciadas. «En la salud y la enfermedad», había jurado Lizzie. Vencido por la autocompasión, gimoteó:

—Estoy maldito.

—Vuelves a tener razón, Rob Kennedy, estás maldito —señaló Meg con vil satisfacción.

—Quítame la condenada maldición, vieja bruja gitana, ¡tú fuiste quien me la echó! —rugió Rob, con el rostro encendido.

Meg meneó la cabeza con pesar.

—Yo no la eché, Rob Kennedy. Como bien sabes, fuiste tú quien provocó que la maldición cayera sobre ti. Yo no puedo eliminarla. El único que puede hacerlo eres tú mismo. Ya conoces el remedio —dijo con tono misterioso.

Él la miró furioso, reprimiendo un fuerte impulso de matarla a golpes.

—Yo amaba a tu hija Lily Rose. Fue la única muchacha a la que he querido de veras.

—¡Y ahí reside tu vergüenza!

—¡El remedio que insinúas es imposible! —vociferó él.

Meg sabía que era obstinado, pero en ese momento ella tenía ventaja y disfrutó retorciéndole el cuchillo en el estómago.

—¿Los Kennedy no tienen el lema «piensa en el final»? Pues esto es precisamente lo que debes hacer. La maldición afecta a toda tu familia, no sólo a ti, Rob Kennedy. —Meg había estado en Carlisle y había oído todas las habladurías. Sacó sus cartas del tarot y se las puso bajo las narices—. He consultado las cartas; está todo en ellas. Tu linaje masculino desaparecerá; no habrá más Kennedy. Tu propio matrimonio está condenado, y el de tu hija pequeña será desastroso, igual que el de la mayor.

Rob se apretó el estómago.

—No, Valentina es feliz en su matrimonio. Está esperando un hijo.

Meg meneó la cabeza con aire serio.

—Vi dos ataúdes, nubes oscuras y cabello pelirrojo. «Piensa en el final.»

Rob se alarmó. No había tenido noticias del parto, que ya llevaba un buen retraso. Por Cristo bendito, debía ir con Tina, su hija preferida.

—¡Dos soberanos de oro si me quitas el dolor y haces que pueda ponerme en pie!

Meg rebuscó en su bolsa hasta que encontró un frasco de sena e higos, un eficaz purgante que le despejaría las tripas, aunque no sin causarle fuertes calambres y dolores.

—Será mejor que me quede. Antes de mejorar podrías empeorar.

Si antes Rob Kennedy había temido a la muerte, ahora lo veía todo distinto y rogaba poder librarse de su aflicción mientras las interminables horas de la noche se arrastraban lentamente hacia la mañana. Además del suplicio físico, sufría angustia por la suerte de sus hijos. Hacía días que su hijo Duncan tenía que haber regresado en barco desde Flandes. ¿Y si el barco se había hundido?

La vieja bruja había dicho que su linaje masculino se extinguiría. Su otro hijo, Donal, sólo había tenido una niña, y ahora no había noticias de Tina. «Estoy maldito, maldito», gemía cuando bajó de la cama para hacer otra visita urgente al retrete.

Al mediodía, después de que Meg le hubiera administrado un jarabe de ruibarbo silvestre, se interrumpió el flujo, y por la tarde disminuyó la hinchazón de las tripas. La abotargada barriga ya no presionaba el corazón, y el dolor en el pecho había disminuido bastante.

Cuando Meg fue a buscar su dinero, vio que el paciente tenía mala cara; pero sabía que aquel estado no duraría mucho. Guardó sus soberanos en el bolsillo y procedió a azuzarlo.

—Te he salvado por esta vez, Rob Kennedy, pero mi remedio sólo es temporal.

—¡Tu maldito remedio sabía a veneno!

—Lo que padeces es culpa —afirmó ella convencida—. La culpa es el veneno más nocivo que hay. Te envolverá el corazón y lo estrechará hasta hacerlo estallar. Si no apaciguas tu sentimiento de culpa, morirás en pocos meses, aunque no sin comprobar cómo la maldición alcanza al resto de tu familia.

Los labios de Kennedy formaron una línea recta.

—Hablaré con Heath. ¿Sabes dónde está?

—Cuando lo vi en Carlisle, llevaba un tartán de los Douglas —respondió Meg enigmática, e insistió en su idea—: La maldición puede ser suprimida.

«Puede ser suprimida, de acuerdo —pensó Rob—. Veré a Heath y le ordenaré que se encargue de que tú suprimas la condenada maldición, ¡perversa bruja gitana!»

Después de que la vieja Meg abandonara el castillo, Rob Kennedy permaneció sentado en su silla toda la noche. En su mente, pensamientos sombríos y persistentes inquietudes se perseguían entre sí buscando una vía de escape, pero parecía como si hubiera cortado las amarras y navegara a la deriva. La noche anterior se habían abierto las puertas del infierno, y ya olía el azufre mientras pensaba en el final.

La soledad del castillo lo ceñía y lo ahogaba. ¿Dónde estaban las risas y las alegrías? Lo habían abandonado una tras otra. Tras marcharse su querida Valentina, desapareció de su vida casi todo el brillo. Su hija incluso se llevó a Ada, que siempre le había proporcionado a él gran consuelo. Recordó los días en que la hospitalidad de los Kennedy era legendaria y el castillo estaba lleno de invitados. Los aposentos de solteros de Doon solían rebosar de jóvenes y pelirrojos Kennedy de cuatro ramas distintas del clan. Todas las primaveras llevaban la lana del primer esquileo para exportarla en los barcos de los Kennedy. La mitad de aquellos prometedores jóvenes había muerto en Flodden.

Este año sólo habían ido tres. Habían llevado la lana y se habían marchado al punto.

Admitió malhumorado que eran las mujeres quienes los atraían, seducían y entretenían, las que habían llenado el castillo con sus risas, su alegría, sus juegos y su amor.

Incluso su cama estaba vacía ahora, después de que su esposa Lizzie lo hubiera abandonado. «Estoy maldito.»

—Padre, ¿dónde demonios estás?

Rob Kennedy abrió los ojos e intentó levantarse, pero se lo impidió el tartán de lana con que seguramente Bothwick lo había envuelto tan pronto se puso a dormir la borrachera.

—Duncan, ¿eres tú, muchacho? He estado aquí sentado toda la noche preocupado por ti.

Duncan sorprendió a su padre en la estancia donde éste llevaba sus negocios, y al punto supo que había dormido allí.

—El lugar parece desierto, ¿dónde está mi madre?

—Me abandonó... se fue a Carlisle. Se llevó a Beth y a todos los malditos criados. —El alivio de que Duncan estuviera en casa sano y salvo le llegó al alma—. Bueno, al menos a ti te ha ido todo bien.

—No todo. Descargó una tormenta espantosa y la cubierta se inundó. Llegamos a puerto a duras penas, sin poder sacar toda el agua que entraba. Tardaremos semanas en reparar el *Thistledoon*.

Rob Kennedy palideció. El *Thistledoon* era el orgullo de la flota de los Kennedy, más rápido que ningún otro. ¡Era la condenada maldición! ¿No había dicho ella que el linaje masculino de los Kennedy se extinguiría? ¡Duncan estaba maldito! Rob se levantó de la silla y estampó el puño contra la mesa.

—¡Ella me lo ha hecho! Pero no voy a quedarme aquí hundido. ¡Navegaremos a Carlisle y acabaremos con todo esto!

Duncan supuso erróneamente que hablaba de su madre.

—¿Han traído la lana del esquileo de primavera?

—Sí, está cargada en mi barco, el *Galloway*. Si no amenaza tormenta, levaremos anclas mañana. ¡Si cree que he perdido mi viejo espíritu brioso, se equivoca! Después de resolver mis asuntos en Carlisle, iremos a ver cómo está Tina. ¡No he tenido noticias del parto!

Duncan advirtió su aliento a whisky y sintió pena por su madre. No obstante, ella aún disfrutaría de un par de días de gracia. Antes de zarpar con el *Galloway* rumbo a Carlisle tenía que disponer que remolcaran el averiado *Thistledoon* a los astilleros de Glasgow para ser reparado.

Dos criadas entraron en la habitación de Raven, una llevando agua caliente y toallas y la otra una bandeja con el desayuno y un mensaje. «Lady Douglas os pide que la visitéis para así poder daros las gracias.»

Mientras se vestía, Raven decidió que ese día formularía su queja ante Valentina. Ya se había ganado la gratitud de la nueva madre, y cuando ésta se enterara de lo que había hecho su hermano, se sentiría ofendida. Así se ganaría su favor y quizá conseguiría su liberación y la de Christopher.

La Torre Maestra bullía de actividad. Los criados acarreaban dos cunas talladas, mantas de bebés y un montón de pañales de franela. Camisones bordados y gorros estaban desparramados sobre la amplia cama, donde yacía la radiante madre amamantando a su pequeña. Un tetuda ama de cría había terminado de dar el pecho al pequeño heredero Douglas y estaba impartiendo instrucciones sobre dónde debían colocar su cuna.

—Oh, estáis aquí; quizás a vos os hará caso. —Ada tomó a Raven de la mano y la condujo hasta el borde de la cama—. Tina insiste en levantarse hoy mismo. Le he informado amablemente de que las damas inglesas se quedan en cama hasta dos semanas después del parto.

—Y yo he informado amablemente a Ada de que no soy una dama inglesa ni de ninguna clase, como ella bien sabe. —Dirigió a Raven una sonrisa luminosa—. Ni siquiera sé vuestro nombre, pero gracias de corazón por venir ayer a ayudarme.

—Soy Raven Carleton. Creo que mi padre y vuestra madre Elizabeth son primos segundos. Conozco a vuestra hermana Beth; recientemente ambas estuvimos invitadas en el castillo de Carlisle.

—Entonces Heath decía la verdad... en efecto vio a Beth en Carlisle. Le dijo que mi cruel madre trataba de comprometerla con el hijo de Dacre, el enemigo más odiado de mi esposo, pero que ella prefería a Heron Carleton, ¡que debe de ser vuestro hermano!

—Sí, Heron es mi hermano —dijo Raven, y recordó que él había acompañado a Beth Kennedy a la feria. Se le cayó el alma a los pies cuando supo que lord Dacre era el peor enemigo de Douglas.

—Raven es un hermoso nombre; tal vez se lo ponga a mi hija. —Tina acarició amorosamente el cabello de su niña—. Ha sido magnífico que Heath os trajera de visita.

Raven respiró hondo y entró al trapo.

—Me alegro mucho de que os hayáis recuperado lo suficiente para querer levantaros, pero lamento daros una noticia que no os gustará: ¡vuestro hermano me ha secuestrado!

—¿Una novia llevada a la fuerza? ¡Os aseguro que es lo más romántico que he oído en mi vida! Ada, Heath está por fin enamorado.

—No, no lo está. —Raven evitó pronunciar el nombre de Dacre debido a la vehemente respuesta de Tina—. Estaba cabalgando con mi prometido cuando vuestro hermano lo prendió y ahora lo retiene para cobrar rescate. Yo estaba en el lugar inadecuado en el momento inadecuado, ¡y me secuestró también a mí!

—Vaya impetuosidad, y seguro que sólo llevabais lo puesto. No os preocupéis, tengo un armario a rebosar de preciosos trajes largos que no he podido llevar durante meses. Ada, dale a Raven lo que precise. Tomad lo que queráis —dijo Tina con tono generoso.

—Lo que quiero es que convenzáis a vuestro hermano de que nos deje libres. ¡El secuestro está penado por la ley!

Tina rió con alborozo.

—Los hombres de la frontera tienen su propia ley.

Heath jamás tomaría nada que no codiciara en grado sumo. Ésta es su manera de cortejaros. Sé que no debo interferir entre un hombre y la mujer que él ha elegido. —Tina entregó su pequeña a Ada—. Se ha quedado dormida; ponla en la cuna. —En ese momento el niño comenzó a llorar—. Dámelo, se necesita un tacto especial para apaciguar a los hombres del clan Douglas. —Le dio un beso en la diminuta frente y después sonrió a Raven—. Ada os dará la ropa; debéis volver a visitarnos. Venid a cenar conmigo y con Ada esta noche y nos contáis todos los cotilleos de Carlisle.

Raven abandonó la Torre Maestra presa de angustia por Christopher Dacre. No sólo Heath Kennedy odiaba a los Dacre; también lord Ramsay Douglas lo consideraba su peor enemigo. Evidentemente había entre ellos rencillas pendientes que se remontaban a antes de la guerra en que Inglaterra derrotó a Escocia en Flodden. Aunque Raven no sentía que corriera ningún peligro, el que se cernía sobre Christopher era muy real. ¡Tenía que hallar un modo de ayudarlo a escapar!

Raven se aseguró a sí misma que si creía resueltamente que tenía el poder, encontraría la manera de liberar a Christopher. Por supuesto, el mejor momento sería por la noche, y a él le haría falta una montura. Con tantos hombres frecuentando los establos sería casi imposible sacar de allí caballo alguno, por lo que Raven decidió salir al exterior y ver si había animales pastando cerca del castillo.

La esperanza renació en su corazón al divisar un prado en que había unos veinte caballos. Casi de inmediato vio a Heath Kennedy cabalgando entre ellos. Por desgracia, también él la vio a ella debido a la vistosa zamarra escarlata, y acortó la distancia que los separaba.

—¿Ibais a alguna parte?

En un esfuerzo por desarmarlo, Raven se tragó la agria respuesta que le subió a la garganta. Decidida a disipar las sospechas de Heath, resolvió utilizar sus artimañas femeninas.

—Os estaba buscando a vos. Quería pediros permiso para hacer volar mis halcones. Son jóvenes y necesitan ejercicio y entrenamiento. —Lo miró suplicante—. ¿No podríamos dejar a un lado nuestras diferencias y llegar a entendernos?

Aquella dulce voz le reveló que Raven estaba retrayendo las uñas porque quería algo.

—Estos caballos también necesitan entrenamiento —dijo—. Trabajaremos juntos. Podéis hacer volar vuestros halcones en este prado. Cuando más tiempo pasemos juntos, mejor nos entenderemos. —Desmontó—. Os acompañaré a las jaulas.

Raven no tenía elección. No había mentido al decir que sus halcones precisaban volar, pero buscando en ello cierta libertad. Obviamente Heath no tenía ninguna intención de perderla de vista. Le fastidió que frustrara de nuevo sus planes.

Mientras caminaban hacia las jaulas, su cabalgadura lo siguió y lo empujó con el hocico.

Heath se volvió para acariciarlo, y los demás caballos los rodearon formando un círculo.

—¿Cómo aprendisteis a hechizar a los caballos? —preguntó ella.

—A los caballos no les enseñamos nuestro lenguaje ni nuestras maneras; aprendemos las suyas. Ése es el secreto.

—Vaya, eso es lo que yo hago con mis halcones. La mayoría de la gente comete el error de querer dominarlos, pero los halcones no quieren que les dominen. En el mejor de los casos, nos toleran. Con consideración y respeto y un buen señuelo es posible adiestrarlos para que obedezcan órdenes, pero nunca domesticarlos de verdad.

Ya en las jaulas, Heath alzó a *Sheba* de su percha y miró a Raven con el rabillo del ojo.

—¿Un buen señuelo hará que la hembra obedezca mis órdenes?

Raven se ruborizó. Las palabras de él tenían una connotación íntima, y con su ropa sin curtir y sus cuerdas entrelazadas en el pecho todavía reluciente del esfuerzo recién hecho, él era un señuelo ciertamente poderoso. Heath le sostuvo la mirada hasta que ella se vio obligada a bajar las pestañas. ¡Maldición! ¿Cómo lograba hacerla reaccionar en contra de sus convicciones? Tomó a *Sultán* y salió al prado. Lanzó al peregrino macho y lo contempló elevarse en el cielo, lamentando no poder volar tras él.

—Habéis olvidado algo. —Heath le dio el señuelo de pluma de paloma que había recogido en las jaulas y soltó a *Sheba*, que colocó las alas en posición y se elevó tras la estela de *Sultán*.

—Lo habéis hecho muy bien —admitió ella.

—Os he estado observando con atención. Sois una buena maestra.

Raven se sintió halagada. La mayoría censuraba que una mujer adiestrara halcones. Pero de pronto temió que él se estuviese mostrando galante para ganarse su confianza.

—Vamos, cabalgaremos tras ellos —dijo Heath—. Este robusto animal no ha sido adiestrado con silla de montar, pero vos no la necesitáis; cabalgáis como el viento.

Mientras subía a lomos del caballo, Raven disimuló su regocijo. ¡Lo estaba haciendo otra vez! Pues si creía que con cumplidos y galanterías lograría que ella lo obedeciera, se llevaría un buen chasco. Lo miró montar en un caballo que ni siquiera tenía brida. Heath entrelazó los dedos en las crines y juntos galoparon por la hierba. A continuación, los otros caballos alzaron los cascos alegremente y salieron tras ellos con estruendo.

Raven rebosaba de entusiasmo cuando miró hacia arriba y vio a sus dos gerifaltes volar juntos en círculo y de pronto descolgarse del cielo en un doble descenso en picado. Rió jubilosa, embriagada por la galopada y las criaturas salvajes con que compartía aquella tarde espléndida.

Él la miraba tenso de deseo. «Me gusta el modo en que os reís, a pleno pulmón, sin reprimiros nada.» ¿Amaría ella de la misma forma? Se la imaginó en su cama, debajo de él, riendo con ganas, y supo que así sería, en efecto, si tenía la pareja adecuada.

Los halcones regresaron y ofrecieron su presa a Raven tal como ella los había adiestrado. Tomó la agachadiza de los ganchudos picos, elogió su esfuerzo y les devolvió la pieza que habían cazado. Las aves volaron hasta un muro de piedra para dar cuenta de su botín.

—Cazan para conseguir comida, de modo que les recompenso así.

—Los habéis adiestrado muy bien —dijo él muy serio.

—¡Canalla descarado! —Raven se echó el cabello hacia atrás—. Ahora me toca a mí evaluar vuestros métodos.

Durante las dos horas siguientes observó cómo Heath Kennedy trabajaba con los caballos. Tenía muchísima paciencia, caminaba entre ellos, los seguía y les hablaba en voz baja, después les daba la espalda, se alejaba un poco y esperaba. Tardó un buen rato, pero al final media docena de caballos, uno tras otro, lo siguieron. Éstos fueron los animales en que él centró su atención; los tocó, se montó en ellos y por último logró que uno a uno aceptaran la silla en el lomo.

Mientras los halcones se arreglaban el plumaje con el pico en lo alto del muro calentado por el sol, Raven miraba cómo el hombre de la frontera manejaba los caballos. Aunque parecía hacerlo sin esfuerzo, ella percibía cómo los flexibles músculos de los muslos se tensaban bajo los pantalones de piel de becerro. El poderoso relieve de sus brazos cuando levantaba la silla le trajo a la memoria el día en que él la estrechó contra sí, y la idea de aquel pecho oscuro y peludo debajo de la camisa le hizo tomar conciencia de su propio cuerpo. Apartó la mirada, reprimiendo la atracción. Toda la vida la habían advertido contra los hombres de la frontera, pero cuando sus ojos lo miraron de nuevo, reparó en cuánta tentación se ocultaba en lo prohibido.

Heath siguió con su tarea hasta que empezó a irse la luz. Entonces les dio unas palmadas en la grupa y los mandó otra vez con la manada. Se llevó la mano al hombro para frotarse una zona dolorida, y cuando la retiró Raven vio sangre en su camisa.

—Os habéis hecho daño.

Heath echó un vistazo a su hombro.

—Es una herida poco profunda que a veces se vuelve a abrir... nada importante.

Ella vio una oportunidad de ganarse su confianza.

—Después de llevar los halcones a sus jaulas, deberíais venir conmigo a la despensa a por un poco de milenrama. Hará que deje de sangrar.

—Sí, la milenrama va bien para esto. ¿Quién os enseñó usos medicinales de las hierbas?

—Mi abuela, Doris Heron. —Lo miró entrecerrando los ojos para calibrar su reacción—. Es una Solitaria que practica la hechicería.

—Entonces presumo que las dos os entretenéis con ritos celtas.

—Podéis presumir lo que queráis, Heath Kennedy; yo haré lo mismo —prometió.

En la despensa, Raven sacó su pequeño puñal, cortó hojas de milenrama y unas cuantas flores secas y lo colocó todo en un cuenco de madera. Heath tomó una mano de mortero y machacó las hojas hasta conseguir un polvo amarillo.

—¿Os habéis hecho sangre con este cuchillo para que os sirva a vos y a nadie más? —preguntó él en voz baja—. ¿Creéis en el poder de la magia, Raven?

Ella le sostuvo la mirada.

—Creo en el poder de la naturaleza. —Tomó un pequeño tarro de mantequilla, mezcló un poco en la milenrama machacada y le dio el cuenco—. Probad con esto.

Él enarcó una oscura ceja.

—¿No debo recitar ningún conjuro mágico?

—Abracadabra, queso de cabra.

Heath crispó los labios.

—Me lo he merecido.

«Si se cumple mi deseo tendréis todo lo que os merezcáis, Heath Kennedy», pensó Raven satisfecha.

10

Después de separarse de Heath, Raven entró en su aposento y cerró la puerta entre los dos dormitorios adyacentes. En la cama había amontonados vestidos, capas, guantes de montar y ropa interior. La mujer que habitaba en su interior se estremeció; y también se asombró de que Valentina Douglas se mostrara tan generosa. Mientras lo colgaba todo en el armario, quedó sorprendida de los vivos colores y las magníficas texturas de los vestidos. Vio que allí había mucha más ropa de la que jamás ella necesitaría, pues no pensaba permanecer en el lugar mucho más tiempo. Pese a ello, no pudo resistirse a librarse del atuendo que había llevado durante dos días y ponerse un vestido.

Alguien le había llevado agua templada perfumada y toallas limpias, así que Raven se desvistió deprisa y tomó un baño con esponja. Se puso unas enaguas blancas y quedó maravillada ante las primorosas flores bordadas en el dobladillo y el bajo escote. Eligió un vestido de color verde jade porque su vivo color le llamó la atención. Se lo puso y corrió a mirarse en el espejo. Su imagen le gustó y le sorprendió. El traje estaba cortado mucho más abajo que los que había podido llevar hasta entonces, y la curva de sus pechos crecía por encima del escote cuadrado, lo que la hizo sentirse indiscutiblemente femenina. Se peinó el cabello hasta que brilló como seda negra y después tomó la capa verde que hacía juego con el vestido. Había decidido aceptar la invitación de Tina a cenar, y volver a pedirle ayuda.

Cuando Raven abrió la puerta de su dormitorio y entró en la habitación contigua, quedó atónita al ver a Heath Kennedy de pie, desnudo, sólo con una toalla anudada a la cintura. Tras bañarse se examinaba el hombro en el espejo. Sus ropas estaban en un banco de madera, y los ojos de Raven se fijaron en una llave que había caído de un bolsillo. ¡Era la misma que había usado el día anterior para encerrar a Christopher en la torre! La embargó la emoción al darse cuenta de que, si era capaz de armarse del valor necesario, tenía a su alcance el medio de liberar a su compañero. Todo lo que debía hacer era utilizar su poder para distraer a su carcelero.

Raven dejó caer su capa sobre la llave con aire de indiferencia y se acercó a él con muestras de preocupación.

—¡Por Dios, esto es algo más que un corte; es una herida de espada! Dejadme echar un vistazo.

La ardiente mirada de Heath vagó por ella, demorándose en sus senos tan tentadoramente exhibidos. El deseo amenazaba con desbordarlo, y aunque le mostró el hombro, sus ojos no se apartaron de ella en ningún momento. Poco a poco, su erección levantó la toalla.

Esta notoria respuesta dio a Raven aún más confianza. Se acercó a escrutar la herida todo cuanto se atrevió.

—No dejará de sangrar hasta que se suture —declaró.

Heath sostenía la aguja y el hilo que estaba a punto de utilizar.

—Por una vez estamos de acuerdo. Creo que tenéis el don de sanar.

Raven no había suturado jamás una herida de hombre. Había visto hacerlo a su abuela, y se lo había hecho a uno de los perros de caza de Heron herido por un jabalí. Sin saberlo, Kennedy, decidido a confiar en ella, le dio la aguja. En ese instante Raven sintió una gran confianza en su capacidad, y estuvo segura de su poder de curación.

Heath no se inmutó mientras las pequeñas y diestras puntadas cerraban la herida. La erección desapareció momentáneamente, pero en el mismo momento en que los dedos de ella le aplicaban suavemente la mezcla de milenrama, su deseo se encendió de nuevo, duro y ardiente.

Raven centró su atención en el tacto de aquel hombro, resuelta a sanarlo, a curarlo en su imaginación, y a sentir realmente que la piel se volvía otra vez suave y firme. Durante unos momentos indescriptibles se fundió con el poderoso macho que había frente a ella; notó el dolor punzante en el hombro, y a continuación experimentó el ardiente deseo que consumía a Heath. Lo soltó como si se hubiera quemado y retrocedió.

—Cuando hacéis magia sois hermosa —musitó él.

Raven sintió que era él quien lanzaba el sortilegio, y lo rompió antes de que pudiera leer sus pensamientos.

—Deberíais descansar y no hacer esfuerzos con el hombro. Para sanar hay que dormir. —Cambió de tema con aire de naturalidad—. Esta noche vuestra hermana me ha invitado a cenar con ella y Ada; me alegraré de estar en compañía femenina.

Raven caminó hasta el banco y recogió la capa, y con ella la llave. Rezó para que él la dejara marchar y exhaló un largo suspiro de alivio cuando hubo abandonado la torre sin contratiempos.

La llave de hierro le pesaba en la mano mientras andaba a toda prisa, haciendo acopio de confianza, centrándose en su poder, esta vez resuelta a no perderse. Creía que el principal problema sería convencer a Christopher de irse sin ella, de que tenía más posibilidades de escapar si se marchaba solo.

El pasillo que conducía a la torre estaba oscuro como boca de lobo, y Raven tuvo que armarse de valor para seguir adelante. Buscó a tientas su puñal de las hierbas, que había metido en el bolsillo de la capa, y así fue más tranquila. El corazón le palpitaba mientras se aferraba desesperadamente a la idea de que tenía el poder de liberar a Christopher Dacre. De lo contrario, la llave nunca habría ido a parar a sus manos.

Palpó con los dedos el áspero roble de la puerta tachonada, buscó y halló la cerradura, introdujo la llave y la puerta se abrió milagrosamente de par en par. En contraste con la oscuridad del pasillo, el aposento alumbrado con velas parecía luminoso. Raven cerró la puerta tras ella. Dacre se levantó de la cama y Raven se arrojó en sus brazos emitiendo un sollozo.

—¡Dios mío, menos mal que no os encerraron en las mazmorras ni os han maltratado!

—Dadme la llave —exigió él.

Raven se la puso en la mano y le cerró los dedos.

—En el prado del oeste hay caballos pastando. No os acerquéis a los establos —le advirtió ella.

—Si vinierais no tendría ninguna posibilidad de escapar. No puedo llevaros conmigo, Raven. —Su voz sonaba fría y calculadora.

Raven se sintió dolida de que Chris no antepusiera la seguridad de ella a la suya propia, pero apartó aquella ridícula emoción femenina y se dijo que Dacre estaba siendo sensible y práctico al mismo tiempo.

—¿Tenéis un arma para mí? —preguntó él.

—Sólo mi cuchillo de cortar hierbas. —Raven le entregó el pequeño puñal, rezando para que pudiera escapar sin tener que usarlo.

Dacre la tomó por los hombros y la miró a los ojos.

—Juro que me vengaré de él y de todo Kennedy que respire. ¡Los destruiré a sangre y fuego!

Raven jamás había visto un odio tan descarnado en los ojos gris verdosos de Dacre.

—¡No, Christopher! Ellos no nos han hecho daño. No ha habido derramamiento de sangre. ¡Las muertes sólo provocan más muertes!

De pronto, la pesada puerta se abrió de golpe y se estrelló contra el muro. Raven se sobresaltó y vio unos ojos cegados de rabia. Chris la retuvo por la cintura y la empujó frente a Heath.

—¡Ni un paso más, Kennedy! —ordenó.

A Raven le estremeció la sensación de su propio puñal en la garganta, pero no tenía miedo; sabía que Christopher jamás le haría daño, que su amenaza reflejaba una desesperación fingida. Sin embargo, la furia que percibió en los ojos del hombre de la frontera le transmitió un escalofrío de terror que le recorrió la espalda.

Como por arte de magia, Heath sacó un largo cuchillo y se abalanzó con la velocidad de un halcón. Raven creyó haber gritado, pero había sido Christopher quien había soltado un alarido de miedo y dolor cuando tuvo su brazo doblado a la espalda y su pequeña daga cayó con estrépito al suelo de losas.

—Muerto no valgo nada para vos —balbuceó Dacre.

—Por favor, no lo matéis... —Las palabras se le atascaron en la garganta cuando Kennedy se volvió y la fulminó con la mirada.

—¡Fuera! —bramó.

Raven vio con alivio cómo envainaba el arma, y obedeció la orden antes de que su presencia pudiera incitar a Heath a actuar con violencia.

Heath lanzó a Dacre contra el muro y lo observó caer de rodillas.

—Si la tocáis otra vez, os arrancaré el corazón.

Cuando Raven regresó a su habitación, vio que la criada de Tina llevaba una bandeja de comida. Ada la contempló de arriba abajo con una mirada de aprobación.

—Ajá, como sospechábamos. ¡Esta noche teníais algo mejor que hacer! Con este vestido habrá sido muy fácil. Tina asegura que el verde da poder a la mujer sobre el hombre. Hacedme caso, no tengáis la menor compasión; ponedlo de rodillas, la posición exacta en que él ansiará ponerse tras estar cinco minutos con vos. —Ada guiñó el ojo—. Valentina os invita otra vez mañana por la noche.

Cuando Ada se fue, Raven cerró la puerta y lamentó que no tuviera pestillo. Heath Kennedy tenía un poder muy superior al suyo. Se metió en la cama con las rodillas temblando, temerosa de lo que él le haría cuando regresara. Miró la comida y supo que se le atragantaría. Pero el vino era otra cosa; quizá le brindaría el tan necesario valor. Llenó una copa y bebió varios sorbos. Notó el efecto casi de inmediato. Sintió algo mágico, como si los pétalos de una enorme rosa roja se desplegaran en su pecho. Apuró la copa y notó que se le calentaba la sangre. Las palabras de Ada le resonaban en la cabeza: «Con este vestido habrá sido muy fácil... el verde da poder a la mujer sobre el hombre.» Raven se dio cuenta de que ella poseía efectivamente poder; el poder de una mujer sobre un hombre tenía su propia magia. Sin duda, él ya había respondido antes a la misma; ¡era su única defensa contra aquel maldito canalla!

Tan pronto oyó que él entraba en la otra estancia, Raven abrió la puerta contigua y se le acercó sin miedo.

—Sé que mi conducta ha sido imprudente. He visto la llave y la he tomado. Si esperáis que pida perdón por haber intentado liberar a Christopher, os llevaréis una decepción.

Él la miró, vio sus ojos brillantes y sus hermosos senos que subían y bajaban agitados.

—Mi única decepción es que sois tan taimada como cualquier otra mujer.

—¡Somos rivales! ¿Con qué otras armas cuento yo?

—Como bien sabéis, tenéis muchas armas, Raven. Debería daros una buena paliza por lo de esta noche. Por vuestra temeraria acción casi os matan.

—El peligro no venía de Christopher.

—¡No, el peligro venía de mí!

Raven se humedeció los labios de manera lenta y provocativa.

—El peligro me excita —susurró, acercándose a él.

Heath la rodeó con los brazos y cuando la besó, sus sospechas se confirmaron. Raven estaba tratando de manejarlo como si fuera uno de sus halcones, poniéndose ella misma como señuelo.

—Id a acostaros, Raven. ¡Apestáis a vino!

Ella sintió el orgullo herido. Estaba horrorizada por su comportamiento.

—¡Qué generoso sois! ¡Primero creéis que me salváis de Chris Dacre y después que me salváis de mí misma! —Se retiró a su aposento y cerró de un portazo.

La boca de Heath se torció en una sonrisa. Tenía una gran experiencia con las mujeres; todas eran pérfidas. En comparación, Raven Carleton era ingenua; lo conmovía. Ella poseía un gran poder que apenas había aprendido a usar. Pero en cuanto lo hiciera, sería arrollador. Raven estaba en lo cierto: él intentaba salvarla de sí misma. Jamás permitiría que perteneciera al canalla de Dacre, que la cortejaría sin tregua hasta conseguirla para después alardear de ello.

Pasaron horas antes de que su cuerpo cediera al sueño. Yacía en la estrecha cama consumido por sus pensamientos. Sabía que deseaba a Raven con toda su alma y todo su corazón, pero en ese momento su cuerpo estaba obsesionado por el deseo físico. Su anhelo sexual crecía continuamente. Dio rienda suelta a sus fantasías, obligándose al principio a ir despacio y permitiendo a continuación que su imaginación deviniera ardiente y desenfrenada.

Heath estaba de pie en el umbral, cautivado por aquella belleza de pelo negro vestida de verde. Tendió la mano invitándola a acercarse. «Venid conmigo, Raven.» Su corazón hacía un ruido sordo en su pecho, notaba los latidos en la garganta, percibía la polla llenándose de sangre, haciéndose más larga y gruesa hasta que palpitó por la urgencia. Ella se le acercó poco a poco, moviéndose sensualmente, balanceando las caderas, respirando hondo de modo que la curva de sus senos se hinchaba tentadoramente sobre el escote bajo de su vestido. Se detuvo a unos centímetros de él, y acto seguido se pasó la lengua por los labios voluptuosos y susurró: «El peligro me excita.» Él le tocó la boca con la punta de los dedos. La corriente entre ellos era tan intensa que él casi se salía de su piel. Heath le acarició el labio con el pulgar. «Voy a devorarte. Voy a devorarte toda.» Raven alzó la boca para entregarse al hechizo, anhelando el beso tanto como él. Heath le lamió el labio inferior y a continuación lo absorbió entero en su boca como si fuera una cereza madura. Le desabrochó el vestido y se lo quitó. La punta de su lengua jugueteó con ella mientras sus manos la despojaban de las enaguas. La boca de Raven sabía a vino endulzado, y Heath degustó anticipadamente otros sabores íntimos de su cuerpo.

Heath se apartó de Raven y su ardiente mirada le recorrió todo el cuerpo. Tenía la piel marfileña y cremosa; sus pechos estaban llenos y rematados por resplandecientes capullos. Los muslos eran tersos; y la oscura sombra entre ellos, una tentación pecaminosa. La levantó en alto hasta que el pubis estuvo a la altura de su boca y entonces besó los pequeños y apretados rizos y lentamente dejó que el desnudo cuerpo de Raven se deslizara hacia abajo hasta tocar la alfombra. Heath ya no podía esperar más. En un suspiro estuvieron en la cama, y la ardiente

boca de él le susurró todas las cosas que le iba a hacer: sus ma-
nos se entrelazaron en su negro cabello sedoso, inhalando su
embriagador aroma a brezo purpúreo. La alzó y el espléndido
cabello cayó sobre el pecho de él, y después cubrió sus pechos
de besos, y chupó y lamió sus pezones hasta que se transforma-
ron en pequeños y tiesos botones que él saboreaba con avidez.

De pronto sintió las largas y flexibles piernas de Raven,
que lo envolvían y se deslizaban por su espalda. Como por arte de
magia, ella estuvo debajo de él, retorciéndose, jadeando, gi-
miendo, en un arrebato por darle todo lo que siempre había de-
seado. Heath se irguió, y acto seguido la penetró hasta el fondo y
se pegó a ella. Sus palmas se curvaron sobre sus exuberantes se-
nos mientras comenzó la primitiva danza del apareamiento,
hundiéndose en ella, penetrando en su hirviente celo hasta que
las encrespadas olas de la pasión crecieron más y más, amena-
zando con ahogarlo en un placer prohibido. Era una carrera
contra el tiempo para alcanzar ambos el cielo antes de hundirse
en el abismo.

Después de cerrar de un portazo, Raven reconoció
que el vino en su estómago vacío se le había subido a la cabeza. Comió algo, esperando atenuar el mareo, y pensó
en su fallido intento de liberar a Christopher. Por mucho
que lo intentara no podía negar que éste había actuado como un cobarde al utilizarla como escudo. Naturalmente, le echó la culpa a Heath Kennedy, quien había
abusado del pobre Chris Dacre, armado tan sólo de vanas
amenazas de venganza. Raven se sentía frustrada. Había
tratado de usar su poder para ayudar a Christopher, pero
el del hombre de la frontera era muy superior al suyo.

Se desvistió, se puso uno de los bonitos camisones
que Ada le había llevado y se metió en la ancha cama,
contenta porque el vino la ayudaría a dormir. Una hora

más tarde, Raven no sabía si soñaba o seguía despierta, pero sí que no estaba sola. Volvió la cabeza en la almohada y se encontró con los oscuros ojos de Heath.

—Aprenderéis a obedecer mis órdenes, Raven. —Hablaba en voz baja, hechizándola con sus palabras—. Os adiestraré para que vengáis a mí. —Extendió la mano, la acarició, pasando los dedos por los hombros desnudos, enredándolos entre los negros rizos que le caían sobre los senos. A continuación se apartó hasta el extremo de la cama y esperó con toda la paciencia del mundo.

Raven advirtió que Heath sostenía el puñal de cortar hierbas, un eficaz señuelo. Lenta e irremediablemente, ella se desplazó hacia él hasta que los cuerpos se tocaron. Heath tenía un poder invencible al que ella no podía resistirse, al que ni siquiera pretendía oponerse.

—Decidme qué queréis, Raven.

—Quiero poneros de rodillas.

—¡Ésa es exactamente la posición en que yo ansío ponerme!

En un suspiro, Raven estuvo entre sus firmes muslos. Él se arrodilló encima con una pierna a cada lado, desnudo, y bajó la hoja del puñal hasta el pecho de ella. Raven no tenía miedo; Heath jamás le haría daño. Con seductora lentitud, él deslizó la punta de la daga hasta el camisón, lo rasgó y se lo arrancó. Raven se estremecía anticipándose al placer, esperando el momento en que estaría totalmente desnuda y él le cubriría el cuerpo con el suyo.

—Primero debéis comprometeros conmigo, Raven. —Heath se hizo un corte en el pulgar y luego agarró un dedo de ella y lo pinchó con la punta del puñal—. Mezclemos nuestra sangre.

Apretaron las manos para fusionar su sangre. Después unieron sus bocas y dieron rienda suelta al arrebatado deseo que habían ido acumulando desde el día en que se conocieron y empezaron a compartir un único destino.

Raven abrió los ojos de golpe. Volvió la cabeza en la almohada esperando ver a Heath Kennedy, pero se hallaba sola. Era imposible; aún sentía el calor de su musculoso cuerpo y sus labios hinchados por los apasionados besos. Heath la había encantado de algún modo, la había hechizado. ¡Había ido a su cama y usado su poder para poseerla!

Raven bajó de la cama y corrió a la estancia contigua. Parpadeó incrédula, pues Heath dormía como un niño en el estrecho catre. Había arrojado la colcha y yacía desnudo, pero no había duda de que llevaba un buen rato en brazos de Morfeo. Miró hacia abajo, a su propio cuerpo, y observó que su camisón no tenía ninguna raja de cuchillo ni desgarros. Poco a poco comprendió que todo había sido un sueño. Dirigió una mirada culpable a aquel cuerpo viril y sintió que el rubor le cubría las mejillas. Por Cristo bendito, ¿y si él abría los ojos y la sorprendía allí, rondando junto a su cama?

Volvió a su dormitorio y se puso delante del fuego para calentarse. Jamás había experimentado un sueño tan real. Miró hacia la cama y allí, sobre la almohada, estaba su puñal de mango negro. Alzó el dedo y vio el corte contra el resplandor de las llamas. El corazón comenzó a latirle con violencia, y de repente se acordó de que se lo había hecho ella voluntariamente, en el rito celebrado con su abuela. Se dijo a sí misma que había sido demasiado fantasiosa, aunque no estaba convencida del todo. Era la segunda ocasión en que él aparecía en su sueño. La primera vez le había robado la pluma de cuervo de debajo de la almohada a modo de prenda; ahora había ido resueltamente a robarle el corazón.

11

Raven se quedó en su habitación casi todo el día siguiente. Cuando por fin fue a la otra estancia, sintió alivio al comprobar que estaba vacía. Decidió que por su propia tranquilidad de espíritu debía evitar a Heath Kennedy a toda costa y asegurarse de que nunca estuvieran solos. Se dirigió a las jaulas para alimentar a sus halcones, pero dado que no necesitaban volar cada día, no los llevó al prado. En su lugar, regresó al castillo y buscó la compañía de Valentina. La halló en la pieza superior, reclinada en los cojines de la silla junto a la ventana, escribiendo cartas. Los bebés yacían a sus pies en sus cunas, mecidas por jóvenes criadas que cantaban nanas.

—Raven, venid y uníos al corro familiar. Heath me he dicho que adiestráis aves de caza. Me parece interesente que Heath tenga pasión por los caballos y vos por los halcones. Ayer os vi a los dos desde mi ventana. Cuando cabalgabais juntos, era fácil adivinar que ambos compartís un gran amor por la naturaleza.

—Vuestro hermano me retiene cautiva contra mi voluntad —dijo Raven en voz baja—. Me permite hacer volar los halcones sólo si él está presente.

Tina se acarició la barbilla con la pluma mientras escrutaba a Raven.

—Entre un hombre y una mujer es difícil saber quién es el cautivo y quién el captor. Mi experiencia me dice que los papeles cambian constantemente. Una mujer inteligente siempre domina, y lo logra con guante de terciopelo.

—Suena como si fuera un juego.

—Entre un hombre y una mujer siempre hay un juego. Ha habido dos hombres jugando uno contra otro. Acabo de enterarme de que uno de ellos es un Dacre. Debéis saber que Heath hará todo lo que esté en su mano para salvaros de un destino así.

Las familias mantenían viejas rencillas, un caso clásico de escoceses contra ingleses, y Raven se dio cuenta de que nada haría cambiar de opinión a Valentina. También era evidente que Tina no tomaría partido por ella en contra de su hermano. Sintió cierto remordimiento culpable por haber intentado implicar a Tina en su problema. La flamante madre ya tenía suficientes ocupaciones.

—No puedo censuraros que seáis leal a vuestro hermano.

—Heath y yo estamos muy unidos. Él siempre aceptó mi conducta testaruda y atolondrada. Supongo que se debe a que tenemos un temperamento parecido, muy distinto del de nuestros otros hermanos. Estoy escribiendo a mi hermano Donal y a su esposa Meggan, para darles la noticia de los mellizos. Él es un ser encantador, lo quiero muchísimo, pero también es un hombre muy ingenuo y sencillo, sin sangre en las venas. Está satisfecho de vivir tranquilamente en su tierra y criar miles de ovejas. No tiene ambiciones, aunque algún día será lord de Galloway.

—¿Y el otro hermano?

—Duncan. Ayuda a mi padre a llevar el negocio de los barcos mercantes. Exportan la lana de los Kennedy a Flandes. Antes era una persona afable, pero después de Flodden se le agrió el carácter. Es muy avaricioso; cree que todo el mundo quiere engañarle, sobre todo las mujeres. Por eso no se ha casado todavía. Está convencido de que él tenía que haber sido el heredero, no Donal.

Raven no podía por menos que tenerle simpatía a Valentina por su franqueza y sinceridad. Antes de casarse se la conocía como Ardiente Tina Kennedy, aunque ello no le impidió emparentar a lo grande. Poseía una belleza radiante pero también un enorme magnetismo, y algo más: sin duda, la sexualidad de la que le había hablado su abuela. Podía retener a cualquier hombre en la palma de su mano y esclavizarlo. Raven miró el lago por la ventana, deseando poder llegar a tener la misma seguridad en sí misma que Valentina. Le llamó la atención un movimiento en el agua.

—¡Oh, tenéis cisnes! ¡Qué hermosos son!

—Lo sabéis todo sobre aves. ¿Qué debo hacer para que se queden?

Raven recordó un truco que le había enseñado su abuela.

—Ponedles un poco de grano. Después tomad una cuerda con una campanilla en su extremo y la atáis a la ventana. Cuando les arrojéis el grano cada día, haced sonar la campanilla, y los cisnes se acostumbrarán a venir a comer.

—¿Funciona de veras? ¡Parece un truco de magia!

—No; es adiestramiento. Se puede adiestrar a la mayoría de las aves.

—Pues debemos intentarlo. Ada, ve y que uno de los mayorales te dé una cuerda y una campanilla de latón. —En cuanto Ada se hubo marchado, Tina dijo—: Raven, ¿me enseñaréis cómo hacer volar un halcón? Si quiero recuperar mi esbelta figura, debo volver a montar.

—¿No creéis que es demasiado pronto?

—Oh, os parecéis a Ada. Estoy decidida.

Aunque Raven no pensaba permanecer en Eskdale mucho más tiempo, asintió.

—En cuanto os sintáis en condiciones.

Ada llegó con el mayordomo, que ató la campanilla a la cuerda y la hizo descender desde la ventana siguiendo las instrucciones que le daban. A continuación, Tina esparció el grano mientras Ada hacía sonar la campanilla. Mientras Raven observaba, se dio cuenta de que había otra mujer con un gran poder sobre los hombres. El mayordomo habría descendido con mucho gusto hasta el agua para complacer a Ada.

Ram Douglas llegó a la estancia y escuchó divertido a Valentina explicar lo que iban a hacer.

—He venido a preguntar si esta noche honrarás el salón con tu presencia. Todo el mundo está pidiendo a voces ver por un instante a los famosos mellizos de Douglas.

—Estaré encantada. ¿De verdad bajarás las cunas por mí? —Cuando Ram levantó una de inmediato, Tina rió—. No, no, primero tengo que darles el pecho, a menos que quieras que todos en el salón vean por un instante los otros famosos mellizos de Douglas.

La referencia a sus pechos dibujó una sonrisa en los labios de todos los presentes, incluidos los de su esposo, y Raven advirtió su mirada de amorosa adoración, reveladora de que estaba profundamente enamorado.

—Cariño, he escrito cartas a mi familia en que les comunico la asombrosa y venturosa noticia. Hay una para Donal y Meggie, otra para mi padre, y una tercera para mi madre y Beth, que están en Carlisle. Quiero que las reciban enseguida para que no se preocupen.

Ram le besó la mano que sostenía las cartas.

—Me ocuparé de que las envíen inmediatamente, amor mío.

Raven observaba ansiosa la interacción entre los amantes. Él satisfacía todo deseo de Tina como si fuera una diosa, y si no hubiera habido disponible ningún mensajero, ¡parecía dispuesto a recurrir al dios Mercurio para cumplir las órdenes de su esposa!

Raven pensó en los miembros de su familia, y se sintió aliviada de que no estuvieran preocupados por ella, al menos de momento. Su madre creía que se encontraba en casa de su abuela, quien a su vez pensaba que se hallaba en Bewcastle. Ojalá nunca supieran la verdad. Rezó para que lord Dacre pagara pronto el rescate. No tenía ni idea de cuánto tardaría, por lo que resolvió hablar esa noche con Heath Kennedy y exigirle algunas respuestas. Ya se le había acabado la paciencia.

La sala estaba iluminada con un centenar de antorchas. Era la primera vez que Raven cenaba allí, y le pareció fascinante. Valentina y las dos cunas con los bebés estaban sobre un estrado, exhibidos como un tesoro. El recinto rebosaba de hombres y mujeres al servicio de Douglas. Algunos de ellos estaban casados, otros comprometidos, otros completamente libres, pero todos tenían una mujer al lado. La mayoría de los presentes pertenecía al clan Douglas, y estaban unidos por lazos de sangre, matrimonio o lealtad. Todos sentían un gran orgullo de que lord y lady Douglas hubieran tenido mellizos.

Monsieur Burque, el chef francés, presentó a lady Douglas los platos que había preparado para recibir de ella sus elogios. Hizo el gesto ostentoso de servir primero a Valentina y después a lord Douglas. Cuando éstos asintieron entusiasmados, Burque batió palmas y los criados sirvieron platos idénticos en las otras mesas.

La mirada de Raven recorrió el salón en busca de Heath Kennedy. Había logrado evitarlo durante todo el día, pero esperaba que al menos iría a la cena. ¿Dónde se había metido? Estaba deseosa de enfrentarse a él, ¡pero el irritante canalla no se veía por ninguna parte, parecía eludirla de manera deliberada! Pensó que era una buena ocasión para registrar el aposento de Heath. Si esa noche tenía suficiente poder, acaso hallara notas sobre el rescate, o incluso la llave de la pieza de Christopher.

Raven aguardó a que se ofrecieran y agradecieran los brindis por la salud de Valentina. A continuación, tras formarse una larga cola hasta el estrado para contemplar a los famosos niños en sus cunas labradas, se escabulló del salón.

Arriba, en su dormitorio, el fuego ardía vivo, y lo utilizó para encender todas las velas de ambos aposentos. Cuando se acercó a la mesa que había junto a la estrecha cama, aspiró sobresaltada. Tomó la pluma negra de cuervo y sus dedos temblaron de pronto. La dejó caer y se reprendió por ser tan ridícula. Cualquiera podía tener una pluma negra. No significaba nada.

Abrió un cajón de la mesa y se sorprendió al ver en él cartas de tarot y una piedra con una forma extraña. Aunque nunca había visto otra, Raven supo enseguida lo que era. Aquella forma fálica revelaba que era una piedra de los dioses. Ahí había una prueba de que Heath Kennedy practicaba la hechicería, confirmándose las peores sospechas de Raven: ¡el muy bribón tenía poderes!

Tuvo buen cuidado de no tocar nada. Él no debía saber que ella había descubierto su secreto. Raven se dirigió al armario y se puso a revolver en los bolsillos de las ropas en busca de la llave. Cuando tocaba las prendas, su aroma la embargaba. El olor masculino del cuero se mezclaba con algo más, algo exótico parecido al sándalo que le excitaba los sentidos.

—¿Buscáis esto?

Raven giró sobre los talones, airada por haber sido pillada en falta, furiosa porque él pudiera moverse con tanto sigilo, y exasperada al ver que la llave se balanceaba en sus dedos.

—¡Quiero respuestas! De ahora en adelante me niego a estar con vos en la oscuridad. Exijo saber cuánto durará esto. ¡Sin evasivas! Heath Kennedy, quiero que seáis sincero conmigo.

—Formulad vuestras preguntas, Raven. Os diré todo lo que deseéis saber. Venid y sentaos.

Raven tomó asiento porque le flaquearon las rodillas. Él se sentó en una silla frente a ella y esperó el interrogatorio. Raven respiró hondo para tranquilizarse pensando por dónde empezar.

—No sé nada sobre retener a alguien para cobrar un rescate. ¿Cuáles son los pasos a dar? ¿Qué sucede si no se paga la cantidad exigida? Sufro atrozmente por la seguridad de Chris Dacre.

—El procedimiento es muy sencillo; os lo explicaré. Hice prisionero a Dacre y después envié una carta a su padre pidiéndole un rescate. En ella se fijaba el lugar y el momento en que se efectuaría la transacción. Lord Dacre aceptó las condiciones de inmediato.

Raven se humedeció los labios.

—¿Dónde y cuándo?

—En Liddel Water, en la frontera. Dejad de preocuparos por Chris Dacre. Esta noche se ha hecho efectivo el rescate y mi prisionero ha sido devuelto a su padre. Ya debe de estar sano y salvo en Bewcastle.

Raven quedó pasmada.

—¿Habéis liberado a Christopher? ¿Y qué pasa conmigo? ¿Lord Dacre también ha pagado mi rescate? —preguntó incrédula.

—No pedí rescate por vos —respondió Heath como si tal cosa.

Ella tuvo un arrebato y arremetió contra él con los puños apretados.

—¡Infame canalla! ¿Cómo habéis podido liberar a Christopher Dacre y no a mí? —Le aporreó el pecho con toda sus fuerzas.

Heath se protegió con las manos y la obligó a sosegarse.

—Nunca aceptaría dinero de Dacre por vos, Raven —dijo con envarado orgullo—. Sería como venderos a él.

—Así, ¿mañana seré libre de marcharme? —inquirió ella con cautela.

—No exactamente. Si os dejo ir mañana, os faltará tiempo para volver con él.

—¡No, ni pensarlo! —negó ella—. Iría a mi casa. ¡Cuando os dije que Chris Dacre y yo estábamos prometidos, era mentira!

—En ese caso, mi bella mentirosa, soy libre de cortejaros. —Con una exclamación de triunfo, la tomó en brazos y la sostuvo en el aire, riendo en su cara.

—¡Bruto y asqueroso escocés! ¡Si me mantenéis cautiva, haré que lamentéis haber nacido! ¡Vuestra vida será tan desgraciada que me rogaréis de rodillas que abandone este lugar!

Heath estalló en carcajadas.

—Cuando os enfadáis sois irresistible. Me gustan los desafíos, Raven; os haré la corte sin tregua. Ya os gustan mis besos, y muy pronto gozaréis con todo lo que os haga. ¡Apasionadamente!

Raven agachó la cabeza y le hincó los dientes en una mano. En el instante en que volvió a tocar con los pies en la alfombra, se recogió la falda, huyó al santuario de la habitación contigua y cerró de un furioso portazo. Acto seguido, arrastró como pudo la pesada cómoda de roble que había junto a la pared hasta ponerla contra la puerta.

Jadeando por el esfuerzo, arrebatada por la cólera, experimentó una embriagadora sensación de triunfo al haber conseguido frustrar las intenciones de Heath.

Mientras recuperaba el aliento todo siguió tranquilo, pero poco después un extraño chirrido rompió el silencio. Parecía metal contra madera, y Raven se preguntó qué estaba haciendo Heath. De repente ya no hubo puerta entre ellos; sólo los separaba la alta cómoda. Él había quitado las clavijas de hierro y alzado la puerta desencajándola de los goznes. Después colocó sin esfuerzo la cómoda en su sitio.

—Raven, es la última vez que cerráis la puerta. Es de lo más fastidioso. A partir de ahora no habrá barreras entre nosotros.

—¡No podéis hacer esto! ¡Dios mío, no tendré intimidad! ¿Cómo me bañaré, cómo me vestiré?

Él sonrió burlón.

—Ya es hora de que os vigile más de cerca.

Raven tuvo otro pensamiento aterrador. ¿Cómo diablos podría dormir si no había separación entre ellos? Heath tenía el poder de meterse en sus sueños y hacer que parecieran reales. Sin una puerta, ¿qué le impediría introducirse en su cama mientras ella durmiera? Su determinación se endureció. Lo que más deseaba en el mundo era borrar aquella mueca burlona de su cara. Alzó el mentón y soltó con frialdad:

—Ojalá me hubierais vendido a Dacre.

La socarrona sonrisa de Heath desapareció. Ella, sin añadir palabra, le dio la espalda y se retiró del umbral. Acercó una silla al fuego, tomó el atizador de hierro y se sentó. No se desnudaría ni se metería en la cama bajo ningún concepto. Se quedaría allí sentada toda la noche... y todas las noches hasta que él volviera a poner la puerta en su sitio.

Raven consiguió permanecer alerta las dos horas siguientes, pero después empezó a dar cabezadas y los ojos se le cerraban. Luchó contra el sueño cambiando de posición en la silla y centrando su atención en las refulgentes llamas. Poco a poco acabó absorta y por fin cedió al sopor. Pasaron otras dos horas antes de que se le agitaran las pestañas. «Esta silla es asombrosamente cómoda», pensó adormilada. Se movió y notó el roce de la sábana en sus piernas desnudas.

Abrió los ojos y con desconcierto vio que estaba en la cama. Entonces reparó en que sólo una persona podía haberla puesto ahí. Alzó la colcha y confirmó sus sospechas. Estaba completamente desnuda. ¡Heath Kennedy la había desvestido!

En Bewcastle, Christopher Dacre iba y venía por la estancia abovedada, desahogando su ira, mientras su padre lo interrogaba sobre el secuestro. No hizo mención alguna de Raven Carleton. Si llegaba a saberse que había sido llevada a Escocia por la fuerza, quedaría manchada su reputación y su padre jamás negociaría unos esponsales. Pero después de lo ocurrido, Chris Dacre estaba totalmente resuelto a convertir a Raven en su esposa. La humillación de que le había hecho objeto Kennedy era intolerable. Se había llevado su caballo e incluso sus botas; por todos los demonios, Chris Dacre nunca permitiría que aquel bastardo le quitara la mujer. Cuando se había enterado de que el hombre de la frontera sólo había reclamado como rescate sus yeguas y unas ofensivas doscientas libras, el siniestro odio que sentía hacia Kennedy se intensificó hasta niveles inauditos alimentando su sed de venganza. Había jurado que acabaría con él y el resto de los Kennedy a sangre y fuego, y para ello necesitaría la ayuda de su padre.

—Hay un montón de Kennedys en los que podemos vengarnos, no hay cuidado. Empezaremos con el padre y su imperio de barcos mercantes. Rob Kennedy se arrepentirá de haber despreciado un vínculo matrimonial con los Dacre. Después nos encargaremos de su hijo y sus vastas posesiones en Kirkcudbright. Pero no habrá venganza en Eskdale —señaló lord Dacre—. Pertenece a los Douglas. No podemos infligirles represalias que nos señalarían con el dedo. Tal como están las cosas, es imposible que nos relacionen con los Armstrong.

—¡No es imposible! —informó Christopher a su padre—. ¡Kennedy tiene al hermano de Mangey Armstrong encerrado en Eskdale!

—¡El muy cabrón! Bien, estando así las cosas, el asunto toma otro cariz. Los jodidos Armstrong deben de tener el cerebro lleno de meados; allá donde van meten la pata. Bueno, hemos de sacarlo rápido de allí. Que esté vivo o muerto ya no importa tanto.

Cuando Raven abrió los ojos por la mañana, lo primero que vio fue a un sonriente Heath Kennedy apoyado contra la jamba de la puerta.

—Fue un acierto vigilaros más de cerca, hermosa mía. Os quedasteis dormida en la silla y casi os hacéis una herida con el atizador.

—¡Si no os quitáis de en medio os arrepentiréis!

—¿No puedo ver cómo os levantáis? —preguntó con guasa.

—¡No! ¡Por supuesto que no! Si no os marcháis me quedaré en cama todo el día.

—Mmm, si lo hacéis os aseguro que yo no permaneceré junto a la puerta. He visto lo que ocultáis bajo el cobertor —dijo poniendo los ojos en blanco de manera sugestiva.

—¡Maldita sea, para vos es sólo un juego!

—Un juego al que quiero que vos juguéis, Raven.

—¡Los juegos también tienen sus reglas!

—Muy bien, poned una regla; y yo pondré otra.

—¡Dejad que me vista sin mirarme!

—De acuerdo. Dejaréis de evitarme. *Sully* necesita hacer ejercicio.

—Conforme. Hoy lo llevaré al prado.

En la cara de Heath se dibujó una mueca burlona.

—Concesiones mutuas. ¿Veis qué fácil es?

—¡Después me devolveréis mi libertad!

«Devolvedme mi corazón, Raven.»

—Os daré la libertad de levantaros y vestiros. Estaré en el prado.

En cuanto oyó que se cerraba la puerta exterior, Raven se levantó, abrió el armario y sacó un traje de montar de terciopelo amatista. Oyó al punto que la puerta se volvía a abrir.

—¡Asqueroso embustero! —gritó, asiendo el traje para cubrirse.

Ada entró con la bandeja del desayuno. Echó un vistazo a Raven y después a la puerta fuera de su sitio.

—Lamento desengañaros, sólo soy yo.

—¡Creía que era el exasperante y maldito Heath!

—¿Asqueroso embustero? ¿Es así como le habláis?

—Ada miró otra vez la puerta—. Veo que ha sido un galanteo accidentado.

—Oh, Ada, estoy a punto de volverme loca. Se ha pagado el rescate, y anoche Heath liberó a Chris Dacre pero no a mí, y me siento impotente para hacer nada.

—¿Impotente? Heath quiere que seáis su mujer. ¿No comprendéis que os da todo el poder del mundo sobre él? —Ada quería zarandear a Raven. Habría dado cualquier cosa para que Heath la quisiera a ella.

—Ada, lo ignoro todo sobre los hombres. Te observo a ti y a Valentina, y me quedo asombrada del modo en que utilizáis vuestro poder femenino para obtener lo que deseáis. Por favor, dame algún consejo, cuéntame tus secretos.

Ada suspiró con pesar. Si Heath ha entregado su corazón a esta muchacha, que así sea.

—Venid, compartiremos el desayuno y os haré partícipe de mis conocimientos mundanos, como hice en otro tiempo con Tina antes de que se casara.

Raven se enfundó las enaguas y las dos se sentaron en la cama con la comida entre ambas.

—Las zonas fronterizas de Escocia e Inglaterra son tierras duras que enseñan a los hombres lecciones duras. Es la ley del más fuerte: los lobos sobreviven, las ovejas mueren. Las mujeres mansas y sumisas pronto son sometidas, pues los hombres tratarán sin miramientos a aquellas que se lo permitan. Si os convertís en un felpudo, los hombres se limpiarán en él sus botas llenas de barro. Pero un hombre de veras admira a las mujeres que tienen los redaños de defenderse por sí mismas.

»Cuando se juntan dos personalidades volubles, seguramente saltarán chispas, pero si una mujer es lo bastante lista, puede manejar a cualquier hombre. Una mujer de verdad puede derrotar a cualquier hombre sobre la faz de la tierra. Raven, poseéis una belleza llena de vitalidad, pero la belleza sólo es una parte pequeña. La sensualidad, es ahí donde quiero ir a parar. La mayoría de las mujeres no la utilizan porque nunca obtienen el resultado deseado. El único modo en que se salen con la suya es quejándose o llorando; pero, oh, qué poco les gusta esto a los hombres. Ellos no quieren lágrimas, sino risas. La vida es dura, y la única manera en que un hombre puede pasárselo bien es con una mujer.

»La sensualidad es el modo de vestiros, de seducir y complacer al hombre avivando su deseo. Los ojos sirven para coquetear, y tomar el pelo, y prometer el paraíso. La boca es para reír, besar, suspirar y susurrar palabras dulces y tiernas que harán que él se derrita de deseo. Utilizar a un hombre con delicadeza compensa. La sensualidad empieza en el cerebro y después se distribuye por todos los rincones del cuerpo.

»Para convertiros en una mujer debéis perder vuestra virginidad; a una mujer de verdad no le sirve de nada. Algunas cosas sólo se pueden aprender con un hombre; no obstante, tan pronto hayáis adquirido experiencia sexual, ésta os proporcionará una seguridad completa frente a él. Pero sólo si aprendéis a amar el sexo. Si podéis abandonaros y gozar realmente del tacto, el gusto y el olor de vuestra sexualidad, tendréis al hombre a vuestra merced. Lo poseeréis en cuerpo y alma, y él no será capaz de negaros nada.

De súbito Raven oyó el eco de las palabras de su abuela: «Necesitas tener más experiencia con los hombres; has estado demasiado protegida. Raven, tienes grandes poderes, pero recuerda siempre que el mayor poder de una mujer reside en su sexualidad. No tengas nunca miedo de explorarla, de utilizarla. De momento tienes una sexualidad inocente que atrae y seduce a los hombres. Pero a medida que adquieras experiencia sexual, serás capaz de lograr ascendiente sobre cualquier hombre.»

—Gracias por ser tan sincera conmigo, Ada. Todo esto me dará mucho en que pensar, sin duda.

—En ese caso dejaré que lo digiráis junto con el desayuno. Tina quiere saber si hoy le daréis una lección de cetrería. Está decidida a montarse otra vez en la silla y volver a cabalgar.

—Sí, desde luego que sí —respondió Raven distraída mientras su mente trataba de asimilar los chocantes consejos que Ada generosamente le había dado.

12

Raven bajó sus halcones desde las jaulas hasta la muralla exterior. Mientras *Sully* y un caballo robusto de pie firme estaban siendo ensillados, mostró las aves a Tina, previniéndola de las afiladas garras, y le enseñó cómo entrelazar la pihuela en sus dedos enguantados. Le hizo una demostración de cómo lanzarlas, y cuando las aves alzaron el vuelo, le indicó el modo de hacer oscilar el señuelo para hacerlas volver. Tina estaba familiarizada con los rudimentos del deporte, y en cuanto se sintió cómoda con una de las aves, montaron y cabalgaron hacia el prado.

Heath se unió a ellas enseguida. Desde que Dacre había pagado el rescate con siete de las propias yeguas de cría de Heath, estaba de un humor excelente. Si ese día se sentía decepcionado por no tener a Raven para él solo, lo disimuló.

—Me alegra que te hayas recuperado y ya puedas cabalgar otra vez, Tina.

—Ya no aguantaba más tiempo enjaulada. Además, la semana que viene tengo intención de cabalgar hasta Hawick para la boda.

—¿Por qué eligieron Hawick y no Edimburgo? —preguntó Heath.

Tina se encogió de hombros con elegancia.

—Supongo que será algo simbólico. Es un centro de

poder de los Douglas, y por tanto más seguro, de esto no hay duda. Tú y Raven debéis venir, por supuesto.

—¿Quién se va a casar? —inquirió Raven.

—Margarita Tudor y Archibald Douglas, el nuevo conde de Angus —explicó Tina.

—¿La reina? —La mirada de asombro de Raven divirtió a Tina.

—Bueno, supongo que técnicamente es la reina viuda. Es la madre de nuestro rey, Jacobo Estuardo, y dado que éste sólo tiene dos años, Margarita es la regente.

—Los escoceses no tolerarían mucho tiempo que una mujer inglesa fuera regente de Escocia —terció Heath—, en especial si fuera la hermana del rey de Inglaterra, Enrique Tudor. El rey de Inglaterra haría todo lo posible por ponerle las manos encima a nuestro pequeño rey y poder así controlar los dos países. Archie Douglas se casa con ella para impedir una lucha por el poder y proteger al pequeño rey Jacobo con la fuerza de los Douglas.

—¿Insinuáis que nuestro rey inglés haría daño a su propio sobrino? —preguntó Raven indignada.

—Mató a Jacobo Estuardo porque era rey de Escocia; no le temblaría el pulso para matar a otro rey Jacobo Estuardo.

—¡Es el pasatiempo de los reyes! —soltó Tina, pero como Raven se estremeció, desvió la conversación hacia un terreno menos espinoso—. La boda será una gran diversión. La reina y sus damas de la corte son las criaturas más sencillas que hayáis visto, Raven. Vos y yo las eclipsaremos, aunque todavía estoy rechoncha como una perdiz.

Heath miró a Raven con ojos reflexivos.

—¿Me permitiréis acompañaros a Hawick, señora?

En vez de marcar distancias con una fría negativa, Raven sonrió.

—¿Por qué no? —¡Sin duda una reina inglesa sería su aliada!

Tina le dirigió una mirada de aprobación.

—¿Dónde está *Índigo*? —preguntó a su hermano—. Quiero presumir de ella ante Raven.

—Está pastando en su lugar predilecto, junto al río. También he llevado allí a mis yeguas.

Cuando las aves regresaron con su presa, Raven y Tina las lanzaron de nuevo en dirección al río y cabalgaron siguiendo su estela, y Heath con ellas.

—¡Oh, es purpúrea! —exclamó Raven—. Por esto la llamáis *Índigo*. Es el animal más hermoso que he visto en mi vida. —Las mujeres desmontaron e *Índigo* saludó a Tina pitando suavemente por la nariz y lanzando juguetón sus crines hacia atrás.

—Es bereber. Me la regaló Heath.

—¿Dónde la encontrasteis? —preguntó Raven a Heath.

—Cuéntalo, por favor —dijo Tina riendo.

—Se la gané a Ramsay en un concurso de lanzamiento de cuchillos. ¿Cómo iba yo a saber que él se la había robado al jefe del clan Kennedy, el conde de Cassillis? ¿Cómo iba nadie de nosotros a imaginar que el conde tenía intención de regalar al rey esta hembra de lujo?

Tina rió.

—Estaba montada en *Índigo* la mañana que el conde y Ram tuvieron una discusión tremenda sobre la propiedad de la potra. El rey fue testigo de su conducta grosera y me ordenó que me quedara la yegua para que pusieran fin al patético espectáculo.

—¿No saben los hombres de la frontera que tomar lo que pertenece a otro es robar? —preguntó Raven dulcemente.

—Sí lo saben. —Tina la examinó con una sonrisa—.

Simplemente creen que si un hombre no puede conservar lo suyo, no merece tenerlo.

Sultán y *Sheba* regresaron con patos silvestres del río.

—Se los daré al señor Burque y le pediré que los prepare esta noche para vosotros dos —dijo Tina—. Es evidente que tenéis muchas diferencias que resolver y os irá bien estar un rato solos. —Antes de que Raven pudiera protestar, Tina añadió—: Voy a regresar. Esta silla me ha adormecido el trasero.

—Dejadme los ponis a mí —sugirió Heath—. Les gustará estar en el pastizal por una noche.

Ellas accedieron de buena gana. Raven ponía reparos a quedarse a solas con Heath Kennedy, pero con *Sully* era distinto. La pasión de él por los caballos, y el cariño de éstos hacia él, eran evidentes para todo aquel que los viera juntos. Lanzó los halcones en dirección a los establos, y las dos mujeres disfrutaron del camino de vuelta a través de la hierba larga y fragante del prado.

Raven abrió el armario y pensó qué se pondría para la cena íntima de esa noche con Heath Kennedy. Pensaba llevar a la práctica algunas de las sugerencias de Ada para ver si provocaban en él algún efecto. Se ruborizó; naturalmente no quería tener una experiencia sexual, pero se vestiría para él, se reiría con él y lo manipularía con delicadeza en vez de buscar el enfrentamiento. El instinto le decía que sacaría más de ese hombre apelando a su sensatez que planteándole exigencias.

Decidió llevar un vestido color melocotón pálido de tafetán. Los tonos pastel hacían un bonito contraste con su cabello oscuro, y el frufrú de la tela era deliciosamente femenino. Se preguntó si no le sería más útil esperarlo sin ambages en la habitación de él; pero finalmente resolvió que no. Mejor dejar que fuera Heath quien se le acercara. Sería la primera prueba: comprobar si la simple visión de ella lo hacía cruzar el umbral.

También decidió que sería mejor comer delante del fuego. El escenario y el ambiente eran acogedores y propicios a las palabras dulces. La gran cama que se perfilaría tras ellos en las vacilantes sombras sería tan cautivante como una promesa sobreentendida. Se le escapó una sonrisa cuando cayó en la cuenta de que estaba planeando seducirlo. No físicamente, desde luego, sino en todos los demás sentidos en que una mujer puede seducir a un hombre.

Cuando oyó a Heath entrar en los aposentos de la torre, no evidenció su presencia. Oyó chapoteo de agua en la jofaina, y otros ruidos le indicaron que se estaba afeitando. Vio su sombra cruzar el vano de la puerta, oyó el murmullo de sus prendas, y supo que se estaba cambiando de ropa. Contó hasta cien, respiró hondo y apareció en el umbral. Heath se estaba remetiendo los faldones de una camisa de hilo en los pantalones, lo que le dio a ella un pretexto para susurrar una breve disculpa y retirarse al momento.

Cuando la figura de Heath ocupó el hueco de la puerta, el pulso de Raven se aceleró. Dejó que se dibujara en sus labios un asomo de sonrisa.

—Gracias por cuidar a *Sully*; os ha tomado cariño. —Sus dulces palabras sonaron como si fueran mágicas, y tiraron de Heath a través del umbral hasta el interior de la habitación.

Ella se agachó y tomó el atizador. Cuando observó la cautelosa mirada de él, rió y se lo ofreció.

—¿Queréis ocuparos del fuego? Si os parece bien, podríamos cenar aquí.

Al recibir Heath el atizador, sus dedos se tocaron.

—Me parece bien.

El roce y la voz de él hicieron flaquear la compostura de Raven, quien deseó que él estuviera experimentando un efecto semejante. Cuando se desplazó hacia una pequeña mesa situada en un rincón de la habitación, el tafetán color melocotón murmuró sugestivamente contra sus piernas. Reparó en que él también lo oía por el modo en que la siguió con la mirada.

—¿Queréis colocar esta mesa frente al fuego? —Raven podía haberla levantado fácilmente sin ayuda, pero le causaba placer ver que él respondía al ruego más insignificante.

Heath llevó la mesa y luego la miró a ella como hipnotizado.

—¿Qué estáis mirando? —preguntó ella expectante.

—Esta noche distingo vuestra aura. Es una preciosa sombra de azul lavanda intenso. La vi por primera vez el día que nos conocimos.

Raven sabía que existían cosas tales pero que sólo ciertas personas eran capaces de verlas. Le dirigió una sonrisa.

—¿Y qué os revela sobre mí?

—Me dice que esta noche estáis de un humor receptivo, tal vez hasta alegre. —Se acercó y alzó la mano sobre la cabeza de Raven—. Os rodea el cabello como un halo. —Bajó la mano—. La luz juguetea incluso con vuestros hombros. —Con vacilación las yemas de los dedos rozaron la manga del tafetán.

Raven le sonrió. Sabía que él no podía resistirse a tocarla y que pondría de nuevo a prueba su poder femenino. Se pasó la punta de la lengua por el labio superior en un gesto provocador. Observó que las pupilas de Heath se dilataban, y cuando él inclinó la cabeza para besarla, Raven disfrutó del sabor de la victoria.

Pero una llamada a la puerta exterior frustró el beso. Ella oyó que él maldecía en voz baja y comprendió que había ganado la primera partida del juego.

—Será la cena. ¿No tenéis hambre?

—Canina —admitió Heath—. No hay nada como un beso interrumpido para abrir el apetito.

—Quizá deberíais dejar los besos para el postre, a menos que el señor Burque os ofrezca algo más apetitoso.

Heath abrió la puerta, dio las gracias a la criada y llevó la cargada bandeja a la mesa que había colocado junto a la chimenea. Ofreció una silla a Raven, pero cuando se sentó no pudo evitar tomarla por los hombros y besarla en su cabello. Raven aguardó a que él tomara asiento frente a ella y empezó a levantar las tapas.

—Salmón ahumado —exclamó alegre.

Heath olisqueó con aprobación.

—Con eneldo.

—Sabéis bastante de hierbas.

—Otra cosa que tenemos en común.

Raven alargó la mano para asir otra tapa de plata y se estremeció cuando la mano de él cubrió la suya para así alzarla juntos. Esa noche, cada vez que él la rozaba sentía una agitación desconcertante; pero no podía resistirse a tentarlo, a incitarlo a que la tocara.

La piel de los patos silvestres estaba tostada y crujiente, y la salsa de cerezas era un complemento ideal. Juguetona, Raven mojó un dedo en la salsa y lo extendió hacia Heath. Éste se llevó a los labios su mano y lamió todo su dulzor. Debajo de otra tapa había un panaché de verduras frescas y un plato de alcachofas con mantequilla derretida. Heath tomó al punto una hoja, la mojó en la mantequilla y se la ofreció a Raven. Cuando sus labios tocaron los dedos de él, le mordió a propósito.

—¿Sabíais que la parte que nos comemos es la flor de la alcachofa?

—¿Sabíais que la alcachofa es un afrodisíaco?

Raven se ruborizó, pues de hecho su abuela le había explicado todo sobre las plantas que despertaban la lascivia, y ahora empezaba a experimentar el efecto en carne propia. La cena estaba tan sabrosa que ambos comieron con gran apetito. Cuando Heath sirvió vino, le advirtió:

—Bebed con moderación; a lo mejor el señor Burque nos ha preparado un filtro de amor.

Raven sonrió sabiendo que lo tenía a su merced. Estaba segura de que cuando le pidiera que volviera a poner la puerta en su sitio para preservar su intimidad, él se apresuraría a hacerlo. Negarse sería una grosería.

A Heath le divertía secretamente que Raven hubiera cambiado radicalmente de postura y estrategia. Hasta ese día habían estado librando un lance de esgrima. De momento ella había rechazado todas sus estocadas. Ahora Raven fingía haber bajado los brazos y estar dispuesta a rendirse. Estaba usando sus artimañas femeninas para inducirlo a adoptar una actitud más generosa. Aquella conducta lo complacía, pues su juego de seducción le decía que Raven estaba comenzando a gozar del cortejo y acogía bien sus insinuaciones.

De pronto, Heath alzó la cabeza, como un animal que olfatea el peligro. Acto seguido, oyeron gritos procedentes de abajo y repararon en que la alarma se extendía por todo el castillo. Heath corrió a por su espada y cuando abrió la puerta de la torre, oyó un chillido aterrador: «¡Fuego! ¡Fuego!»

Raven, con la mano en el pecho, siguió a Heath mientras éste bajaba las escaleras de la torre para unirse a Ram Douglas, que estaba reuniendo apresuradamente a sus hombres. Cuando supo que el incendio era en los establos, asió el brazo de Heath y gritó: «¡Sully!»

—¡*Sully* está a salvo en el prado, Raven! ¡Volved a la torre! —gritó Heath por encima del jaleo, antes de que se lo tragara una multitud de hombres que cruzaban las puertas del castillo en dirección a la muralla exterior.

Raven elevó una rápida oración para agradecer que las yeguas y el rebaño de Heath con el que había trabajado ese día estuvieran seguros en el exterior, pero el corazón se le encogió al pensar que en el establo había las monturas de unos cincuenta hombres. Ada, con una bata de cama puesta a toda prisa, daba órdenes a los criados para que llevaran al salón una mesa en la que atenderían las quemaduras y otras heridas inevitables. Raven recordó vagamente haber visto a Ada y Gavin Douglas salir del mismo dormitorio, pero reparó en la insignificante frivolidad que suponía aquello al lado del peligro y la destrucción que los amenazaba a todos. Las lavanderas llevaron sábanas y Raven se sumó a ellas para preparar vendas, ¡cuando de repente se acordó de *Sultán* y *Sheba*!

Sus halcones peregrinos estaban atados a una percha en las jaulas, y comprendió que, estando en peligro la vida de los caballos, a nadie se le ocurriría rescatarlos. Raven corrió a la muralla y vio las resplandecientes llamas amarillas y anaranjadas recortadas contra el cielo oscuro. Estimó que el establo, al ser de piedra, no ardería. Lo que era pasto de las llamas serían los compartimentos de madera llenos de heno y el techo de paja.

Los hombres estaban sacando los caballos todo lo rápido que podían. El chisporroteo y el crepitar del fuego se mezclaban con los relinchos atemorizados de los caballos, y por todas partes había un acre humo negro que hacía toser a hombres y bestias. Con determinación, Raven entró en el establo y subió a la carrera lós cinco peldaños de piedra que conducían a las jaulas. La puerta de madera de arriba estaba ardiendo, pero la empujó sin vacilar y gritó al quemarse las manos. Los halcones chillaban y se movían en la percha de un lado a otro batiendo las alas, presas del pánico. El calor era intenso porque la techumbre de paja estaba en llamas. Con el corazón desbocado, Raven agarró las pihuelas y forcejeó para desatarlas de las patas de las rapaces. Murmuró palabras dulces para calmar a las aves, y quizá también a ella misma, pero parecían servir de poco.

Por fin soltó la pihuela de las patas de *Sultán*, que voló en círculo y acto seguido regresó a la percha junto a *Sheba* mientras Raven se las veía con la pihuela que sujetaba a la hermosa criatura cautiva. Finalmente, logró arrancar las enmarañadas cuerdas de las garras de la hembra sin reparar aún en que se había quemado gravemente las manos. «¡Volad, volad!», gritó, pero cuando miró hacia arriba, observándolos elevarse hacia el techo en llamas, sus gritos se transformaron en un alarido. De pronto, como si de un milagro se tratara, un enorme fragmento del techo se desplomó en una lluvia de chispas, y se hizo visible un círculo de cielo oscuro. Cuando Raven los vio volar hacia la libertad, se sintió colmada de alivio. Cayó de rodillas y se miró las manos incrédula. Tenía los dedos abrasados y las palmas enrojecidas y cubiertas de ampollas. Corría grave peligro y debía salir rápido de allí. No obstante, al ponerse en pie sintió un dolor atroz y punzante en sus manos quemadas y se desmayó.

Heath Kennedy entró en los establos a toda prisa y fue directamente a la casilla del rincón con barrotes de hierro en la puerta, donde estaba encarcelado el miembro de los Armstrong. Los tabiques de madera del habitáculo estaban ardiendo, pero dentro no había nadie. El prisionero había huido. Heath maldecía a medida que sus sospechas cobraban forma. El incendio había sido provocado para sacar a Armstrong de Eskdale.

No tenía tiempo de preocuparse por eso. Asió las crines de dos caballos, que estaban destrozando sus pesebres a coces, y corrió con ellos hasta la muralla. Cuando regresó por más, vio a una figura pequeña vestida de rosa que subía a las jaulas del otro extremo de los establos. «¡Raven! ¡No!» Supo inmediatamente que intentaba rescatar sus halcones en una acción temeraria. Las hileras de casillas entre ambos estaban en llamas y el suelo lleno de madera ardiente y heno llameante.

Heath se abrió paso por los establos, tratando de no estorbar a los hombres que estaban salvando desesperadamente a los caballos. Superó los escalones de piedra en dos zancadas y dio un puntapié a la achicharrada puerta de madera. Por un instante la vio entre el humo y la paja en llamas que caía en una lluvia de chispas. Luego divisó la pequeña figura, acurrucada en el suelo, y el corazón le dio un vuelco en el pecho.

La levantó en brazos, y cuando reparó en que no pesaba más que una pluma, un nudo en su garganta amenazó con asfixiarlo. Llevó su preciosa carga a través de la muralla hacia el castillo. Sólo cuando depositó el flácido cuerpo en el salón vio las manos quemadas.

Heath la dejó al cuidado de Ada y corrió a la cocina, donde Burque y sus ayudantes hervían agua y preparaban cataplasmas destinadas a las heridas tanto de los hombres como de los caballos.

—Burque, necesito el tarro de ungüento de alheña que preparé para las quemaduras de cocina.

Burque sabía exactamente en qué alacena estaba la alheña.

—¿Tenéis jarabe de adormidera? —preguntó Heath esperanzado.

Burque negó con la cabeza. Le había dado lo último que le quedaba a la comadrona que había asistido a Valentina en sus doce horas de parto.

Heath llenó un cuenco de agua fría y lo llevó al salón junto con el frasco de alheña. Alzó a Raven hasta colocarla en su regazo y le metió las manos en el agua muy despacio. Ella recobró el conocimiento de inmediato e intentó apartar las manos.

—Quieta, Raven, el agua fría se llevará el fuego de vuestras heridas. —Aunque forcejeaba desesperadamente y chillaba de dolor, Heath le inmovilizó las piernas con sus fuertes muslos, mientras ella mantenía las manos bajo el agua—. ¡Sentid que las quemaduras abandonan vuestras manos, Raven, sentidlo!

Su voz era tan apremiante que ella quería creerle. Transcurridos así unos buenos cinco minutos, parte del calor se disipó en el agua fría, y Raven supuso que se habían enfriado. No obstante, cuando Heath las alzó del agua y el aire entró en contacto con ellas, el dolor volvió a ser insoportable.

Heath sabía que si le secaba las manos con una toalla, se le desprendería la piel cubierta de ampollas. Dejó que las secara el aire y a continuación las cubrió con el ungüento que le había dado Burque.

—Esto es alheña, Raven. No conozco nada mejor para las quemaduras.

Aunque sollozaba de dolor, ella asintió. El ungüento hecho con alheña era el mejor tratamiento para las heridas. Heath envolvió cuidadosamente cada dedo con unas vendas de hilo, después las palmas de las manos y anudó los extremos en las muñecas. Finalmente, la levantó en vilo y la llevó arriba, a la torre.

La sentó en una silla alejada de la chimenea.

—El calor del fuego aumentaría el dolor de las quemaduras. No tengo jarabe de adormidera, Raven, pero sí whisky. —Sirvió media copa del licor ambarino, se arrodilló a sus pies y se la llevó a los labios—. Bebedla despacio, pero toda entera. No suprimirá el dolor, pero os ayudará a soportarlo y quizás a dormir. —Heath se quedó acuclillado ante Raven con enorme paciencia hasta que ella apuró la copa.

Él se quitó la camisa de hilo color crema, ahora ennegrecida y estropeada por el fuego, y Raven advirtió que llevaba la piedra de los dioses contra su pecho desnudo. Era la genuina imagen de un antiguo dios pagano celta. Heath volvió a ponerse de rodillas frente a ella y la miró intensamente a los ojos.

—Raven, os puedo quitar el dolor. Yo tengo el poder de tomar, vos el de dar. Debéis fundiros conmigo. Ya lo hicisteis cuando me curasteis la herida y tenéis que hacerlo de nuevo.

Ella lo miró con ojos asustados y llenos de dolor, y Heath vio que el aura ya no tenía aquel vivo tono lavanda, sino un gris apagado.

—Quitaremos este vestido tiznado. —Con pericia, Heath fue capaz de quitarle el traje sin tocarle las manos vendadas.

Acto seguido, le lavó con agua y jabón las marcas negras de la cara y el cuello. Levantó el dobladillo para quitarle los zapatos, pero antes explicó que iba a hacer lo propio con las calzas. Tras examinarle los pies y los tobillos y comprobar que no había quemaduras, se los lavó rápidamente y los secó con una toalla.

—Bien, ¿estáis lista para darme vuestro dolor?

Raven asintió, pero no pudo reprimir un sollozo. Heath la levantó y la llevó hasta una mecedora, donde se sentó colocándola en su regazo. Le rodeó la cintura con los brazos y le pidió que apoyase los suyos en los de él.

Con los labios pegados al oído de ella, Heath le habló en voz baja:

—No centréis vuestra atención en el dolor, Raven. Centraos en mí. Escuchad mis palabras y haced lo que éstas os digan. Abrid la mente y dejadme entrar. Confiad en mí. Entregadme vuestra voluntad, sólo por esta noche.

El dolor era tan agudo que obnubilaba todo su cuerpo y su mente. ¿Cómo podía evitar concentrarse en él? Intentó desesperadamente pensar sólo en Heath. Era misteriosamente bello, con sus rizos de cabello negro y sus angulosos pómulos de piel bronceada. Sus ojos eran afectuosos, de color castaño, las pestañas largas para un hombre; la hendidura de la barbilla captó su atención durante largos minutos. De súbito, Raven quiso hundir su dedo en la hendidura y dibujar la oscura sombra de su barba, que todavía era visible pese a que se había afeitado hacía poco.

—Bien, Raven. Os habéis centrado en mí. Escuchad mi voz y obedeced mis órdenes. Abridme vuestra mente; fundíos conmigo, Raven.

Oía la voz de él, su suavidad y su consideración, pero por debajo percibía su resolución y su poder. Permitió que su mente se fusionara con la de él, pero tenía demasiado miedo de entregarle su voluntad y dejar que él la controlara por completo. Poco a poco comenzó a oír los pensamientos de él en su cabeza. «Os amo, Raven, juro que nunca os haré daño.»

—Interrumpid vuestros pensamientos, vuestra voluntad, amor mío, y cededme vuestro yo íntimo. —«*Sully* confía totalmente en mí; vos también podéis hacerlo, Raven»—. Unid vuestra voluntad y vuestra energía curativa con las mías, Raven, y nuestro poder conjunto será invencible.

De pronto, ella notó que su voluntad y autodominio

se alejaban a la deriva, pero, milagrosamente, el atroz dolor de sus manos también se marchaba lejos de ella.

—Está surtiendo efecto —susurró.

Heath empezó a mecerla, y las palabras tranquilizadoras de una nana la envolvieron y protegieron.

—Cuando se os cierren los párpados, no os resistáis al sueño; deslizaos en él como en un estanque acogedor. Para sanar hay que dormir. No os dejaré sola; a nuestros espíritus se les ha impuesto obediencia toda la noche.

Raven suspiró profundamente y se entregó al cuidado de Heath. Él la acunó un buen rato, pero cuando en la habitación empezó a hacer frío, la llevó a la alta cama y, sin dejar de rodearla con sus fuertes brazos, se tumbó junto a ella. Después acomodó su largo cuerpo al de Raven, a modo de cuchara, asegurándose de que las manos vendadas permanecían apoyadas en una almohada de pluma de ganso.

Por fin Raven se quedó dormida, en un sueño intermitente, y de vez en cuando sufría violentos espasmos que la hacían despertar. Cuando eso ocurría, Heath la estrechaba entre sus brazos y el calor de su cuerpo se filtraba al de ella mientras sus palabras musitadas la sosegaban y la hacían volver al refugio indoloro del sueño.

Jamás en su vida se había sentido tan protector con una mujer, pero aquélla era la mujer que quería para el resto de sus días. Creía que con un cortejo paciente podría seducirla hasta unir sus respectivos cuerpos; pero eso no bastaba. Él quería más. Heath quería que Raven se uniera a él con el corazón, el alma y el espíritu. Cerró los ojos con callada desesperación, sabiendo que deseaba algo imposible.

13

Duncan Kennedy pilotaba el *Galloway* remontando el río Eden al atardecer, justo cuando se encendían las antorchas a lo largo de los muelles de Carlisle. Su padre, Rob Kennedy, estaba en cubierta, examinando las embarcaciones ancladas. Esperaba encontrar el *Venganza* o cualquiera de los otros barcos de los Douglas que pudieran darles noticias del parto de Valentina o del paradero de Heath.

Rob no vio ninguno de los navíos que buscaba y regresó a informar a Duncan, que estaba al timón.

—Atraca por allí, hay mucha luz —ordenó—. Por si hay ladrones ingleses que acechen nuestra magnífica lana escocesa, dile al segundo de a bordo que esta noche refuerce la guardia.

Duncan hizo rechinar los dientes. Su padre todavía lo trataba como si no hubiera salido del cascarón.

—Ve y consigue un carruaje. Yo me ocuparé de ponerlo todo en orden y de dar instrucciones.

Un rato después, los dos hombres subieron al carruaje e indicaron su destino al cochero.

—El Rickergate —dijo Duncan. Pero Rob Kennedy lo corrigió:

—The Fighting Cocks. —Miró airado a su hijo—. ¿Qué demonios pretendes? ¡No me apetece nada pasar la noche con una esposa desobediente y desleal!

—¡Maldita sea mi estampa! La otra noche no pudiste llegar a Carlisle a tiempo. ¡Creía que ibas a enfrentarte a mi madre y a hablarle con autoridad sobre su abandono!

—Sí, y quizá lo haga después de que me haya ocupado de mis otros asuntos. ¡Pero esta noche no tengo ánimo para pláticas con la inglesa! —Dio unos golpecitos al cochero con el bastón—. The Fighting Cocks.

Cuando llegaron, Duncan se libró enseguida de su padre y fue a visitar a la complaciente viuda de un capitán que había navegado en un mercante de los Kennedy. Si tenía suerte, ella le daría de cenar y él satisfaría dos apetitos por el precio de uno.

En la posada, Rob Kennedy hizo indagaciones y averiguó que Heath había estado allí con dos de los hermanos Douglas durante la semana de la Feria de Carlisle, pero hacía bastante que se habían marchado. Rob intuyó que estarían en el castillo de Douglas, la fortaleza de la frontera que montaba guardia en el río Dee, en Solway Firth. Maldijo su mala fortuna, pues habían pasado frente a la desembocadura del río Dee a primera hora del día.

Tenía sentido que Ramsay Douglas quisiera que Valentina diera a luz a su hijo y heredero en la inexpugnable plaza fuerte de los Douglas, y era probable que Heath estuviera también allí. El castillo de Douglas se hallaba en Kirkcudbright, a menos de quince kilómetros del bastión del hijo mayor de Rob, Donal Kennedy. Las tierras de los Douglas y los Kennedy se extendían unas junto a las otras y eran tan vastas que resultaba casi imposible contar sus acres llenos de ovejas. Rob tenía malos presentimientos, no sólo sobre Valentina, sino también con respecto a su hijo Donal. Si la maldita vieja gitana le había echado la maldición, su heredero no se salvaría.

Rob no había decidido nada sobre Lizzie; cuando estuviera en Carlisle ya se encargaría de ella de una forma u otra. Después irían con Duncan por el Solway hasta el río Dee a visitar a Donal y Valentina y tranquilizar así su atribulada mente.

Una vez tomada su decisión, Rob se dirigió a la taberna, donde una muchacha tetuda le sirvió un apetitoso plato de callos con manitas de cerdo. Le gustó tanto que incluso quebró los nudillos de las manitas para chupar el gelatinoso tuétano. Ya lanzado, decidió pedir un plato de asaduras. Ese estrafalario y afectado cocinero de Tina siempre se había negado a cocinar asaduras. Poniendo los ojos en blanco, las condenaba ¡porque «no son más que culos y orejas»! Bueno, para atacar las asaduras había que ser un hombre de verdad, y le dijo a la chica tetuda que se las trajera.

Rob resolvió regarlo todo con whisky de malta y pidió una jarra. Se sintió fogoso, le hizo cosquillas a la chica entre los michelines de su cintura, jugueteó con dos guineas sobre la mesa y la invitó a subir a su habitación.

Ella se metió el dinero en el bolsillo, le apretó el muslo a Rob y recogió la jarra.

—¡Enséñame el camino, viejales!

Cuando subían las escaleras, Rob Kennedy tenía la cara roja como un tomate y respiraba con dificultad. Se sentó en la cama y empezó a forcejear con la ropa.

—Espera, deja que te ayude, veo que tienes prisa. —Le quitó la pelliza, que dobló pulcramente, pero le dejó puesta la camisa de hilo. A la mayoría de los hombres mayores no les gustaba quedarse totalmente desnudos; así eran demasiado vulnerables. Se arrodilló delante de él para quitarle las botas y se rió cuando él alargó la mano para acariciarle los voluminosos pechos—. ¿Quieres desvestirme? —le preguntó flemática. Había quien lo hacía y quien no.

—Sí, tienes un tipo excelente, deja que eche un vistazo —dijo Rob mientras se quitaba los pantalones.

Ella se sentó desnuda en sus rodillas mientras él la acariciaba. Sin duda la chica hizo lo que debía para estimularlo, pero Rob Kennedy seguía fláccido. La mujer bajó la mano al enorme escroto y le tocó juguetona los testículos. Aunque Rob gruñía de placer, su polla continuaba blanda y encogida.

—Túmbate y deja que me ponga encima —ordenó él.

El deseo era sin duda real, pero no las fuerzas. La montó y trató de penetrar un montón de veces a la bien dotada hembra, pero en su estado aquello era físicamente imposible. Debido al esfuerzo, la respiración se le hizo fatigosa y el rostro pasó del rojo al púrpura. Se dejó caer en la cama, derrotado.

—Es la maldición —masculló—, la maldición de la condenada gitana.

La mujer se volvió a poner la blusa.

—Iré a buscar algo de whisky, cielo. Suele pasar.

—No, a mí no —soltó Rob abatido, frotándose el pecho, donde de pronto un dolor comenzó a oprimirle el corazón.

Pasó toda la noche acostado con el presentimiento de que la sombra de la muerte asomaba por la puerta. Debía conseguir anular la maldición.

Por la mañana, los Kennedy tendrían que afrontar otra desgracia. El segundo de a bordo del *Galloway* aporreó la puerta de la habitación de The Fighting Cocks, con la duda de a cuál de los dos Kennedy temía más enfrentarse. Quizá Duncan lo despachara en el mismo instante, pero Rob Kennedy, el irascible lord de Galloway, tenía un carácter explosivo, una lengua mordaz que cortaba la hojalata y puños como garrotes. Cuando Duncan abrió la puerta, las rodillas del marinero entrechocaron con alivio.

—Ha habido un incendio tremendo, señor. Comenzó en la lana de la bodega. Lo hemos combatido durante horas, pero en vano.

—¿Se ha perdido la lana del invierno? ¿Toda la carga? —exigió saber Duncan.

—Sí, señor... se ha perdido toda la lana... y lo demás.

Duncan se mesó el cabello pelirrojo hasta que le quedó erizado.

—¿Lo demás? ¿Qué quieres decir? ¿Ha resultado afectado el barco?

—El *Galloway* ya no existe, señor. Las vergas y la tablazón ardieron como yesca. ¡Ha sido una debacle!

—¡Cristo todopoderoso! ¿Y quién diablos se lo dice ahora a mi padre? Más vale que esperes a que me vista. ¿Alguna baja entre la tripulación?

—No estoy seguro, señor... había dos muchachos durmiendo en la bodega.

Duncan se calzó las botas.

—Vamos, iremos los dos a decírselo.

Entre Duncan y el segundo de a bordo transmitieron a Rob Kennedy la noticia del desastre sufrido por el *Galloway* durante la noche. Rob se llevó la mano al pecho y se dejó caer pesadamente en una silla. De repente brincó de ella y se movió con torpeza por la estancia como un cañón suelto que rodara por la cubierta de un barco, destrozándolo todo a su paso. Dio un puntapié a un taburete mandándolo al otro extremo de la habitación, y bramó de dolor por la punzada que sintió en el dedo gordo del pie. A su vez, el taburete volcó el orinal, salpicando con su contenido las botas de cuero, que estaban donde la muchacha las había dejado.

Con el rostro violáceo, vació los meados de las botas y se las calzó.

—¡Carlisle! —rugió—. ¡Por los clavos de Cristo, cómo odio y aborrezco esta maldita ciudad inglesa! En Carlisle es donde empezaron todas mis desdichas. En Carlisle la conocí; en Carlisle me casé con ella. ¡La maldición me persigue, vaya donde vaya!

—Vigilamos la carga con nuestra vida, mi señor. Sabemos que no se puede fiar uno de los ingleses. Seguramente arrojaron una antorcha a la bodega.

—De Inglaterra nunca puede venir nada bueno; esos condenados canallas no estaban satisfechos con robar nuestra magnífica lana escocesa; no, tenían que destruirla junto con mi mercante, que dejaba en ridículo a sus chalanas.

Duncan se mesó de nuevo el pelo.

—Hemos de comprar otro barco. ¿Cuánto nos costaría? Se puede penalizar a la tripulación con el salario de un mes.

El segundo oficial respiró con alivio; temía que lo castigaran con el sueldo de al menos un año.

—No hay problema, llevaremos el caso al Tribunal de Vigilantes de la Frontera, cuando celebre su sesión el mes próximo. Ramsay Douglas es Vigilante de la Marca Occidental; ¡logrará que nos den una indemnización por el barco y la lana! —declaró Rob—. ¡El maldito Dacre es el Vigilante Principal de la Marca Inglesa, y su tarea consiste en mantener la paz!

—¿Y qué sentido tiene quemar barcos escoceses justo debajo de sus narices? —preguntó Duncan.

—¡Encima, tu madre cabezota quiere que mi pequeña Beth se case con el arrogante hijo de Dacre! Duncan, entérate de cómo podemos conseguir otro barco. Yo voy a Rickergate a dar a tu madre un último aviso; ¡ya es hora de meter a Lizzie en cintura!

Cuando Raven se despertó por la mañana, comprobó que estaba sola y fue presa del terror. Heath le había curado las heridas y había mantenido el dolor a raya; ¡no podría arreglárselas sin él! Se miró las manos vendadas, y en cuanto las levantó de la almohada empezaron a darle punzadas. El sonido de la puerta al abrirse la colmó de alegría. Cuando Heath entró desde la habitación contigua, Raven se dio cuenta de que jamás había querido a nadie tanto como a él en ese momento. Alzó las manos.

—Vuelve a doler —dijo impotente.

—Lo sé. Por eso me he levantado temprano y he ido a cortar un poco de cicuta. Algunas hojas desmenuzadas dispuestas sobre las quemaduras tendrán un efecto refrescante. Eliminarán el dolor y la inflamación y además evitarán que las ampollas se infecten.

Raven oyó la ternura en la voz de Heath y suspiró cuando éste la apoyó sobre las almohadas. Sostuvo confiada sus manos en alto para que él pudiera quitarle las vendas.

—No miréis las heridas; miradme a mí, Raven. —Sumergió las hojas de cicuta en agua fría, las desmenuzó con los dedos y a continuación las colocó en las palmas de Raven—. ¿Notáis el frescor?

—Ahhh, ahhh, qué sensación más buena —susurró ella—. Mi abuela me advirtió de que la cicuta puede ser malísima si se toma por la boca, pero no me habló de sus ventajas.

«En cuestión de venenos, mi abuela es una autoridad», pensó Heath.

—Las dejaremos una hora y volveremos a mojarlas para conservarlas húmedas. Después pondremos una capa nueva de ungüento de alheña y vendaremos de nuevo. Tal vez ya mañana podamos comenzar a cubrir las quemaduras con miel.

—Dicen que la miel cura sin dejar cicatriz. ¿Funcionará?

—Utilizaremos nuestro poder conjunto para asegurarnos de que funciona —le dijo Heath.

—Todavía noto el sabor y el olor de aquel humo horrendo.

—Está en vuestro pelo, Raven. Cuando estéis dispuesta, os lo lavaré.

Cuando reparó en que él lo iba a hacer todo, lavarla, vestirla, darle de comer, Raven estuvo a punto de protestar. Sabía que debía pedir que la atendiera una criada, pero en el fondo no era eso lo que quería; quería a Heath.

—Logré que *Sultán* y *Sheba* consiguieran ponerse a salvo. ¿Qué tal con los caballos? ¿Fue posible sacarlos a todos?

Heath vaciló. Raven le había dado su confianza, y él comprendió que no podía mentirle.

—Un par de ellos murió a causa del humo, y a unos cuantos se les chamuscó el pelaje, pero los hombres hicieron un esfuerzo encomiable. A los caballos habrá que tratarlos con mucho tacto durante un tiempo, hasta que pierdan el miedo; se asustan con facilidad.

—¿Cómo empezó todo? ¿Fue un accidente? —preguntó ella expectante.

—Lo dudo. Creo que fue intencionado.

Raven cerró los ojos. «Dios mío, ¡Chris Dacre juró vengar su secuestro a sangre y fuego.» Se sacudió aquel espeluznante pensamiento. Christopher había sido liberado precisamente la noche anterior al incendio; no tenía sentido que se arriesgara a regresar a Eskdale. «No, pero los Dacre son lo bastante poderosos para contratar secuaces que les hagan el trabajo sucio.» Raven se esforzó por dejar de pensar en aquellas villanías. Lo más probable es que en el plazo de un año se convirtiera en la esposa de Chris Dacre. Las sospechas alarmantes e infundadas podían dar al traste con las posibilidades de éxito de su matrimonio.

Heath había acabado de vendar de nuevo las manos de Raven cuando Valentina y Ada entraron para ver cómo se encontraba la paciente.

—No cuesta mucho entender por qué mi hermano ha perdido la cabeza por vos. Es porque tenéis el mismo carácter osado. ¿De dónde sacasteis el arrojo para salvar a vuestros halcones?

—No había elección. Sabía que los hombres ni siquiera repararían en ellos estando en peligro sus caballos.

—Toda buena acción tiene su precio, Raven. ¿Duele mucho, princesa? —preguntó Ada con afabilidad.

—Dolía... pero gracias a Heath se puede soportar —reconoció Raven.

—Tiene el poder de sanar —señaló Tina con orgullo—. Vuestra personalidad es idéntica; a lo mejor sois incluso almas gemelas.

—Basta de ilusiones, Tina. Sé que te gustaría que fuera tu cuñada, pero antes de admitir la posibilidad de que seamos almas gemelas tengo que cortejarla y conquistarla.

Aunque el tono de Heath era alegre y burlón, Raven comprendió que todos querían que se quedara. Y se sintió agradecida y culpable a la vez. Agradecida porque la habían hecho sentir como de la familia, culpable porque quería marcharse.

—Ram ha ido a Glasgow a por algo del oro que tiene en una cuenta. No sólo para reparar los establos, sino para reclutar más hombres. —Tina se inclinó y besó a Raven en la frente—. Espero que os recuperéis pronto, cariño. Cuando os sintáis en condiciones, venid a ver a los niños.

Cuando se iban, una criada apareció con una bandeja de desayuno. Heath la tomó de sus manos y le pidió que en los días sucesivos trajera comida para dos. Después se sentó, colocó la bandeja sobre la cama y levantó una tapa.

—Desayuno escocés tradicional. ¿Os gustan las gachas de avena?

Raven arrugó la nariz y se encogió de hombros.

—Las gachas son gachas.

—Las gachas son gachas salvo si las prepara monsieur Burque. Entonces son ambrosía, dignas de una diosa.

Había una jarra de crema amarilla y un plato de jarabe dorado que Heath vertió generosamente sobre las gachas. Después recogió una cucharada y la llevó a los labios de Raven. La acción pareció tan íntima que cuando ella abrió la boca se ruborizó.

—Ah, sí, veo con claridad lo que cenasteis anoche. Veo un salmón y un pato salvaje dando vueltas por ahí.

Raven rompió a reír y desapareció toda la tensión.

—Además de darme de comer vais a distraerme. Teníais razón, esto es ambrosía. No, no retiréis la cuchara tan deprisa, dejadme lamer el jarabe.

Heath sostuvo la cuchara en alto y sonrió mirándola a los ojos.

—Sacad la lengua.

Raven volvió a ruborizarse. Sus pensamientos eran sensuales. Ahora que no podía usar las manos, sentía de pronto un impulso de tocar cosas y experimentarlas al tacto. Paseó su mirada por la oscura sombra de los pómulos de Heath y deseó recorrer con los dedos su barba incipiente. Bajó los ojos a la camisa de color crema, que contrastaba con la piel bronceada, y sus dedos anhelaron palpar el basto lino. Entonces, desde debajo de sus pestañas, deslizó la mirada por la lisa piel negra de becerro que le cubría el muslo. Se lamió el jarabe de los labios y tragó con dificultad.

Bajo la siguiente tapa había una fuente de huevos, patatas y riñones de cordero. Raven negó con la cabeza.

—Comed vos, por favor —dijo.

Observó encantada cómo Heath devoraba la comida. Tenía un buen apetito y valoraba el arte y el enorme talento del chef tanto para cocinar como para presentar los platos.

Burque también había incluido tortas recién horneadas con fresas en conserva, y cuando Raven advirtió el deleite con que Heath las comía decidió probar una.

Él la invitó a que mordiera de la suya, y ella le dio un buen bocado.

—Glotona, más que glotona —bromeó él, contento de que ella se encontrara lo bastante recuperada para comer algo. Cuando se terminó la comida, puso a un lado la bandeja y dijo como de pasada—: ¿Queréis vestiros? —La mirada de recelo de Raven reveló a Heath que ella no estaba dispuesta a que él la desnudara y la vistiera. Entonces Heath abrió el armario, eligió una prenda y la llevó a la cama—. En vez de forcejear hoy con el vestido, podríais poneros esta bata. Es bastante decente para llevarla mientras vais a visitar a los niños.

Raven le recompensó con una sonrisa, pero él sabía que muy pronto ella iba a tener que superar ese recato.

—Durante las próximas horas no os dolerán las manos. Debo atender a algunos caballos, pero iré a la despensa a mezclar un poco de adormidera y raíz de regaliz para después. Cuando duele algo, la noche puede hacerse interminable.

Cuando él se marchaba, Raven sintió una punzada de miedo, pero logró dominarla. Lo necesitaría mucho más durante las largas horas del crepúsculo y la noche.

—Gracias por ayudarme, Heath.

—Hacéis que me sienta muy gallardo —soltó con tono burlón, y añadió con seriedad—: Raven, superaremos juntos estos malos momentos.

Cuando ella se quedó a solas, parecía que sus pensamientos se perseguían unos a otros dando vueltas en círculo. Pensó en Christopher Dacre y en lo poco caballeroso que había sido la noche en que ella intentó liberarlo; sin embargo, se negó a creer que el incendio hubiera sido una represalia por el secuestro. Tuvo que ser un accidente, por mucho que Heath creyera todo lo contrario. Y Ramsay Douglas se proponía reclutar más hombres, de modo que seguramente él también opinaba que había sido un incendio provocado. Deseaba con toda el alma que los ingleses y los escoceses pusieran fin a las hostilidades y las acciones recíprocas de violencia. Desde que estaba en Escocia, por fin se había dado cuenta de que entre los escoceses y los ingleses no había ninguna diferencia. La nacionalidad no importaba. Las personas tenían los mismos temores y esperanzas, sentían dolor, envidia, celos y amor, con independencia de su herencia, su edad o incluso su sexo. La patria de los seres humanos era el mundo entero.

Sus reflexiones se vieron interrumpidas por dos criadas que llevaban una pequeña bañera y toallas limpias. Ambas mostraron interés por sus quemaduras y una de ellas recogió su chamuscado y ennegrecido traje.

—¿Es verdad que Heath Kennedy os rescató del fuego?

—Sí, me salvó la vida —confirmó Raven.

—Es un hombre muy valiente y muy apuesto. —Las dos sirvientas suspiraron como si, con sólo pensar en el hombre de la frontera, el deseo les causara flojera.

—Pido excusas por no haber hecho la cama ni haber ordenado la habitación. —Alzó las manos vendadas.

—Heath nos ha informado que durante los próximos días no debéis hacer nada salvo descansar. —Las criadas la miraron como si fuera la mujer más afortunada del mundo por recibir los cuidados de él.

Tan pronto hubieron salido, Raven sintió que las mejillas le ardían. No sólo les había dicho que le llevaran la bañera, sino que indudablemente les había quedado bien claro que él había desencajado la puerta de sus goznes y que no había dormido en su cama. «Dios omnipotente, ¿qué estarán pensando?» Le respondió una voz interior: «Están pensando que Heath Kennedy es tu amante; ¡y que cambiarían su sitio por el tuyo, con manos quemadas y todo!»

14

Raven pasó las primeras horas de la tarde con Valentina y los mellizos. Como ya había pronosticado, cuando hicieron sonar la campanilla que colgaba de la ventana que daba al lago, los dos cisnes llegaron planeando, impacientes por comer.

—Oh, me alegra mucho que el fuego no los ahuyentara —dijo Tina complacida, y miró a Raven con pena—. Pero lamento que vuestros halcones se fueran. Os habrá afectado mucho.

—Me siento inmensamente feliz de que pudieran escapar del fuego, así que no estoy excesivamente preocupada. Saben cazar para conseguir comida, tienen su libertad y se tienen el uno al otro. *Sultán* y *Sheba* pronto recuperarán su estilo de vida salvaje.

Cuando Tina anunció que era hora de dar de comer a sus pequeños cisnes, Raven regresó a su aposento para respetar la intimidad de la madre. Se sorprendió, aunque le complació, que Heath estuviera de vuelta a media tarde.

Su pulso se disparó cuando recordó la promesa de él de lavarle el cabello; y se preguntó cómo se las arreglarían para hacerlo. Casi deseó que a él se le hubiera olvidado, pero enseguida llegaron las criadas con agua caliente para llenar la bañera.

Heath cerró la puerta tras ellas tan pronto hubieron salido, y se volvió hacia Raven, escrutándola con una mirada intensa, como si tratara de leerle los pensamientos. Cuando advirtió el recelo en Raven, comprendió que ella se negaría y que debería tomar la decisión por su cuenta.

—Si lavamos el cabello desaparecerá el desagradable olor a humo, y la manera más fácil de hacerlo será bañándoos al mismo tiempo.

—Heath, no creo que pueda —dijo ella con voz débil.

—No os pongáis mojigata y remilgada conmigo. Sé lo turbada que os sentís en este momento; haré todo lo que esté en mi mano para preservar vuestro pudor, pero no os doy otra opción al respecto. —Fue hacia su baúl y sacó una prenda—. Ya que en una ocasión me prestasteis generosamente vuestra camisa, ahora os devolveré el favor y os dejaré llevar una de las mías.

Muy lentamente, los dedos de Heath empezaron a desabrochar el cuello de la bata; luego la llevó al lecho y le pidió que se sentara, y él se sentó detrás. La rodeó con los brazos y poco a poco le quitó la prenda, poniendo cuidado con las manos vendadas al tirar de las mangas. Raven llevaba ahora sólo la saya blanca. Sin vacilar, Heath comenzó a desabotonar la hilera de diminutos botones de nácar que iba desde el cuello al ombligo. Cuando intentó quitarla, ella le sujetó los brazos ceñidos al cuerpo.

—Raven, pensad que he imaginado cómo será vuestro cuerpo más de mil veces —dijo él en voz baja.

El corazón de ella se saltó un latido: las palabras de Heath la habían desarmado. Era un hombre de mundo y seguramente el cuerpo de una mujer tenía pocos misterios para él. Para ella era distinto; no tenía apenas experiencia con los hombres. Sentada en la cama, desnudada por Heath, con sus cuerpos a pocos centímetros, se sentía completamente turbada. Percibía el calor del ancho pecho y la firmeza de los brazos de Heath cuando la rodeaban. Sus palabras susurradas se deslizaban por su columna produciéndole un escalofrío de placer, mientras su aroma masculino la envolvía provocándole sensaciones nuevas e inesperadas.

Se sentía a la vez vulnerable e impotente, totalmente a su merced. Pero, para su asombro, aquella sensación le gustaba. Él se mostraba sumamente protector, y Raven notaba que podía confiar en él para cualquier cosa, para todo. Heath era su sostén, su baluarte, su protector y su sanador. Alzó los brazos y se entregó simbólicamente a sus afectuosos cuidados.

El corpiño se desprendió de los dedos de Heath mientras éste miraba la espalda desnuda de Raven. Era como satén color crema, y la curva en el redondeado final era sensual y femenina. Deseaba levantar la cortina negra de cabello y rozar con los labios su nuca desnuda y musitarle palabras misteriosas y eróticas que la excitaran y la hicieran sentirse hermosa. Olía a humo y a mujer, y ello le encendió el deseo de saborearla.

Heath estaba totalmente arrebatado por aquella deliciosa mujer. Aunque estaba vuelta de espaldas, por encima de sus hombros él veía sus primorosos pechos subiendo y bajando al compás de la respiración. Heath reprimió su deseo de acariciarla concentrándose en ponerle su camisa sin hacerle daño. No le dio tiempo ni de abrir la boca: la alzó de la cama y la depositó con suavidad en el agua, no sin antes recordarle que procurara no mojarse las vendas.

Raven dejó sus brazos colgando del borde de la bañera para que el agua no le tocara las manos. No tenía ni idea de que, al humedecerse, la camisa de Heath se había vuelto casi transparente y que sus pezones rosa eran completamente visibles a través de la tela mojada. Observó que él se enjabonaba las manos, y sus ojos azul lavanda se abrieron como platos cuando se dio cuenta de que Heath se disponía a frotarle el cuerpo. La tela era tan fina que el jabón penetraría hasta su piel, y previó que notaría todo contacto, todo roce, toda caricia de sus manos cuando se deslizaran sobre el cuerpo mojado.

—Hay cosas más importantes que el recato, Raven. No olvidéis que la limpieza es compañera de la santidad —dijo con cara de circunstancias.

Colocó las manos en los hombros de ella y movió las palmas en círculos, y después, tan pronto esa parte estuvo enjabonada, bajó las manos y dio un suave masaje y acarició los redondeados y preciosos pechos hasta que cada pezón estuvo decorado con un remate de espuma blanca.

—¡Oh! —jadeó Raven—. ¡Es la primera vez que un hombre me toca los pechos!

—Hay una primera vez para todo, hermosa mía, y por inaudito que os parezca, os prometo que no será la última.

No se le subían los colores por lo que Heath hacía, sino por lo que decía. Después, cuando las manos de él llegaron a las axilas, sintió que aquello era tan personal e íntimo que el rubor se intensificó. Cuando él se desplazó ligeramente bañera abajo para enjabonarle las piernas y los pies, Raven pudo respirar de nuevo. No obstante, esto duró sólo un instante, pues sin previo aviso Heath se enjabonó otra vez las manos y las llevó entre sus piernas. Ella protestó indignada, pero era demasiado tarde.

—Todo bien menos los gritos, señora mía. —Guiñó el ojo de manera provocadora—. Si os sirve de algo, cuando vuestras manos estén curadas os dejaré que me bañéis a mí.

—¡Cuando tenga las manos curadas os abofetearé, Heath Kennedy!

—Bueno, si me vais a abofetear, quizá sea mejor que haga algo para merecerlo. —Agitó las manos enjabonadas frente a ella y rió con ganas cuando ella chilló.

—¡Maldito canalla, esto os divierte!

Heath le dirigió una mueca burlona.

—La cuestión es otra: ¿y a vos? —Torció el labio—. No tenéis por qué responder si ello os parece impropio de una señora.

—¡Lo que me parece es vergonzoso!

La mirada burlona de Heath se desvaneció cuando se inclinó hacia ella y la miró fijamente a los ojos.

—Puedo leer vuestros pensamientos, Raven. No os parece vergonzoso en absoluto. Os sentís algo apocada, ligeramente sin aliento y un poquitín asustada. Pero el peligro os excita, vos misma me lo dijisteis.

Raven se pasó la lengua por los labios.

—¿Estoy en peligro?

—Eso espero —murmuró él con voz profunda—. Espero que estéis en peligro de enamoraros.

Ella no se atrevió a hurgar en ningún sentimiento relacionado con su corazón, por lo que cambió rápidamente de tema.

—Prometisteis eliminar el olor a humo de mi pelo.

—Hagámoslo antes de que el agua se enfríe. Deberíais desplazaros hacia abajo para hundir la cabeza en el agua. No os agarréis al borde de la bañera. Yo os ayudaré. —Apoyó su fuerte mano en su espalda y la hizo bajar poco a poco hasta que todo el cabello quedó sumergido; acto seguido la ayudó a subir otra vez.

Le enjabonó todo el pelo con el jabón perfumado de rosas, y a continuación se lo aclaró echándole encima una jarra de agua. Le envolvió la cabeza con una toalla a modo de turbante, y finalmente le dijo que se llevara los brazos al cuello para así poder sacarla del agua.

Raven lo rodeó con los brazos y se dio cuenta de dónde colocaba Heath los suyos. Uno en la espalda y otro en las corvas, si bien pudo notar que sus nalgas desnudas rozaban el brazo doblado de Heath mientras éste la levantaba y la llevaba junto al fuego. Raven se quedó allí impotente mientras él la envolvía con una toalla grande y la frotaba con brío. Metió una mano bajo la toalla para desabrocharle la mojada camisa y a continuación, sosteniendo la toalla con una mano, se la quitó con la otra. Después procedió a secarla de arriba abajo.

Heath tomó la bata y se la dio. Ella volvió la espalda con coquetería disimulada y se la puso dejando que la toalla resbalara hasta sus pies, mientras Heath la envolvía con el tibio camisón y le introducía con cuidado las manos vendadas por las mangas.

—Vaya equipo —murmuró él.

—Sois mi mago —dijo ella sin aliento.

Heath le alzó la barbilla con los dedos hasta que sus ojos se encontraron.

—Abracadabra, queso de cabra.

Llamaron a la puerta; era una criada con la cena.

—No tengo hambre —dijo Raven, su voz apenas era un susurro—. Vuelve a doler.

—Ya lo suponía; ha sido una suerte que el dolor haya remitido tanto tiempo. Pero debéis comer algo porque voy a daros adormidera y regaliz y no conviene tener el estómago vacío. Esto os quitará poco a poco el dolor y os sumirá en un sueño profundo y reparador.

Raven decidió probar el caldo de cordero y cebada. Heath se lo dio a cucharadas. Después avivó el fuego y fue en busca de la poción para dormir. Llevó el jarabe de adormidera a los labios de Raven y aguardó con paciencia hasta que no quedó ni una gota. Después asió el cepillo, se sentó en una silla frente a la chimenea y le indicó a Raven que se sentara en la alfombra y se recostara en las rodillas de él. Le quitó la toalla de la cabeza y empezó a peinarle la larga y húmeda cabellera.

Casi al instante, las danzarinas llamas azules del fuego combinadas con las suaves caricias del cepillo hipnotizaron a Raven, transportándola a un estado como de trance carente de toda voluntad. Sólo quería entregarse a aquellas manos fuertes y posesivas toda la noche. Así, sentada y acurrucada contra las rodillas de Heath, lentamente se fue sintiendo eufórica, a la deriva en un cálido mar de sensaciones deliciosas. Advirtió que el dolor de las manos se disipaba, y deseó que Heath siguiera peinándola para siempre. Por fin se le cerraron los párpados, se volvió de lado, bajó mansamente la cabeza hasta el regazo de él y se abandonó al sueño y al tibio refugio del cuerpo de Heath Kennedy.

Él se quedó inmóvil, deleitándose en la confianza que ella le dispensaba. Un latido le subió por la garganta cuando la blanda mejilla de Raven le apretó el duro muslo. Cada pasada del cepillo por los negros y sedosos rizos lo había excitado un poco más. Era extraordinariamente erótico para aquel hombre de la frontera estar cepillando el cabello de Raven como si fuera su sirviente. Si algún día ella acababa siendo suya, qué sensual sería jugar con sus mechones de ébano antes de hacerle el amor. Era innegable que esa noche ella había deseado que él la tocara.

Heath dejó el cepillo y le acarició el resplandeciente cabello con sus manos callosas. Se alegró mucho de que Raven durmiera y ya no sintiera ningún dolor. «Me cautiváis, bella mía. Jamás creí que encontraría una mujer tan inocente y encantadora como vos; pero me equivocaba. Quiero que seáis mi mujer, Raven. Decidme que sentís lo mismo.» Cerró los ojos, reprimiendo el incontenible deseo de marcarla indeleblemente como suya. Esa noche, atender sus necesidades había sido una mezcla de los placeres del paraíso y de los tormentos del infierno.

La llevó a la ancha cama y la tapó con suavidad. Se quedó mirándola un buen rato, admirando su primorosa hermosura. Le maravillaba que alguien con un pelo negro como aquél tuviera la piel rosácea y crema. Las pestañas formaban medialunas en sus altos pómulos, y la boca dulce y sonrosada clamaba por los besos de un hombre. Se alejó del lecho con esfuerzo y se sentó frente al fuego a cenar. Cuando hubo terminado, echó la cabeza atrás, cerró los ojos y trató de pensar en otras cosas. Sin embargo, la presencia de ella lo tentaba, lo atraía hacia la cama. Heath peleó valientemente contra sus deseos, pero sabía que era una batalla perdida, de modo que finalmente cedió y regresó a su lado. Se desvistió despacio, sin hacer ruido, se metió en la cama y la atrajo hacia sí con manos delicadas pero firmes.

Los efectos narcóticos de la adormidera no sólo le provocaron a Raven sueño sino que la trasladaron a un lugar místico, de colores luminosos y criaturas mágicas, donde se realzaban todas las sensaciones. Un ruedo de llamas anaranjadas y amarillas bailaba a su alrededor, pero no tenía miedo porque *Sultán* estaba junto a ella, protegiéndola. Lo quería tanto que gritó: «¡Vuela, sálvate!»

El ave voló describiendo un amplio círculo y volvió con ella. «No me iré sin ti. Superaremos juntos estos malos momentos.» De repente, fueron arrastrados hacia arriba por una espiral de humo que los llevó cada vez más alto, lejos de las llamas y de la aterradora oscuridad, al cielo azul sin nubes, iluminado por el sol. ¡Libertad! No había ni en el cielo ni en la tierra sensación más fabulosa. ¡Era embriagador! *Sultán* y *Sheba* se asieron por las garras y surcaron el cielo dando volteretas, dichosos de estar vivos, de ser libres y, lo más importante, de estar juntos.

Oía la cadencia de algo que golpeaba sin parar, y pensó que era el aleteo de los halcones. No obstante, casi inmediatamente se dio cuenta de que eran cascos de caballos que galopaban por la ondeante hierba verde esmeralda. Había ante ellos un mar azul celeste, y cuando llegaron a la orilla empezaron a hacer carreras con un desenfreno salvaje y temerario. Sus largas crines negras flotaban como banderas al viento, y la magnífica libertad que sentían les estimulaba tanto que levantaban los cascos en un embeleso festivo. Corretearon por la playa, se zambulleron alegremente en el mar y se pusieron a nadar.

Raven miró hacia abajo y observó que sus pechos se perfilaban con claridad a través de la tela mojada.

—¡Heath Kennedy, canalla! ¡Me disteis adrede vuestra camisa porque sabíais que el agua la volvería transparente! ¡Es vergonzoso!

—No os parece vergonzoso en absoluto. Os sentís algo apocada, ligeramente sin aliento y un poquitín asustada. ¡Pero el peligro os excita, Raven, vos misma me lo dijisteis!

Raven se lanzó al agua, deseando que él fuera tras ella y la siguiera, pero de súbito Heath estuvo delante, esperándola con los brazos extendidos, y Raven fue hacia ellos de buena gana, ansiosa, sabiendo que se sentía más llena cuando él la estrechaba contra su corazón. Con un brazo rodeándole la espalda y el otro en las corvas, la levantó y la sacó del mar. A cada paso que daba, ella notaba que sus nalgas desnudas rozaban el brazo doblado de Heath, que la dejó en la arena caliente y se estiró a su lado. Poco a poco le desabrochó la camisa, desde el cuello hasta el ombligo, y finalmente le quitó la prenda del todo. Mientras que con una palma le cubría el pecho, con la otra le acariciaba el cuerpo, las zonas más íntimas y femeninas de toda mujer. Sus manos poderosas le recorrieron el cuerpo desde los senos a los muslsos, y Raven tuvo escalofríos ante aquella aspereza callosa. Gozó con el contacto de él, y anheló acariciar aquella carne desnuda y bronceada, y localizar con los dedos las zonas duras, musculosas y masculinas que todo hombre poseía; pero sus manos estaban inmovilizadas por una fuerza invisible.

Cuando Heath le hizo el amor con las manos y la boca, el mundo circundante desapareció por completo. No repararon en que la marea se abría camino hacia la arena de manera ineludible hasta tragárselos. Raven se aferró a él desesperadamente mientras descendían hacia las azules profundidades de la medianoche. De pronto, como si de un milagro se tratara, las poderosas caricias de Heath los llevaron a ambos de nuevo a la superficie. Ella sabía que él era su sostén, su baluarte, su fuerza. Heath tenía el poder, y Raven quería que la protegiera para siempre de los peligros del mundo.

Nadaron juntos como dos cisnes negros con sus alas rebosantes de plumas, deslizándose por el lago hacia el castillo y el irresistible sonido de una campanilla. Las campanas de la iglesia desgranaron sus gozosas notas para anunciar que dos personas estaban a punto de unirse en sagrado matrimonio. Los ojos de Raven se abrieron de par en par, incrédulos, cuando vio al sacerdote, que estaba ante el altar junto a Heath, listo para cumplir las órdenes de éste y celebrar aquella boda incluso sin su consentimiento. Su vestido de novia era una camisa blanca, la única prenda que él le había dado desde que la secuestrara y encerrara en su torre.

El oscuro hombre de la frontera ejercía sobre ella un control absoluto. Heath conocía los pensamientos de Raven, todos sus movimientos. Le dio de comer en su mano como si ella fuera un halcón y él el amo. La estaba adiestrando para cumplir sus órdenes; le permitía volar de vez en cuando, pero siempre la engañaba con el señuelo para que regresara y después aseguraba la pihuela entre sus poderosos dedos. Ella no tenía voluntad propia; él se la había arrebatado tan fácilmente como le había quitado la ropa y la libertad.

—Raven, centraos en mí. Amor mío, suspended vuestra voluntad y entregadme vuestro yo interior. Escuchad mis palabras y haced lo que ellas os digan.

Ella escuchó. Oyó su amabilidad y consideración, pero también su resolución y poder.

—Abrid la mente y dejadme pasar al interior. No os doy ninguna opción al respecto. Repetid conmigo el sagrado juramento del matrimonio.

Ella se sentía vulnerable e impotente, completamente a merced de Heath. En una especie de trance, prometió amarle, honrarle y obedecerle, y oyó que el sacerdote los declaraba marido y mujer.

Heath la tomó entre sus fuertes brazos y subió a la torre dando grandes zancadas. La colocó en su cama, se acostó a su lado y la estrechó con fuerza.

—Fundíos conmigo, Raven. Entregadme vuestra voluntad, sólo por esta noche.

Ella rió frente a su rostro oscuro, feliz como no lo había sido jamás.

—Mi querido Heath, gracias por obligarme a casarme con vos. Me liberé de toda responsabilidad y logré lo que deseaba de corazón. —Alzó la boca buscando el beso de él.

La boca de Heath sabía a gloria. Raven nunca había

experimentado algo parecido al enorme placer que recibía del contacto y el sabor de Heath. Cuando él la envolvió con sus posesivos brazos y estrechó su cuerpo contra el suyo, pensó que moriría de gozo.

—Estáis soñando, Raven.

—Ya sé que estoy soñando, canalla. —Pero de súbito Raven no sintió que estuviera soñando. ¿Podía ser que estuviera despierta? No estaba segura de qué era real y qué imaginado. Sí sabía que estaba en la cama en brazos de Heath Kennedy, ¡y lo último que recordaba es que se había casado con él!

—Cerrad los ojos, Raven, dormid y regresad al mundo de los sueños. Aún no ha amanecido, y si os quedáis quieta y tranquila, la infusión os ayudará a dormir otra vez.

Efectivamente, notaba los párpados pesados y que el sueño la vencía. Se sentía bien y segura, y dichosa de que ya no le dolieran las manos. Respiró hondo y se relajó acurrucada junto a él. Su mejilla reposaba en el pecho de Heath, cuyos latidos la sosegaron y ayudaron a dormir de nuevo. Pero esta vez tranquilamente y sin sueños.

Cuando despertó por la mañana, Raven estaba sola en la cama. Su mente rebosaba de preguntas sobre lo sucedido por la noche, pero no quiso formularlas cuando él le llevó el desayuno porque temía las respuestas. Heath le dio de comer y después eligió para ella un traje largo azul de mangas anchas. Raven no pudo oponerse a que él la vistiera, pero Heath lo hizo de tal manera que ella preservó su pudor. Después le quitó las vendas de las manos.

—Han mejorado mucho, Raven. Quitaré el ungüento, las cubriré con una mezcla de miel y bálsamo y las volveré a vendar. Tal vez sólo precisen otros dos días.

Ya no tenía los dedos negros y las ampollas habían

desaparecido, si bien las palmas estaban aún rojas y sensibles. Mientras Heath le bañaba los dedos y las manos y después los cubría con la mezcla de hierbas y miel, ella se fijó en las manos de él. Eran hermosas, fuertes y hábiles, y tan suaves que se le hizo un nudo en la garganta. Tras hacer el vendaje, Heath tomó el cepillo y, con pasadas largas y rítmicas, le desenredó los rizos. Ante el placer sensual que ello le proporcionaba, Raven cerró los ojos y rompió su silencio.

—He soñado que me obligabais a casarme con vos.

—Sí, lo sé.

—¿Cómo podéis saber lo que he soñado?

—Me habéis dado las gracias por obligaros a casaros conmigo. Habéis dicho que os habíais liberado de toda responsabilidad.

«O sea, habéis dormido conmigo... ¡me he despertado en vuestros brazos!»

—¿Me obligaríais a casarme con vos? —preguntó ella en un susurro.

—No os mentiré, Raven. Es una clara posibilidad. Sabéis que quiero que seáis mi mujer, y no puedo negar que un matrimonio a la fuerza es de lo más sugerente.

15

—La libertad es el bien más preciado. Sin libertad, mi vida carecería de sentido. ¡Si me obligarais a casarme con vos, Heath Kennedy, os odiaría siempre!

—Raven, entre el odio y el amor hay una línea apenas perceptible. Estoy dispuesto a arriesgarme.

—Maldito engreído, vos y vuestros poderes de persuasión. ¿Por qué no me dais la opción de quedarme o marcharme? —soltó ella desafiante.

Heath dejó el cepillo a un lado, la tomó por los hombros y la hizo volverse para mirarla a los ojos.

—Si me concedéis una semana para cortejaros, os daré la opción.

Raven escrutó su oscuro rostro, intentando averiguar qué quería decir con «cortejar». Su ritmo cardíaco repiqueteó y la sangre se le aceleró. Heath se refería al cortejo en todos los sentidos de la palabra, sin barreras entre ellos, ni prisiones con barrotes, y ella se preguntó insensatamente cómo sería estar con Heath Kennedy, que él le hiciera el amor y le instruyera sobre el mundo de las pasiones. ¿Era lo bastante mujer para aceptar el desafío? Estaba en la cuerda floja. Él le había prometido que, si aceptaba, podría quedarse o marcharse, y Raven sabía por instinto que era la única forma de que Heath la dejara ir.

—Tres días —dijo ella tratando de regatear—. Permitiré que me cortejéis durante tres días.

Los ojos de Heath brillaban.

—Tres días, de acuerdo; pero empezarán a contar a partir de que se os hayan curado las manos, dentro de dos días. No quiero que me acuséis de que me aprovecho de vos, mi beldad. Dentro de dos días deberéis estar a punto para un cortejo en toda regla. —Guiñó el ojo y sus blancos dientes transmitieron una sonrisa que ponía de manifiesto su suprema confianza masculina.

Cuando Rob Kennedy golpeó impaciente la puerta del Rickergate de Carlisle, la doncella de lady Kennedy, Kirsty, abrió y, al ver al iracundo lord de Galloway, casi se desmayó. Éste entró apartándola bruscamente, tratándola despectivamente, como había hecho siempre.

—Su señoría está indispuesta —susurró Kirsty tímidamente.

—Estará indispuesta cuando yo haya terminado con ella —bramó Rob, y tuvo la satisfacción de ver a Kirsty huir turbada.

Entró en el salón de Elizabeth como un barril de whisky por una rampa de desembarco, el rostro congestionado de ira y el cabello alborotado en mechones claros y oscuros.

—Lizzie, Carlisle ha sido para mí un lugar maldito desde que lo pisé por primera vez para cortejarte. Esos condenados ingleses han quemado mi *Galloway*, junto con su valioso cargamento de lana. ¡Carlisle nunca más me verá, ni a ninguno de los míos!

—Oh, Rob, esto es terrible —dijo Elizabeth en voz baja.

—Yo te diré a ti lo que es terrible, Lizzie: ¡una esposa terca que no honra ni obedece a su marido! Es un último aviso. Tú eliges: puedes venir o quedarte, me trae sin cuidado. Pero la pequeña Beth sí viene conmigo, y si tú decides quedarte, no la verás nunca más, ni a ella ni a los otros.

Elizabeth se sintió mareada y tuvo náuseas; su marido siempre causaba en ella este efecto cuando ejercía su autoridad. Se llevó al cuello una mano temblorosa y cerró los ojos para digerir el espantoso cuadro que él había pintado.

—Creo... creo que es mejor que vuelva a casa.

—¿A casa? Mujer, no he dicho nada de ir a casa. En cuanto Duncan haya comprado otro navío, vamos a navegar hasta Kirkcudbright para visitar a Donal, y después iremos a ver a Valentina. No eres una madre normal, Lizzie. Cuando Valentina estaba a punto de parir debías haber estado con ella. No he tenido noticias, ¡y esto me preocupa lo indecible! —Echó un vistazo a la estancia y rugió—: ¿Dónde está Beth?

—Estoy aquí, padre. —Beth se había enterado de la llegada de su padre desde la primera palabra que éste pronunció, pero su áspero tono la había dejado paralizada hasta oír que la llamaban.

—Dile a esa mujer, Kirsty, que empaque tus cosas. ¡No habrá esponsales con ningún maldito inglés, Dacre o quien sea!

Aunque Beth se sintió aliviada con respecto a Chris Dacre, su corazón suspiraba por otro joven y guapo inglés llamado Heron Carleton. Sin embargo, decidió que la discreción era el componente más importante de la valentía y mantuvo la boca juiciosamente cerrada.

Ocho kilómetros al norte de Rockcliffe Manor, Heron Carleton pensó fugazmente en la bella Beth Kennedy y tuvo ganas de hacer una visita a Carlisle. Pero su madre puso un obstáculo cuando dijo:

—Me pregunto cómo le va a Raven con mi madre. Creo que ya es hora de que tú también vayas a ver a tu abuela, Heron; este año la has tenido muy desatendida.

—Ella se interesa por mí tanto como yo por ella, madre. Es a Raven a quien adora —objetó Heron.

Kate Carleton sólo pensaba en Raven y en los progresos que haría con Christopher Dacre. Su hija había estado fuera sólo ocho días, pero a Kate le parecía un mes.

—Heron, has de dedicar unas horas a tu abuela, y después podrás visitar a tu amigo Chris Dacre en Bewcastle. La caza en Kershope Forest es la mejor de la frontera. También creo que será bueno para Raven que su hermano ande cerca como acompañante. Le recordará a lord Dacre que Raven procede de una familia respetable que no tolerará frivolidades.

La mención de Bewcastle disipó las reticencias de Heron. Siempre había ambicionado pertenecer a una patrulla de la frontera, como el clan de su madre, los Heron. Incluso como su padre, antes de que lo nombraran administrador del castillo de Carlisle. No obstante, su madre había insistido en que estudiara en Londres y se convirtiese en un caballero. Heron había conocido a Christopher Dacre en Eton, y cuando su amigo fue a luchar contra los escoceses en Flodden, a él le reconcomió la envidia. Pero su madre adoptó una actitud firme e insistió en que su único hijo era demasiado joven para participar en una cruenta guerra contra los incivilizados escoceses. Cuando fuera a Bewcastle, Heron deseaba con toda el alma que Chris Dacre lo llevara con él a patrullar la frontera.

Heron hizo lo posible para llegar a Blackpool a última hora de la tarde. De este modo sólo tendría que pasar una noche con la chiflada de dame Doris antes de trasladarse a Bewcastle a la mañana siguiente. Cuando su abuela le dijo que Christopher Dacre se había llevado a Raven a visitar la gran fortaleza de la frontera inglesa, Heron accedió enseguida a llevar el equipaje que su hermana se había dejado en un descuido. Por el cariz que tomaban las cosas, Heron llegó a la conclusión de que él y su amigo Chris serían cuñados antes de que acabara el año.

Tal como Heath había pronosticado, tras dos días más de cubrirlas con bálsamo y miel, las manos de Raven estuvieron suficientemente curadas para quitarse las vendas. Ella se sintió radiante de poder utilizar de nuevo las manos para bañarse, vestirse y comer por sí misma, pues la intimidad que había crecido entre ambos cuando Heath había hecho por ella ciertas cosas personales le provocaba un anhelo que ya no podía reprimir. Ahora sabía que el cortejo comenzaría en serio, y Raven se preguntó qué haría si cedía a la poderosa y misteriosa capacidad de persuasión de Heath. Era la primera vez que admitía que algo así cabía como posibilidad, y sabía que debía proteger su corazón con toda la entereza de que fuera capaz.

Cuando despertó antes del amanecer, se alegró de que Heath no estuviera en la torre. Saldrían a primera hora hacia Hawick, para asistir a la boda de la reina Margarita Tudor y el primo de Ramsay, Archibald Douglas, conde de Angus. Mientras Heath se ocupaba de sus yeguas, Raven se bañaría y después metería sus cosas en una bolsa. No pasarían la noche fuera, ya que Valentina no iba a dejar a los mellizos tanto tiempo, pero Raven resolvió incluir en el equipaje el vestido de la ceremonia y cabalgar hasta Hawick luciendo su traje de montar rojo y negro.

Maldijo en voz baja cuando oyó que Heath entraba en la otra habitación, y buscó apresuradamente una toalla.

—Raven, ¿estás lista? He ensillado a *Sully*... —Se le apagó la voz al entrar en el aposento contiguo y verla en la bañera.

Se movió con la rapidez de un depredador tras su presa y agarró la toalla que ella había asido hacía un instante. La toalla quedó tirante entre ambos, pues los dos competían por su posesión, pero por fin Heath logró hacerse con el disputado trofeo.

—Maldito bellaco. ¡Deseo cada partícula de mi intimidad tanto como de mi libertad!

—No habléis de deseo, Raven. En este momento sería un verdadero desatino.

La piel mojada de Raven era traslúcida como si hubiera sido espolvoreada con perlas. Las pestañas eran negras, rematadas de oro, y cubrían unos ojos que cambiaron del azul al lavanda y al púrpura intenso. Tenía la nariz pequeña, aunque sus orificios se henchían sensualmente, como si olieran el aroma de Heath y lo encontraran agradable. La boca grande, y los labios gruesos y de color rosa intenso. La garganta se le curvaba espléndidamente, atrayendo los ojos de él a unos exuberantes pechos de alabastro, coronados por brotes de rosa oscuro, el mismo color de los labios.

—Yo os secaré —dijo él con voz ronca.

—Me secaré yo sola —señaló ella con firmeza.

Los dientes de Heath lanzaron destellos.

—¿Con qué, hermosa mía? Si queréis secaros al aire, deberéis caminar desnuda largos minutos. Ayer dejasteis que os secara, ¿por qué hoy no?

—Ayer llevaba las manos vendadas.

—Vuestras vendas eran vuestra protección; con ellas yo estaba en desventaja.

—¡Cuando estoy desnuda sí me siento en completa desventaja!

Heath sonrió burlón.

—Ya veo. Si hubiera arrojado vuestra ropa por la ventana de la torre y os hubiera dejado desnuda toda la semana, ya estaríamos casados.

—¡Condenado engreído! Jamás nos casaremos. Os engañáis al creer que me derrito por vuestras caricias y anhelo vuestros besos; en realidad, no provocáis en mí ningún efecto.

—Si ello es cierto, Raven, no tenéis que poner ninguna objeción a que os seque. —Heath se acercó con decisión y la sacó del agua envolviéndola en la toalla. La estrechó contra sí y la miró fijamente a los ojos. Después inclinó la cabeza y le rozó los labios. Cuando Raven abrió la boca, Heath atajó sus protestas con un beso apasionado y sensual.

Antes de apartarse, Heath comenzó a ceñir la toalla que ocultaba las curvas femeninas. Le secó la espalda de este modo y acto seguido llevó las manos delante. Le cubrió los pechos con las palmas, los ponderó y luego extendió los dedos en torno a ellos y acarició su exuberante plenitud a través de la tela. Absorbió con la boca los débiles sonidos que ella emitía, y con la punta de la lengua acarició después las comisuras de sus labios.

Las manos fueron nuevamente a la espalda de Raven, pero esta vez más abajo. Le cubrió las nalgas con la toalla y la elevó contra su intensa erección. Cuando ella jadeó, Heath poseyó su suave boca y la besó a conciencia.

Raven se sentía ardiente y lascivamente débil. No cabía duda de que el duro cuerpo de Heath respondía al de ella, pero sabía que debía impedir que el suyo siguiera respondiendo al de él. Le dio la espalda, pese a que Heath aún la sujetaba firmemente entre sus manos. Entonces

Raven notó aquella cosa dura presionando en la concavidad de sus nalgas mientras él desplazaba la mano al pubis y empezaba a moverla circularmente, y a acariciarla por encima de la toalla.

Un escalofrío de placer la atravesó hasta alcanzar su esencia de mujer, una y otra vez. Su respuesta fue tan inmediata, tan ardiente, que sintió vergüenza. Deseó que él la acariciara más rápido, y se mordió el labio para reprimir un grito de excitación. No obstante, los dedos de Heath se movieron con deliberada lentitud y aquella dolorosa necesidad aumentó vertiginosamente; Raven se sintió más y más tensa hasta que creyó que se desvanecía. El botón de los pliegues rosáceos se hinchó de pasión, y precisamente cuando ella pensaba que no aguantaría más, se abrió de golpe como una rosa al calor del sol. «¡Heath!», exclamó, y se dejó caer sobre él. Raven estaba otra vez húmeda donde antes había estado seca.

Heath la estrechó entre sus brazos y bajó la cabeza para acariciarle con la nariz el cuello y los labios. Se sintió humillado por el hecho de que esa fuera la primera ocasión en que el cuerpo de ella experimentase el placer carnal. Sabía que si no se detenía, la llevaría a la cama y estaría allí con ella todo el día. Aún era temprano, y el día sería largo, pero Heath juró que antes de medianoche le haría el amor.

Raven y Heath se unieron a Valentina y Ramsay para dirigirse todos a Hawick. Siguieron el río Te hasta el valle de Teviot, con fama de ser el más hermoso de Escocia. Estaba rodeado por las montañas escarpadas más altas que Raven había visto jamás.

—El paisaje quita el aliento y el aire es como un vino embriagador —le dijo con vehemencia a Tina.

—Al principio me costó creer que el clan Douglas poseyera tanta tierra que no se podía abarcar con la vista —señaló Tina—. Me encantaba el fallecido conde de Angus; era feroz y al mismo tiempo prudente. Fue suya la idea de que su hijo Archie se casara con la reina viuda de Escocia, Margarita Tudor. Ram se parece mucho al viejo Angus: compartían una sagacidad infalible. Si el conde lo hubiera podido hacer a su manera, habría preferido por heredero a Ramsay antes que a su propio hijo, os lo aseguro.

Raven observaba a los dos hombres, que cabalgaban uno al lado del otro. El parecido entre ambos era acusado, aunque los rasgos de Ram eran más duros. Cuando Heath la había ayudado a montar y aquellas dominantes manos se habían demorado en su cintura, se había sentido muy cohibida, pero él la dejó cabalgar junto a Valentina, y la timidez se desvaneció flotando por la brisa perfumada de brezo. Paseaba la mirada de Ram a Heath. «Muerte y perdición, ¿por qué me atrae tanto? Su cabello es negro hasta que le da el sol, después adquiere el mismo brillo negro azulado que el semental que monta... Con esa zamarra de piel, sus hombros son insufriblemente anchos.» Sus pensamientos la hicieron sonrojarse. Lo había visto sin la camisa y sabía que su pecho y sus brazos revelaban una fortaleza inequívocamente salvaje. Una espiral de deseo descendió por su vientre entre las piernas, y de súbito se negó a sentir vergüenza. En vez de ello, echó el pelo hacia atrás y sonrió para sus adentros; por fin se estaba convirtiendo en una mujer.

Ramsay Douglas cabalgaba junto a Heat Kennedy absorto en sus pensamientos. Finalmente rompió su silencio.

—Cuando estaba en Glasgow, Samuel Erskine, el banquero, dijo algo que me ha hecho meditar. Me informó de que Angus había dejado una importante cantidad de dinero en depósito para mí, y que para cobrarla todo lo que tenía que hacer yo era presentar una copia del testamento.

—¿Has visto el testamento? —preguntó Heath.

—No. Aunque ya hace dos meses que murió, no ha habido ninguna lectura del testamento, que yo sepa. Es extraño —señaló Ramsay.

—¿Quién es el apoderado del conde?

—Moses Irvine. Angus decía que siempre había trabajo para una puta o un abogado, y sólo trataba con los mejores de ambos gremios. —Ram hizo una mueca—. Preguntaré a Archie, a ver qué me dice.

Al bajar por la ladera del valle de Teviot, protegida del viento, el aire se cargó de un fuerte aroma a jacintos silvestres, o campánulas, como se las conocía vulgarmente, y cuando se hizo visible la alfombra azul, bajo las desplegadas ramas de los árboles, divisaron un campamento gitano.

—Esperaba que los gitanos estuvieran aquí —dijo Valentina con tono alegre—. Siguen a la corte real porque saben que pueden ganar unas monedas con sus pócimas, sortilegios y abortivos, por no mencionar sus ocasionales dosis de veneno.

—En la Feria de Carlisle, una gitana me dijo que tendría una gran boda, con un hombre rico y con título. —«También pronosticó que el camino sería tortuoso», recordó de pronto Raven.

—Cuando una vez una gitana me lanzó las cartas del tarot sobre mi matrimonio, me negué a creer nada de lo que pronosticó, pero todas y cada una de las palabras que dijo se hicieron realidad. —Tina rió y miró a su esposo—. Y doy gracias a Dios y a todos los santos por cada día de mi vida.

—Vuestro rey murió hace menos de un año. ¿No creéis que es escandaloso que su reina se vuelva a casar tan pronto?

—No fue un matrimonio por amor. Jacobo Estuardo nunca amó a Margarita Tudor. Él estaba enamorado de una belleza pelirroja llamada Maggie Drummond. Sólo después de que ella muriera mandó Jacobo llamar a su novia.

—¿Cómo murió? —preguntó Raven, compasiva.

—Fue envenenada. No, no os horroricéis; es más que probable que los responsables de esa acción incalificable fueran los ingleses. El matrimonio político con Margarita nunca se habría celebrado si alguien no hubiera eliminado oportunamente a la amada de Jacobo.

—¿Es siempre corrupto el poder? —inquirió Raven bruscamente, pensando en los rumores que había oído sobre los Dacre.

—Desde luego, pero lo que importa es el grado de corrupción. Un hombre de mérito tiene su propio código noble de honor, pero recordad que el honor de un hombre es diferente del de una mujer. A mí me gusta que el hombre sea un poco perverso, pero abomino la maldad.

«Sí, Valentina tiene razón. Lo perverso es realmente atractivo, mientras que la maldad es aborrecible.» Raven se estremeció, deseando que la maldad jamás formara parte de su vida.

Los hombres las esperaron para cabalgar junto a ellas.

—¿Cómo vamos, cielo? —preguntó Ram a Valentina.

—Desbordo energía y vitalidad. Ojalá la ceremonia nupcial sea breve y podamos disfrutar del baile.

—¿Tenéis frío, Raven? —preguntó Heath.

—No. —Ella supuso que él la habría estado observando tras verla estremecerse. La proximidad de él la envolvía, y Raven sentía que era valiosa para él. Se preguntó con malicia si él estaría utilizando su poder para encantarla y tenderle una trampa. Después sonrió. ¿No tenía ella también poderes?

Justo al este de la ciudad de Hawick se erigía el castillo de Cavers. Tenía torres fortificadas, y sólo su magnífica ubicación compensaba su aspecto amenazador. La docena de hombres de Douglas que habían cabalgado por delante de ellos estaban aguardando fuera de Cavers. Cuando las dos parejas cruzaron el foso, los demás entraron detrás con gran estruendo de cascos. Una vez dentro, hicieron a un lado a los mozos que salieron a ayudar a los huéspedes, pues sabían que Ramsay y Heath preferían ayudar a desmontar a sus mujeres por sí mismos. Por lo general, en el castillo había sólo el personal mínimo, pero ese día bullía de sirvientes. Aparecieron lacayos reales para tomar su equipaje, y Valentina encabezó el grupo al interior. Fueron recibidos por un corro de damas de honor, la mayoría de ellas inglesas, según apreció Raven.

Los hombres fueron conducidos a otra estancia, donde podrían cambiarse de ropa y beber unos tragos para quitarse de la garganta el polvo del viaje. Cuando se reunió con ellos el primo de Ramsay, Archibald Douglas, el nuevo conde de Angus, lucía sus galas para la boda. Sus ceñidas calzas de seda roja no llegaban a parecer obscenas gracias al espléndido sobretodo que terminaba justo debajo de la ingle. Era satén blanco, con grandes leones bordados que constituían las armas del conde de Angus. Ram arqueó una ceja negra; nunca había visto al viejo Angus vestido de un color que no fuera el negro. Él mismo se había puesto un jubón de terciopelo negro con el corazón sangrante del emblema de los Douglas, con pequeños rubíes incrustados.

Archie entrecerró los ojos.

—Sabéis, en la lista de joyas de los Douglas que he recibido se hacía mención de un rubí con forma de corazón, grande como un huevo de chorlito, pero no he visto ninguno así. No creo que mi padre se lo prestara a Valentina.

—Todo lo que Tina recibió de Angus fueron regalos —dijo Ram—. Las mujeres no suelen considerar que las joyas sean préstamos, como pronto averiguarás cuando tengas esposa propia. ¡No obstante, para tu tranquilidad te diré que Tina no posee ningún rubí tan grande como para que un caballo se atragante!

A Heath le vino a la mente una imagen nítida de la tortuga de la vieja Meg, y rió entre dientes ante la extrema audacia de su abuela. Si Angus se lo había dado porque había engendrado en ella a Lily Rose, Meg lo había colocado en el caparazón de la tortuga como prueba de su desdén por la sangre noble.

—Archie, ¿recibiste la lista de joyas cuando se leyó el testamento? —preguntó Ram con aire de indiferencia.

Archibald parpadeó de asombro.

—Mi padre murió intestado.

—No, no es verdad. Angus redactó su testamento con Moses Irvine en Glasgow, y el último año, después de Flodden, añadió unos cuantos codicilos.

—Pero ¿no te enteraste? Moses Irvine murió dos semanas después que mi padre, y su joven socio se hizo cargo de los asuntos legales. Goldman me aseguró que no había testamento. De todos modos da lo mismo, ya que siempre he sido el heredero legal de mi padre.

«Esto te da el título y dos castillos, Archibald.» Ram se esforzó por sonreír y dio a su primo una palmada en la espalda.

—Archie, conde de Angus es un título de gran enjundia y habrá que saber estar a su altura; y también es caro —añadió para apretar la tuerca. «Si Angus me dejó a mí la mayor parte del oro, te aseguro que te rebajarás a cometer cualquier acción para llenarte los bolsillos.»

Cuando llegaron a la estancia otros miembros del clan Douglas, se hicieron continuos brindis por el novio.

—Será mejor que te llevemos a la iglesia mientras aún te mantengas en pie, Archie. No deberías hacer esperar a una reina, amigo, podría cambiar de opinión.

En la capilla de Cavers, Ramsay se colocó en un banco junto a Tina y agachó la cabeza para besarla en la frente. Ella sonrió ante sus ojos de peltre.

—Archie nunca te pidió que fueras su padrino de boda, el hombre bueno, porque es demasiado evidente que eres exactamente esto, amor mío.

Ram cabeceó.

—No me quiere tan cerca. Yo podría desvelar algunos secretos.

Cuando se situó junto a Raven, Heath se quedó momentáneamente sin respiración. Ella llevaba un vestido verde pálido, y seguramente Tina le había dejado su collar y sus pendientes de jade, que realzaban su preciosa coloración oscura. Se le oprimió el corazón por momentos porque sabía que él jamás podría comprarle joyas como aquéllas. No obstante, Raven lo embelesaba. Su imagen estaba siempre ante él, día y noche. Sentía una insaciable sed de ella. Siempre que la miraba en una estancia, notaba la atracción, y cuando estaba lo bastante cerca no podía evitar tocarla. La fragancia de Raven le colmaba los sentidos; nunca quedaba saciado de olerla y saborearla. El sonido de su voz y su risa lo excitaban al instante, aunque hubiera gente mirando. Heath le cubrió la mano con la suya, y ella se sobresaltó como si se hubiera quemado. «También sentís el fuego», pensó él. Le acarició la mano con el pulgar y luego le tomó la muñeca con los dedos y se regocijó ante la sensación de su pulso rápido.

Raven estiró el cuello cuando entró la novia para reunirse con el novio ante el altar. El vestido de Margarita era de paño de oro; lucía una vistosa corona, pero la mujer propiamente dicha era una decepción. Tenía una figura bastante regordeta; el pelo era dorado pero descolorido, la cara cuadrada, y la boca insinuaba satisfacción inmoderada de sus deseos.

—Ya chochea —susurró Tina.

Raven tuvo que morderse el labio para ahogar la risa. Sus ojos se desplazaron a las poco agraciadas damas de honor; era obvio por qué habían sido elegidas. El obispo escocés de acento cerrado que ofició la ceremonia habló en latín, maltratándolo igual que al inglés, por lo que Raven dejó vagar la imaginación. Podía oler la malsana humedad de la capilla pese a las velas perfumadas y al incienso que quemaba. Margarita, hermana del rey Enrique Tudor, se casaba con un escocés. Se preguntó qué diría su madre cuando se enterara. Kate se escandalizaría. Raven miró a Heath Kennedy y rápidamente descartó la idea de casarse con un escocés antes de que ésta tomase forma en su mente. Después liberó su mano de la de él y se acercó más a Valentina.

16

Las voces de los niños del coro se elevaron en un *crescendo* mientras el triunfante novio conducía a la novia por el pasillo de la capilla, entre los bancos ocupados por los invitados de honor. Raven pensó que, para ser alguien que veía rebajado su rango de reina a condesa, la novia parecía asombrosamente pagada de sí misma.

Las damas de honor iban detrás llevando cestos con pétalos de rosa.

—Una auténtica rosa inglesa —murmuró Valentina.

—Sí, Archie debe de tener un aguante a toda prueba —comentó Ram.

Valentina miró maliciosamente a Raven y Heath.

—Que esto no os desanime; nosotros somos fervientes partidarios de la institución del matrimonio —les dijo.

Para cuando los invitados hubieron salido al sol en perfecto orden, la novia ya estaba montada en el regalo de su esposo: un palafrén blanco. La abierta sonrisa de Heath se desvaneció de su rostro cuando vio el caballo. Era suyo, la única de las yeguas de cría que no había recuperado.

—¡Por Judas Iscariote, esta maldita yegua es mía! —soltó bruscamente a Ramsay.

—Así es —confirmó Ram—. ¡De modo que el muy cabrón de Dacre ha estado aquí, congraciándose con el nuevo conde de Angus!

—También podría ser al revés; ¡tal vez Archie ha hecho una visita a Bewcastle!

—¡Maldito Cristo todopoderoso! —blasfemó Ram. Si aquello era cierto, Archibald Douglas estaba jugando con fuego. ¡Y sin duda explicaba por qué habían decidido casarse en Hawick!

El gran salón de Cavers, en la segunda planta del castillo, estaba magníficamente iluminado y fastuosamente decorado para la recepción nupcial. Margarita Tudor Estuardo Douglas se sentó en un trono acolchado situado sobre un estrado, junto a su esposo y rodeada por sus cortesanos. Estaba esperando para recibir el homenaje de sus súbditos como madre de Jacobo Estuardo, nuevo rey de Escocia, y esposa de Archibald Douglas, nuevo conde de Angus. En vida del viejo Angus, el condado era el más poderoso de Escocia.

Cuando Raven se había puesto horas antes el vestido verde pálido, se había sentido cohibida por su pronunciado escote. Sin embargo, ahora observaba que todas las damas de la corte rivalizaban entre sí por ser la que más exhibiera. Por supuesto, Valentina ganó con diferencia, pues al estar amamantando a sus niños, sus pechos eran hermosos y exuberantes.

Tina tomó a Raven de la mano.

—Venid, os presentaré a Margarita. Es superficial, codiciosa, vanidosa, inmadura, petulante y exigente. Esto en cuanto a las virtudes. Doblad la rodilla, pero no hagáis una reverencia completa. —Cuando las dos hermosas jóvenes subieron a la tarima, todos los ojos del salón se posaron en ellas.

—Alteza, es un gran placer para mí presentaros a mi allegada la señora Raven Carleton. Tuve suerte de que me visitara cuando estaba dando a luz.

—Ah, lady Douglas. Vuestro niño ha nacido bien,

¿verdad? —Margarita no podía disimular su envidia de la radiante belleza de Valentina.

—Niños. Tuve mellizos, un niño y una niña. Se me ocurrió que podía traerlos a Hawick a bautizarlos, y que vos y Angus fuerais los padrinos, pero no quería quitar protagonismo a la novia —señaló Tina con voz dulce.

Cuando Raven dobló la rodilla, advirtió que los ojos de Margarita brillaban de odio y que Valentina había destruido cualquier esperanza de conseguir la ayuda de la reina inglesa. Cuando se alejaron del estrado, Tina dijo:

—Cuando he mencionado a los mellizos, ¿habéis visto que se ha llevado la mano al vientre? ¡Dios mío, juraría que está embarazada otra vez!

—¿Significa eso que han sido amantes durante un tiempo? —Raven reparó en la candidez de su sobresalto.

—Desde que dio un heredero al rey fallecido, Margarita ha estado encelada de Archie. En cuanto Jacobo cumplió con su cometido, nunca más se metió en la cama de ella. —Tina soltó una carcajada—. No pensabais que las señoras inglesas podían ser promiscuas, ¿verdad? La corte real es como una caballa muerta en la playa: brilla y apesta. La corte inglesa es aún peor; he estado en las dos.

Ramsay aprovechó el rato en que servían el banquete para hablar con los señores de diversas ramas del clan Douglas. Las Marcas Occidentales tanto de Escocia como de Inglaterra eran la palestra de la frontera y morada de los clanes más agresivos. Cuando hubo terminado contaba con promesas solemnes de miles de hombres de Douglas dispuestos a ensillar el caballo si las incursiones de los ingleses iban a más.

El banquete constaba de ocho platos, a cuál más suntuoso por sus ingredientes y salsas. Raven pensó melancólica en los deliciosos agasajos de monsieur Burque.

A su lado, el hambre sexual de Heath aumentaba por momentos. Valentina tamborileó y zapateó impaciente por la música, deseando que se llevaran enseguida la comida y las mesas de caballete para que pudiera comenzar el baile. También Heath tenía muchas ganas de bailar, pues entonces podría tomar a Raven legítimamente en brazos ante todos los invitados.

Cuando por fin empezó el baile, Raven quedó desconcertada. Los otros invitados las separaron a ella y a Valentina de sus compañeros. Los cortesanos las rodearon y las pidieron como pareja en el baile, lo que era muy halagador. Pero lo que más sorprendió a Raven fue la conducta de las señoras. Margarita se unió inmediatamente a Ramsay Douglas, tocándolo con descaro e invitándole a tomarse todas las libertades que quisiera. Dos damas de honor reclamaron a Heath Kennedy. Estaban totalmente pendientes de sus palabras, así como de sus brazos, y también le solicitaban que fuera su pareja de baile.

—¿No es una sensación embriagadora percibir el odio de una estancia llena de mujeres? —murmuró Tina—. Estas señoras inglesas no pueden resistirse a nuestros oscuros, posesivos y peligrosos hombres de la frontera. Están mendigando una mirada o una caricia de esos malditos fanfarrones.

—¿No os disgusta su conducta libertina? —Inexplicablemente, Raven se dio cuenta de que ella sí lo tomaba a mal.

—No, que toquen lo que quieran... al final quien se acuesta con él soy yo.

El novio se inclinó ante Raven y la invitó a bailar. Ella sonrió para indicar su consentimiento y recibió una mirada impúdica de él como respuesta. En el mismo instante en que Archibald la tomó en sus brazos, Raven pudo oler los efluvios del whisky y entendió que el alcohol había anulado sus inhibiciones, si es que alguna vez las tuvo.

—Raven, ¿vuestro padre es sir Lancelot Carleton, uno de los jueces del Tribunal de Vigilantes de la Frontera?

—Sí, el mismo, mi señor conde.

—¿Y sois allegada de nuestra hermosa Valentina?

—Sí. Mi padre y la madre de Valentina, lady Elizabeth Kennedy, son primos. —Eso justificaba que ella se hallara con los Douglas. ¿Qué haría él si le contaba de buenas a primeras que no era una invitada sino la víctima de un secuestro? Raven decidió que todo era demasiado absurdo para que alguien la creyera.

Archie le dirigió una mirada maliciosa e inclinó la cabeza para hacerle una confidencia.

—Lizzie Kennedy detesta con vehemencia a los Douglas; y a Black Ram Douglas, que se casó con su hija, más que a nadie.

Raven parpadeó con asombro y se preguntó qué esperaba él que dijera ella. Parecía contento de que odiaran a Ramsay.

—Hace poco estuve en compañía de lady Kennedy en Carlisle. Fuimos invitados de los Dacre —dijo Raven sin intención alguna.

—¿Conocéis a los Dacre? —Archibald pareció sobresaltarse.

—Ya lo creo. El hijo de lord Dacre, Christopher, es íntimo amigo mío.

El nuevo conde de Angus apretó los labios como si hubiera hablado demasiado y dejó que sus manos recorrieran la espalda de Raven. A su lado surgió la alta figura de Heath Kennedy.

—Creo que este baile es una gallarda. La dama me lo había prometido...

—Ah... sí, tomad a la joven. Yo se lo pediré a vuestra hermana.

Heath dudaba que Ram confiara en Archie para elevar a su esposa en el aire durante la gallarda, pero dejó el asunto en las competentes manos de su cuñado.

—No os prometí ningún baile —soltó Raven desafiante.

—Oh, sí lo hicisteis —insistió Heath, estrechándola entre sus brazos—. El baile es parte del cortejo... y el cortejo es una danza de apareamiento. —Después musitó con tono íntimo—: El macho y la hembra mueven juntos el cuerpo al mismo ritmo, imitando lo que en el fondo quieren. Su interminable contacto ocular es una mirada que semeja a la cópula.

La música se aceleró hasta doblar el *tempo* y Heath alzó a Raven haciéndole describir un amplio arco.

Todo el mundo pudo ver las enaguas verde esmeralda y las medias de seda negra, pero a ella no le importó. El ritmo rápido de la música le había calentado la sangre, y ella quería ser más atractiva para Heath Kennedy que ninguna otra mujer presente. Rió mirando los afectuosos ojos castaños de Heath, y cuando éste la depositó en el suelo y la atrajo hacia sí, sintió que él se excitaba. Al notar su contacto, le recorrieron descargas de deseo desde el ombligo hasta su esencia de mujer, vibrando y rizándose, hasta que acabó mareada, excitada y sin aliento.

Raven lo miró mientras él se encumbraba sobre ella. Bajo sus pobladas cejas, aquellos ojos oscuros la acariciaban y auguraban que pronto la poseerían. Su largo cabello negro ya no llevaba la cinta de cuero que lo recogía, y le caía sobre los hombros del negro jubón, con lo que adquiría la genuina imagen de un depredador que hubiera localizado a su presa. Jamás se había sentido Raven más fuerte ni hermosa. Cuando el compás de la música triplicó el ritmo y Heath la levantó de nuevo en el aire, quiso gritar de emoción.

Al sostenerla casi boca abajo, los pechos de Raven por poco se salieron del corpiño. Cuando ella interceptó su cálida y atenta mirada, le guiñó el ojo. Vio que los blancos dientes destellaban en una risa socarrona, y casi cedió al impulso de besarlo. Heath leyó sus pensamientos y bajó los labios hasta los de Raven, que se aferró a él para mantener el equilibrio y porque así se sentía pequeña y deliciosamente femenina.

La música cambió espectacularmente a un *reel* escocés, y todos los Douglas presentes lanzaron un grito de alegría. Cuando se elegían las parejas, el salón parecía invadido de tartanes verde oscuro. Raven tenía que haberse alegrado por el cambio, pero se sintió muy desgraciada. Después del *reel* tocaron *The Gay Gordons* y *Strip the Willow*, bailes folclóricos muy conocidos tanto por los ingleses como por los escoceses. Raven notó que deseaba que Heath volviera a ser su pareja, aunque sólo fuera una pieza corta. A medida que la música se hacía más trepidante, chorreaba el sudor y enloquecían las faldas. Los estridentes chillidos y risas crecían aprisa con las caídas accidentales, entremezcladas éstas con algunos tropezones deliberados. El clamor de los invitados llegó a ser obsceno, sonaba a reyerta o a violación, y amenazaba con degenerar en una u otra en cualquier momento.

Aunque era bastante temprano, Ramsay y Valentina buscaron a los recién casados para darles las buenas noches. Archibald, borracho como un típico lord, los animó a que se quedaran a dormir. Ram arqueó una ceja con gesto cómico.

—Lo has hecho más de una vez; seguro que podrás repetirlo sin mí.

Raven se lo había pasado en grande, y Tina advirtió que era reticente a partir.

—La noche es joven; confiad en mí —le dijo en voz baja, y utilizó la excusa de los mellizos con Margarita—. He traído unas buenas capas, así que para regresar no tenemos por qué cambiarnos.

Tina le dio una a Heath, quien rápidamente envolvió con ella a Raven y la condujo a la muralla, donde sus hombres les aguardaban con sus monturas ensilladas.

Mientras cabalgaban desde Hawick, las hogueras del campamento de los gitanos iluminaban el cielo.

—¿Estás preparado? —preguntó Tina a su hermano.

—Cuidado con lo que respondes; ¡te dirá que te metas una pluma en el culo y empieces a cacarear! —bromeó Ram.

Heath sonrió burlón.

—Estoy preparado.

Durante su galope hasta el campamento pudieron oír violines y panderetas mezclados con jolgorio, y el pulso de Raven se aceleró anticipadamente cuando Heath ató a *Blackadder* a un olmo y se volvió para bajarla de *Sully*. Ella se deslizó lentamente hacia su firme cuerpo hasta que tocó con los pies en tierra. Por unos momentos, el mundo desapareció para dejarlos solos.

—Mi amor —murmuró él, y rozó los labios de ella con los suyos. A continuación, se tomaron de la mano y corrieron hacia el fuego.

Raven se sentía dispuesta a todo. Había decidido abandonarse al placer al menos por una noche. Hizo oídos sordos a la voz interior que le susurraba precaución, pues su instinto de mujer le decía que si no aprovechaba este momento lo lamentaría el resto de su vida.

Se sorprendió al ver la camaradería entre Tina, Ram y Heath con los gitanos; después pensó que debían de conocerse. Observó que Ram pagaba unas monedas por dos pellejos de vino y le daba uno a Heath, quien al punto lo estrujó y formó en el aire un arco que apuntó a su boca. La mirada de Heath se desplazó desde los ojos a la boca de Raven y de nuevo a los ojos.

—¿Creéis que puedo tentaros?

Esa noche, a Raven le tentaba todo lo que hiciera aquel oscuro hombre de la frontera. Incapaz de resistir su desafío, le dirigió una sonrisa y abrió la boca. No lo hizo mal al atrapar el chorro de vino, pero de pronto comenzó a reír y lo salpicó todo.

—Basta —exclamó, sofocada—. Echaremos a perder el vestido de Tina.

—Os enseñaré a beber sin derramar ni una gota —señaló Heath mientras apretaba la bota y volvía a beber. Luego alargó el brazo hacia ella, la atrajo hacia sí, puso la boca junto a la suya y Raven bebió de su vino.

—Creo que así es más fuerte —dijo ella, y se lamió los labios.

Ante el seductor tono de la voz de Raven, el corazón de Heath dio un respingo. ¿Sería que el deseo estaba despertando en ella? La rodeó con el brazo y la estrechó, y al punto la llevó hacia la música. Heath notaba que su sangre caliente latía y le daba punzadas en la garganta. Después, pareció que el ritmo de la música entraba en su torrente sanguíneo y su polla se alargaba y se endurecía en plena vorágine de excitación. Reprimió parte de su deseo, pues sabía que si le dejaba hacer estragos sin control, luego le sobrevendría el dolor de la necesidad.

La oscura belleza de Heath era tan irresistible que atraía a Raven como un imán. Esa noche su masculinidad era primitiva, agresiva. Su desatada vitalidad era tangible en la medida que dominaba el espacio que rodeaba a ambos. Igual que el calor del fuego, Raven imaginaba que podía sentir el calor de aquel cuerpo y el olor de aquella piel perfumada de hombre, que actuaban sobre ella como un afrodisíaco. Se lamió los labios con una lengua provocadora y empezó a moverse al compás de la música. Dejó que la capa se le deslizara de los hombros mientras meneaba las caderas al ritmo sensual y enigmático del son de los gitanos.

Heath seguía los movimientos de Raven, y de repente se dio cuenta de que él había acertado al decir que el macho y la hembra movían el cuerpo al mismo ritmo, imitando lo que en el fondo querían. Su balanceo se volvió sensual, también el de él, y acto seguido, cuando se avivó el compás de la música, pasó a ser abiertamente sexual. Era una danza de apareamiento en todos los sentidos de la palabra: burla y provocación, avance y retroceso, incitación y retirada. Se tentaban y se alejaban, aunque poco a poco iban acercándose cada vez más hasta que casi se tocaban, mientras sus cuerpos se movían, se contoneaban y se anhelaban uno a otro. El macho debe dominar, la hembra debe someterse; era la ley de la naturaleza.

Desde la comisura del ojo, Raven observó que Ramsay y Valentina se retiraban del círculo de bailarines y se dirigían al prado alfombrado de jacintos silvestres. El corazón le dio un vuelco; todo era demasiado romántico para que pudieran resistirse, pero ella sabía que no debía caer en la tentación de seguir su ejemplo. Se apartó de Heath sin dejar de bailar, rodeando la hoguera. Cuando él la siguió, Raven se alejó bailando antes de que él llegara a su lado. De pronto eran blanco de todas las miradas, y los otros bailarines comenzaron a dar palmas y a zapatear al ritmo de la música. A medida que éste aceleraba en un *crescendo*, Heath saltó por entre las llamas y la retuvo antes de que ella pudiera huir. Al tomarla entre sus brazos e inclinarla hacia atrás con un beso victorioso, de los bailarines surgió un clamor de vivas y aplausos. Como si estuviera actuando para su público, Heath hizo una inclinación de la cabeza. Raven decidió que ella también podía hacer teatro y le dio la espalda lentamente. Pero enseguida advirtió que era una táctica equivocada, pues dos muchachas gitanas corrieron a sustituirla como pareja de Heath.

Raven lo miró bailar con las dos, saltando de acá para allá entre ellas a través del fuego, y cuando la música alcanzó su momento álgido fueron las dos jóvenes quienes lo besaron de manera descarada. Era un juego que Raven decidió ganar. Con las manos en las caderas se acercó poco a poco a las gitanas, las apartó a un lado y reivindicó su premio. Un fuerte grito de aprobación brotó de las gargantas de los gitanos, que reclamaron a sus mujeres del lado de Heath.

Raven rió.

—Habíais hecho esto antes.

—Muchas veces —admitió—, pero nunca con un premio como vos en juego, hermosa mía.

Sus palabras la hicieron sentirse especial, si bien se dio cuenta de que Heath seguramente había hecho el amor con algunas de aquellas mujeres. Las envidió por su libertad de tomar al hombre que deseaban, pues en el mundo de Raven eso era impensable. Por primera vez fue consciente de lo tentador que era realmente lo prohibido mientras admitía para sus adentros que deseaba saber cómo sería hacer el amor con Heath Kennedy y que él le instruyera sobre el mundo de las pasiones.

Cuando regresaron Valentina y Ramsay, los gitanos insistieron en que Heath y Ram participaran con ellos en un concurso de lanzamiento de cuchillos, pero ambos rehusaron risueños con la excusa de que era muy tarde.

A regañadientes, las dos parejas desearon buenas noches a sus anfitriones y se dirigieron hacia sus monturas. Sus acompañantes habían comido y se habían divertido con las chicas gitanas, y antes de partir, Ram les pagó con oro por su hospitalidad. Después habló con sus hombres tranquilamente: a dos les ordenó que se quedaran en Hawick y le fueran informando de las actividades de Archibald Douglas, y a otros dos que se dirigieran a Bewcastle para vigilar a Thomas Dacre. A continuación montó y colocó a Tina delante de él en la silla, sabiendo a ciencia cierta que sus hombres cuidarían del caballo de ella.

Heath no le preguntó a Raven si quería cabalgar con él, pues sabía que probablemente pondría reparos. Así que no le dio opción al respecto y la subió a lomos de *Blackadder*, delante de él. Cuando Raven fue a quejarse, Heath la hizo callar con un beso y la arropó con la capa en los hombros.

—Silencio, mi amor, no quiero que tengáis frío.

Raven era plenamente consciente del deseo de él. Y del suyo propio. Sentía una increíble atracción física por aquel dominante canalla. Ella había intentado erigir un muro entre ambos, pero esa noche encontraba a Heath absolutamente irresistible. Se reclinó en su pecho duro y musculoso, lo miró y suspiró. En la oscuridad, él mantenía el rostro oculto en las sombras, pero cuando la miró, sus blancos dientes brillaron al sonreír. Su aroma masculino hacía que a Raven se le ensancharan las ventanillas de la nariz, y se acurrucó contra él para oír los fuertes y regulares latidos de su corazón. Era lo bastante sincera para admitir que esa noche no deseaba hacer otra cosa que galopar a través de la negrura de terciopelo de la frontera entre los poderosos brazos de Heath Kennedy.

Mientras Raven iba hecha un ovillo contra el cuerpo de Heath, éste reparó en lo pequeña que era. El deseo latió en su ingle con un dolor casi insoportable. Reposando entre sus muslos podía sentir que la calidez del cuerpo de Raven se mezclaba con la suya. Su suave olor lo excitaba aún más, y cambió de posición en la silla para aligerar la presión de su hinchada polla y la tensión en los testículos. Le rozaba el pecho con el brazo, y supo que había llegado al límite del dominio de sí mismo. Asió firmemente las riendas de *Blackadder* con una mano y deslizó la otra bajo la capa de Raven. Sus sagaces dedos encontraron el camino dentro del corpiño, y con la palma de la mano cubrió el seno desnudo y le acarició el pezón con su áspero pulgar.

Raven notó un estremecimiento del más puro placer en el pezón, que se extendió hasta lo más hondo de su condición de mujer. Mientras él seguía acariciándola, aumentaron las ondulantes sensaciones de gozo. El apasionado tacto de los dedos de Heath casi la quemaba. Tuvo un escalofrío y de repente el fuego se convirtió en hielo, y se estremeció hasta que el hielo volvió a ser fuego.

—Ya falta poco —murmuró él a su oído, y el dolor que provocaron estas palabras se transformó en una dulce tortura.

17

Cuando llegaron al castillo de Eskdale, Heath saltó de la silla y bajó a Raven a las losas del recinto amurallado. Uno de los hombres del séquito se acercó para ocuparse del caballo de Heath mientras otro tomaba el de Ramsay. Las dos parejas caminaban hacia el castillo cuando Raven rompió el silencio.

—Gracias por este día tan magnífico, Tina. No me lo habría perdido por nada del mundo.

—Aún no ha terminado. —Tina le guiñó el ojo—. Falta mucho para la medianoche.

—Deja de entrometerte, bruja. —Ram la agarró para llevarla a la Torre Maestra—. Sé que quieres animarlo y ayudarlo, pero Heath puede levantar las faldas de la chica sin tu ayuda.

Raven y Heath se detuvieron al pie de la escalera que conducía a su torre. Se sostuvieron la mirada durante largos minutos; la de ella era tímida; la de él, inequívocamente resuelta. Raven bajó los ojos, y sin decir palabra se tomaron de la mano y empezaron a subir. Pensando en lo que iba a suceder, Raven se quedaba sin aliento y sentía las rodillas flojas. Ya dentro, su nerviosismo crecía a cada paso que daba. Tan pronto se hubo cerrado la puerta a su espalda, ya estaba en brazos de Heath, cuyos labios le revelaron su deseo visceral, y cuya mirada misteriosa le prometía placeres prohibidos y la incitaba a lanzarse al vacío.

Raven abrió los labios y le entregó su dulce y cálida boca. Saboreó el vino de la lengua de Heath y quedó embriagada. Se aferró a él, gozando de su sabor, su olor y su contacto mientras apretaba sus suaves curvas contra el duro cuerpo masculino. A Raven le encantaba la fuerza de Heath; así se sentía pequeña y femenina y se libraba de toda responsabilidad de lo que él le hiciera.

Heath la tomó en brazos, cruzó el aposento y la dejó en la amplia cama. Le quitó la capa, y luego se arrodilló y procedió a descalzarla. Deslizó las manos bajo las enaguas para bajarle las medias y de pronto cambió de opinión. Heath se había imaginado aquellas medias de seda desde que la había incitado a elegir el color negro en la Feria de Carlisle. Así que, en lugar de ello, le quitó las calzas de algodón blanco. Después tomó el pequeño pie y le besó el empeine. Durante todo el trayecto desde Hawick lo había acosado una desmedida impaciencia por acostarse con ella, pero ahora notó que quería saborear todos y cada uno de los segundos del amor que le daría.

Heath la levantó, le desabrochó el vestido y dejó que le resbalara desde los hombros. A continuación, con un dedo trazó la línea de la clavícula, que llenó de breves y delicados besos. El vestido verde pálido acabó en el suelo, quedando ella sólo con las enaguas de jade y el corsé. Los dedos de Heath deshicieron los lazos en la cintura de las enaguas, que también se deslizaron hasta sus pies, dejando al descubierto las delgadas piernas con las medias negras de seda, desnuda la parte superior de los muslos, su piel cremosa contrastando con la negra maraña del monte de Venus. Cuando Raven dio un paso para apartarse de sus prendas interiores, Heath le quitó el corsé y se le secó la boca al ver aquellos pechos exuberantes y apuntando hacia arriba coronados por primorosas coronas rosas. Se humedeció la punta del dedo y tocó uno y otro pezón mientras observaba cómo se transformaban en pequeños y duros botones de encaje. Acto seguido se inclinó y los acarició con la lengua.

Mientras él la desnudaba, Raven se sentía en un trance cálido y delicioso, pero en cuanto la boca de Heath le tocó los senos, casi perdió el sentido. Se arqueó sensualmente contra la lengua, y cuando él introdujo el pezón en su boca y lo chupó, ella gritó de placer. Raven notó un desenfrenado deseo de hacerle lo mismo a él y con los dedos intentó abrirle el jubón. Heath lo adivinó, pues inmediatamente se despojó del jubón y después de la camisa de hilo. Volvió a alzarla entre sus brazos. El áspero vello de su pecho las sensibles puntas de los senos de Raven, que hincó las uñas en la espalda de Heath, trastornada por la deliciosa rugosidad. Heath dejó que Raven se fuera deslizando por el cuerpo de él hasta tocar con los pies la alfombra, y ella sintió que su mejilla rozaba el pezón masculino. Sacó la lengua para lamer, saborear y atormentar, y después, en un arrebato de pasión, lo tomó entre los dientes y mordió.

Heath la contemplaba, disfrutando de su imagen excitada y del aspecto sensual que había adquirido su rostro. Le cubrió un seno con la mano y apretó suavemente, y acto seguido le acarició el vientre con la palma de la mano hasta llegar al cálido pubis. Fue recompensado por el grito de placer de Raven, y observó que los ojos de ella estaban empañados por el deseo mientras arqueaba el ardiente sexo en la mano de él. Los dedos de Heath sintieron que Raven empezaba a humedecerse, y supo que no podía esperar más.

La levantó y la tendió de espaldas en la cama. Extendió su espléndido cabello sobre las almohadas y se le dilataron los ojos ante aquel hermoso cuadro. Le abrió las piernas y recorrió con los dedos las medias negras hasta su final en los cremosos muslos. A continuación inclinó la cabeza entre las piernas de Raven y la saboreó.

—¡No! —chilló ella, sobresaltada ante lo que hacía Heath.

Él alzó la cabeza y la miró a los ojos con una intensidad que ella no había visto antes.

—Raven, no me niegues lo que anhelo. No te lo niegues a ti misma. —Le besó el pubis con reverencia, y luego sopló ligeramente en el triángulo de negros pelos e inhaló su aroma. Muy pausadamente tocó con la punta de la lengua el diminuto botón rosa y notó que ella se estremecía por las nuevas y desconocidas sensaciones que él le provocaba. Cuando ya no puso más reparos, Heath se introdujo lentamente y, con una seductora cadencia, comenzó a acariciarla con su áspera lengua.

Raven pensó que debía de estar soñando, pues sin duda era imposible que se estuviera entregando a Heath Kennedy al extremo de que le hiciera el amor con la boca. Pero el intenso placer que sentía era demasiado real para ser un sueño, y entrelazó los dedos en el cabello de él para cerciorarse de que todo sucedía de veras. Notó que los pulgares de él la abrían más, y que se introducía más profundamente. Raven comenzó a retorcerse, quería gozar de esa excitación al máximo, deseaba que las misteriosas sensaciones eróticas no tuvieran fin. Empezó a jadear de ansia, y oyó que él gemía. Tardó unos instantes en darse cuenta de que los gemidos surgían de su propia garganta. Sujetó la oscura cabeza de Heath en el cálido pubis, y acto seguido el placer fue tan intenso que no pudo soportarlo, y se arqueó hacia arriba en la cama y gritó su nombre: «¡Heath! ¡Heath!»

Él se quitó los pantalones y se colocó desnudo encima de ella. La estrechó posesivamente contra su pecho y después unió su boca con la de ella, sabiendo que Raven se saborearía a sí misma en los labios de él. Heath comenzó con besos breves y delicados. Con los labios le recorrió el pómulo hasta la oreja, y besó las sienes y las pestañas antes de volver a los labios. Luego los besos de él se prolongaron. Intercambiaron cientos de besos. Durante una hora entera se perdieron en un arrobamiento de besos lentos y tiernos. Él le acariciaba la lengua con la suya, deleitándose en el néctar de aquella boca. Sintió un estremecimiento y la boca se le volvió más dura y exigente. Y siguió besando y besando; besos ardientes, lascivos, salvajes, sensuales, eróticos. Heath sabía que jamás estaría saciado. Su polla, dura como el mármol, latía y daba sacudidas. Notaba que Raven le apretaba con sus blandos muslos y comprendió que la necesidad de ella casi se equiparaba a la suya.

Heath estaba inmerso en un dilema angustioso; él había deseado convertirla en su novia cuando consumara su unión. Por una cuestión de honor, debería esperar a que estuvieran casados, pero una voz burlona le decía que nunca habría boda alguna. No tenía nada que ofrecerle: ni títulos, ni riquezas, ni castillo propio. Todo lo que podía darle era su amor; y para muchas mujeres el amor no bastaba. Christopher Dacre cruzó por su mente, y Heath tomó una decisión. De ningún modo iba a permitir que fuera su enemigo quien desflorara a Raven.

Se alzó encima de ella y contempló su hermoso rostro. Los ávidos ojos de ella devoraban su lozana verga masculina, que sobresalía del negro nido de vello, y Raven alargó la mano para acariciar los sólidos músculos que iban desde el pecho hasta la ingle. El seductor tacto casi le hizo perder el sentido. Heath colocó el glande contra la hendidura de ella y, con una firme embestida, empujó a través del himen. Al notar la plenitud y el dolor repentino, Raven chilló, y él se mantuvo totalmente inmóvil, para que ella se acostumbrara a la penetración. Raven estaba tan ardiente, lo ceñía con tanta fuerza, que de la garganta de Heath brotó un grito primitivo, y reparó en que no podía seguir por más tiempo sin moverse. El fuego le quemaba el vientre y la ingle y poco a poco entró y salió de la vaina de satén, completando la danza de apareamiento que había empezado unas horas antes.

Raven se aferró a él con frenesí, confiando en que él eliminase el dolor con un placer intenso y arrebatador. Se entregó generosamente y fue recompensada con creces cuando él le proporcionó una satisfacción maravillosa. Heath se retiró antes de eyacular. No se arriesgaría a dejarla embarazada. La rodeó con los brazos y la estrechó contra su corazón. Le rozó las sienes con los labios. «Raven», susurró pegado a su piel. Heath hundió el rostro en el fragante cabello de ella, cerró los ojos y rezó: «Que el amor sea suficiente.»

Raven yacía entre los brazos de Heath, disfrutando de la lánguida sensación que hacía que su cuerpo se sintiera cálido y lleno. No obstante, su mente se separó poco a poco del ser físico. Esa noche, Heath había resuelto para ella el antiguo misterio del ritual sexual entre el macho y la hembra y, al hacerlo, le había transmitido poder. Raven sabía que lo que le había sucedido era algo maravilloso y que ya nunca volvería a ser la misma. Había cambiado la inocencia por el conocimiento femenino; y el conocimiento era poder.

Si sólo hubieran estado ellos dos en el mundo, qué fácil habría sido aislarse en su torre, dando rienda suelta a todos sus caprichos mientras durara la atracción mutua. Pero eso era una vana ilusión, y Raven sabía que debía vivir en el mundo real. Era imposible pensar sólo en ella misma; estaba también su familia. Su padre y su madre la querían y le deseaban lo mejor. Albergaban grandes expectativas, y Raven tenía un deber para con sus padres: emparentar bien. Veía la luna creciente a través de la ventana del aposento, y se dirigió en silencio a la diosa Hécate:

> *Cuando veo la luna nueva*
> *me corresponde levantar el ojo,*
> *me corresponde doblar la rodilla,*
> *me corresponde inclinar la cabeza,*
> *dedicando alabanzas, a vos, luna que me guiáis.*
> *Dadme los medios para alcanzar mi libertad;*
> *tengo el poder, y sé cómo usarlo.*

Cuando Duncan Kennedy llegó con el nuevo barco, el *Doon*, a la desembocadura del río Dee, en Kirkcudbright, su padre Rob casi se desplomó de alivio cuando vio con sus propios ojos que su hijo Donal no había sufrido ningún percance. Rob enumeró gráficamente las atroces acciones que los ingleses habían perpetrado en Carlisle, y sin mencionar la palabra «maldito» advirtió a Donal que estuviera atento.

—¿Hay noticias de Tina? ¿Ya ha tenido el bebé? —Rob no se libraba de la sensación de una desgracia inminente.

—No he sabido nada —respondió Donal—, pero no debes preocuparte tanto por Tina; es sólo un niño.

—¿Sólo un niño? —bramó Rob—. ¡Un niño que podría ser mi nieto! ¡Un niño que evitará que desaparezca el linaje de los Kennedy! Al no recibir noticias, ¿no pensaste en acercarte al castillo de los Douglas?

Donal parecía compungido.

—He estado ocupado con el esquileo y los corderos recién nacidos... sólo este mes han parido tres mil ovejas.

Algo apaciguado al pensar que la lana que habían perdido podía ser sustituida por la de Donal, Rob cabeceó.

—Eres un buen muchacho, sólo que irreflexivo, como todos los de tu edad.

Cuando Rob anunció que al día siguiente navegarían río arriba hasta el castillo de Douglas, Elizabeth se resistió.

—No pondré los pies en el castillo de Douglas; me quedaré aquí con Donal y Meggie.

El rostro de Rob cambió a un violáceo peligroso.

—Harás lo que te he ordenado, Lizzie. ¡Tina necesita a su madre!

—Tina tiene a Ada; no aceptará con agrado mi intromisión ni tampoco mis consejos. Ve tú, Rob. Si Tina me reclama, entonces iré.

Al oír el nombre de Ada, Rob cambió de opinión sobre su idea de obligar a Lizzie a acompañarlo. Ada le proporcionaría el consuelo que él tanto necesitaba.

Sin Lizzie presente, también podría poner los puntos sobre las íes con Heath respecto a la bruja de su abuela.

—Sí, bueno, supongo que puede venir Beth en tu lugar.

Al día siguiente, cuando echaron el ancla junto al castillo de Douglas, sólo hallaron presente a Cameron, quien informó a los Kennedy de que Ramsay y Valentina se encontraban en su castillo de Eskdale, igual que el hermano de él, Gavin, y Heath Kennedy.

—Los dejé en Annan, con los caballos recuperados del castillo de Carlisle.

—¿Este Dacre cabrón hizo una incursión en Eskdale? —rugió Rob.

—No, no fue él quien los robó, pero según Heath los caballos de Douglas acabaron en manos de Dacre; y Heath conocía los animales.

—¿Ha parido ya Valentina?

—Supongo que sí, pero no tengo noticia.

—¡He aprendido que en este condenado mundo no hay que suponer nada! —declaró Rob categóricamente. Se volvió hacia Duncan—: Leva el ancla y pon rumbo a Gretna. Desde allí cabalgaremos hasta Eskdale.

Heron Carleton vio con alivio que ya llegaba a la gran fortaleza de Bewcastle, en la frontera inglesa. Mientras cabalgaba por la zona de páramos y pantanos vírgenes, muy cerca de Escocia, se había puesto nervioso cuando empezó a anochecer.

En la puerta, el capitán Musgrave le gritó el quién vive. El nombre de Carleton le sonaba, y cuando supo que el joven iba a visitar a Christopher Dacre, ordenó que se alzara el rastrillo.

Christopher estaba en el comedor, a rebosar de hombres. Sólo algunos sirvientes eran mujeres, y Heron comenzó a incomodarse por la visita de su hermana. Devoró su tajo de cordero y dijo:

—No creo que éste sea un lugar adecuado para Raven.

—No está aquí. —Chris le indicó que tenía que hablar con él en privado, de modo que Heron se bebió la cerveza de un trago y siguió a su amigo fuera del salón, hasta su dormitorio en la tercera planta.

—¿Dónde demonios está? —preguntó Heron frunciendo el ceño.

—Al otro lado de la frontera, en Escocia, en el castillo de Eskdale. No te apures; está sana y salva. Es un castillo de Douglas.

Heron lo miró sin comprender.

—¿Douglas?

—El Douglas casado con una Kennedy, allegada de vuestro padre —le recordó Christopher.

En la cabeza de Heron apareció una imagen de la bonita Beth Kennedy, y tardó lo suyo en entender la relación a la que Chris aludía.

—Pero tenía entendido que Raven te visitó aquí, en Bewcastle.

Dacre no quería inquietar en exceso a Heron Carleton, pues lo necesitaba para que fuera a Eskdale y alejara a Raven del odiado Kennedy.

—Esto es lo que yo quería, pero en el trayecto hasta aquí fuimos capturados, llevados a Eskdale y retenidos a la espera de que se pagara rescate.

—¿Capturados? ¿Ella está cautiva? —gritó Heron alarmado.

—No, el cautivo era yo... ¡Raven es más bien una invitada de honor!

—No lo entiendo —dijo Heron meneando la cabeza.

Dacre suspiró exasperado.

—Uno de los Kennedy me secuestró a causa de mi nuevo semental negro; y después el muy cabrón exigió a mi padre que pagara rescate. Y por eso fui liberado.

—¿Y dejaste allí a Raven? —Heron lo miró incrédulo—. Bewcastle debe de tener un contingente de más de cien hombres. ¿Por qué no atacaste Eskdale y la rescataste?

—Por el amor de Dios, Heron, ¡pretendo que Raven sea mi esposa! No quiero que mi padre ni nadie sepa que su reputación ha quedado manchada al haber sido llevada a la fuerza a Escocia. No la están tratando como prisionera sino como invitada. Es mejor para todos, sobre todo para Raven, fingir que ha estado visitando a su allegada. —Dacre calló unos instantes para que Heron lo asimilara—. Todo lo que tienes que hacer es ir a Eskdale y acompañarla a casa.

A partir de ese momento Heron miró a Christopher con otros ojos. Jamás lo había considerado un cobarde. También sospechaba que Dacre no le contaba toda la historia. La idea de cabalgar solo hacia Escocia le infundía respeto, pero no había otra salida.

—Supongo que no vendrás conmigo, así que explícame cómo llegar a Eskdale.

Por la mañana, cuando Raven abrió los ojos, recordó todo lo que había sucedido el día anterior. Había sido el día más emocionante y memorable de su vida. Revivió la boda, y el emocionante rato que pasaron con los gitanos, y por último lo ocurrido en su aposento de la torre. Heath no estaba en la cama con ella, y por un instante se preguntó si lo había soñado todo.

Apartó la colcha y tuvo la prueba irrefutable de que no había sido ningún sueño. Estaba desnuda; sólo llevaba puesta una media negra de seda. Se ruborizó. Después de que Heath le quitara la primera, habían sido tan impacientes que ni se acordaron de la segunda.

Oyó que se abría la puerta y se cubrió con el cobertor hasta la barbilla. Era una criada con el desayuno, a quien pidió que le llevaran agua caliente para bañarse. Cuando la muchacha se fue, Raven se levantó y examinó su imagen en el bruñido espejo de plata, deseosa de saber si parecía tan distinta como se sentía. Se quitó la media y acto seguido contempló su cuerpo y su rostro con curiosidad. A primera vista parecía la misma pero, tras dar un paso hacia el espejo y mirarse fijamente a los ojos, percibió la diferencia. Sus ojos reflejaban una sabiduría ancestral y una sutil confianza en sí misma que sólo podía deberse a la experiencia. Sonrió; era un día más vieja y mil años más sabia.

Raven remoloneó en la bañera, pasándolo en grande sola con sus pensamientos. Después eligió un traje azul lavanda y se recogió el pelo de tal modo que parecía más alta y mayor.

Se imaginó que era una mujer de mucho mundo mientras descendía las escaleras y se dirigía al salón, de donde provenían voces. Allí estaba Tina, con su hijita en brazos, mientras que quien sostenía al niño era un hombre fornido, de ancho y redondeado pecho, cuyo rostro colorado se mostraba de lo más risueño.

—¡Por los clavos de Cristo, si es mi vivo retrato! —Se movía de un lado a otro, zangoloteando vigorosamente al pequeño pelirrojo con una mirada de desmesurado orgullo.

—Rob, es un bebé, no una mantequera —le reprendió Ada, que asintió irritada cuando Rob Kennedy le sonrió y le dijo cuánto la había echado de menos.

Beth Kennedy se volvió y, con semblante de verdadera sorpresa, dijo:

—¡Hola, Raven! No sabía que estabais aquí.

Valentina dejó a su niña en brazos de Ada.

—Raven, mi familia ha llegado esta mañana. Ya conocéis a mi hermana; venid, conoceréis a mi padre. Raven, hija de sir Lancelot Carleton; mi padre, Rob Kennedy, lord de Galloway.

—Señor, es un honor. —Raven captó las facciones marcadas del deteriorado rostro y dedujo que en otro tiempo había sido un hombre con una excelente figura.

Rob estudió a Raven de arriba abajo con mirada hosca.

—Sí, su padre es primo segundo de Lizzie. —Era una declaración rotunda, a la que siguió otra—: Jamás ha venido nada bueno de Inglaterra.

—Que el diablo os lleve, Rob Kennedy —soltó Ada risueña.

—Oh, bien, tú eres la excepción —afirmó Rob con fatuidad.

—Y también Raven. Tenemos con ella una gran deuda de gratitud. Si no hubiera sido por su ayuda, Tina y los niños habrían pasado apuros.

Rob palideció y se volvió hacia su hija.

—¡Antes me has dicho que todo fue bien! ¡Sabía que había pasado algo! ¡Lo sentía por dentro! ¡Últimamente las dificultades me abruman! —De pronto se acordó de que la vieja Meg le había hablado de dos ataúdes y mencionado un cabello pelirrojo—. ¿Dónde está Heath? —exigió saber, malhumorado.

—Iré encantada en su busca, lord Kennedy. —A Raven le divertía calladamente que se hubiera presentado el padre de Heath. Eran tan diferentes como el yeso y el queso, y ardía en deseos de verlos juntos. Cuando se volvió para salir, Tina le guiñó el ojo.

—Si te encuentras con un pelirrojo inquietante, es mi hermano Duncan.

Raven supuso que Heath estaría fuera. Se estremeció de emoción. Ansiaba el momento en que se verían de nuevo, pues estaba segura de que lo tenía a su merced. Cuando cruzó la muralla, se tropezó con un hombre pelirrojo. Aunque no parecía en absoluto alguien inquietante, dedujo que era el hermano de Tina. Advirtió que los ojos de él se iluminaban reflexivos y sonreían afectuosamente.

—Debéis de ser Duncan Kennedy. He oído decir que sois tan experto en barcos como vuestro hermano Heath lo es en caballos.

La recorrió de pies a cabeza, complaciéndose sin duda en lo que veía.

—No considero que ese gitano sea mi hermano... Heath es sólo un hijo bastardo de mi padre.

Raven retrocedió.

—¡Qué comentario más desagradable!

Duncan Kennedy soltó una carcajada, y Raven dio por supuesto que se trataba de una broma.

—Disculpadme —dijo ella, y apresuró sus pasos para poner distancia entre ambos.

18

Raven se dirigía al prado donde Heath guardaba sus yeguas, cuando de pronto aminoró el paso. Mientras pensaba en lo sucedido la noche anterior, la palabra gitano le resonaba en la cabeza. «Heath Kennedy se compenetra asombrosamente con los gitanos.» Raven discutía consigo misma: «¡Pero también Valentina y Ramsay Douglas!» Y otro pensamiento más: «Heath es lo bastante guapo y atezado para tener sangre gitana.» De súbito, recordó las cartas de tarot en la mesilla de noche y el pentágono grabado en la hoja del cuchillo. Se detuvo cuando se acordó de que en su primer encuentro él la confundió con una gitana. «¡No, no puede ser!», se dijo, pero cuanto más rechazaba la idea, más verosímil le parecía. ¿Y la otra acusación de Duncan Kennedy? ¿Era posible que Heath fuera sólo hijo bastardo de Rob Kennedy? La espantosa palabra revolvió aún más sus recuerdos. La primera vez que lo vio, ¿no lo llamó ella bastardo y asqueroso escocés? ¿Y qué respondió él? Raven frunció el entrecejo tratando de recordar las palabras exactas. «No pongo peros a lo de bastardo pero sí a la palabra *asqueroso*. Anoche me bañé en el río Eden.» Valentina nunca había insinuado que Heath Kennedy fuera un gitano bastardo. Siempre lo trataba como a un hermano muy querido. No obstante, Raven empezó a creer que acababa de descubrir la amarga verdad.

Estaba abatida. ¿Por qué Heath no se lo había dicho? ¡Por la sangre de Cristo, y la noche anterior se había entregado a él! Su madre se moriría del disgusto si alguna vez se enteraba de lo que había hecho. Cerró los ojos y se cubrió la cara con las manos. «Dios mío, ¿cómo he podido ser tan imprudente, tan obstinada, tan perversa y libertina?» ¡Si llegaba a saber la verdad, a su padre se le partiría el corazón!

Su cabeza siempre había estado de uñas con su atracción por aquel oscuro canalla; ¿por qué no se había dejado guiar por el instinto? «¡Muerte y perdición!», gritó Raven. ¡Había respondido a él con el instinto, y éste la había traicionado! Debía haberse basado en el sentido común. Ya era malo que fuera escocés y hombre de la frontera; ¡pero que también fuera de baja estirpe y llevara sangre gitana ya era demasiado! Raven se maldijo, pues ahora que sabía que era gitano, su atracción hacia él sin duda aumentaba. ¿Por qué lo prohibido era tan irresistible y tentador?

«¡Él me tiene en su poder!» —se dijo Raven—. «Me ató a él al curarme las manos.» No tenía culpa de lo sucedido. Heath Kennedy se había aprovechado de ella cuando más vulnerable era. De pronto, sus propias palabras procedentes del pasado le pasaron factura: «Querido Heath, gracias por obligarme, ¡me habéis liberado de toda responsabilidad!»

La innata sinceridad de Raven la llevó a admitir la verdad para sus adentros. Sí, la habían hecho prisionera, pero era culpable de lo ocurrido entre los dos. Tenía tanto poder como Heath Kennedy, acaso más, pues él se creía enamorado, pero ella no. Bajó las manos de la cara. En su interior borboteaba la cólera contra ambos. Se enfrentaría a él e inmediatamente rescindiría el contrato que había firmado con tanta temeridad.

Como Raven había supuesto, Heath estaba con sus yeguas en el prado junto al río. Cuando la vio, se quedó inmóvil, contemplándola como hechizado. Raven se acercó siguiendo un camino recto, y sólo cuando había cubierto la mitad de la distancia reparó en que era así como Heath manejaba los caballos, se quedaba quieto hasta que éstos iban hacia él. Bueno, sería la última vez que la trataba como a una potra. Él le había dado de comer en su mano, la había acariciado, la había ayudado a superar sus temores, ¡y finalmente la había montado! Bien, era la última vez, juró Raven.

Se detuvo más o menos a un metro; demasiado lejos para que Heath pudiera tocarla, pero lo bastante cerca para que ella le viera los ojos y juzgara su expresión.

—¿Tienes sangre gitana?

Raven advirtió una jactancia orgullosa.

—Pues sí.

—¿Eres hijo bastardo de lord Kennedy?

Heath arqueó una ceja.

—Eso se dice.

—¿Por qué no me lo contaste? —le espetó ella furiosa.

Heath sintió que el corazón le dolía y la sangre se le enfriaba.

—Creía que ya lo sabías. No es ningún secreto. —Dio un paso hacia ella.

—¡No me toques! ¡Todo ha terminado!

El rostro de Heath se endureció. La asió entre sus brazos sin contemplaciones.

—¡Habrá terminado cuando yo lo diga, Raven!

Ella permaneció envarada. Lo miró a los ojos con frialdad.

—Lord Kennedy está aquí. Ha preguntado por ti.

Heath se sorprendió. Había abandonado su torre a la salida del sol para ver cómo Ram y sus hombres iban a patrullar por la frontera, y no había advertido ninguna señal de Rob Kennedy. Soltó a Raven de mala gana.

—¿Ha venido con él lady Kennedy?

Raven negó con la cabeza, sin abrir la boca, y a continuación lo vio dirigirse al castillo. La pregunta de Heath le hizo suponer que Elizabeth Kennedy no veía con buenos ojos la presencia del hijo ilegítimo de su marido; y al parecer su actitud era compartida por otros.

Heath sonrió para sus adentros ante la escena doméstica que se encontró en el salón de Eskdale. Su padre sostenía al niño de Tina, orgulloso como un perro con dos colas de ser el abuelo de unos mellizos. No obstante, un segundo vistazo a su padre le reveló que estaba ojeroso y que su salud se había resentido. Sintió un escalofrío de recelo y deseó que no fuera ninguna premonición.

Cuando Rob vio a Heath, entregó el bebé a Valentina.

—Tengo que hablar contigo a solas.

Heath intercambió una mirada rápida con Valentina y dirigiéndose a su padre asintió con la cabeza.

—Ven arriba.

Antes de haber subido una docena de escalones, Heath observó que su padre se quedaba sin aliento. La colorada cara de Rob adquiría un color más intenso mientras jadeaba.

—Descansa un momento —dijo Heath, disimulando su inquietud.

Heath supuso que le iba a hablar de Elizabeth, pues cuando lograba retener cierto público, se quejaba constantemente de su esposa. Cuando llegaron al aposento de la torre, Heath hizo sentar a su padre en una silla y le sirvió un whisky.

Rob Kennedy bebió la mitad del whisky de un trago y se enjugó la boca con la manga.

—¡La vieja Meg me lanzó una maldición y quiero que le ordenes que la deje sin efecto!

—¿Una maldición? —Heath se quedó perplejo—. Esas cosas no existen.

—¡Sí existen! ¡Es una maldición gitana!

—Padre, a Meg le encanta torturarte. Las maldiciones no tienen ningún efecto a menos que seas lo bastante tonto para creer en ellas.

—¿Tonto? Oh, sí, soy tonto de remate... ¡tenía que haber colgado a esa vieja bruja hace años! ¡Pero ahora es demasiado tarde! La maldición ha empezado a provocar desgracias, ¡y tú eres el único que puede ponerle fin!

—Padre, cálmate. —Heath sabía que debía escuchar los temores de Rob y tratar de aplacarlos—. Háblame de la maldición.

—Lizzie me abandonó y se llevó a Beth a Carlisle. Estuve enfermo, sentía que el corazón me apretaba como un torno. Borthwick mandó llamar a la vieja Meg, ¡y ella me dijo que estaba maldito! ¡Y no sólo yo... toda mi familia! Esa vieja bruja me anunció que el corazón me mataría, pero no antes de ver cómo se extinguía mi linaje. Me dijo que mi esposa me había abandonado y que Beth tendría un matrimonio desgraciado, igual que Tina. Discutí con ella, le expliqué que Valentina era feliz en su matrimonio y que iba a tener un hijo. La muy bribona cabeceó ¡y dijo que veía dos ataúdes y un cabello pelirrojo! Dos... ¡sabía que eran mellizos! ¿Y cómo sabía lo del pelirrojo?

—Eso sí es un misterio —bromeó Heath.

Rob meneaba impaciente la cabeza.

—En el viaje de Duncan desde Flandes hubo una fuerte tormenta; el *Thistledoon* quedó seriamente dañado, y Duncan por poco no lo cuenta. Fue entonces cuando decidí venir en tu busca y obligar a la vieja Meg a quitarme la maldición. Navegamos hasta Carlisle, pero los condenados ingleses incendiaron el *Galloway* y toda la lana del invierno. ¡La maldición significará mi muerte y la de los míos!

—¿Y esta maldición tiene que ver conmigo? ¿Con el hecho de que dejaras embarazada a mi madre, Lily Rose?

Rob miró a su hijo con rostro suplicante.

—Heath, yo amaba a Lily Rose, ¡te lo juro!

Heath le creía, y también creía que la obsesión de Rob Kennedy por la maldición lo mataría si no se dominaba. Lo calmó diciéndole lo que quería oír.

—Padre, ordenaré a la vieja Meg que deje la maldición sin efecto. No sucederá nada más; tranquilízate.

—¿Vas a partir hoy? ¿Cómo la vas a encontrar?

—Es fácil. Anoche estuve con los gitanos en Hawick. —Heath le hizo creer a Rob que la vieja Meg estaba allí.

—¿Cómo es que están en Hawick?

—Seguían a la corte. Ayer Margarita Tudor se casó con Archibald Douglas.

Rob reculó.

—De ahí no saldrá nada bueno. Tenían que haber mandado a la puta inglesa a paseo, ¡con su hermano Enrique!

—Si Margarita regresara a Inglaterra, intentaría llevarse con ella a su hijo. El joven Jacobo Estuardo es rey de Escocia; lo que no queremos es entregarlo al rey de Inglaterra.

—La política es un asunto sucio y oscuro. ¡Caigan sobre ellos todas las desgracias!

—Cuidado con tus maldiciones, padre.

—Sí, bueno... amén.

Heath notó que el color de su padre no era tan preocupante como antes.

—Acábate el whisky. Me ocuparé de que te acondicionen una habitación y de que monsieur Burque te prepare algo especial para cenar.

Heath se encontró con un mayordomo de Eskdale poniendo a punto un aposento en el ala que salía de su torre.

—Creo que sería mejor dar a lord Kennedy y Duncan la torre vacía; así podrán tener habitaciones contiguas. Mi padre no está muy bien de salud; es mejor que Duncan no lo pierda de vista. —El mayordomo mostró su acuerdo y se dispuso a organizar la torre. Heath había logrado su propósito. No quería que por la noche nadie importunara su intimidad con Raven. Relativamente satisfecho, bajó a la cocina a hablar con Burque.

Cuando Raven regresó al castillo, vio que las damas se habían retirado a los aposentos de arriba. Tina estaba interrogando a Beth sobre lo ocurrido entre su padre y su madre; Ada intentaba mantener la compostura mientras Beth empezaba ingenuamente a irse de la lengua.

—Dejamos a nuestra madre en casa de Donal; se negó en redondo a venir al castillo de Douglas. Le dijo a nuestro padre que tú ya contabas con Ada y que no verías con buenos ojos su intromisión. Y cuando mencionó el nombre de Ada, él decidió permitir que se quedara.

—No me cabe ninguna duda. —Tina guiñó el ojo a Ada, y ambas soltaron una carcajada.

De pronto sonó una especie de campana, y se miraron entre sí sorprendidas.

—¡Los cisnes! —gritaron Tina y Raven al unísono.

—¡No puedo creerlo! —Ada se arrodilló en la silla y abrió la ventana. Eran los cisnes, que daban golpes en la campanilla con su pico anaranjado, haciendo oscilar la cuerda, que a su vez hacía sonar la campanilla—. ¡Que el diablo me lleve; han aprendido a hacer sonar la campanilla cuando quieren comer! ¡Qué lista eres, Raven!

Heath, que había estado buscando a Raven por todas partes, oyó las risas y subió. Se sintió aliviado, pues temía que hubiera huido.

—Le he pedido al mayordomo que instale a mi padre y a Duncan en la torre norte —informó a Tina.

Tina paseó la mirada de Heath a Raven, y la fijó de nuevo en Heath. Sabía que la noche anterior habían mantenido relaciones íntimas, por lo que naturalmente él quería que su padre estuviera a cierta distancia de su torre. Se le tenía que haber ocurrido a ella misma.

—Muy bien, ¿dónde instalamos a Beth?

—Me encantaría compartir mi habitación con Beth —sugirió Raven.

—Oh, gracias, Raven. A mí también me gustaría. —Beth anhelaba hablar de Heron Carleton.

Tina miró al punto a Heath y advirtió su mandíbula endurecida. «Oh, Dios mío, no acabó bien.» Tina observó a Raven y detectó en su semblante la señal de la victoria sobre Heath. «Aún no son amantes de verdad.» Recordó la consumación de su propia unión con Ram: un absoluto desastre. Fue a hablar, pero Raven se le adelantó.

—Hay un pequeño problema con los goznes. Heath, ¿puedo abusar de tu amabilidad y pedirte que pongas la puerta en su sitio?

Heath cerró la mandíbula como si fuera un trozo de hierro y no pronunció palabra. Si Raven creía que podía superarlo tácticamente, se iba a llevar una decepción. Podía eludirle todo lo que quisiera, pero ella seguía siendo suya. Raven le pertenecía en cuerpo y alma, ¡y si para convencerla hacía falta un matrimonio forzado, pues adelante! Heath se marchó de la estancia y fue directamente a su torre. Mientras levantaba la pesada puerta de roble y colocaba las clavijas que la sujetarían a la bisagra, se consumía pensando en ella.

Cuando Rob Kennedy miró por la ventana de la torre norte y vio a Heath saliendo del establo montado en un magnífico semental negro, supuso que iba a Hawick a poner las cosas en claro con la vieja Meg. Se sentía tan débil que tuvo que sentarse. «Nadie sabe de caballos más que Heath», pensó orgulloso. Después le invadió una sensación de culpa. «¡Pero no gracias a mí! Yo amaba a Lily Rose, ¡pero cuando ella murió en el parto, maldije al niño! Lo dejé en manos de la vieja Meg porque yo no lo quería.» Se puso en pie, suspirando hondamente, y se sirvió un generoso vaso de whisky.

Heath cabalgó con decisión hacia la antigua iglesia de piedra de Kirkstile. Pese a estar a varios kilómetros del castillo, se hallaba todavía en tierras de los Douglas. Y el sacerdote debía su estatus a lord Ramsay Douglas. Heath ató a *Blackadder* y entró en la iglesia. Al no ver al cura, caminó hacia la puerta trasera que conducía a la vivienda. El sacerdote debió de oír que entraba alguien, pues antes de que Heath llamase, abrió la puerta y salió.

—Padre, necesito que celebréis una boda hoy mismo —dijo Heath.

El cura era un típico hombre de la frontera, fornido y moreno, con un semblante algo impío.

—¿Dónde está la novia?

—En Eskdale... tendréis que venir al castillo.

—Ya veo —dijo con perspicacia—. No está convencida, ¿eh?

—No del todo —admitió Heath.

El clérigo le dirigió una mirada severa.

—¿Os habéis acostado con ella?

—Sí —respondió Heath con solemnidad, sabiendo que esto pesaría en el ánimo del sacerdote. Éste asintió.

—De acuerdo, iré.

Ambas cabezas se estiraron al oír un estrépito de loza procedente de la vivienda. En el rostro del cura se dibujó un rictus culpable que inmediatamente despertó sospechas en Heath, quien se dirigió a la puerta y la abrió de par en par. La sorpresa lo dejó boquiabierto.

—¡Tú!

Antes de acabar de pronunciar la palabra ya tenía el puñal en la mano.

—Lo estoy escondiendo de los ingleses... ¡es escocés!

—¡Por los clavos de Cristo!

—¡No pronunciarás el nombre de Dios en vano!

—¡No darás protección a ningún maldito fugitivo de los Douglas! Este perro sarnoso era mi prisionero. ¡Huyó cuando pegaron fuego intencionadamente a los establos de Eskdale!

—¡Es escocés!

—Sí, es escocés... un Armstrong... pero conspiró para asesinar a lord Ramsay Douglas.

Encolerizado, el sacerdote cambió de postura.

—¡Entonces debíais haberlo colgado!

—La cuerda cuesta dinero. —Heath se acercó al peligroso fugitivo, que, asustado, permanecía inmóvil. Al recordar las quemaduras de Raven y los caballos muertos, un vehemente deseo de venganza se apoderó de Heath.

—¡Mangey me quería muerto! ¡Mi propio hermano! ¡Él prendió fuego al establo!

Heath vaciló. Si era hermano de Mangey, sabría mucho más de lo que había reconocido. Envainó el cuchillo y ató las manos del prisionero a la espalda. Luego aguardó a que el sacerdote recogiera sus pertrechos y ensillara su caballo. Cabalgaron hasta Eskdale con el prisionero andando entre ellos.

En esta ocasión, Heath no tuvo escrúpulos y encerró a Armstrong encadenado en la mazmorra; esto contribuiría a que se le aflojara la lengua. No esperaba que

Ramsay regresara hasta el día siguiente por la noche. Cuando los hombres de Douglas iban de patrulla, por lo general estaban fuera un par de días, a menos que tuvieran contratiempos de importancia. Heath estaba seguro de que si se encaraban juntos con Armstrong, éste se acobardaría y lo revelaría todo.

Heath, de evidente malhumor, condujo al sacerdote a su torre. Podía oír las voces de su hermana Beth y Raven a través de la puerta que él había vuelto a colocar en su sitio. La abrió y vio que estaban desempacando la ropa de Beth y colgándola en el armario. Las dos mujeres alzaron la vista. Heath dirigió a Beth una mirada penetrante y le hizo un gesto significativo con el pulgar hacia atrás. Ella, acostumbrada a obedecer la autoridad masculina, salió a toda prisa. Heath hizo señal al cura de que entrara y acto seguido hizo girar la llave y la deslizó en el bolsillo de su jubón.

—¿Qué demonios estás haciendo? —La mirada de Raven fue de Heath al cura y otra vez a Heath. El temor en su rostro revelaba que sabía a todas luces lo que él intentaba hacer.

En dos firmes zancadas él estuvo a su lado y le tomó la mano. Raven la apartó de golpe, y Heath se la asió de nuevo sin contemplaciones. Después dirigió al sacerdote un gesto de asentimiento.

—Se llama Raven Carleton.

—¡Esto es un matrimonio forzado! —gritó Raven al cura.

—¿Heath Kennedy ha yacido con vos, muchacha?

Ella lo miró consternada, pues no quería admitir que habían tenido relaciones íntimas. De pronto sus ojos ardieron de cólera.

—Sí, pero...

—Entonces es procedente que os caséis.

Raven alzó orgullosa la cabeza y cruzó su mirada con la de Heath.

—No, no es procedente, no se me ha dado opción al respecto. No es procedente que me quites la libertad. No es procedente que abuses de este modo de tu poder, Heath Kennedy.

Heath hizo oídos sordos a las objeciones de Raven. Ella era su mujer, la única a quien querría siempre. Hizo un breve gesto al clérigo y sujetó a Raven con fuerza.

—Estamos aquí reunidos ante los ojos de Dios para unir a este hombre y a esta mujer en sagrado matrimonio. Si alguien puede demostrar que hay algún impedimento para esta unión, que hable ahora; si no, que calle para siempre.

—¡No me casaré contigo!

El sacerdote pasó por alto la interrupción de Raven.

—Heath Kennedy, ¿aceptáis por esposa a esta mujer y vivir con ella conforme a la ley de Dios en el estado sagrado del matrimonio? ¿La amaréis, consolaréis, honraréis y cuidaréis, en la salud y en la enfermedad y, renunciando a todo lo demás, le seréis fiel hasta que la muerte os separe?

—Sí. —La voz de Heath sonó implacable.

—Raven Carleton, ¿aceptáis por esposo a este hombre, vivir con él conforme a la ley de Dios en el estado sagrado del matrimonio? ¿Lo obedeceréis, serviréis, amaréis, honraréis y cuidaréis, en la salud y la enfermedad y, renunciando a todo lo demás, le seréis fiel hasta que la muerte os separe?

—Sí... —dijo Heath bajando su boca hasta la de ella para que no se oyera el «no». Raven forcejeó en vano. Cuando Heath se apartó, ella gritó:

—¡No! —Pero el sacerdote prosiguió.

—Repetid conmigo: yo, Heath Kennedy, te tomo, Raven Carleton, como esposa desde hoy y para siempre, para lo bueno y lo malo, en la riqueza y la pobreza, en la salud y la enfermedad, para amarte y cuidarte hasta que la muerte nos separe, según la sagrada ley de Dios; y además, doy mi palabra de casamiento.

Heath bajó los ojos hacia Raven y supo que la amaba demasiado para forzarla. Su desmedido orgullo lo había dominado. Creía que le estaba demostrado su fortaleza, pero de repente se dio cuenta de que era al revés, de que le mostraba su debilidad. Jamás había sentido tantas ganas de protegerla como en ese momento. Lo único que ella quería era libertad, y él no se la negaría. Heath le acarició la mejilla con el dorso de los dedos.

—Prometí que si dejabas que te cortejara, te daría la opción de elegir. —Escrutó su rostro—. Perdóname, Raven. —Llevó la mano al bolsillo del jubón y le dio la llave.

Cuando la aferró, Raven tenía los ojos bañados en lágrimas.

De súbito alguien aporreó la puerta.

—Raven, ¿estás bien? ¡Sé lo que ocurre ahí dentro! ¡Abrid esta puerta!

—¡Heron! —Raven palideció.

—¡No podéis proseguir con esta boda! ¡Soy su hermano, y me opongo, pues Raven está prometida con Chris Dacre!

Heath cerró los ojos y maldijo para sus adentros.

Raven se secó las lágrimas y abrió la puerta.

—¿Matrimonio? Heron, ¿de qué demonios estás hablando? Beth, ¿creías que habíamos llamado al cura para que nos casara? —Raven rió con gracia—. El padre está aquí para bendecir a los mellizos. ¡Heron, es fantástico que hayas venido para acompañarme a casa! —Luego dirigió una sonrisa a Beth—. Hermanos... siempre rabiando contra ellos, ¡y de pronto hacen algo maravilloso!

19

—Heron, ¿cómo te enteraste de que estaba aquí?
—Raven y su hermano bajaban las escaleras de la torre.

—Nuestra madre insistió en que fuera a Blackpool Gate. La abuela me dijo que habías ido a Bewcastle con Chris Dacre. Y cuando fui allí, Christopher me lo contó todo.

—¿A qué te refieres con todo?

—Me contó que habíais sido secuestrados, que su padre había pagado el rescate por él y que tú estabas sana y salva en Eskdale contra tu voluntad. No quería que tu nombre quedara salpicado por ningún escándalo; según él, era mejor que todo el mundo te creyera una invitada en Eskdale debido al parentesco de nuestro padre con lady Kennedy.

—He sido una invitada —señaló Raven.

—¿Qué diablos estabas haciendo en una habitación cerrada con Kennedy y un cura?

—Heath Kennedy me ha pedido que me casara con él.

—¿Pedido?

—Sí, pedido. Y mi respuesta ha sido no.

—¿Todavía quieres casarte con Chris Dacre?

—No lo sé —contestó Raven con sinceridad.

—Él dice que pretende casarse contigo, y dice que por eso no quiere que quede manchada tu reputación; pero yo pienso que fue muy inconsciente de su parte dejarte aquí.

—Heron, ¿cabalgaste solo hasta Eskdale?

—¿Qué otra cosa podía hacer?

—Preferiría que nuestros padres no supieran nada de esto, y no sólo por razones egoístas. No quiero que sufran.

—¡Nuestra madre se subiría por las paredes!

—Me he hecho buena amiga de Valentina, lady Douglas. Acaba de tener mellizos, y pude ayudarla un poco.

—Su hermana, Beth Kennedy, parece una muchacha encantadora.

Raven sonrió con malicia.

—Pero tiene alucinaciones... ¡ella cree que tú eres un hombre encantador!

Heron rió.

—Raven, ¿cómo demonios te metes en estos líos?

Raven recordó las palabras de Heath tras tomarla cautiva, y estuvo a punto de derramar una lágrima.

—Estaba en el lugar equivocado en el momento equivocado. —Raven sonrió—. Esta noche cenaremos en el salón. Te gustará, y disfrutarás especialmente de la comida de monsieur Burque.

Raven quería estar sola; las emociones la tenían trastornada. Heath casi había conseguido su propósito de casarse con ella, pero en el último instante cedió, permitiéndole a ella elegir. Este gesto conmovió a Raven. Aunque con cierto retraso, Heath había actuado con honor. Heron había aparecido en el peor momento, pero ella sabía que su hermano había sido muy valiente al cabalgar solo a Escocia para rescatarla. Le tocó la mano.

—Gracias, Heron.

Una hora más tarde se servía la cena en el salón. La concurrencia era mucho menor que de costumbre, pues Ram y Gavin Douglas y el resto de sus hombres estaban de patrulla en la frontera. Rob Kennedy, que había pasado casi toda la tarde durmiendo, se hallaba flanqueado por su hija Valentina y por Ada. Raven se sentaba junto a Heron, y Beth y Duncan Kennedy frente a ellos.

La mirada de Raven recorrió el salón en busca de Heath. Advirtió que estaba sentado a la mesa de caballete, con el sacerdote y los hombres de Douglas que quedaban de guardia en el castillo. La comida fue fantástica; tanto Heron como Duncan hicieron hincapié en ello varias veces a lo largo de la cena. Sin embargo, Raven no pudo probar nada. Siempre que Duncan Kennedy intentaba darle conversación contestaba educadamente, pero su atención vagaba, y su mirada se desviaba una y otra vez hacia la mesa de caballete que había en el otro extremo de la estancia. Se recordó a sí misma que debía pensar con la cabeza y no con el corazón. Al día siguiente recobraría su preciada libertad y dejaría el lugar para siempre; y sería mejor olvidarlo todo.

Cuando la cena ya terminaba, y uno a uno los comensales se ponían en pie para marcharse, Rob Kennedy se tambaleó y cayó sobre la mesa. Tina y Ada lo tomaron de los brazos y lo sentaron de nuevo. Heath se levantó al instante y se acercó a grandes zancadas.

Beth se llevó la mano a la boca.

—Mi padre está enfermo —susurró.

Duncan Kennedy maldijo.

—No está enfermo, sólo bebe demasiado. ¡No ha parado en todo el día!

Heath dirigió a Duncan una mirada serena.

—Son achaques de la edad. —Pasó frente a su hermanastro y se dispuso a ayudar a su padre—. Lo llevaré a la cama —le dijo a Tina. Tomó a Rob Kennedy y salió del salón con él a cuestas.

A la mañana siguiente, Raven se puso su atuendo de

montar y fue a despedirse de Valentina y los niños. Tina le explicó que Heath había dispuesto que una escolta los acompañara hasta la frontera inglesa, y entonces Raven reparó en que no podría despedirse de él. Teniendo en cuenta las circuntancias, era lo mejor. Su hermano, no obstante, sí se demoró en su adiós a Beth Kennedy, y para Raven no hubo ninguna duda de que se sentían mutuamente atraídos.

Cabalgaron desde Eskdale a Liddesdale y cruzaron la frontera en Liddel Water, donde la escolta escocesa dio media vuelta. Enseguida estuvieron en suelo inglés, y ella echó la cabeza hacia atrás y gritó: «¡Soy libre, libre! ¡Oh, Heron, la libertad es lo más maravilloso del mundo!» Raven no quiso ir a Bewcastle, así que su hermano accedió a acompañarla hasta la casa de su abuela, en Blackpool Gate. Cuando llegaron, Heron envió a Christopher Dacre el mensaje de que al día siguiente él y Raven volverían a casa, a Rockcliffe.

Ram Douglas y Heath Kennedy abrieron la mazmorra de Eskdale y entraron. Douglas llevaba una antorcha que reveló el escueto mobiliario: un cubo, un jergón de paja y una mesa. No había sillas ni taburetes. Kennedy llevaba una jarra de cerveza, que dejó en la mesa, junto a una jarra vacía y un plato de hojalata.

El preso se levantó del jergón y se protegió los ojos de la luz. Cuando distinguió los rostros de sus visitantes, severos y amenazadores, dio un paso atrás.

Heath lo fulminó con la mirada.

—¿Cómo te llamas?

—Sim Armstrong... Mangey es mi hermano.

—Bien, Sim —dijo Ram Douglas, flemático—, si me engañas, te daré una jarra de cerveza con tus huevos dentro.

Armstrong se lamió los resecos labios.

—Vuestra misión consistía en liquidar a Ram Douglas de modo que pareciera una incursión inglesa. ¿Por qué? —preguntó Heath.

—El clan Douglas tiene demasiado poder —dijo Armstrong con voz trémula.

—¿Por qué yo? —tanteó Ram—. ¿Por qué no Archibald Douglas, el nuevo conde y jefe del clan?

Sim Armstrong se humedeció de nuevo los labios, pero esta vez también la lengua estaba seca.

—¡Si me chivo soy hombre muerto!

Ram desenvainó su cuchillo.

—Eres hombre muerto si no lo haces.

—¡A Archie Douglas se le puede sobornar!

—Y Enrique Tudor sabe que a mí no —concluyó Ram.

—¿De modo que Dacre es el tercero en discordia? —sugirió Heath.

Armstrong asintió, y sus palabras brotaron impulsadas por el miedo.

—Mangey y Dacre son uña y carne. ¡Incendiaron los establos para reducirme al silencio porque sé demasiado! Ya visteis cómo Mangey acababa con Hob Armstrong en Bewcastle, ¡pero yo no creía que quisiera matar a su propio hermano!

Heath y Ramsay cruzaron una mirada. Heath empujó la jarra de cerveza por la mesa hacia Armstrong. Después se marcharon.

—Una pieza del rompecabezas no encaja. —Ram meneaba la cabeza—. Si Enrique Tudor me quería muerto, ¿por qué los malditos Armstrong se tomaron tanta molestia en llevarte a Inglaterra? ¿No habría sido mejor para el rey y Dacre hacer que todo pareciera obra de los escoceses?

—Tal vez fue idea de Mangey Armstrong, para que así no pudiéramos localizarlos fácilmente.

—O quizás hay alguien más que quiere verme muerto —rumió Ram—. Creo que mañana me acercaré a Glasgow para hablar con el socio del fallecido Moses Irvine. Si no me equivoco, el nombre del abogado es Goldman.

—Rara vez te equivocas, amigo mío. No vayas solo.

—Te hubiera pedido que me acompañaras, pero sé que echarías en falta a tu parentela —bromeó Ram—. Me llevaré a Jock.

Cuando Raven y Heron llegaron a casa, él se largó con sus perros a Rockcliffe Marsh, dejando que su hermana respondiera al chaparrón de inevitables preguntas de la madre. Raven desempacó la ropa que no se había puesto y vio que antes de colgarla en el armario sería mejor plancharla. Lark, curiosa como un gato, la siguió a la cocina y la acosó con preguntas sobre Christopher Dacre. Mientras Raven calentaba la plancha se las arregló para evitar responder a su hermana, pero cuando entró en escena su madre, supo que debería ser más comunicativa.

—¿Cómo está mi madre? Supongo que sigue viviendo en su pequeño mundo. —Kate a menudo hacía una pregunta y se respondía ella misma.

—Pues dame Doris está muy bien, la verdad.

—¿Por qué quiere que la llames dame Doris y no abuela sin más? Nunca lo he entendido.

—No le importa en absoluto que la llame abuela, aunque creo que no le gustaría tanto lo de abuela sin más —dijo Raven.

—¿Te preguntó sobre tus proyectos de matrimonio? En todo caso no es asunto suyo.

Raven asintió mientras contemplaba el fuego de la cocina, a la espera de que la plancha estuviera caliente, y oía las palabras de su abuela: «Espero que sea un hombre de la frontera. Para ti quiero un hombre de verdad, Raven. Mejor alguien salvaje y fascinante como un carnero de monte que manso y soso como un cobarde perro faldero.»

—¿Le hablaste de que esperamos con ilusión que te comprometas con Christopher, el heredero de lord Chris Dacre?

—Sí, le hablé de Chris Dacre.

—¿Llegó a conocerlo? Raven, acabarías con la paciencia de Job. ¿Por qué no nos lo cuentas todo desde el principio al final? ¡Parece que sea un secreto insondable y misterioso!

Raven tomó la plancha del fuego y dio un gritito cuando el asa quemó su sensible palma. Cerró los ojos y percibió el tacto sanador de Heath.

—¡Me parece que te enseñé a hacerlo mejor, Raven! —La madre le tendió unos guantes para el horno—. Si pasaras menos tiempo con estos pájaros salvajes y más aprendiendo a llevar una casa, ¡aumentarían considerablemente tus posibilidades de encontrar marido!

Raven se contuvo. Kate Carleton tenía tan poco interés en sus «pájaros salvajes» que no podía ni imaginar que había perdido a *Sultán* y *Sheba*. «Y si lo supiera tampoco le importaría.»

Obstinada como un terrier, Kate volvió al tema que le interesaba.

—Quiero saber cómo han evolucionado las cosas entre tú y Christopher Dacre. Al fin y al cabo, sólo fuiste a Blackpool Gate porque estaba cerca de Bewcastle.

«Es verdad. Parece mentira que haya pasado tanto tiempo.»

—Chris Dacre me invitó a visitar Bewcastle, pero por supuesto no fui.

—¿No fuiste? —soltó Kate, incrédula.

—Le dije que sería indecoroso que yo visitara Bewcastle sin estar comprometidos.

—¡Muy astuta! ¿Y eso le impulsó a proponer esponsales?

Raven no deseaba pensar en ello, y menos aún hablar.

—Madre, Chris Dacre y yo fuimos a cabalgar una vez, sólo una. Aparte de eso no ha sucedido nada.

—¡Tenías que haber aprovechado mejor tu oportunidad!

Raven observó a su madre con otros ojos.

—¿Quieres decir que debía haberlo seducido?

Kate miró de soslayo a Lark, la hermana pequeña.

—No he querido decir tal cosa. Cuida tus palabras, Raven.

De pronto, Raven se dio cuenta de que así había logrado su madre pescar a sir Lancelot Carleton. Efectivamente, la sexualidad femenina era un poder primordial.

—Mmm, la semana próxima lord Dacre regresará a Carlisle para asistir a la reunión del Tribunal de Vigilantes de la Frontera. Dado que tu padre presidirá la sesión, tal vez deberíamos acompañarlo.

—Yo tendría que adiestrar mi nuevo par de esmerejones...

—¡Raven, no me hables más de aves de caza! Ya es hora de que pongas en orden tus prioridades. —Kate Carleton dejó a su hija con la plancha.

No obstante, su hermana remoloneó.

—¿Intentaste seducirlo?

—No; fue al revés.

—¿Y lo consiguió? —preguntó Lark, ansiosa.

Era inaudito.

Su hermana le estaba preguntando si todavía era virgen.

—Sin comentarios —dijo Raven, tajante.

Ramsay Douglas y Jock, su segundo en el mando, partieron al alba y cabalgaron hacia su castillo de la ciudad de Douglas, a más de cincuenta kilómetros de Eskdale. Tomaron una comida rápida, cambiaron de cabalgadura y recorrieron los treinta kilómetros restantes hasta Glasgow en dos horas. El humo de las chimeneas creaba un manto suspendido sobre la ciudad, lo que aceleraba la llegada de la noche.

Ram fue al bufete de Irvine y Goldman, donde le dijeron que esperara. Hizo un esfuerzo por no empezar a pasearse por la estancia y procuró sosegarse. Jake Goldman abrió la puerta, dio una efusiva bienvenida a su visitante y le hizo pasar.

—Cuando me dijeron que había venido a verme un Douglas, no imaginé que se trataba de lord Douglas. ¿En qué puedo serviros?

—Tengo entendido que Moses Irvine murió poco después que mi tío, el conde de Angus.

—Por desgracia así es, pero yo me he hecho cargo de su clientela y espero atender a los Douglas tan bien como hizo mi socio fallecido.

—Supongo que Irvine os nombró heredero suyo en su testamento.

—Efectivamente, mi señor, sin imaginar que su fallecimiento se produciría tan pronto.

—Sí, fue repentino. —«¡Demasiado repentino, maldita sea!»— Angus legalizó su testamento con Irvine; ¿ya ha sido leído? —Miró a Goldman a los ojos, que se abrieron sorprendidos de par en par. Ram supo que Archibald había hablado con Goldman después de la boda.

—Estáis equivocado... no hay ningún testamento, lord Douglas.

—Rara vez me equivoco. Ya lo creo que lo había; seguramente queréis decir que no se ha encontrado ningún testamento.

—Eso es. En el archivo no había testamento alguno. De todas formas, esto no supone ningún problema, pues el hijo del conde, Archibald, es el heredero legítimo.

«Bien, encontrasteis el maldito testamento, que seguramente planteó un contratiempo tremendo. Y eliminasteis a Irvine antes de que fuera posible presentar una demanda a los tribunales.» Ramsay quería arrancar al canalla de su mesa y cortarle su mentirosa lengua.

—Muy bien, el nuevo conde de Angus ya me explicó esto; yo sólo deseaba comprobar que él ejercía su derecho legal.

Ramsay se reunió con Jock, que había estado ocupándose de los caballos. Cabalgaron hasta la casa de Angus en Garrowhill, donde Ram abrió la puerta con su propia llave. El mayordomo de Angus le dio la bienvenida con afecto.

—¡Recibisteis el mensaje, mi señor!

—No, no recibí ningún mensaje; estoy en Glasgow por negocios. ¿Enviasteis el mensaje a Douglas?

—Sí, mi señor.

—Eso lo explica todo. He estado en Eskdale esperando a que mi esposa pariera. —Ram sonrió de oreja a oreja—. ¡Tina me ha dado mellizos, niño y niña!

El mayordomo se mostró contentísimo y meneó la cabeza.

—¡Felicidades, lord Douglas! Ojalá el conde estuviera aquí para celebrar vuestra ventura.

—¿Cuál era el mensaje?

—Hace unas dos semanas allanaron la casa y registraron el dormitorio del conde y la biblioteca, pero no me consta que se llevaran nada.

—¿No faltaban documentos de su escritorio?

El leal sirviente pareció sobresaltarse.

—No lo puedo saber, mi señor. No estoy al tanto del contenido de su escritorio. La casa está llena de valiosas pinturas y obras de arte, pero no falta ninguna.

—¿Ha estado aquí Archibald desde que murió su padre? Ahora la casa es suya.

—No, mi señor, vos sois el único a quien Angus confió una llave.

—¿Archibald no tiene llave?

—No, mi señor. Hay sólo dos llaves, la vuestra y la del conde, que ahora está en mi poder.

Ram supo que quienquiera que hubiera allanado la casa buscaba una copia del testamento de Angus. Se dirigió a la biblioteca y rebuscó en el escritorio, pero, como suponía, no había rastro de ningún testamento. Ram y su lugarteniente comieron en la cocina, y a continuación el mayordomo ofreció a Jock una habitación contigua a la suya. Ram llevó sus alforjas al aposento principal y empezó a pasearse. «Si Archie destruyó el testamento, y si conspiró con Goldman para asesinar a Moses Irvine, la cantidad de oro debe de ser considerable.» Se detuvo y echó una mirada alrededor. Los cuadros y las obras de arte de aquella casa valían una fortuna. ¿Por qué Archie no los había reclamado?

Ram observó las paredes cubiertas de seda tornasolada verde pálido y la gran cama con cabecera de seda acolchada, y resolvió que antes de dormir allí tenía que bañarse. Por suerte, la casa disponía de un cuarto de baño con agua de tuberías. Ram despachó rápidamente el asunto y después, envuelto en una toalla, regresó al dormitorio principal y se tumbó en la cama con las manos detrás de la cabeza.

En el techo estaba representada Afrodita, la diosa griega del amor, que se elevaba desde las aguas con una mano bajo un seno primoroso. Su melena pelirroja le recordó a su hermosa esposa y las apasionadas noches que habían pasado en aquella cama. Rió entre dientes al rememorar la primera noche, cuando Tina había cerrado la puerta dejándolo fuera. Para golpear la puerta, Ram había utilizado la estatua que había en lo alto de la escalera, con lo que había dañado irremediablemente la figura. Recordó que al ir al baño había pasado junto a la estatua y, movido por la curiosidad de saber si la habían arreglado, se levantó.

Pasó la mano por la grieta casi imperceptible en el mármol, que seguía una inclinación diagonal a través de los tobillos. Por delante era casi indistinguible, pero por detrás había sufrido más daño, y los dedos de Ram notaron el chapucero remiendo. Alzó la figura del pedestal para verla mejor, y casi se le cayó de las manos al ver el documento alojado en la superficie ahuecada de la peana de argamasa.

Ram tomó el papel, volvió a colocar con cuidado la estatua en su sitio y asió la toalla que se le había deslizado de la cintura. Desnudo, regresó a toda prisa al aposento principal, encendió todas las velas y extendió el documento sobre la cama. En la parte superior había una anotación garabateada: «Tomo la precaución de esconder una segunda copia de mi testamento, aparte de la del escritorio.»

Ram se volcó en la escritura clara y gruesa del documento:

Ésta es la última voluntad de Archibald Douglas, V conde de Angus. Nombro y designo a lord Ramsay Douglas como Albacea de este mi Testamento con plena capacidad y competencia para llevar a cabo mis deseos tal como aquí se exponen, así como para instrumentar todos los documentos necesarios para este fin.

Lego mi flota de barcos a la Corona de Escocia.

A mi hijo Archibald, jefe del clan de los Douglas, lego mi título y las posesiones del condado de Angus. Éstas comprenden las tierras y los castillos del municipio de Angus y las tierras y los castillos del municipio de Perth.

A mi sobrino, lord Ramsay Douglas, lego todas las tierras y los castillos que hay al sur del estuario de Forth, que incluyen Tantallon, Blanerne, Drochil, Cavers, Morton, Drumlanrig, y mi casa de Garrowhill, en Glasgow. Además lego al susodicho sobrino todo el oro y las libras esterlinas que tienen mis banqueros en depósito.

Ramsay Douglas no podía seguir leyendo; se sentó, aturdido, tratando de asimilar la magnitud de la herencia que Angus le había confiado. Bajó los ojos al papel y lo leyó otra vez. Angus había dejado a su hijo posesiones sólo en las Highlands. Las de las Lowlands y la frontera las había legado a Ramsay, que acto seguido examinó los sellos y las firmas; todo parecía en regla, y, además, ironías del destino, ¡Goldman, el socio, había firmado como testigo! Ramsay siguió leyendo. Le correspondía a él pagar todas las deudas justificadas de Angus y recompensar generosamente a los que habían estado a su servicio. Ram concentró la atención en los dos codicilos:

A Valentina Kennedy Douglas, esposa de lord Ramsay Douglas, lego las esmeraldas y los rubíes de Douglas.

A Heath Kennedy, hermanastro de Valentina Kennedy Douglas, lego cien acres de tierra junto al río Dee, colindantes con el castillo de Douglas, en el municipio de Kirkcudbright.

Una vez más Ramsay quedó atónito. Angus no justificaba esas generosas donaciones. La primera era fácil de explicar, por supuesto. Angus había querido y admirado a Valentina. La segunda era mucho más asombrosa, pues la tierra era un bien muy valioso y casi nunca pasaba a manos de otro clan. El legado confirmaba en buena medida el rumor de que Angus era el abuelo de Heath.

Ram volvió a pasearse por la estancia; pensaba mejor de pie. «¡Maldita sea, no es extraño que Archie quisiera matarme!» A la luz de lo que ahora sabía, había sido un error táctico visitar a Goldman y revelarle que estaba en Glasgow. Como astuto escocés, Angus no nombraba a los banqueros que guardaban su oro y sus libras; así que Ram se jugaba el cuello a que lo seguirían. Por la mañana iría a enseñarle el testamento a Sam Erskine, y después lo presentaría sin dilación en el Tribunal de Escocia. Se puso la zamarra y bajó a avisar a Jock del peligro inminente.

A una hora temprana, antes de que amaneciera del todo en Glasgow, Jock, vestido con las mejores ropas de lord Ramsay Douglas, se puso en camino hacia Garrowhill. No habían pasado dos minutos, cuando Ram vio que seguían a su lugarteniente. En su rostro se esbozó una sonrisa, pues sabía que Jock engañaría al espía en una persecución endiablada mientras él iba a ver al banquero.

Ram mostró el testamento a Samuel Erskine y le pidió que hiciera dos copias del documento: una para cada uno. Mientras aguardaba, le puso en antecedentes del peligro que corrían. Después Sam, siguiendo instrucciones del fallecido conde de Angus, dio a lord Ramsay Douglas los nombres de los otros banqueros que tenían oro y libras esterlinas de Angus en depósito. Uno era de Edimburgo; otro, curiosamente, de Carlisle, Inglaterra. Erskine, como el resto de banqueros, tenía guardias personales. Dos de éstos acompañaron a Ram al edificio del tribunal, en Strathclyde. Presentó el testamento, esperó a que lo registraran y luego se metió el recibo en el jubón, despidió a los guardias de Erskine y regresó a Garrowhill, donde lo esperaba Jock.

—No creo que vuelvan a seguirnos, mi señor.

20

Cuando Christopher Dacre recibió el mensaje de que Heron y su hermana regresaban a casa, buscó enseguida a su padre y le comunicó que había tomado la decisión de casarse con Raven Carleton.

Lord Dacre asintió resignado.

—La semana próxima veré a Lance Carleton en el Tribunal de Vigilantes de la Frontera y le propondré los esponsales.

—Envía la carta hoy e invita a las señoras Carleton a quedarse en el castillo de Carlisle durante la sesión del Tribunal. Ya no quiero perder más tiempo.

Cuando la carta llegó a Rockcliffe Manor, sir Lancelot se la entregó satisfecho a su esposa.

—Toma, ya te dije que no apremiaras y que dejaras que las cosas siguieran su curso. Parece que Christopher ha convencido a lord Dacre.

Kate Carleton no cabía en sí de gozo.

—¡No puedo creerlo! Estaba a punto de escribir a Rosalind dando a entender que nos gustaría acompañarte a Carlisle durante la sesión del Tribunal, y como arte de magia ¡el propio lord Dacre nos envía una invitación y sugiere que empecemos a pensar en los desposorios!

Kate llamó a sus hijas y les anunció la maravillosa noticia. Lark parecía mucho más entusiasmada que Raven y pidió enseguida un vestido nuevo. Raven se mostró mansa y no reaccionó de la forma que su madre imaginaba.

—¡No me digas que estás enferma! —Kate tocó la frente de Raven, la encontró fría y diagnosticó—: Es un caso de mieditis. Has deseado este compromiso tanto tiempo que, ahora que está a tu alcance, de pronto no te sientes segura.

Raven no podía haber estado más de acuerdo. No estaba segura de sí misma ni de Christopher Dacre, pese a que veía que sus padres no mostraban ninguna reserva. Antes de verse forzada a ir a Escocia, estaba completamente segura de sí misma y sabía muy bien qué quería del futuro. Pero esa convicción se había desvanecido, sus ideas andaban revueltas y su tranquilidad de ánimo se había desmoronado. «¡Maldito seas, Heath Kennedy! ¡Maldito seas!»

Los días siguientes, Raven eludió siempre que pudo las interminables conversaciones sobre qué vestidos, camisones y zapatos había que llevarse a Carlisle. Pasó muchas horas en Rockcliffe Marsh, haciendo volar los jóvenes esmerejones y meditando sobre su futuro. Reparó en que sus pensamientos giraban sobre sí mismos, pues cada vez que intentaba pensar en el futuro se sorprendía explayándose en el pasado.

Dos días después de que llegara la carta de lord Thomas Dacre desde Bewcastle, Raven recibió una de Christopher desde el castillo de Carlisle. El rostro de su madre estaba radiante, y alborozado el de su padre al darle la carta, y advirtió la mirada de complicidad que intercambiaron cuando pidió permiso para retirarse y leerla en privado.

No puedo expresar con palabras cuánto os echo de menos. Lamento mucho lo ocurrido. Todo fue culpa mía; nunca debería haberos llevado a cabalgar al peligroso territorio de la frontera sin una escolta adecuada.

Fuisteis muy valiente al intentar ayudarme a escapar, pero estaba tan preocupado por vuestra seguridad, y estuve tan indeciso ante la idea de dejaros allí, que mi tentativa se vio frustrada enseguida.

No le he contado a nadie que os llevaron a Escocia a la fuerza, y estoy decidido que esto permanezca en secreto entre vos, Heron y yo. Tratad de considerar el episodio como una visita a vuestra allegada, lady Valentina Douglas.

Ardo en deseos de veros la próxima semana. Hasta entonces, por favor, sabed que gozáis de todo mi cariño, afecto y admiración.

Siempre vuestro,

CHRISTOPHER

Raven la leyó otra vez y llegó a la conclusión de que era una carta delicada y no contenía nada reprochable. Christopher había pedido perdón y se había culpado de lo sucedido. Raven no había apenas apreciado esa preocupación por su seguridad ni la indecisión por abandonarla la noche de la fuga frustrada, pero estaba dispuesta a concederle el beneficio de la duda y admitir que no podía conocer los pensamientos ni la magnitud de los temores que asaltaban a Christopher aquella noche. Volvió a leer la carta y después la quemó, porque sabía que Lark no podría resistirse a la tentación.

Aquella noche, Raven llamó a la puerta del estudio de su padre, sentado tras un escritorio con montones de papeles e informes relativos a algunos de los casos que se plantearían en la sesión del Tribunal de los Vigilantes de la Frontera. Frente a su afanoso y diligente padre, se sintió avergonzada por decepcionarle y culpable por su conducta imprudente.

—Padre, necesito hablarte en privado.

—Entra, querida. Espero que siempre quieras compartir tus pensamientos conmigo.

Raven notó por primera vez que el cabello rubio de su padre clareaba en su mayor parte y que en su rostro se apreciaban arrugas de preocupación.

—En realidad... no es nada. —Había ido a decirle que no estaba segura con respecto a los esponsales, pero cambió las palabras—. No me importa comprometerme con Chris Dacre siempre y cuando no nos casemos enseguida. Simplemente no quiero precipitarme.

—Te entiendo perfectamente, querida mía. Quieres estar segura.

Sintió una inmensa compasión por él.

—Sí, no tengo prisa por casarme.

La noche antes de que los Carleton se desplazaran a Carlisle, Raven tenía jaqueca. Se preparó una manzanilla y se acostó temprano. Desde que había regresado a casa no dormía bien, pero el leve efecto sedante de la manzanilla la adormiló; y de pronto empezó a soñar.

Heath Kennedy se hallaba en un florido prado verde, junto a un río. Raven oía su voz con claridad. «La gané en un concurso de lanzamiento de cuchillos.» De súbito Raven recordó: estaba en un campamento gitano, bailando en torno al fuego, sin preocuparse de nada, cuando repentinamente advirtió problemas. Dos hombres que la habían estado admirando comenzaron a dar vueltas el uno alrededor del otro como perros encolerizados. Uno era Heath Kennedy, el atezado gitano, cuya dentadura destellaba al sonreír. El otro era Christopher Dacre, el típico inglés rubio y apuesto.

—¡Apartad vuestros ojos de ella, bastardo, está comprometida conmigo!

—La posesión constituye nueve décimas partes de la ley; ¡me pertenece a mí!

—*Todos los gitanos son ladrones, mentirosos o algo peor...*
¡la robasteis!

—*¡Os la compro!* —*Los dientes blancos destellaron*—.
¿Cuánto?

—*Trescientas libras.*

—*Hecho, si incluís el caballo.*

—*¡Malditos los dos! Distingo una pelea de gallos a las primeras de cambio, ¡y no las aguanto!* —*gritó Raven.*

—*Os desafío a una competición de lanzamiento de cuchillos... la chica para el ganador.* —*Heath Kennedy desenvainó.*

—*No tengo cuchillo; ¡acabaré con vos a sangre y fuego!*

—*¡No, no! Tomad mi puñal para las hierbas, Christopher.*
—*Ella depositó el arma en la palma expectante.*

Se fijó enseguida una diana, y los dos hombres lanzaron por turnos. No hubo competición propiamente dicha, pues el gitano acertaba una y otra vez. Los blancos dientes brillaban mientras el gitano se acercaba con aire fanfarrón a reclamar su premio; y después se la llevaba a su cama.

Raven se negaba tercamente a entregarse al gitano.

—*Vos queríais que yo ganara. Cuando le disteis vuestro cuchillo, sabíais que él perdería. Con él os sacasteis sangre, y sabíais que no respondería a otra mano que no fuera la vuestra.*

Ella se fundió en los brazos de él, alzó la boca embelesada y se entregó.

—*¡Amame, Heath!*

Cuando Raven despertó por la mañana, aún tenía muy presentes los detalles del sueño. La competición de lanzamiento de cuchillos en el campamento de gitanos parecía precisamente eso... un sueño. Pero el fragmento en que Heath Kennedy le había hecho el amor parecía real. Para Raven era como si él hubiera estado en la cama con ella; la había tocado y saboreado. Cuando se llevó el brazo a la nariz, olió incluso el aroma masculino que persistía en su piel. Raven sabía que él tenía poder, pero

¿era un poder tan místico y mágico que Heath podía llegar hasta ella a voluntad? No, no debía permitirse creer en tales cosas, pues ahí radicaba el poder. Si creía firmemente que era imposible, ¡era imposible!

Se dijo que el pasado era historia. Hoy empezaba el futuro. Con actitud resuelta, dejó de pensar en Heath Kennedy. Ese día iría al castillo de Carlisle, donde vería a Christopher Dacre. Debía respeto a sus padres, quienes siempre la habían querido y sólo deseaban lo mejor para ella. Sabía que tenía que aceptar los esponsales. No pensaría aún en el matrimonio; un noviazgo largo le permitiría estar más segura.

Cuando llegaron al castillo de Carlisle, las dos hermanas Carleton se alojaron en la misma habitación que la otra vez. Raven abrió el armario y vio el vestido rojo de gitana que se había puesto en el baile de disfraces, exactamente donde lo había dejado colgado. Lo cubrió rápidamente con su ropa y a continuación deshizo el equipaje de Lark. Rememoró imágenes, no sólo de la noche que lo había llevado, sino también del campamento de gitanos donde ella y Heath habían bailado con desenfado. ¿Por qué lo prohibido era tan tentador? ¿Por qué de pronto anheló tener la libertad de una muchacha gitana? Apartó aquellas ideas extravagantes y se reprendió a sí misma diciéndose que debía comenzar a dejarse de fantasías y enfrentarse a la realidad.

Heron Carleton fue en busca de Chris Dacre, y se asombró al ver que apenas acababa de levantarse de la cama.

—*Quelle heure est il?* —preguntó Chris, presumiendo de su francés.

—Las cinco. ¿Has estado enfermo?

—Qué va. —Chris le dirigió una mirada insidiosa y bajó la voz—. Lástima que no estuvieras ayer aquí, amigo; fuimos de incursión y no regresamos hasta la madrugada.

—¿Dónde fuisteis? —Heron pensaba en Beth Kennedy, y la idea de una correría inglesa en Escocia le resultaba ahora aborrecible—. Olvídalo.

—Bien, has llegado justo a tiempo para ayudarme a vestirme. —Le guiñó el ojo—. Ésta va a ser una noche muy especial.

Después de deshacer el equipaje, Raven fue a dar un paseo a solas, a explorar el castillo en el que había vivido de pequeña. Los aposentos de lord y lady Dacre ocupaban tan sólo un ala de la antigua fortaleza, cuya historia le parecía a Raven fascinante. En el siglo XI, el hijo de Guillermo el Conquistador había arrebatado Carlisle a los escoceses. Había reconstruido la ciudad en ruinas y levantado el castillo original, y por ello algunos de sus escondrijos y pasadizos eran muy antiguos. Cuando regresó para vestirse para la cena, su madre la esperaba.

—¡Raven, estás acabando con mi paciencia! ¿Por qué no puedes ser como Lark? Ella ha dedicado su tiempo a elegir un vestido especial para la cena y a arreglarse el pelo a la última moda. Espero que hagas algo con esa masa revuelta que llamas cabellera.

Raven se llevó la mano a la cabeza, y una rebelde sensación interior amenazó con estallar. Refrenó su impulso y prometió darse prisa.

—Por favor, no me esperéis; bajaré enseguida. —Escogió un vestido azul zafiro, con una redecilla a juego para el pelo decorada con piedras azules. Cuando vio que algunos rizos escapaban para enmarcarle el rostro, Raven suspiró y encogió sus bien torneados hombros. Era demasiado tarde para ponerle remedio.

Raven llegó al comedor justo a tiempo para sentarse. Eludió la mirada de reconvención de su madre y se volvió para saludar a Christopher Dacre, que ya le estaba ofreciendo una silla.

—Jamás os había visto tan hermosa —dijo él en voz baja. Su mirada confirmaba que aquellas palabras eran sinceras.

Raven le dirigió una sonrisa y se sentó. Notó que las manos de él le acariciaban brevemente los hombros antes de tomar asiento a su lado, lo que la impulsó a desviar la conversación hacia cuestiones generales. Al mirar a lo largo de la mesa, advirtió que la madre de Christopher se mostraba radiante mientras observaba la galantería de su hijo. Estaba claro que no sólo aprobaba el compromiso sino que lo deseaba.

Raven centró la atención en su madre, cuyo ojo crítico había sido sustituido por otro de conformidad benigna respecto a su obstinada hija. Su padre mantenía una seria conversación con Thomas Dacre, y llegó a la conclusión de que no hablaban de ella sino de asuntos de la frontera. Su hermano Heron tenía los ojos encapirotados, la cara evasiva, mientras Lark contemplaba a Chris Dacre con adoración no disimulada.

Una vez terminada la cena, Raven se sintió aliviada; pero cuando anfitriones e invitados ya se levantaban de la mesa, Christopher le tomó firmemente la mano y se dirigió a los presentes.

—Tengo que hacer una confesión. Hace poco visité a Raven mientras estaba en casa de su abuela. Le propuse matrimonio, y me complace anunciar que ella ha accedido a ser mi esposa.

El aire se cargó de un murmullo de voces. La madre de Raven estaba encantada mientras que su padre parecía sorprendido. Raven se quedó paralizada. En el fondo Christopher no había mentido, pero habría preferido que él no hubiera hecho aquella declaración a las familias. Cruzó con su padre una mirada que suplicaba ayuda, pero el hombre estaba desconcertado, como si se preguntara por qué ella no le había contado la verdad.

—Bueno, creo que sir Lancelot y yo deberíamos formalizar los esponsales. —Lord Thomas tomó una garrafa de whisky del aparador y condujo a Lance Carleton a la biblioteca.

Por un instante, Raven tuvo la sensación de que las paredes se cerraban en torno a ella y que se encontraba atrapada. Entonces Rosalind Dacre la besó y le dio la bienvenida a la familia. Pese a su abatimiento, Raven hizo de tripas corazón.

—No quiero precipitarme en nada. Chris y yo estamos de acuerdo en que el matrimonio es algo muy serio y somos partidarios de un compromiso largo.

—¡Vaya bobada! —Christopher soltó una carcajada y la rodeó con el brazo, arrimándola a él.

Raven le dirigió una sonrisa y le dijo con voz dulce:

—¿Podemos pasear por la galería, Christopher?

—Como desees, amor mío.

Cuando Raven estuvo absolutamente segura de que nadie podía oírlos, se detuvo.

—¿Qué diablos pretendíais?

—Pues que seáis mi esposa.

—¿Tanto si yo quiero como si no? —inquirió ella.

—Cuando cabalgábamos a Bewcastle, dije que os consideraríais comprometida. Sabíais que os estaba pidiendo en matrimonio.

—Desde entonces han pasado muchas cosas.

—Es lo que quieren vuestros padres; y lo que quiero yo.

Raven le escrutó el rostro.

—Si hemos de estar comprometidos, será bajo mis condiciones.

Él disimuló sus pensamientos secretos por miedo a que ella pudiera adivinarlos.

—De acuerdo.

Esa misma noche, Ram Douglas regresó a Eskdale y encontró a Valentina y los mellizos en la amplia cama de la Torre Maestra. Besó a su esposa e hizo cosquillas en la barriguita a los niños, ponderando todo el rato hasta qué punto debía contarle lo que sabía. Probablemente surgirían contratiempos antes de que los tribunales se pronunciaran y no quería preocupar demasiado a Tina, pese a que sí deseaba compartir la noticia de su asombrosa buena fortuna.

—Encontré una copia del testamento de Angus en su casa y lo presenté en los tribunales. Es probable que Archibald lo impugne, y acaso también la Corona, pero en cuanto esté ratificado creo que tendrá plena validez. Angus fue lo bastante sagaz para legar su flota de barcos a la Corona y dejar a su hijo Archie las tierras y los castillos del condado de Angus.

Tina abrió de par en par sus dorados ojos invadida por la curiosidad, pero se abstuvo de hacer preguntas para que fuera Ram quien, con sus propias palabras, le contara lo que ardía en deseos de revelar.

—Si el testamento es válido, tendremos suficientes castillos para nuestros hijos y los hijos de nuestros hijos, y posesiones para Gavin y Cameron.

—¡Dios del cielo! Siempre supe que Angus te amaba más que a su propio hijo.

—No, sólo era consciente de las debilidades de Archie.

—Y tú no tienes debilidades.

Ram le apartó los rojos rizos de la frente.

—Pues en eso te equivocas. Tú eres mi debilidad, Tina... y estos dos.

—Vayamos a acostarlos, y después podrás demostrarme eso de que soy tu debilidad, Douglas del demonio.

Más tarde, ya saciada en sus brazos, Tina le daba gracias a Dios por todas las bendiciones con que la había colmado. Pero se cernía una leve sombra de recelo: ¿Había recibido demasiado? ¿Le sería arrebatado algo? Abrazó a Ram con fuerza; él era su fuerza, su baluarte contra los avatares del destino.

—Me gustaría que tú y los bebés estuvierais seguros en el castillo de Douglas mientras yo voy a Carlisle, a la reunión de los Vigilantes de la Frontera. ¿Crees que ya son lo bastante mayores para viajar?

—Ada y yo ya hemos empezado a hacer el equipaje. Los bautizaremos allí, en la capilla. Creo que es mejor que los mellizos y yo embarquemos en el *Doon* con Duncan y mi padre hasta Kirkcudbright.

Ram la besó en la frente.

—¿Cómo puede alguien tan hermoso tener tanto sentido práctico?

—Soy una Kennedy. Recuerda que nuestro lema es «Piensa en el final».

—¡Al cuerno con los Kennedy! ¡Tú eres una Douglas, no lo olvides! —La estrechó posesivamente entre sus brazos hasta que ella se quejó soltando chillidos y carcajadas.

Por la mañana, Ram se encerró con Heath antes de ir al salón a desayunar. Le explicó que había hallado el testamento de Angus y que lo había registrado en el tribunal.

—Lo creas o no, Goldman firmó como testigo. Mandó que me siguieran, pero el muy miserable no contaba con Jock.

—Así que fue Archibald quien ordenó tu muerte.

—Estoy casi seguro, aunque Dacre dispuso que los Armstrong hicieran el trabajo sucio. Sospecho que Archie destruyó el testamento y conspiró para que Goldman asesinara a Moses Irvine.

—¿Qué piensas hacer con Archibald?

—Si el tribunal convalida el testamento, no tengo por qué hacer nada. Tendrá el castigo que merece. ¡Angus me legó todas las propiedades que quedan por debajo del estuario de Forth y todo su oro!

Heath se quedó inmóvil, como un venado que huele el peligro. Tras un largo instante, dirigió a Ram una mirada penetrante.

—Archie necesitará dinero y recurrirá a su esposa y Enrique Tudor. Puede vender algo por lo que Enrique pagaría cualquier precio.

—¡El pequeño Jacobo Estuardo! Tienes razón; el rey de Inglaterra no se detendría ante nada si pudiera ponerle las manos encima al joven rey de Escocia. Debo enviar un mensaje a Francia, a John Estuardo, duque de Albany. Es el pariente masculino más cercano del pequeño rey, y sería un regente mucho mejor que Margarita, en quien los escoceses jamás podremos confiar.

—Angus nunca se hizo ilusiones con respecto a su hijo. Te dejó la mayor parte de sus posesiones porque sabía que tú no las echarías a perder.

—Ah, sí, me olvidaba. En este testamento te lega cien acres junto al río Dee, junto al castillo de Douglas.

—¿A mí? —Heath pensó que Ram bromeaba.

—Sí, sí. —Los ojos negros de Ram brillaban de regocijo—. El inconveniente es que... ¡esto a lo mejor significa que entre nosotros hay lazos de sangre!

Mientras iba asimilando la pasmosa noticia, el primer pensamiento de Heath fue para Raven Carleton. Ya no carecía de tierra. Poseía una docena de yeguas que parirían en el plazo de un año, y ahora tenía su propia tierra para pastoreo. Por todos los santos, ¿por qué la había dejado marchar?

—Quiero que vengas conmigo a la sesión del Tribunal de los Vigilantes de la Frontera. Ardo en deseos de ver la cara de Dacre cuando presentemos a Sim Armstrong como testigo. Tina y los mellizos navegarán hasta el castillo de Douglas con Duncan y tu padre. Puedes ir con ellos o con mis hombres a caballo. Nos detendremos en el castillo antes de acudir a la reunión de Carlisle, que durará toda una semana.

—Prefiero cabalgar —dijo Heath con una sonrisa—. Así veré antes mis tierras.

Los dos hombres fueron juntos al salón a tomar la primera comida del día, y Heath se alegró de ver que Rob Kennedy se había levantado temprano para desayunar y tenía mucho mejor aspecto. En cuanto se empezó a servir la comida, un ceñudo Cameron Douglas, acompañado de uno de los mayorales de Donal Kennedy de Kirkcudbright, irrumpió en la estancia y acabó con el buen ambiente.

Cuando Heath Kennedy vio al mayoral de su hermano, una mano helada le oprimió el corazón.

—¿Qué pasa? —preguntó Ram a su hermano menor.

—¡Una catástrofe! Hace dos noches Donal Kennedy sufrió una incursión. Fui con varios hombres del castillo de Douglas, pero no pudimos atrapar a los malditos canallas... ¡Estábamos demasiado ocupados apagando el fuego!

Rob Kennedy se puso en pie, la cara congestionada.

—¡Donal! ¿Está bien mi hijo Donal?

—Donal ha muerto, mi señor —dijo bruscamente el mayoral—. ¡Murieron cuatro en los establos, carbonizados!

Rob Kennedy movió las manos en busca de aire, se agarró el pecho y se desplomó sobre la mesa.

21

Mientras Duncan Kennedy permanecía sentado, aturdido por las espantosas noticias, Heath se acercó rápidamente a su padre. Lo alzó de la mesa y lo sentó, con las manos sujetándole los hombros para mantenerlo erguido.

—Es la maldición —murmuró Rob—, ¡la condenada maldición!

Heath le colocó la mano sobre el corazón y notó que los latidos eran rapidísimos, como un caballo desbocado.

—¡No hables! ¡Respira hondo! —aconsejó.

—¡No lo entiendes! —gritaba Rob—. ¡Es la maldición!

Heath zarandeó a su padre con brusquedad.

—La maldición te matará a ti si no te calmas. Ahora llena los pulmones de aire. Respira hondo y despacio —ordenó.

Valentina y Ada entraron en escena, y Ram le explicó a su esposa la incursión de Kirkcudbright, omitiendo a propósito los espeluznantes pormenores sobre su hermano Donal.

—Las mujeres... ¿están bien?... ¿Mi madre, Meggie y el niño?

El mayoral de los Kennedy habló.

—El fuego no llegó al edificio, pero los establos, los almacenes de la lana y todo el forraje corrieron la misma suerte que Donal.

—¡Donal, mi hijo y heredero, está muerto! —gimió Rob.

Por la cara de Tina no circulaba ni una gota de sangre, y Ram le pasó un robusto brazo por los hombros temiendo que se desmayara.

Heath trataba de tranquilizar a su padre; sus ojos buscaron los de Tina.

—Quizá no han identificado a ciencia cierta el cuerpo de Donal... tal vez fue tras los ladrones que se le llevaban las ovejas. —Heath se agarraba a un clavo ardiendo en su intento de sosegar a Tina y Rob y darles esperanza.

Ram se volvió hacia Jock, su segundo en el mando.

—Preparad los caballos. Nos llevaremos la mitad de los hombres y dejaremos los otros aquí con Gavin. —Jock fue a informar a los que todavía no estaban en el salón.

Las miradas de Heath y Ram se encontraron.

—Me las arreglaré para estar en la sesión de los Vigilantes de la Frontera —dijo Heath—. Si quieres, llevo a Armstrong.

Ram asintió.

—De momento haces falta aquí. Te veré en Carlisle. —Después se dirigió a su esposa—: Dejaré a Gavin al mando aquí en Eskdale. En cuanto puedas ve al castillo de Douglas, amor mío.

Heath llevó a su padre a su torre y lo colocó en su propia cama. Sentía una opresión en el corazón. Lo que había sucedido no tenía nada que ver con ninguna puñetera maldición, sino que probablemente él era la causa de todo. El instinto le decía que todo era una represalia de Dacre contra los Kennedy por haber mantenido secuestrado a su querido hijo hasta cobrar rescate.

Duncan Kennedy entró en la habitación de la torre.

—¿Quién demonios te ha puesto al mando, gitano? Ni siquiera eres miembro de esta familia.

Rob miró airado a Duncan.

—¡Deja de alborotar!

Heath observó a Duncan y dijo con serenidad:

—Si te quedas con él, iré a la despensa y traeré algo para su corazón.

Heath no encontró lo que buscaba, de modo que fue al jardín de Valentina a por dedalera y muguete, que llevó a la cocina. Burque le ayudó a hacer una destilación hirviendo el jugo de las plantas con vino diluido.

—Hace dos noches hubo una incursión en Kirkcudbright; se teme que Donal Kennedy esté muerto —le explicó Heath.

—*Mon Dieu!* Nada retendrá aquí a Tina. Decidle que en dos horas estaré listo para partir.

—Lord Douglas y parte de los hombres ya se han ido. Tina no se marchará hoy. Nuestro padre está enfermo, y ella tiene niños a los que cuidar. Si hay alguna posibilidad, nos iremos mañana.

Burque añadió miel y removió, y finalmente vertió el vino caliente en una jarra de peltre.

Se la dio a Heath.

—Puede que el lord de Galloway sea un canalla, pero hay que ser justo con él: ama a sus hijos. —Burque reparó inmediatamente en su metedura de pata; Kennedy amaba a sus hijos legítimos.

Cuando Heath regresó a su torre con la decocción para su padre, éste la miró con recelo.

—¿Me vas a dar el mismo veneno que me dio la vieja Meg? ¡Me provocó unos retortijones atroces!

—Esto te calmará e impedirá que el corazón se te desmande.

Rob creyó en sus palabras y tragó la pócima, pero dirigió una mirada feroz a Heath.

—¡Esa vieja bruja gitana no te ha hecho caso y no ha anulado la maldición! Mañana iré a Kirkcudbright.

—Ya veremos —dijo Heath con firmeza.

—Estará bien —señaló Duncan con autoridad—. Podemos descansar en el barco.

—Lo que me preocupa es cómo llevarlo allí.

Duncan indicó a Heath que lo siguiera al aposento contiguo.

—Si Donal ha muerto, ahora el heredero soy yo. En la familia Kennedy yo doy las órdenes.

Heath lo miró a los ojos.

—Nuestro padre aún no ha muerto.

Valentina y Beth fueron a ver cómo se encontraba su padre; las acompañaba Ada, que siempre había tenido debilidad por Rob Kennedy. Los ojos de Tina estaban enrojecidos por las lágrimas vertidas por Donal, y un nudo en la garganta amenazaba con asfixiarla. Tomó la curtida mano de su padre y la acarició.

Rob le asió a su vez la mano y dijo con apremio:

—El pequeñito Robbie... ¡debes cuidarlo mucho!

—Acaba de tomar una medicina; no se le entiende lo que dice —le explicó Duncan a Tina.

No obstante, Tina sabía que su padre se refería a su hijo pequeño. No tuvo valor para decirle que le había puesto de nombre Neal.

—Cuidaré de él, padre.

—¡La maldición acabará con el linaje de los Kennedy! —insistía Rob.

—Está delirando —dijo Duncan, y miró a Heath—. ¿Qué demonios le has dado?

Ada se interpuso entre los dos hermanastros.

—Heath sabe todo lo que hay que saber sobre hierbas medicinales. Me quedaré con lord Kennedy; seguramente tenéis cosas urgentes que hacer.

Duncan abandonó la estancia con paso airado y Heath rodeó con el brazo los hombros de Valentina.

—Saldremos juntos de ésta. La mejor manera de llevar a nuestro padre al barco anclado en el Solway es bajándolo por el río Esk en una barca. Habrá suficiente espacio para ti y los mellizos.

—¿Tú también vendrás?

Heath negó con la cabeza.

—He de llevar conmigo a un prisionero. Monsieur Burque también va a ir; él y Ada se ocuparán de nuestro padre.

Tina asintió.

—Ya hemos empacado y estamos listos. Si nuestro padre está lo bastante bien, nos vamos mañana. Hablaré con Duncan; ha sido grosero porque ahora mismo se siente inútil.

Cuando todos salvo Ada se hubieron marchado, Rob Kennedy seguía atormentándose con la maldición. A lo largo de los años, los dos habían tenido relaciones íntimas en más de una ocasión, y el señor de Galloway sabía que podía confiar en Ada... en la medida que se podía confiar en una mujer.

—La vieja Meg me lanzó una maldición cuando su hija Lily Rose murió de parto. Yo amaba a Lily Rose; ¿por qué esa vieja bruja me señala a mí con su maldito dedo?

—Muchas mujeres mueren en el parto, Rob; no fue culpa tuya. Fue antes de que te casaras con Elizabeth; no hay nada de lo que tengas que sentirte culpable.

Las palabras de Ada no lo sosegaron.

—¿Crees en las maldiciones?

Aunque vaciló, Ada era de esas mujeres que casi nunca mentían.

—Soy una mujer de la frontera inglesa, Rob, supersticiosa hasta la médula. La lógica me dice que no existen tales cosas, pero creo que las maldiciones encierran un poder fatal.

—¿Cómo pueden perder su efecto? —insistió él.

—Las maldiciones son malignas; estoy convencida de que pueden superarse mediante la bondad, pero pocos de nosotros podemos exhibir una virtud inmaculada.

Heath bajó a las mazmorras, encendió una antorcha y abrió la puerta de la celda.

Colocó la antorcha en una abrazadera de la pared y aguardó a que los ojos de Sim Armstrong se habituaran a la luz.

—Tengo más preguntas que hacerte. Las respuestas verdaderas comportarán un mejor trato.

Después de que Armstrong asintiera con cautela, Heath prosiguió:

—Mangey controla a los Armstrong. ¿A cuántos? ¿Con cuántos puede contar si Dacre paga?

El prisionero se encogió de hombros.

—Cien, más o menos.

—¿Qué otros clanes escoceses hacen incursiones por su cuenta?

—¡Muchos!

—Dame nombres.

—Los Graham... controlados por Long Will. Hacen correrías a ambos lados de la frontera y se esconden en el Territorio en Litigio.

—Ven. Podrás lavarte en el río. Te daré ropa limpia.

—¿Por qué? —preguntó receloso.

—Porque apestas, y porque en breve iremos a la reunión de los Vigilantes de la Frontera.

Armstrong retrocedió asustado.

—¡No! ¡No! ¡Cristo todopoderoso! ¡Más vale que me colguéis ahora!

Como un lobo, Heath separó los labios dejando al descubierto sus blancos dientes.

—La cuerda cuesta dinero.

En el castillo de Carlisle, sir Lancelot Carleton y lord Thomas Dacre negociaban los detalles de los esponsales entre Raven y Christopher.

—La dote de la novia es tan modesta que os pido que consideréis la inclusión de una parcela de tierra. ¿Qué os parece el Burgh, al sur del río Eden? Al fin y al cabo, sólo es terreno pantanoso.

—Quizá la dote de Raven sea moderada, pero su belleza y virtud son tales que no necesita dote alguna. Vuestra esposa no aportó nada al matrimonio, igual que la mía —replicó Lance Carleton.

—Teníamos la sangre caliente, nos guiábamos más por la polla que por el cerebro. Si ponéis el Burgh Marsh a nombre de vuestra hija, para que lo hereden sus hijos, entonces llegaremos a un acuerdo.

Carleton accedió a regañadientes, sabiendo que si Raven moría antes que su marido, la tierra pasaría a manos de Christopher Dacre.

Finalmente, cuando al acuerdo sobre los esponsales sólo le faltaba la fecha de la boda y las firmas, lord Dacre abrió la puerta y pidió a la pareja que entrara en la biblioteca. Kate Carleton tomó a Rosalind Dacre del brazo y dijo con toda intención:

—¿No vais a dejar que las madres estemos presentes en un momento tan feliz como éste?

Cuando todos hubieron entrado, lord Dacre, en su papel de cumplido anfitrión, dijo:

—Sólo falta fijar la fecha del enlace; después ya podemos firmar los desposorios.

Christopher envolvió a Raven con una mirada de adoración.

—Por mí, esta noche.

—Qué impetuoso, pero también qué romántico —señaló la madre de Raven.

—¿Ya hemos de fijar una fecha? Me gustaría tomarme algo de tiempo —dijo Raven.

—Si son unos desposorios legales, hemos de fijar una fecha para la boda —remarcó lord Dacre con tono concluyente.

—Si Raven necesita tiempo, estoy dispuesto a esperar hasta que acabe la sesión del Tribunal de Vigilantes de la Frontera, es decir, a finales de mes —sugirió un generoso Christopher.

«¡Ya hemos pasado más de la mitad del mes!» Raven se negó a que la apremiaran.

—Quizá sería mejor a finales de año.

Chris rió bonachón.

—Raven nos está tomando el pelo.

—Dios mío, no estarás hablando en serio —dijo Rosalind con inquietud.

—¡Claro que no! —soltó Kate. Presa de los nervios, hizo una concesión añadiendo unos días a la propuesta de Chris Dacre—. Agosto es un mes precioso, Raven. ¡No hay nada más romántico que una boda en verano!

Lord Dacre entrecerró los ojos. Nada le molestaba más que una mujer queriendo salirse con la suya. Raven

Carleton los haría pasar por el aro. ¡Había que atar corto a las mujeres!

—Bien, como ha dicho sir Lancelot, vuestra belleza y virtud son tales que no necesitáis dote, pero algo de consideración no vendría mal.

Raven se sonrojó; lord Dacre no sólo hacía hincapié en su virtud y su escasa dote, sino que la acusaba de ser desconsiderada.

—Lo siento —dijo en voz baja—. Lo consultaré con la almohada y mañana daré mi parecer.

Lord Dacre indicó a su hijo que se quedara después de que los demás se hubieran ido.

—¡Esta chica necesita un buen polvo y una buena paliza!

—No te preocupes, padre. Me propongo dejarla bien servida en ambas cosas.

Dacre no ocultaba su envidia.

—Mejor antes que después.

Raven fue escaleras arriba, y Lark, que estaba deseando saber qué había sucedido en la biblioteca, la siguió hasta el dormitorio.

—¿Ya estás oficialmente comprometida?

Antes de que Raven pudiera responder, Kate Carleton entró con paso majestuoso.

—¡Es inaudito! ¡Simplemente inaudito! Hemos trabajado durante meses para lograr un objetivo, para conseguir un compromiso de matrimonio de Christopher Dacre, y precisamente cuando lo tenemos al alcance de la mano, tú te muestras como si todo te diera igual y casi lo dejas escapar. ¿A qué viene mostrarse ahora tan remilgada? Creía que eras una muchacha inteligente. ¡Debes aprovechar tu oportunidad, de lo contrario nuestra larga campaña no habrá servido de nada!

—Madre, Christopher y yo nos comprendemos uno

a otro. Sabe que si ha de haber un compromiso, será según mis condiciones.

Kate dio un paso atrás, boquiabierta.

—¿Tus condiciones? ¡Serás testaruda! Puede que tengas al joven Dacre resollando tras de ti, pero te aseguro que aquí es lord Dacre quien lleva la voz cantante. Un hombre que gobierna la frontera sin duda gobierna también su casa. Podría comprometer a su hijo y heredero con cualquier joven inglesa. Podría conseguir una heredera, incluso una heredera con título. ¡No tiene por qué aceptar a la hija del administrador de un castillo!

«¡Quieres decir de un inútil administrador de un castillo!»

—Mi padre es juez del Tribunal de los Vigilantes —observó Raven con orgullo.

—Sí, ¿y a quién tiene que dar las gracias por ese nombramiento? Muchacha egoísta, ¿no te das cuenta de que lord Dacre podría destituirlo al instante si tú le ofendes? —dijo Kate con voz quebrada, y de pronto se deshizo en llanto.

Raven, que nunca había visto llorar a su madre, estaba horrorizada. Las lágrimas la conmovieron más que todas las recriminaciones anteriores. Se sintió culpable y arrepentida.

—Madre, lo siento, no llores —dijo Lark.

—¡Oh, mi pobrecita inocente! Menos mal que estás tú para consolarme —balbuceó Kate a través de las lágrimas—. Siempre has sido tan buena...

«¡Y yo soy la mala ¿verdad?!» Raven tuvo que morderse la lengua.

—He de hablar con mi padre. —Se dirigió a la habitación que ocupaban sus padres y llamó discretamente.

Lance Carleton abrió la puerta.

—Entra, pequeña.

—He armado un buen jaleo... Mi madre está llorando.

—Normalmente, así es como las mujeres logran lo que quieren —repuso él con tono guasón.

—¿No estás molesto conmigo?

—Raven, es tu vida. Si quieres esperar, es tu libre decisión.

La palabra *libre* le provocó un escalofrío. «No existe eso de la libre decisión», pensó, escéptica.

—Sólo como hipótesis, supongamos que quisiera casarme con un escocés, un hombre de la frontera. ¿Todavía podría decidir libremente?

—Cuando eres juez del Tribunal de los Vigilantes de la Frontera, te das cuenta de que entre los escoceses y los ingleses apenas hay diferencias. La patria de los seres humanos es el mundo entero. Así que, en teoría, podrías ejercer tu libre decisión.

—¿Y si él fuera hijo ilegítimo y tuviera sangre gitana?

—No seas ridícula. En estas circunstancias, si te permitiera la libre decisión no cumpliría debidamente con mi deber de padre.

—¿Un gitano no sería lo bastante bueno para una Carleton?

—La sangre no tiene nada que ver. Un hombre así no podría proporcionarte a ti y a tus futuros hijos la vida y el hogar que yo estimaría más aconsejable. Raven, teorizar está muy bien, pero debes tomar una decisión sobre la fecha de la boda o cancelarla definitivamente.

—¿Y romperle el corazón a mi madre? Dudo que sea capaz de una acción tan egoísta e intransigente. —Raven sonrió—. Gracias por escucharme, padre.

Cuando regresó a su dormitorio, abrazó a su madre.

—Prometo que mañana fijaré una fecha para la boda.

—Oh, Raven, querida, no lo lamentarás; significa tanto para que podamos prosperar.

Raven se desvistió, y cuando colgó el vestido azul zafiro en el armario, tocó con la mano el vestido de gitana. Tuvo presente su vivo color rojo mientras se metía en la cama, murmuraba buenas noches a Lark y apagaba las velas. Se quedó acostada con los ojos abiertos en la oscuridad, y se imaginó a Heath Kennedy tumbado en su cama, haciendo lo mismo.

En Eskdale, Heath yacía en la habitación, escuchando la respiración apacible de su padre. La dedalera y el muguete, ambas eficaces medicinas para el corazón, habían reducido el ritmo cardíaco de Rob y eliminado el fuerte dolor. Esta noche, lo que le dolía a Heath era su propio corazón. Estaba triste por la enfermedad de su padre y apenado por Donal, una de las personas más inofensivas del mundo. Se maldijo por acarrear desgracias a los Kennedy. Ahora lamentaba haber apresado a Chris Dacre para recuperar sus yeguas. Lo único que no lamentaba era lo de Raven. Esa noche suspiraba por ella.

Heath se la imaginó tumbada en la cama, con su sensual cabello negro esparcido sobre la almohada, sus ojos color lavanda mirando en la oscuridad. Concentró toda su atención en ella hasta que el resto del mundo desapareció. Respiró hondo, de modo rítmico, hasta que la sangre se sosegó, y entonces su alma alcanzó a tocarla. «Ven conmigo, Raven.»

Raven volvió la cabeza en la blanca almohada y lo vio allí, en la cama con ella. El sombreado perfil de Heath se ladeó, y Raven vio unos intimidadores ojos oscuros que la apremiaban. Alargó la mano para comprobar si era real, y tocó su cuerpo. Le temblaron los dedos cuando rozaron aquella piel oscura, y su embriagador aroma masculino la embelesaba, arrastraba sus sentidos en una vorágine. Advirtió que él sostenía en la mano la pluma negra de cuervo, y se le acercó, atraída por su apremiante e irresistible poder.

Apoyándose en un codo, Heath se elevó sobre ella y recorrió sus finos rasgos con la pluma. Rozó una ceja, una mejilla y por fin los labios. Su boca siguió la ruta de la pluma con besos de devoción. Después entrelazó los dedos en los negros rizos de Raven, manteniéndola inmóvil para besarla.

Raven lo miró, deseando aprenderse de memoria todos los detalles de él. Las cejas eran gruesas y negras, las pestañas rematadas de oro sobre ojos color whisky; los marcados pómulos arrojaban sombra sobre las mejillas. Aunque se había afeitado hacía poco, ya apreciaba la sombra negro azulada bajo la piel bronceada. Los labios parecían cincelados, y la boca generosa siempre estaba a punto de esbozar una sonrisa arrebatadora. La hendidura de la barbilla atrajo sus dedos, y entonces Raven los arrastró hacia abajo, por la garganta acanalada y el musculoso pecho. Con atrevimiento, le tocó las axilas y disfrutó con aquel cabello negro que parecía seda. Su masculinidad la turbaba.

Heath acarició con el dorso de los dedos las redondeadas curvas de los senos de Raven, para excitarla, y cuando los dedos notaron que los pezones se ponían duros, sonrió encantado de que se le fueran revelando los secretos de su cuerpo. Heath la besó en la boca y cuando deslizó las manos por su cuerpo percibió el jadeo de placer. Al sentir un dedo en el interior, Raven arqueó el monte de Venus en la mano de él y susurró su nombre. Heath rodeó el diminuto botón dentro de los pliegues de la hendidura, y casi perdió el dominio cuando ella introdujo la lengua en su boca demostrándole lo que realmente deseaba.

Él cubrió su lujuriante cuerpo con el suyo y ella se aferró a él con una pasión que no había conocido antes. Cuando la penetró, su palpitante plenitud la marcó a fuego, y Raven gritó cuando Heath empezó a embestirla con aquella virilidad que lo hacía tan irresistible.

Tras alcanzar el clímax, quedaron agarrados el uno al otro, murmurando palabras dulces, gozando de la profunda satisfacción y alegría que los envolvía en la oscuridad. Ella yacía sobre el firme cuerpo de Heath, con los brazos enroscados en su cuello, mientras los robustos brazos de él la rodeaban protectores. De esta manera, cada uno en brazos del otro, se sentían completos, plenos. Esos momentos tenían una especie de aura mística.

Raven sabía que se acercaba la hora en que él debería marcharse.

—Dame la pluma de cuervo; la conservaré siempre.

—No; me la quedo. La pluma de cuervo es el talismán que me permite llegar hasta ti.

—Heath, ésta es la última vez que podemos estar juntos. ¡No debes volver nunca más! —le hincó las uñas en los hombros con la intensidad de sus palabras, obligándole a comprender.

—Raven... —Le rozó la frente con los labios y a continuación se marchó.

Por la mañana, al despertarse, Raven se sentía culpable por su conducta lasciva. También le invadió una sensación de pánico. Los sueños en que aparecía Heath Kennedy eran casi más reales que la vigilia. Buscó la pluma de cuervo en la cama, pero el hecho de no encontrarla no alivió su desasosiego. Temía que él se estuviera convirtiendo en una obsesión; y sus sueños, una preocupación persistente y turbadora.

Raven creía que sólo había un método seguro de poner fin a los sueños: fijando una fecha para la boda. Le diría a Chris Dacre que se casarían en agosto.

22

La gran barca de madera llevaba a los pasajeros río Esk abajo hacia el estuario de Solway. Rob Kennedy, que había rehusado un colchón, iba recostado en unos cojines, observando taciturno las orillas de arenisca rojiza, mientras un barquero de los Douglas llevaba el timón. Burque iba sentado al lado de Kennedy con una provisión de hierbas medicinales para el corazón.

Tina había arropado cuidadosamente a los mellizos y los colocó juntos en una cuna. No hacía falta mecerla, pues la embarcación se balanceaba en el agua; más bien tenía que sujetar la cuna para mantenerla en equilibrio. Ada atendía a todos, cubriendo las rodillas de Rob con una manta de viaje u ofreciendo galletas a Beth cuando ésta empezó a tener mala cara. Ada había previsto lo que necesitarían en el trayecto en barca, mientras que el resto de enseres que llevaban al castillo de Douglas iba en carros que viajarían por tierra, con algunos criados.

A primera hora, Heath Kennedy había sacado a Sim Armstrong de la mazmorra de Eskdale y le había dado un caballo robusto. Él subió a lomos de *Blackadder* y se dirigieron al Solway, donde permanecía anclado el barco de los Kennedy. Duncan, montado en el caballo que lo había llevado a Eskdale, aseguró a Heath que su nuevo barco tenía mucho espacio para carga, por lo que podrían acomodar los animales. Gavin Douglas había enviado dos guardias para que los acompañaran, pero una vez hubieran subido todos a bordo, ambos regresarían a Eskdale.

Cuando Duncan embarcó y la tripulación le informó de que estaba todo en orden, soltó un suspiro de alivio. Fue buena idea hacer caso a su padre y echar el ancla en la ribera escocesa del Solway, cerca de Gretna, y no en un puerto inglés. Heath ató a Armstrong en un pequeño espacio cerca de la cocina, donde se guardaba la comida, y acto seguido bajó las tres monturas a la bodega de carga. Duncan ordenó que se prepararan tres camarotes para recibir pasajeros, y luego subió a cubierta a esperar con impaciencia la barca procedente de Eskdale.

Cuando por fin llegó, Beth tenía náuseas, y el señor Burque la subió galantemente a bordo, donde ella decidió acostarse enseguida. Tina y Ada llevaron cada una un mellizo al camarote que compartirían todas las mujeres. Heath ayudó a su padre a subir por la plancha, pero Rob se negó a ir abajo antes de que el barco hubiera levado anclas. Mientras Duncan impartía órdenes, con premura para aprovechar la marea, quedó enredado accidentalmente en la cuerda del trinquete y por poco cae por la borda. Se salvó al agarrarse con agilidad al estay del foque; Rob Kennedy, que lo estaba observando, se echó a temblar de nuevo. «Es la condenada maldición... ¿me crees ahora?», le espetó a Heath.

Convencieron a Rob de ir abajo, pero éste se sentó en el extremo del camarote y apoyó la cabeza entre las manos.

—Donal está muerto... y Duncan no tardará en correr la misma suerte. El destino está jugando conmigo. Me estoy muriendo, pero viviré lo suficiente para ver cómo desaparece el linaje de los Kennedy. —Alzó la cabeza y clavó la mirada en Heath—. Te corresponderá a ti

303

mantener el linaje de los Kennedy. La maldición no te afecta.

—¿Por qué no me afecta? ¿No soy hijo tuyo?

—Sí, eres hijo mío —proclamó Rob.

—Padre, ¿la vieja Meg te maldijo porque mantuviste en secreto que tú y Lily Rose estabais comprometidos?

—¿Quién te ha dicho esa sandez? —Rob miró severamente a Heath mientras libraba una batalla interior. Tenía el rostro ojeroso por la congoja y el miedo—. Lily Rose y yo jamás estuvimos comprometidos.

Heath le creyó. Pese a las muchas diferencias entre ambos, siempre había aceptado la palabra del lord de Galloway. Aquello resolvía el rumor sobre el que había meditado durante años. En atención a su madre, Heath habría preferido que las cosas fueran de otra forma, pero era lo bastante sensato para saber que los hechos eran incontestables y que los deseos no cambiarían la realidad.

A través del tabique, Heath oyó el berrido de un bebé y reparó en que el niño ya estaba llorando cuando entraron en el camarote. Se dirigió a la puerta de al lado y comprobó que las condiciones distaban de ser las ideales. Beth estaba vomitando en un cubo que sostenía monsieur Burque, quien parecía a punto de compartir la misma suerte. Tina iba de un lado a otro del camarote, tenía el semblante pálido, tratando de calmar el llanto de su hijo. El mar estaba tan picado que también ella comenzaba a sentir náuseas. Sólo Ada y la niña de pelo oscuro que estaba meciendo en la cuna parecían mantener el tipo. Mientras Heath contemplaba la escena, Rob Kennedy lo empujó a un lado.

—Sabía que era el pequeño; ¿qué le duele a mi chico?

—No sé, padre. He intentado darle de mamar, pero no quiere. La nodriza que me ayuda está viajando al castillo de Douglas en carro, con los demás criados.

—Ven a mi camarote... aquí apesta —ordenó Rob.

Heath colocó una mano tranquilizadora en la espalda de Tina cuando ésta y el bebé entraron en el otro camarote. Tocó con el dorso de la mano la frente del pequeño y comprobó que tenía fiebre.

—Dámelo. —Rob Kennedy tomó en brazos a su nieto y sostuvo la preciosa carga contra su corazón, con fiereza y espíritu protector. El cabello pelirrojo del bebé tenía los mechones tiesos, y el rostro colorado de tanto llorar; el parecido entre abuelo y nieto era indiscutible. La cara de Rob quedó surcada de trazos severos cuando exclamó:

—¡No dejaré que este pequeño muera! Sentaos los dos, tengo algo que deciros.

Tina se sentó en la litera mientras Heath ocupaba lentamente una silla a su lado.

—Creo que la vieja Meg me lanzó una maldición por lo que ocurrió hace tiempo con Lily Rose y Heath. Ella juró que no lo hizo... afirmó que yo era la causa de mi maldición. Aseguró que no podía dejarla sin efecto, que tenía que conseguirlo yo por mi cuenta. Pero acertó en una cosa: la culpa es el veneno más mortífero que hay. ¡Te envuelve el corazón y lo estruja hasta hacerlo estallar!

—Bueno, nunca te portaste bien con Heath. Era tu hijo natural y debía haber vivido contigo, no con los gitanos —le dijo Tina sin rodeos.

Rob meneó la cabeza compungido.

—Cuando murió Lily Rose, se me partió el corazón. Maldije al bebé... no podía soportar su presencia, y por ello la vieja Meg se hizo cargo de él. ¡Me equivoqué! —Rob miró a Heath—. Lily Rose y yo no estábamos comprometidos, sino casados legalmente.

Tina se quedó pasmada.

—Dios mío, padre, ¿Heath es tu primogénito legítimo? ¿Cómo has podido hacerle creer todos estos años que era un bastardo?

—Fue más cómodo en muchos sentidos. Lily Rose siempre había insistido en mantenerlo todo en secreto para protegerme de la ira de mi padre, así que cuando murió mantuve la boca cerrada. Después mi padre enfermó y se obstinó en que me casara antes de recibir su título de lord de Galloway. ¿Piensas que tu madre se habría casado conmigo si su hijo no hubiera podido ser mi heredero legal?

Heath siguió sentado en silencio, absorto en las palabras de su padre. Aquello significaba que su madre no era una ramera gitana sino una esposa respetable. Su corazón rebosaba de alegría.

—¡Pero piensa en el daño que le has hecho a Heath! —le recordó Tina.

—¿Qué daño? ¡Míralo! Es un hombre de verdad: fuerte por fuera y por dentro, que es lo que cuenta. Es evidente que no me ha necesitado, a diferencia de mis otros hijos varones. Yo los quiero a todos, pero es de Heath de quien me siento más orgulloso. Me alegra que viva en el campo, al aire libre; será un poderoso señor de Galloway.

Heath se quedó estupefacto al comprender que su padre lo estaba declarando su heredero legal. No aceptaría, desde luego. Toda la vida se había apoyado en su orgullo y había tenido que tragar muchas cosas. No obstante, agradecía enormemente que el deshonor se hubiera borrado del nombre de su madre.

Rob alzó a su nieto hasta su hombro, y el bebé le vomitó encima. Tina lo tomó en brazos y se dio cuenta de que había dejado de llorar.

—Creo que ya no tiene fiebre. —Tocó la cara del niño, y éste gorjeó.

—¡Por los clavos de Cristo! ¡Se ha roto el maleficio! —anunció Kennedy, convencido de que así era. Acarició con ternura la cabeza de su nieto.

—Dale de mamar; nosotros iremos un rato a cubierta.

Heath cruzó su mirada con la de Valentina, quien le indicó imperceptiblemente que fuera con su padre. Al salir, una fuerte brisa les azotó la cara. Heath mantuvo el equilibrio agarrándose a la barandilla, pero Rob, que tenía las mejores piernas marineras de Escocia después de años de ir y venir por la cubierta de sus barcos, andaba sin dificultad.

—Padre, has demostrado mucho valor para hacer lo que has hecho.

—No; ha sido cobardía. Miedo de la maldición, miedo de que muriera el pequeño, y miedo de que Lily Rose me aborreciera para siempre jamás.

—Has sido valiente —la mirada de Heath se desplazó hacia Duncan, que estaba al timón—, y aún tendrás que serlo mucho más. ¿Estás seguro?

—El lema de los Kennedy es «Piensa en el final». —Dirigió a su hijo mayor una mezcla de mueca y sonrisa socarrona—. He meditado sobre ello; estoy seguro.

—¿Estás segura? —preguntó Lance Carleton a su hija.

—Sí, estoy segura. —Raven tomó a su padre del brazo y bajaron por las escaleras que conducían a la biblioteca de la planta baja, desde donde lord Dacre llevaba sus negocios.

Cuando llegaron, Thomas Dacre mandó llamar a su hijo, que se presentó de inmediato, demostrando que estaba ansioso por resolver la cuestión. Dacre leyó en voz alta el documento, que estipulaba la dote de Raven y añadía que el Burgh Marsh se pondría a su nombre el día de la boda para que lo heredaran sus hijos. Dacre miró a Raven y arqueó las cejas.

—¿La fecha de la boda?

—Agosto —respondió Raven indecisa.

—El primero de agosto —estableció Christopher con firmeza.

Raven le echó una mirada rápida, como si quisiera discutir, pero se contuvo, y lord Dacre escribió la fecha y le ofreció la pluma a ella para que firmara. Cuando el documento tuvo las cuatro firmas, Christopher acompañó a Raven hasta la puerta de la biblioteca.

—Me gustaría enseñaros cuáles serán nuestros aposentos —señaló él.

—Oh, magnífico. —Ella guardaba muy buenos recuerdos del castillo de Carlisle—. Pero primero iré corriendo a decirle a mi madre que ya hemos firmado —añadió alegremente—; nos encontraremos en la galería. —Subió las escaleras, pero antes de llegar a la habitación de su madre se topó con Heron, que parecía estar aguardándola.

—¿Es verdad que lo has hecho? —preguntó con cautela.

—Sí. Estoy comprometida oficialmente. ¿Qué es lo que te molesta?

Heron vaciló y después habló impulsivamente.

—Chris habló de una incursión. No dijo dónde, pero está claro que fue al otro lado de la frontera. Como Vigilante Principal de las Marcas, se supone que los Dacre han de mantener la paz, no hostigar a los escoceses.

Raven arrugó la frente.

—La reunión del Tribunal de Vigilantes de la Frontera que comienza mañana se celebra para analizar y resolver disputas entre ingleses y escoceses. Seguramente los Dacre no han apoyado ninguna correría en Escocia, sobre todo en la víspera de la sesión del tribunal. —Aunque Raven habló con seguridad, le quedaron dudas y decidió preguntarle a Christopher.

Momentos después, cuando llegó a la galería, Chris la estaba esperando. Le murmuró una frase cariñosa, le besó la mano y la condujo a unos aposentos en el extremo opuesto del ala que ocupaban sus padres. Eran bastante espaciosos, y a Raven le gustó que tendrían su propio comedor y no se verían obligados a comer con los padres de él. También le gustó que eran elevados, justo por debajo de las almenas, y daban al prado del castillo. En ese momento, en el prado estaban instaladas las tiendas de los que asistirían a la reunión del tribunal.

Chris las señaló.

—Se habrán ido en una semana, y tendremos el prado para nosotros un par de días antes de ir a Bewcastle para nuestra luna de miel.

«Ram Douglas asistirá a la sesión del tribunal.» Raven se mordió el labio y contuvo sus pensamientos antes de que fueran demasiado lejos. Había jurado que no pensaría en Heath Kennedy.

La persistente mirada de Christopher vagó por el recatado escote de Raven y después bajó a sus senos.

—Cuando estemos casados, me gustaría que llevarais vestidos más escotados y elegantes. En un futuro no muy lejano, viajaremos a Londres, a la corte real.

Las palabras de Valentina resonaban en sus oídos. «La corte real es como una caballa muerta en la playa: brilla y apesta. La corte inglesa es aún peor.» Raven supuso que su futuro esposo había disfrutado de su cuota de cortesanas inmorales, pero, curiosamente, esa idea banal no hirió sus sentimientos. Tenía en la cabeza asuntos mucho más importantes. Cuando Christopher la tomó por la cintura y se disponía a estrecharla, ella interpuso las manos y lo contuvo. Lo miró.

—¿Participasteis en una incursión?

Los ojos gris verdosos de él se abrieron como platos.

—Sí, en efecto. Hace dos noches íbamos patrullando cuando nos encontramos con un espectáculo atroz y sangriento, suficiente para provocar náuseas a soldados curtidos. Cuando los escoceses cruzan la frontera en tropel para saquear, se comportan como vándalos. No respetan nada, ni las iglesias, ni las mujeres, ni los niños. Raven, preferiría no hablar de esto, me gustaría resguardaros del conocimiento de tales atrocidades.

—¿Estas incursiones suceden con frecuencia? —insistió ella.

—Con demasiada frecuencia. Gracias a Dios vosotros estáis algo retirados y protegidos por las marismas de Rockcliffe, pero Longtown ha sido incendiado repetidas veces, y algunos de esos malvados han llegado incluso hasta Carlisle. —Señaló a través de la ventana—. Ese Kennedy bastardo robó una manada de nuestros caballos de este prado de ahí abajo. No dudó en matar brutalmente a los guardias.

Raven cerró los ojos. No era extraño que entre ellos hubiera tanto odio.

—Cuando estáis en Bewcastle, ¿organizáis incursiones contra los escoceses como represalia?

—Estamos demasiado ocupados patrullando las fronteras cercanas a Bewcastle, protegiendo a la gente que vive allí. —Christopher no necesitaba recordarle que su abuela era una de esas personas—. Raven, no quiero que hoy estéis triste. —Le tocó la mejilla con delicadeza—. Echemos un vistazo a los aposentos de esta parte del castillo por si hay algún mueble que os guste.

Raven sonrió radiante para desterrar las preocupaciones.

—Vamos en busca del tesoro.

—Yo ya he encontrado mi tesoro. —Inclinó la cabeza y la besó.

Raven no lo apartó, pero tampoco respondió de la forma que a él le hubiera gustado. Quería que ella le rodeara el cuello con los brazos, que apretara su blando cuerpo contra el de él, accediendo a sus requerimientos amorosos. ¿Por qué se hacía la estrecha, cuando incluso su hermana lo devoraba con los ojos? Los celos le provocaron desasosiego, y se preguntó si la muy zorra se habría acostado con Kennedy. Aquel inmundo hombre de la frontera la quería, sí, pero la hermosa Raven Carleton tenía un orgullo demasiado desdeñoso para rebajarse hasta ese punto. Bien, la adoraría en el altar de su belleza hasta que tuviera el anillo en el dedo; después gozaría del perverso placer de bajarla del pedestal e hincarla de rodillas para que ella lo adorara a él y le prodigara todas las atenciones que merecía.

Duncan pilotó el barco hasta la desembocadura del río Dee y echó el ancla junto al castillo almenado de Donal, donde aún flotaba el olor a lana quemada. Cerca estaba amarrada una embarcación de los Douglas; donde aguardaba Ramsay, que subió a bordo para ayudar a Valentina con los mellizos.

—Tu madre está histérica y Meggie todavía no ha parado de llorar. Estarás entretenida, amor mío.

«Dios santo» —pensó Tina—. «A mi madre le va a dar un ataque cuando se entere de que Heath es el heredero de mi padre.» Tina no dijo nada de que su bebé había estado malo; Ram ya tenía suficientes preocupaciones.

—Yo me ocuparé de Elizabeth —dijo Ada con firmeza—. Estoy acostumbrada al mal genio de su señoría.

Rob Kennedy siguió a Ada por la plancha con paso seguro, dispuesto a afrontar lo que fuera.

—¿Hay un sitio seguro donde pueda dejar a Armstrong? —preguntó Heath a Ram.

—A bordo del *Venganza*; Jock lo vigilará de noche. Tendremos que navegar hasta Carlisle por la mañana; ya habrá empezado la sesión del Tribunal de Vigilantes de la Frontera, de modo que nos perderemos el primer día. —Ram se llevó al hombro la cuna vacía y siguió a su familia en dirección al castillo de los Kennedy.

Heath entregó el prisionero a Jock, que lo esposó en la bodega del *Venganza*.

—No atrapamos a ninguno de esos canallas ingleses, y no tenemos ni idea de cuántas reses y ovejas se llevaron. Todo lo que hemos conseguido es poner un poco de orden. Ram ha mandado llamar a hombres del castillo de Douglas para que reconstruyan lo destruido por el fuego.

Cuando Heath entró en el castillo, la ira contra los ingleses lo tenía fuera de sí. Vio a Beth Kennedy y lady Elizabeth sollozando una en brazos de la otra, mientras Tina consolaba a Meggie, la joven esposa de Donal. Ada apartó los brazos de Beth del cuello de su madre.

—Venid, señora, debéis acostaros; monsieur Burque os preparará una poción de leche caliente y cerveza que os aliviará. —Ada se llevó a Elizabeth, y un resuelto Rob Kennedy las siguió.

De pronto, Rob se volvió para hablar con Heath.

—¿Representarás a los Kennedy en el tribunal y formularás la acusación correspondiente a esta incalificable incursión?

—Estoy moralmente obligado a hacerlo —declaró Heath.

Su padre se quitó el broche del delfín de plata que incluía el lema de los Kennedy y se lo prendió en el jubón. Lo rodeó con los brazos fugazmente y acto seguido el patriarca de los Kennedy fue tras los pasos de Ada.

Ram indicó a Heath y Ducan que lo siguieran.

—Lady Kennedy y Meggie no tuvieron suficiente ánimo para ver los cadáveres carbonizados. Tendréis que intentar identificar a vuestro hermano Donal.

Los tres hombres bajaron a los sótanos del castillo, donde los cuerpos quemados yacían cubiertos con sábanas. Junto a la pared había cuatro ataúdes labrados esperando recibir los espeluznantes restos. Heath se arrodilló y miró atentamente. Ninguno de los cadáveres tenía pelo ni se podían reconocer los rostros. Uno era mayor que los demás y podía ser el de Donal, pero el sexto sentido de Heath le decía que no era su hermano.

Sin embargo, Duncan identificó el cuerpo enseguida.

—Estas botas llevan refuerzos de hierro en las suelas; Donal calzaba botas como éstas.

Aunque la identificación no era definitiva, todos estuvieron de acuerdo en que había que enterrarlos sin demora, y Heath dijo que se encargaría de ello.

En cuanto Duncan se hubo marchado, Heath le explicó a Ram su conversación con el preso.

—Según dijo, si Dacre pagaba, podría haber un centenar de Armstrong dispuestos a realizar correrías. Le pregunté por otros clanes, y nombró a los Graham dirigidos por Long Will, que han actuado a ambos lados de la frontera.

Ram soltó un silbido.

—Dios santo, eso suma trescientos o cuatrocientos. Dacre les paga con vacas u ovejas, lo que explica este ataque a los Kennedy.

—Sólo lo explica en parte; los dos sabemos que esto

ha sido una represalia por el secuestro de Christopher Dacre. No atacarán a los Douglas por no poner al descubierto la relación entre Dacre y Archibald.

—¡Bien, pues los muy hijos de puta se van a enterar de que atacar a los Kennedy es lo mismo que atacar a los Douglas! ¿Crees que podremos navegar con la marea de la noche? ¿Estará bien Rob si lo dejas aquí?

—Mi padre estará bien; se encuentra rebosante de fuerza y pronto volverá a llevar la voz cantante de los Kennedy.

—Hablaré con Tina y ordenaré a los hombres que empiecen a subir las monturas a bordo.

Ramsay condujo a Valentina a un aposento vacío junto al de Meggan.

—Aquí hay un verdadero revuelo. ¿Qué te parece si zarpamos esta noche? —La tomó en brazos y la abrazó con fuerza.

Ella apretó la cara contra el hombro de él, que le acarició el pelo.

—Mi padre ha asumido el control y mi madre por fin se ha dormido. Meggie se ha distraído con los mellizos y ha podido secarse las lágrimas por el momento. —Alzó los ojos hacia Ram—. ¿Era Donal?

—Así lo cree Duncan... pero Heath lo duda.

—¿Puedo echar un vistazo?

—No. Heath ya los habrá enterrado. Tú y los niños iréis al castillo de Douglas lo antes posible. Los carros de Eskdale llegarán mañana. No dejes que tu familia te consuma las fuerzas, amor mío.

Valentina sabía que cuando su padre hablara a su esposa y a Duncan sobre Heath, se armaría la gorda. La tormenta que se desataría sería cuanto menos tumultuosa. Su madre se pondría de veras histérica, le daría un maldito ataque; y Duncan sería capaz de matar.

—Sí —admitió con una dulce sonrisa—. Iré al castillo de Douglas, lo prometo.

Cuando Heath sacó a *Blackadder* de la bodega del barco de los Kennedy, galopó un rato por la orilla del Dee antes de embarcarlo en el otro navío. Recorrió ávidamente con la mirada la tierra que había al otro lado, sabiendo que sus cien acres estarían por allí. No tenía tiempo de explorarlos, pero se prometió a sí mismo que llevaría a sus yeguas a pastar en su propio prado en cuanto fuera posible. Era la primera vez que poseía tierra, y eso significaba tanto para él que no podía expresarlo con palabras.

El *Venganza* zarpó del Solway con viento a favor y el amanecer había comenzado a iluminar el cielo cuando el barco llegó a la desembocadura del río Eden. Echaron el ancla cerca de Carlisle y cabalgaron hacia la ciudad, que desbordaba de Vigilantes de la Frontera escoceses e ingleses y sus hombres, que habían acudido a la sesión del tribunal. Ésta se celebraba en el gran salón del castillo de Carlisle, y las calles que iban hacia el norte, desde la plaza del mercado hasta la imponente fortaleza roja, estaban congestionadas de gente.

—¡Paso para un Douglas! —gritaba Jock mientras Ram y sus hombres iban al trote en sus robustos caballos sobre las calles empedradas. Todos vestían los colores de los Douglas, exhibiendo con orgullo sus insignias en las mangas. Ramsay iba vestido como correspondía al señor más rico del reino. A su lado, Heath Kennedy, de negro por el luto que guardaba, frotaba con la manga el broche del delfín de plata.

Tardaron casi una hora en llegar a los establos del castillo y entregar sus caballos a los mozos. Ram envió a media docena de sus hombres a instalar tiendas en el prado debajo del castillo, como era costumbre. Cuando

Heath reconoció a Heron Carleton en la muralla exterior cercana a los establos, dio un respingo. Sabía que Heron estaría allí con su padre, que era miembro del tribunal. Sin dudarlo, Heath cruzó el patio a grandes zancadas para saludarlo.

—¿Está Raven aquí? —preguntó Heath esperanzado.

—Sí, pero... —Heron parecía incómodo.

—¿Pero qué?

—Raven acaba de comprometerse con Christopher Dacre. Se casarán cuando termine la reunión del tribunal.

Las facciones de Heath se endurecieron. La máscara de granito ocultaba la hirviente furia que lo desgarraba por dentro. De modo que aquella hermosura orgullosa de su sangre había hecho su elección. Se había vendido al mejor postor, alguien que le daba riqueza y un título. «¡Dacre, así acabes en las llamas del infierno!»

23

El Tribunal de Vigilantes de la Frontera se reunía cuatro veces al año, alternándose como sede las dos ciudades más grandes de la frontera: Berwick en el este y Carlisle en el oeste. En apariencia, era ahí donde los ingleses se encontraban con sus homólogos escoceses para discutir y resolver disputas. Los funcionarios ingleses presentes eran sir Robert Carey, sir Richard Graham y sir Lancelot Carleton; los escoceses eran James Elliot, David Gilchrist y Dand Kerr.

Lord Thomas Dacre, Vigilante Principal de la Marca Inglesa, no tardó mucho en iniciar la ofensiva.

—¡Desde la primavera, sólo en la Marca Central las incursiones de los escoceses han provocado la pérdida de setecientas cabezas de ganado pertenecientes a los arrendatarios de Dacre!

Alexander Hume, lord Vigilante General de la Marca Escocesa, se puso en pie.

—Fueron tomadas de manera ordenada, siguiendo la costumbre de la frontera. ¡Pero afirmo que, por cada uno de estos animales, los ingleses han robado cien!

—Estos dos se odian a muerte —le dijo Ram a Heath en un aparte—. En Flodden, Hume ordenó a sus hombres abandonar el combate para saquear y robar los enseres y caballos de los ingleses victoriosos.

—Cuando se trata de robos e incursiones, vuestros

Vigilantes de la Frontera hacen la vista gorda, Hume. Como Vigilante General, tenéis la obligación de controlar a vuestros subordinados —señaló Dacre con indignación.

—¿Controlar a gente como Johnnie Maxwell o Black Ram Douglas? Su idea del cumplimiento de la ley consiste en un metro de acero, y ciertamente no es desatinada si tenemos en cuenta que nos las hemos de ver con los ingleses, ¡que no obedecen y están cubiertos de oprobio!

—¡Hume, sois el menos indicado para hablar de oprobio! —gritó Dacre indignado.

Ram Douglas se levantó y miró a Dacre.

—No, esta distinción corresponde a un inglés —soltó sin rodeos.

Dacre clavó los ojos en Douglas, esperando una acusación, pero éste volvió a sentarse y le sostuvo la mirada. El juego del gato y el ratón duró todo el día; Ram esperaba el momento oportuno. Se escucharon una docena de casos de chantaje, secuestro, agresión e incursión, hablaron las defensas, se emitieron juicios y se decidieron castigos desde cárcel hasta indemnización, a menos que los delitos se hubieran cometido en el Territorio en Litigio. Estos delitos quedaban impunes, pues ningún país quería asumir la responsabilidad de acciones allí perpetradas.

Al día siguiente, Ram acusó a los ingleses de hacer una incursión en Annan y una docena de pueblos más pequeños. Fijó una cantidad asombrosa en concepto de indemnización y a continuación se dirigió a Dacre:

—Estas incursiones se hicieron desde la Marca Inglesa Occidental, que vos, señor, deberíais controlar. Annan y los demás pueblos fueron reducidos a cenizas, y se perdieron vidas humanas. Sólo un cobarde utiliza el fuego contra mujeres y niños. —Douglas no acusó directamente a Dacre de organizar las correrías, pero le estaba apretando las clavijas.

El tercer día, Douglas no abrió la boca; no hacía falta. Cuando él y sus hombres entraron en el gran salón, llevaban con ellos a Sim Armstrong, su testigo, a quien hicieron sentar entre Jock y Ram Douglas, con el resto de hombres alrededor custodiándolo. Todo el día quedó de manifiesto que Dacre no era capaz de concentrarse en los casos que se planteaban ante el tribunal, y cuando no rebatió las acusaciones contra sus arrendatarios por pastoreo ilegal y lesiones, los veredictos le fueron desfavorables.

Esa noche, Ram Douglas hizo una visita rápida al banquero de Carlisle al que Angus había dejado oro en depósito. Cuando Ram le aseguró al banquero que prefería dejar sus fondos en Carlisle a retirarlos y depositarlos en Escocia, el hombre confió en Douglas y le habló de un rumor que el banquero inglés sabía que interesaría al señor escocés. Ram le dio las gracias y le dijo que le recompensaría si mantenía el rumor en secreto.

Al cuarto día de sesión, no se veía al testigo de los Douglas por ninguna parte. Tras un descanso a media mañana, lord Ramsay Douglas se puso en pie para formular sus acusaciones. Lo que atrajo todas las miradas no fue tanto su espléndido atuendo, adornado con el corazón sangrante incrustado de rubíes y diamantes, como su rostro oscuro y dominante, su voz fuerte y profunda.

—Señores, hay un traidor entre nosotros, un Vigilante de las Marcas que paga a un clan de proscritos escoceses para que roben, maten y mutilen a los de su propia sangre en la frontera escocesa. Las cifras os asombrarán. Puede reunir a un centenar de Armstrong para destruir a los suyos a sangre y fuego. Esto es una táctica malvada y artera para que nosotros echemos la culpa a los ingleses y los odiemos. Pero esto no es todo. Paga a un clan inglés para que cause estragos en la frontera inglesa y así poder acusar de ello a los escoceses. Los números asustan; tiene a su servicio a doscientos o trescientos hombres.

Sir Richard Graham, uno de los funcionarios ingleses, se levantó.

—¡Esta acusación es absurda! Los ingleses no se rebajarían a cometer tales atrocidades.

—Es extraño que seáis vos quien lo niegue, sir Richard; ¡los ingleses de los que estoy hablando son los Graham!

El aire se llenó de un murmullo de voces. Aunque Douglas aún no había acusado al Vigilante al que aludía, la mayoría de los presentes en la sala sospechó que se refería a Thomas Dacre. Sir Lancelot Carleton golpeó la mesa con el mazo para llamar al orden.

—Lord Douglas, la acusación parece ridícula. Los Vigilantes de la Frontera Inglesa son responsables ante el condado de Surrey, que recibe órdenes directamente del rey de Inglaterra.

Douglas dirigió a Carleton un gesto de asentimiento.

—Exactamente, sir Lancelot; ¡habéis dado en el clavo!

Durante unos largos diez minutos hubo un jaleo tremendo, y se tardó otros diez en restablecer el orden en la sala. Douglas levantó una mano.

—Mañana daré nombres y traeré a mi testigo, Sim Armstrong, que atestiguará todo esto. Mañana presentaré pruebas. —Sólo Ram y Heath sabían que Armstrong no hablaría.

Douglas se sentó y Kennedy tomó la palabra. Iba vestido de negro de la cabeza a los pies, y los presentes en la atestada sala alargaron el cuello para mirarlo. Aunque más atractivo que Douglas, nadie dudaba que era otro hombre de la frontera, oscuro y dominante, cortado por el mismo patrón. Heath alzó la cabeza orgulloso y miró fijamente a los miembros del Tribunal.

—Mi nombre es Kennedy. Siguiendo órdenes de Dacre, los Armstrong realizaron una incursión en Eskdale y robaron una docena de yeguas de cría que me pertenecían. Secuestré al hijo de Dacre y pedí rescate. Recuperé mis yeguas y devolví a Christopher Dacre a su padre. Esto debería haber significado el fin de este episodio, pero no ha sido así. Como represalia, un mercante de los Kennedy, cargado de lana, fue destruido por un incendio mientras se hallaba atracado aquí, en Carlisle. Después, hace sólo unos días, se produjo una incursión a gran escala en Kirkcudbright contra mi hermano Donal Kennedy: fueron robadas vacas y ovejas, ardieron los almacenes de lana, y mi hermano Donal murió quemado. No es preciso recordar que, bajo la ley de la frontera, las correrías de represalia están prohibidas, y que Dacre controla la Marca Occidental.

Antes de que Heath Kennedy dejara de hablar, Dacre ya estaba de pie negando la acusación.

—¡Eso son sucias calumnias! ¡Mi hijo jamás fue secuestrado por este Kennedy bastardo! Lo de las yeguas robadas, los barcos incendiados y las incursiones en Kirkcudbright es pura fantasía. Afirma que los Armstrong atacaron Eskdale; bien, no olvidéis que éstos son escoceses, no ingleses, y que Douglas controla la Marca Occidental Escocesa.

Lancelot saltó de su asiento para defender a su futuro yerno.

—¿Pensáis en serio que vamos a creer que pedisteis unas cuantas yeguas como rescate por Christopher Dacre?

—Os aseguro que mis yeguas valen mucho más que un Dacre, pero si dudáis de que fue mi prisionero, os sugiero que se lo preguntéis a vuestro propio hijo, Heron Carleton. —Heath dirigió sus siguientes palabras a los tres funcionarios escoceses del Tribunal—. Hablo en nombre de mi padre, Rob Kennedy, lord de Galloway. Pedimos una indemnización por el ganado robado y formulamos una acusación de asesinato contra lord Thomas Dacre.

La sala quedó en silencio durante un largo momento antes de que comenzaran a oírse gritos y maldiciones. Con el rostro ceñudo, Heath Kennedy, Ramsay Douglas y sus hombres salieron en fila de la gran sala de Carlisle. En el exterior, Ram gruñó satisfecho.

—Le hemos dado un buen puñetazo en el estómago al muy hijo de puta. Cuando no lo nombré a propósito, Dacre supo que lo estaba chantajeando. Apuesto lo que quieras a que antes de que anochezca tendremos noticias suyas.

Heath hizo una mueca.

—Nunca apuesto contra algo seguro.

Cuando empezaba a anochecer llegó a las tiendas un mensajero preguntando por Ramsay Douglas. No llevaba ninguna nota, sólo un mensaje verbal. Lanzó una mirada cautelosa a Heath Kennedy: estaban claras sus instrucciones de no hablar delante de testigos. Cuando Heath salió, el mensajero dijo:

—Lord Dacre os espera, solo, mi señor.

Cuando Ram Douglas entró en la biblioteca de Dacre, se sintió más confiado y decidió elevar la cantidad que exigiría por retirar los cargos. Pero Dacre tenía un as en la manga.

—Decidle a Kennedy que tendrá que retirar la acusación de asesinato contra mí. Su hermano Donal está vivo. —La sonrisa de Dacre era malévola; a pocos hombres odiaba más que a Ram Douglas.

En Ramsay renació la esperanza. ¡Valentina estaría contenta! No obstante, sus ojos negros de peltre se mostraban suspicaces, ocultas sus emociones.

—Si tomasteis preso a Donal Kennedy, ello demuestra que estabais haciendo una incursión en Kirkcudbright.

—No exactamente. Era él quien estaba haciendo una correría en el lado de Inglaterra, y fue capturado en el Territorio en Litigio. Una docena de miembros de los Graham lo jurarán.

Ram estaba dispuesto a negociar.

—A cambio de Donal Kennedy podría decirle al tribunal que mi testigo no es fiable y que no tengo pruebas de las acusaciones formuladas hoy.

Dacre sonrió despacio.

—Soy yo quien lleva la voz cantante, Douglas.

Los severos y oscuros rasgos de Ram parecían cincelados en piedra.

—Si mañana no decís al tribunal que no tenéis testigos ni pruebas de vuestras temerarias afirmaciones, y si no me entregáis a Armstrong esta misma noche, vuestro cuñado morirá.

Ram clavó los ojos en su enemigo mientras sopesaba la posibilidad de acuchillarlo allí mismo. Dacre era un cobarde y tendría guardias esperando tras la puerta para matarlo a él y al prisionero. No había alternativa. Douglas hizo un gesto de asentimiento y dio media vuelta.

De regreso en la tienda, le contó las novedades a Heath Kennedy.

—Donal está vivo; Dacre lo mantiene prisionero.

—¡Gracias a Dios!

—No te apresures. He intentado negociar; le he propuesto retirar nuestras reclamaciones y acusaciones a cambio de Donal. Y Dacre se ha reído en mi cara. Si no le decimos al tribunal que no tenemos pruebas de nuestras precipitadas afirmaciones, y si no le entregamos a Armstrong esta noche, amenaza con matar a Donal. Y creo que lo hará.

—Entonces no tenemos elección... Lo siento.

—No me importa ocultar las pruebas de que Dacre está pagando a los Armstrong y los Graham. Lo que le ha fastidiado es que lo acusáramos directamente a él; ahora todos sospechan que es la verdad.

Los pensamientos de Heath trotaban desbocados buscando una respuesta al dilema.

—Sim Armstrong es mi prisionero. Yo se lo entregaré a Dacre.

Ram miró a Heath con recelo.

—No cometas ninguna imprudencia. Yo estuve tentado, pero logré contener mi cólera.

Heath asintió secamente y se dirigió a la tienda de Jock, donde tenían bien custodiado a Armstrong.

—Ven conmigo —le dijo al prisionero, que llevaba los brazos atados a la espalda.

Sim parecía atemorizado y dispuesto a huir.

—¿Queréis que os acompañe? —preguntó Jock a Kennedy.

Éste tocó el mango de su puñal y meneó la cabeza.

—No; creo que Armstrong y yo nos entendemos bien.

Cuando las dos siluetas enfilaron hacia el castillo ya estaba completamente oscuro. Kennedy andaba detrás de Armstrong, y si los pasos de éste eran remisos, lo achuchaba con la hoja del cuchillo. Cuando llegaron a la muralla, Heath alargó la mano y cortó la cuerda que maniataba al prisionero.

—Vete al infierno —masculló en voz baja.

Sim Armstrong tardó un minuto en comprender el significado de aquellas palabras. Desapareció al instante.

Por si había alguna provocación, Heath Kennedy

escondió el puñal en la bota antes de entrar en el castillo de Carlisle.

—Llevadme ante lord Dacre; tenemos que tratar un asunto. —Se apostaron otros dos guardias en la puerta de la biblioteca, armados hasta los dientes con espadas y cuchillos. Cuando llamaron, el propio Dacre abrió e hizo pasar a Heath Kennedy.

—Estáis perdiendo el tiempo; no voy a regatear.

—Creo que sí lo haréis.

Dacre alzó las cejas sorprendido por la audacia de Kennedy.

—Vos y vuestro hijo preferiríais con mucho que fuera yo vuestro prisionero y no Donal Kennedy. Si lo liberáis, yo ocuparé su lugar.

Dacre lo miró con severidad, preguntándose si había oído bien, temiendo alguna treta. Se dirigió a la puerta y, sin apartar los ojos de Kennedy, le dijo al guardia que llamara a su hijo Christopher.

—¿Dónde está Armstrong? —preguntó con tono exigente.

Heath Kennedy abrió las palmas de las manos.

—Ha escapado —respondió con voz dulce.

Cuando Christopher Dacre entró en la biblioteca y vio quién estaba con su padre, frunció los labios invadido por el odio. Luego dijo con regodeo:

—No hay dinero con que se pueda pagar el rescate de vuestro hermano.

Su padre lo cortó.

—No está ofreciendo dinero... se está ofreciendo a sí mismo.

Los ojos de Chris Dacre se abrieron de par en par. Heath repitió su propuesta.

—Yo ocuparé el lugar de Donal si lo liberáis. —Observó que los ojos de Chris Dacre daban paso a la avidez, y supo que el trato era un hecho. Dacre ansiaba tenerlo a su merced.

Los guardias tardaron un buen rato en llevar a Donal Kennedy ante su presencia, y Heath supuso que estaría encarcelado en las entrañas más profundas del castillo. Cuando por fin entró Donal en la biblioteca, Heath advirtió que tenía sangre en las ropas y cojeaba al andar.

Cuando Donal vio a su hermanastro, no pudo disimular su sorpresa.

—¿Me has rescatado?

—Así es —contestó rápidamente Heath antes de que nadie más pudiera hablar—. Encontrarás las tiendas de Ram Douglas y sus hombres en el prado, cerca de las de los Maxwell.

—Puedes marcharte cuando quieras —informó Dacre a Donal—. Dile a Douglas que retendré a su cuñado hasta que mañana retire todas las reclamaciones ante el tribunal.

Donal Kennedy parecía aturdido, pero cuando un guardia le abrió la puerta, salió rápidamente.

Chris Dacre ordenó a sus guardias que detuvieran a Heath Kennedy, pero su padre hizo una pronta advertencia.

—Primero registradlo. No habría entrado aquí sin un arma oculta. —Cuando descubrieron el cuchillo en la bota, Chris Dacre tendió la mano—. Yo me quedaré esto. —Después se inclinó con gesto burlón—. Después de vos, caballero.

Con un guardia a cada lado sujetándolo por los brazos y Chris Dacre detrás, Heath fue conducido a una malsana y húmeda celda en las profundidades del castillo de Carlisle. Observó los tortuosos pasillos por los que lo llevaban y supo que lo iban a encerrar en la parte más antigua y menos utilizada de la fortaleza.

Dacre encendió una antorcha para que los guardias pudieran encadenarlo a argollas de metal fijas en el muro. Heath maldijo en silencio, sabiendo que no sería capaz de tumbarse. Después rió de su propio desatino, pues en ningún momento hubiese imaginado que lo tratarían de manera civilizada.

Cuando Dacre estuvo seguro de que Heath Kennedy estaba bien inmovilizado, gritó a los guardias: «¡Dejadnos!» Levantó la antorcha para que la luz brillara ante el rostro del cautivo, y de pronto la oscura y orgullosa belleza de Kennedy lo llenó de furia.

—¡Arrogante bastardo! ¡No sois más que un gitano ilegítimo, y aún os atrevéis a mirarme por encima del hombro!

—¿Por encima del hombro? Deberíais sentiros honrado de que siquiera me digne miraros.

Dacre le dio un puñetazo en la cara.

—Volveré mañana por la noche. Veremos si después de estar de pie veinticuatro horas os seguís mostrando tan altanero.

Heath se lamió el labio partido y saboreó su propia sangre con satisfacción perversa.

Ram Douglas estaba tomando una jarra de cerveza cuando Donal Kennedy entró cojeando. Dejó la jarra y se limpió la boca con la manga.

—¿Cómo diablos logró Heath liberarte si yo no lo conseguí? —De repente cayó en la cuenta—. Por las sagradas llagas de Cristo, ¡ha ocupado tu lugar!

Donal asintió.

—¿Cómo lo has adivinado?

—El muy idiota lo hizo una vez por mí.

—Dacre dice que lo retendrá hasta que mañana retiréis todas las acusaciones ante el Tribunal de Vigilantes de la Frontera.

Ram sabía que la palabra de Dacre no tenía ningún valor, pero una vez retiradas las acusaciones no veía ninguna razón por la que Dacre quisiera mantener encerrado a Heath Kennedy. Además, Dacre sabía que si a Kennedy le sucedía algo, Douglas lo vengaría. Ram levantó las manos ante el temerario valor de su amigo.

—Mañana te llevaremos a casa. No sólo tu esposa derramará lágrimas de alegría. ¡Cuando te vea tu padre, echará la casa por la ventana!

En el castillo de Carlisle, el padre de Heron Carleton estaba mucho menos alborozado. Sir Lancelot llamó a su hijo en su aposento.

—Hoy no te he visto en la sesión del tribunal.

—No, padre. Estaban probando el traje de novia de Raven, y lady Rosalind y mi madre me han encargado un montón de tareas, incluida la medición del pasillo de la catedral de Carlisle.

A Lance Carleton no le hizo gracia.

—Si hubieras estado en la sesión, habrías visto cómo Heath Kennedy acusaba a los Dacre de devastadoras represalias porque había retenido cautivo a Chris Dacre por un rescate consistente en unas yeguas. Cuando expresé mis dudas y le dije que cómo íbamos a creer tal cosa, ¡el maldito arrogante sugirió que se lo preguntara a mi propio hijo!

Heron se lamió los labios.

—Mmm, sí, Christopher mencionó algo sobre un secuestro y un rescate. —Heron estaba hecho un lío. Quería contarle a su padre que creía que los Dacre habían hecho incursiones en Escocia, pero no quería implicar a Raven.

—¿Cómo es que Heath Kennedy estaba tan seguro de que tú lo sabías? ¿Estuviste involucrado?

—No, padre, pero creo que sí sucedió. Kennedy es pariente tuyo; ¿por qué no le crees?

—Heath Kennedy no es pariente mío. Ha sido una espina clavada en mi prima Elizabeth desde su boda. ¡Es el hijo ilegítimo que tuvo Rob Kennedy con una gitana!

Raven abrió la puerta de la estancia.

—Oh, lo siento, padre. Creía que estabas solo.

Sir Lancelot la miró fijamente y de súbito recordó algo que ella había dicho unas noches atrás: «Sólo como hipótesis, supongamos que quisiera casarme con un escocés, un hombre de la frontera... ¿Y si fuera hijo ilegítimo y tuviera sangre gitana?»

—Entra, Raven, y cierra la puerta.

Ella miró a Heron, y la expresión de su hermano la puso en guardia. El silencio en la habitación era tenso.

—Padre, ¿hay algo que quieras decirme?

—Dos palabras: Heath Kennedy.

Las mejillas de Raven se encendieron.

—¿Se lo has dicho? —le preguntó a su hermano.

—Sí —respondió Heron al punto—, le he contado que, según mencionó Chris, Heath Kennedy lo secuestró a cambio de un rescate.

—¿Me tomáis por un crédulo estúpido? —bramó el padre—. ¿Queréis contarme de una vez toda esta sórdida historia?

—No, padre —dijo Raven con calma—. No hay nada que contar.

—¡Esto es una conspiración! —proclamó Carleton.

—Como hija sumisa, he accedido a casarme con Christopher Dacre. Que así sea y asunto concluido. No le des más vueltas, padre.

Raven habló con una dignidad tan serena que, mientras la miraba, Lance Carleton reparó en que su hija ya no era una muchacha, sino una mujer hecha y derecha. Inclinó la cabeza ante la decisión de Raven.

—Que así sea.

Mientras iban hacia sus respectivas habitaciones, Raven dijo a su hermano:

—¿Por qué preguntaba por Heath Kennedy?

—Hoy ha intervenido en la sesión del tribunal. —Heron no le había dicho que antes había visto a Heath Kennedy, y no se lo iba a decir ahora—. Has salido muy bien del paso.

Ya en su dormitorio, Raven se apoyó contra la puerta, sintiéndose mal por el modo en que había hablado a su padre. «Que así sea y asunto concluido», había dicho. Pero el asunto distaba de haber concluido. Dentro de dos días se casaría con Christopher Dacre, pero ¿cómo demonios iba a seguir con aquello si no lo amaba? Cuando estaba en Eskdale habló sin parar de su libertad. Raven quería chillar ante lo paradójico de la situación. Había sido mucho más libre en Escocia de lo que sería jamás. El matrimonio con Christopher Dacre era una cárcel de la que nunca escaparía.

Sin embargo, debía seguir adelante. Todo estaba a punto. Le habían probado el traje de novia, que esperaba colgado en el armario. Se habían leído las amonestaciones en la catedral de Carlisle, enviado las invitaciones y restaurados sus aposentos en el castillo.

Christopher había sido especialmente indulgente, permitiéndole elegir espléndidas alfombras orientales y todos los muebles de los que ella se había encaprichado. Él parecía dispuesto a darle todo lo que deseara; no obstante, lo único que Raven quería era su libertad.

Christopher era un novio apasionado, aunque siempre que se mostraba amoroso, ella se quedaba paralizada. Se las había ingeniado para evitar momentos íntimos con la excusa de que había que aguardar a que estuvieran casados, pero el tiempo se le echaba encima tan deprisa que pronto ya no podría rehuirlo más. Su aire satisfecho contradecía lo que sentía por dentro. Su corazón latía y se agitaba como las alas de un pájaro contra los alambres de su jaula.

Raven se llevó las manos a los oídos para no escuchar el eco de las palabras de su abuela: «Tu corazón es la puerta de entrada a tu alma, cariño mío. Pero nunca olvides que es el alma, no el corazón, quien tiene la última palabra. Cuanto tu alma te hable, debes escucharla.»

24

Era el último día que se reunía el tribunal, y Ram Douglas envió a Donal Kennedy y la mitad de sus hombres al barco para acelerar la partida tan pronto él y Jock hubieran asistido a la sesión. No había más casos que examinar; sólo atar algunos cabos sueltos, sin contar lo de Ram Douglas y su prometido testigo. Los hombres reunidos en la gran sala del castillo de Carlisle preveían un enfrentamiento entre viejos enemigos: Douglas y Dacre.

Cuando Douglas tomó la palabra, el silencio era tal que podría haberse oído el vuelo de una mosca.

—Dado que Heath Kennedy está gravemente incapacitado, hoy hablaré en su nombre. Se retira la acusación de asesinato contra lord Dacre. —De la multitud se elevó un murmullo—: No obstante —subrayó—, puedo volver a formularla en cualquier momento, pues entre Kennedy y yo existen lazos de sangre. —Por la cara que puso Dacre, Ram vio que había entendido la amenaza—. Se reclamará a la Corona de Inglaterra una indemnización por la pérdida del barco mercante de los Kennedy y de la lana de Kirkcudbright. La reclamación no se presentará través de Dacre o Surrey, sino directamente al pagador habilitado de vuestro rey, el cardenal Wolsey, ¡informándole de que hay más robos y extorsiones en la Marca Occidental Inglesa que en toda Escocia!

De los escoceses presentes en el salón surgió un grito de entusiasmo.

—Ahora me referiré a mi propio asunto —declaró Ram Douglas—. Pido humildemente perdón al tribunal porque ayer le hice perder su precioso tiempo. —Estallaron risas, pues Douglas nunca había sido humilde ni era hombre para pedir nada—. Parece que mi testigo ha desaparecido misteriosamente junto con la prueba de mis temerarias afirmaciones. Lamento... —Todo el mundo contuvo la respiración, sin llegar a creer que Douglas estuviera realmente pidiendo disculpas—. Lamento que haya un traidor entre nosotros que no será posible llevar ante la justicia, por esta vez. —Parecía que Douglas se iba a sentar, pero de pronto recordó algo—. Vaya modales los míos. En nombre de los escoceses, me gustaría manifestar mi agradecimiento a la hospitalidad de Dacre en el castillo de Carlisle. Ningún otro anfitrión se le puede comparar.

Ram Douglas comenzó a batir palmas, y los demás hicieron lo propio en un alboroto de risas, silbidos y aplausos.

Heath Kennedy no estaba disfrutando de la hospitalidad de Dacre. La antorcha de la abrazadera del muro se había apagado enseguida, de modo que se acostumbró a la oscuridad, y del silencio reinante dedujo que ninguna celda próxima estaba ocupada. Con buen tino, había apretado la espalda contra la pared de piedra para restarle algo de peso a las piernas, y a fin de mantener la circulación había cambiado a menudo la posición de sus largos miembros durante la interminable noche. Afortunadamente, mediante la concentración y la fuerza de voluntad fue capaz de disociarse del dolor y el sufrimiento de su cuerpo durante largos lapsos de tiempo.

Supo que era por la mañana porque la antorcha estaba nuevamente encendida y el guardia le llevó pan y agua. Éste abrió la puerta de barrotes, pero no los grilletes. Por suerte, las cadenas permitían alcanzar la comida y llevársela a la boca. Mientras el guardia estuvo presente, Heath se mantuvo inmóvil, y no comió hasta que se quedó de nuevo solo. El centinela cerró la celda y se retiró a su puesto, que no estaba lejos.

Heath pensó que sería un día largo, pero sabía que cuando cayera la noche, Christopher no podría resistirse a hacerle una visita. El único motivo para retenerle allí era que aquel maldito canalla quería dar rienda suelta a su venganza, y el único motivo de que Dacre quisiera vengarse era Raven Carleton. Lo irónico era que, pese a que la hermosa joven había elegido a Christopher Dacre para convertirse en su esposa, él estaba tan inseguro de ella que los celos lo atormentaban. Heath lo compadeció, pues Dacre no poseería jamás ni siquiera una porción ínfima del amor de Raven.

Le sería fácil sumirse en recuerdos de Raven y perderse en fantasías para pasar las interminables horas del día, pero no debía hacerlo, al menos no en ese momento, todavía no. En su lugar, separaría su mente de su cuerpo y pensaría en Donal, que navegaba hacia casa y volvía con su familia. Cuando su esposa Meggie lo viera, se volvería loca de contento. Heath se imaginaba también a Donal con su hija pequeña, a la que alzaba exultante. Lady Elizabeth derramaría lágrimas de felicidad cuando viera a su hijo mayor, y Rob Kennedy se alegraría de haber tenido el valor de contar la verdad, lo que había roto el maleficio y resucitado a Donal de entre los muertos.

Cuando Raven despertó, lo primero que pensó fue que era el último día de julio y que el siguiente sería el primero de agosto. Se le cayó el alma a los pies. Echó un vistazo a su hermana, que aún dormía, y recordó que la noche pasada, al irse a acostar, Lark no se hallaba en su cama. Por un instante fugaz, Raven se preguntó dónde habría estado su hermana. «¿Qué importancia tiene?», razonó acto seguido. Se levantó decaída, pensando si había algo que importara. Durante varios días había aguantado los preparativos de la boda, pero se sentía extrañamente indiferente a todo. En realidad, la iniciativa corría a cargo de su madre y de lady Rosalind Dacre; Raven sólo seguía sus indicaciones.

Se reunió con las dos mujeres en el pequeño comedor de los Dacre para desayunar, pero la comida le resultaba tan poco apetitosa que no fue capaz de probar nada, limitándose a juguetear con lo que había en el plato. Por fin, lady Rosalind interrumpió su incesante cháchara sobre la boda y los importantes invitados que acudirían.

—Raven, querida, ¿te ocurre algo?

—Está soñando despierta otra vez —afirmó Kate Carleton—. No me cabe duda de que es una dolencia que aflige a todas las novias los días previos a la boda. Deja de jugar con la comida, Raven, y aporta algo a la conversación.

—Quizás está soñando que un día no muy lejano irá a la corte inglesa; yo misma estoy entusiasmada con ello —admitió Rosalind.

—¿La corte de los Tudor en Londres? —preguntó Kate, boquiabierta—. ¿Con qué motivo?

—Oh, no conozco los detalles; por ahora todo es muy secreto, pero Thomas me ha asegurado que cuando llegue el momento podré acompañarlo. Raven, ¿no te ha mencionado nada Christopher? —preguntó lady Rosalind.

Raven miró a su futura suegra sin comprender, y acto seguido un ligero recuerdo se agitó en su memoria.

—Eh... ah, sí, creo que prometió llevarme a la corte.

Su madre la observó con aire de reproche.

—¿Cómo puedes haber olvidado algo tan importante y apasionante?

—Lo siento, acabo de acordarme de que tengo montones de cosas que hacer antes de la boda. Espero que me disculpéis.

Raven se apresuró a salir de la estancia, necesitaba huir de la sensación de que la trampa se estaba cerrando en torno a ella. Cuando llegó a su dormitorio decidió ocuparse en algo. Abrió el armario y empezó la tarea que había estado aplazando toda la semana. Tomó una brazada de vestidos y los llevó a los aposentos que ella y Christopher compartirían dentro de dos días. Cuando abrió la puerta y entró, oyó la risa de su hermana. Raven se dirigió al dormitorio y sorprendió a Lark mirando a Christopher con embeleso.

Lark dio un respingo que la delató.

—Oh, Raven, deja que te ayude con esto. Precisamente estaba ayudando a Chris a llevar algunas de sus cosas a vuestros nuevos aposentos. —Lark tomó los vestidos y los depositó sobre la cama.

Raven miró a su novio sorprendida. Sin duda había muchísimos criados para hacer esas cosas.

—Lark es un cielo, siempre me estaría ayudando —dijo Chris con tono cariñoso, y recibió a cambio otra mirada de adoración de Lark.

«Ojalá yo pudiera mirarlo así» —pensó Raven con tristeza—. «Lark se cree enamorada de él, y él tarde o temprano le hará daño.» De repente recordó la cama vacía de su hermana la noche anterior y se preguntó si habría estado con Christopher. Raven se horrorizó de su sospecha.

Lark no era más que una muchacha inocente; ¡era Chris Dacre quien despertaba sus recelos!

—He de traer más cosas —dijo sin aliento.

Tenía que salir a respirar aire fresco. Necesitaba escapar un rato para poner en orden sus enmarañadas emociones. Sus pensamientos eran un auténtico desbarajuste; sus sentimientos, un caos; y de la serenidad ya no quedaba ni rastro. Lamentaba no poder cabalgar a lomos de *Sully* por Rockcliffe Marsh y por las orillas del río Eden hasta la costa del Solway. En Carlisle ni siquiera disponía de una montura. No obstante, fue a los establos y pidió a uno de los mozos que le ensillara el caballo de lady Rosalind. La madre de Christopher era siempre muy amable y generosa con ella, y seguro que no le importaría.

Raven cabalgó hacia el oeste, lejos del castillo y de Carlisle. Parecía raro que últimamente hubiera estado tan decaída, cuando por lo general desbordaba vitalidad. Mientras el palafrén galopaba y Raven notaba el sol en la cara y la brisa que hacía ondear su cabellera como un estandarte, de pronto se sintió viva por primera vez desde que hubo salido de Rockcliffe. Siguió el curso de un serpenteante riachuelo y observó un par de nutrias que jugaban en el agua. Cuando éstas escaparon a toda prisa, Raven desmontó, se quitó los zapatos y las medias, y se metió en el río. Un pequeño pez plateado salió como una flecha entre el chapoteo de sus pies, y ella rompió a reír por la emoción de abandonarse a la maravillosa naturaleza.

Se sentó en el tronco de un árbol caído, entre los altos carrizos y la hierba, para contemplar los pájaros mientras volaban en círculos y trazaban arcos en el cielo azul, cuando de pronto una libélula quedó atrapada en una telaraña. Raven la liberó con un dedo bondadoso y experimentó un momento de felicidad. Mientras se desvanecía su tristeza, sus emociones empezaron a desenredarse y sus pensamientos se volvieron diáfanos. Su alma le hablaba, y ella por fin la escuchaba. En lo más profundo de su ser, Raven sabía que no podía casarse con Christopher Dacre.

Cuando regresaba al castillo de Carlisle, el sol ya había iniciado su descenso. Raven se sorprendió de que durante la mayor parte de la tarde hubiese perdido la noción del tiempo. Provocaría un gran enfado en su madre, lo sabía, y también decepcionaría a su padre, pero su decisión era firme e inquebrantable. No amaba a Christopher Dacre, ni siquiera estaba segura de si le gustaba. Sería un error casarse con él sólo porque iba a heredar riquezas y un título; al lado de la felicidad, esas cosas no importaban nada.

Raven devolvió el palafrén de lady Rosalind y se precipitó a su habitación. Había perdido las medias, los dobladillos de la falda y las enaguas estaban húmedos y manchados e iba despeinada a causa del viento. Se lavaría y se cambiaría, y después iría a decirle a Christopher que había cambiado de opinión. Una ruptura rápida y honesta sería la manera más decorosa de resolver el asunto. Primero se lo diría a él, como era su obligación, y después se lo explicaría a sus padres.

Raven se dirigió al aposento recién amueblado pensando que encontraría a Chris. Sin embargo, no había nadie, de modo que fue a las habitaciones privadas que Christopher ocupaba en el ala familiar del castillo esperando llegar antes de que él bajara a cenar. Llamó ligeramente y entró, pero pronto se dio cuenta de que tampoco allí había nadie. Su mirada se entretuvo en algunos objetos personales que seguramente Christopher había recogido para llevarlos a los aposentos nuevos. Uno de ellos le resultó vagamente familiar. Se acercó al escritorio y lo tomó. Lo sacó de la funda de cuero negro y vio el pentágono grabado en la hoja. ¡Supo al instante que pertenecía a Heath Kennedy!

Chris Dacre bajó a las celdas de la parte antigua de la fortaleza. La sangre ya le hervía en las venas; durante las últimas veinticuatro horas había estado esperando este momento. Vio al guardia apostado al final del antiguo bloque de celdas y le ordenó que encendiera la antorcha para ver a su prisionero. Dacre miró a través de los barrotes para asegurarse de que Heath Kennedy seguía bien atado, y a continuación indicó al centinela que abriera la celda y se retirara a su puesto.

—Buenas noches.

Heath Kennedy alzó el mentón, que había estado apoyado en su pecho, y miró fijamente a los ojos gris verdosos y brillantes de Dacre.

—¿No sabéis qué día es hoy? —preguntó Dacre dulcemente—. La víspera de mi boda con Raven Carleton. —Hizo una pausa para que todo el impacto de sus palabras penetrara en el cerebro de Kennedy—. Y mañana, después de pronunciar los votos matrimoniales y de que Raven sea mi esposa, ¿sabéis lo primero que voy a hacer?

Heath esperó imperturbable los pormenores sádicos que Dacre iba a contarle.

Christopher estalló en una carcajada.

—No, no me la voy a follar enseguida; para eso tengo toda la noche. Lo primero que haré con mi mujer, Raven Dacre, será bajarla aquí para que os vea. Ella me vio cuando yo estaba a vuestra merced; ahora comprobará que la situación se ha invertido totalmente. Será su primera lección para que aprenda que yo soy el amo y quien empuña el látigo. —Alzó el brazo para que Kennedy viera el látigo que sujetaba, y acto seguido lo azotó dejándole una marca que le cruzaba la mejilla y le bajaba por el cuello.

»Tendremos nuestra propia fiesta privada. Besaré a la novia para vos, y después quizá la desnudaré y la iniciaré en el amor ante vuestros propios ojos. Cuando veáis que pongo mi marca sobre ella sabréis de una vez para siempre que Raven es de mi propiedad.

«¡No amáis a Raven, la odiáis!» Heath Kennedy cerró los ojos y neutralizó mentalmente la voz de Dacre. Tenía que concentrarse y reunir toda su fortaleza y su poder interior sin distraerse.

Chris Dacre creyó que su prisionero había perdido el conocimiento y decidió retirarse. ¿Qué placer hay en provocar a un enemigo que no puede oír?

Pero en ese momento todos los sentidos de Heath estaban alerta, en especial el sexto. Había logrado disociarse del sufrimiento y el dolor, y también había dormido a ratos sobre una pierna como las grullas. El silencio de la vacía mazmorra le había ayudado a concentrarse, y Heath permitió que su dolor lo inundara de nuevo como un estímulo para acometer la tarea que tenía por delante. Centrándose en la piedra de oro que llevaba alrededor del cuello, apretó la espalda contra las antiguas piedras, armonizándolo con la energía de su interior. Después hizo una invocación para que el poder y la fuerza de las piedras entraran en él. Absorbió asimismo la esencia del tiempo que había en éstas para obtener de él sosiego y paciencia.

Le vino a la mente una imagen de Raven, y se concentró en todos y cada uno de los detalles, vio su hermoso rostro, tocó su sedoso cabello negro, oyó su encantadora sonrisa, olió su incomparable fragancia de mujer y saboreó su boca de miel. Con esta visión, redujo el dolor y lo mantuvo a raya. Golpeó el muro de piedra con las cadenas de hierro. «Uno para buscarla, uno para encontrarla, uno para traerla, uno para atarla.» Penetró más profundamente, concentrándose en su sexto sentido. Sólo tenía que hacerla aparecer: «¡Ven hacia mí, Raven!»

En cuanto Raven se dio cuenta de que sostenía el puñal de Heath Kennedy, sólo tuvo pensamientos para él. No podía siquiera imaginar cómo la daga había llegado a manos de Christopher; en cualquier caso, el deseo de encontrar a su prometido se desvaneció. Llevó el arma a su dormitorio y encendió las velas. Volvió a sacarla de la funda para examinar el símbolo de la hoja. Recorrió con el dedo el perfil del pentágono, cuyo poder místico la colmó de sensaciones. Mientras lo miraba, la luz de las velas se reflejaba en el metal pulido, en el mismo centro de la estrella de cinco puntas, haciendo que brillara. Clavó los ojos en él como hipnotizada: «¡Ven hacia mí, Raven!»

No oía realmente las palabras, pero las percibía. Envainó el cuchillo, lo apretó contra su corazón, y entonces la envolvió un intenso bienestar. Sostener algo poderoso que perteneciera a Heath parecía conectarlos a ambos de tal forma que ella sentía la presencia de él. Abrió el cajón del tocador, sacó su piedra de brujas y la colocó al lado del puñal. La presencia de Heath se hizo tan ostensible que casi parecía estar en la habitación con ella. El deseo de comunicarse con él la abrumó. Quería decirle que no iba a casarse con Chris Dacre.

Su mente rebosaba de recuerdos del tiempo que habían pasado juntos; su rostro oscuro, su risa y su aroma masculino embargaron sus sentidos. Recordó aquella noche en el campamento gitano, y supo que había sido la más feliz de su vida. Fue al armario, apartó el traje de novia que jamás se pondría y sacó el vestido de gitana.

En cuestión de minutos estuvo frente al espejo del tocador con el vestido rojo puesto, atónita ante la transformación producida. La mujer del espejo estaba llena de vitalidad y de atolondrada pasión de vivir. Después, en las partes más recónditas del cristal vio reflejada la cara de Heath Kennedy. Él la miraba a través de barrotes de hierro, y Raven tuvo una revelación. Heath estaba allí, encarcelado en algún lugar del castillo de Carlisle. «¡Ven hacia mí, Raven!»

Agarró el cuchillo y la piedra de brujas y salió precipitadamente. Conocía al detalle la vieja fortaleza, pero el instinto le decía que Heath la guiaría. Bajó a la planta baja y luego descendió hasta otra y tomó un largo pasillo que conducía a la parte antigua de Carlisle. Reinaban una oscuridad tenebrosa y sombras sinuosas, pero Raven no vaciló y bajó otra serie de peldaños de piedra que la llevaban a las entrañas del antiguo torreón construido por el hijo del Conquistador en el siglo XI. A cada paso que daba, Raven confiaba más y más en estar acercándose a Heath.

—¿Quién vine? —El centinela aguardaba a que lo relevaran, pero al ver a una mujer se sorprendió.

—¿No te lo imaginas? —repuso Raven con tono burlón, escondido el puñal en los pliegues de la falda—. Esta noche, en el castillo, están todos celebrando la boda de mañana... todos menos tú —añadió, riendo—. Los otros guardias me han enviado para que te entretenga. Enciende la antorcha; así nos veremos las caras.

El guardia dejó la espada sobre el taburete y encendió la antorcha del muro. Raven se echó el pelo hacia atrás e hizo una pirueta. La falda roja se acampanó revelando sus piernas desnudas.

—Sí, podría divertirme un poco. ¿Es verdad lo que dicen de las chicas gitanas? —El guardia le dirigió una mirada lasciva.

—¿Que tienen fuego en la sangre? —Se lamió los labios y se acercó—. Eso tendrás que descubrirlo por ti mismo. ¿Es cierto lo que dicen los guardias de ti? —añadió con tono provocador.

—¿Qué dicen? —preguntó él, siguiéndole el juego. Ella le tocó el muslo.

—¡Que puedes estar en posición de firmes más tiempo que ningún otro soldado de Carlisle! —Se alejó bailando mientras él intentaba sujetarla—. Ah, no, tendrás que enseñármelo. Y también quiero ver al prisionero que estás custodiando. Esto me excita.

Al ver que el guardia se mostraba reticente, ella se mofó juguetona.

—No seas cobardica. Echemos un vistazo a tu prisionero y luego yo iré a buscar un odre de vino y te enseñaré algunos trucos.

El centinela no pudo resistirse a la doble promesa de mujer y vino, y abrió camino por la hilera de celdas hacia la ocupada por Kennedy. Raven se apretó contra él, y el centinela tuvo una erección... que desapareció enseguida al notar el cuchillo entre las costillas.

—Si gritas eres hombre muerto. ¿Entiendes? —Después de que asintiera, Raven le ordenó—: Abre la celda.

El prisionero estaba envuelto en sombras oscuras, pero ella percibió que estaba en presencia de Heath Kennedy. Mantuvo el puñal hincado en un costado del guardia mientras esperaba que sus ojos se adaptaran a la oscuridad. Cuando vio que Heath estaba encadenado a la pared, se quedó boquiabierta de horror. La punta del cuchillo atravesó la ropa del centinela y le hizo sangre mientras le daba otra orden:

—¡Quítale las cadenas!

En cuanto Heath estuvo liberado de las argollas, respiró larga y lentamente.

—Gracias, Raven. Hemos de amordazar a nuestro amigo —dijo mientras se frotaba las muñecas.

Para cuando ella hubo arrancado una tira de sus enaguas, Heath ya había encadenado al guardia. Lo amordazó, y acto seguido salieron de la celda y la cerraron con llave. Raven se dejó caer entre sus brazos.

—¿Cómo llegaste aquí?

—Tenían encarcelado a Donal y yo ocupé su lugar.

Raven le miró indignada el ensangrentado rostro.

—¿Ocupaste su lugar cuando ellos jamás te han considerado de la familia? Por Dios, ¿cómo fuiste capaz?

—Donal tiene una madre, una esposa y un hijo. ¿Cómo no iba a ser capaz?

Aquellas palabras la conmovieron. El altruismo de Heath era pasmoso.

25

—Vamos, debemos apresurarnos —instó ella.

—No puedo, Raven. No siento las piernas.

—Entonces iremos despacio.

Ella tuvo buen cuidado de no compadecerse de él; Heath era demasiado orgulloso para aceptar la compasión de nadie. Cuando llegaron al final de la hilera de celdas, doblaron a la derecha y al oír pasos se pararon en seco.

Heath reparó en que era el momento del cambio de guardia y se dispuso a usar su puñal.

Sin decir palabra, Raven deslizó la mano en la de Heath y le indicó que fuera a la izquierda. Anduvieron a gatas en silencio, en la oscuridad, siguiendo una dirección y luego otra. Heath tiró de ella hacia sí y ahuecando la mano en su oído le susurró:

—Éste es un camino equivocado. Memoricé todos los recodos de cada corredor.

Raven le dijo al oído:

—De pequeña jugué por aquí. Confía en mí.

Heath dudaba. Quizá debería volver sobre sus pasos y reducir al guardia al silencio antes de que diera la alarma. Entonces notó que Raven le apretaba la mano, y tomó una decisión difícil. Le cedería todo el control y depositaría en ella toda la confianza.

—Adelante, te sigo.

Se desplazaron con sigilo por lo que parecía un interminable laberinto de muros de piedra, hasta que por fin Heath estuvo seguro de que el suelo empezaba a empinarse. Sus piernas iban recuperando las sensaciones, si bien acompañadas de un dolor insoportable. Se detuvieron por si se oían pasos de alguien que pudiera estar siguiéndolos, pero la muda oscuridad se extendía como terciopelo negro.

—Ya casi estamos. Manténte cerca.

Raven trepó a una gran losa de piedra y luego saltó a un pozo poco profundo. Heath tardó más en realizar la maniobra, pero al final estuvo junto a ella.

—Baja la cabeza —indicó ella mientras lo tomaba de la mano y se agachaba bajo un saliente de piedra. De súbito estuvieron en el exterior, en una especie de campo.

—¡Un pasadizo secreto! —murmuró Heath admirado.

—No exactamente. En el siglo pasado era el retrete del castillo, que vertía en este campo abierto.

Heath, de pronto presa de regocijo, se apoyó contra el muro y estalló en risas. Raven hizo lo propio, exultante tras su huida. Después se calmó.

—Aún hemos de cruzar la puerta de la ciudad.

—La Puerta de los Irlandeses, que lleva al norte, no estará muy custodiada. Desde primera hora de la mañana, los hombres de la frontera que han asistido a las sesiones del tribunal han estado saliendo por allí. —Se mesó el cabello y esbozó su sonrisa burlona—. No prestarán atención a un par de gitanos.

—Iremos a Rockcliffe; sólo está a nueve kilómetros.

Heath se dio un leve masaje en el muslo acalambrado.

—Nos hace falta un caballo.

—Oh, Dios mío. —Raven parecía consternada.

Heath le sonrió socarrón.

—No te apures, hermosa mía, ¡hace tiempo que soy un experto ladrón de caballos!

En menos de una hora habían cruzado la puerta de la ciudad amurallada de Carlisle e iban a lomos de un robusto poni de la frontera. Montaban a pelo, sin silla, Raven delante de Heath. Tampoco había freno ni brida, tan sólo la cuerda con que el animal había estado atado.

—Entrelaza los dedos en las crines y agárrate —le dijo Heath.

El caballo, respondiendo al ligero roce y a la persuasiva voz de Heath, se lanzó al galope con impaciencia y paso firme. Raven, acunada entre los musculosos muslos de Heath y afianzada por un brazo que parecía de tralla, lo pasó en grande en la frenética cabalgada. Cuando salió la luna creciente, bañándolos con su pálida luz plateada, Raven supo que esa noche no hubiera querido estar en ninguna otra parte. Dio las gracias a la diosa de la luna por su libertad. ¡Estaba en el paraíso!

Al cabo de una hora llegaron a Rockcliffe. El mozo de cuadra, al que despertaron los alborotados ladridos de los perros de Heron, miró boquiabierto al oscuro hombre de la frontera con la cara ensangrentada y a la morena hija de sir Lancelot Carleton, que llevaba un vestido escarlata de gitana. Raven alzó la barbilla en gesto desafiante, pero no dio explicaciones. Con todo, cuando el mozo se acercó a hacerse cargo del caballo, Heath le dio las gracias con discreta cortesía.

Al entrar en Rockcliffe Manor, fueron recibidos por el mayordomo y el ama de llaves, a quienes los perros también habían despertado. Los criados dieron por sentado que era la familia que regresaba a casa, pero cuando advirtieron que a Raven sólo la acompañaba aquel hombre de aspecto desaseado y peligroso, no dieron crédito a sus ojos.

—Quiero agua caliente para tomar un baño... mucha agua —ordenó Raven.

—¿Volverá la familia esta noche, señora? —preguntó el mayordomo, arqueando una ceja al ver el modo en que vestía.

—¡Por Dios, espero que no, Crawford! —Raven soltó una carcajada—. ¡Agua caliente, por favor, y deprisa! —Se volvió hacia Heath—. Ve arriba; tengo que buscar algo en la despensa.

Heath reprimió la risa al ver la mirada escandalizada del ama de llaves, pero ésta advirtió el centelleo los ojos del desconocido, que se volvió y comenzó a subir la escalera cojeando.

—Señorita Raven, es un hombre —dijo el ama de llaves, muy gazmoña.

—Sí, es algo que él nunca ha podido disimular. Y no es sólo un hombre, ¡es un hombre de verdad! —Raven le guiñó el ojo—. Yo de ti me acostaría y me taparía los oídos.

En la despensa, Raven tomó un poco de milenrama en polvo y una botella de aceite de almendras en la que había una mezcla de mejorana, betónica y ungüento amarillo. Hizo un alto en la cocina para recoger miel y vino, y a continuación subió las escaleras hasta su espacioso dormitorio, donde Heath había encendido las velas. Raven contuvo el aliento cuando la luz iluminó la marca del latigazo en su rostro.

—¿Quién te lo hizo?

—Qué más da, Raven.

Al negarse a revelar el nombre, ella supo que había sido una acción cobarde de Christopher Dacre. Sus palabras le volvían a la memoria desde la noche en que intentó ayudarlo a huir de Eskdale: «Juro que me vengaré de él y de todo Kennedy que respire. Los destruiré a sangre y fuego.» De repente, como en una revelación, Raven se dio cuenta de que los Dacre estaban detrás del incendio en que ella se había quemado las manos, y también de aquel en que Donal Kennedy había sido hecho prisionero. Se maldijo por su obstinación en no querer ver la realidad. Tocó la mejilla de Heath con ternura.

—Creo que tendré que coserla —dijo, en parte para sus adentros.

—No, Raven, sanará sin sutura.

Raven lo empujó a la cama de modo que sus ojos quedaron al mismo nivel. Acto seguido le quitó la camisa ensangrentada para examinar el trallazo en el cuello.

—No sanará si no cicatriza —observó ella.

—Claro que sí... tú tienes manos sanadoras. —Heath se las llevó a los labios y le besó los dedos.

—Dios mío, no me beses todavía. Tengo cosas que hacer.

—¿Qué cosas? —La mirada de deseo de Heath vagó desde los labios a los ojos, para regresar a la boca.

—Voy a bañarte.

—Perdóname, amor mío, pero debo de oler fatal.

Raven refunfuñó.

—No hueles tan mal; seguro que eres absolutamente comestible. —Oyó que los criados andaban por el salón y salió a hablar con ellos—. Quiero que traigáis la bañera grande del cuarto de baño a mi dormitorio.

Hicieron lo que se les había ordenado, vaciaron los cubos de agua caliente y fueron abajo por más.

Raven notaba los ojos de Heath fijos en ella mientras llenaba una copa de vino y le mezclaba milenrama en polvo. Luego se dirigió a la cama y se colocó entre los muslos de él. Mojó los dedos en el vino y limpió la larga y abierta herida con el líquido astringente.

—Esto te irá bien; la verdad es que para ser un rudo

hombre de la frontera tu cara era demasiado hermosa. —Sumergió de nuevo los dedos en el vino y volvió a untar—. Muerte y perdición... la cicatriz te hará aún más atractivo.

Raven percibió que la protuberancia entre las piernas de Heath se agrandaba y endurecía contra su blando vientre, y le sonrió mirándolo a los ojos.

—Tengo toda la noche para jugar a hacer de niñera.

Heath deslizó las manos en torno a ella para acariciarle las nalgas y atraerla hacia su erección.

—Tenemos toda la noche para jugar, pero no será a hacer de niñera, princesa.

La mirada de ella se volvió autoritaria.

—Te he rescatado y exijo mi derecho a jugar contigo a lo que yo quiera. Sólo cuando haya agotado mi imaginación dejaré que seas tú quien elija los juegos. —Apretó sus senos contra el pecho de él y acercó los labios a su oído—. Esperemos que uno de ellos sea el Príncipe Gitano.

—Puedes leer mis pensamientos —gruñó Heath.

Raven oyó tras ella a los criados que vaciaban en la bañera otros cuatro cubos de agua caliente y se quedó adrede como estaba, entre los muslos de Heath. Notó satisfecha que él seguía con su erección. No obstante, cuando los criados salieron, se puso en pie y cerró la puerta del dormitorio, volvió y se arrodilló para quitarle las botas. Fue harto difícil, pues los pies estaban hinchados. Después Heath se desprendió de los pantalones. Su polla brincó hacia delante al liberarse de la tela que la oprimía, y Raven, guasona, puso los ojos en blanco.

—¡El Príncipe Gitano, pues claro!

Observó a Heath meterse en la bañera llevando sólo la piedra fálica de los dioses, y compartió su dolor mientras él sumergía las piernas en el agua caliente y se quedaba sentado con los ojos cerrados hasta que disminuyeron los atroces calambres. Después, ella se quitó el vestido rojo y las rotas enaguas y se acercó al borde de la bañera sólo con el corsé. Cuando Heath abrió los ojos no pudo apartar la mirada de la atractiva y pequeña prenda que ceñía la cintura y empujaba sus seductores pechos hacia arriba y hacia afuera.

Raven arrojó dentro un estropajo y jabón, el primero flotó pero el segundo se hundió. Mientras lo buscaba a tientas por entre las piernas de él, murmuró:

—Prometo ser una niñera muy sensual.

Heath yacía de espaldas en el agua, contemplándola con ojos entrecerrados.

—Es verdad lo que me dijiste una vez, Raven. ¡El peligro te excita!

Ella recorrió hacia arriba con los dedos la cara interior de la pierna de Heath.

—¿Y qué te excita a ti, mi buen escocés? —Le aferró el pene y los testículos—. Oh, parece que tengas una gaita entre las piernas. ¡Si me enseñaras a tocar una melodía, creo que te gustaría!

La risa arrugó los ojos de Heath, y en una buena imitación del acento de Raven, dijo:

—¡Seguro que gozáis comportándoos conmigo de este modo perverso y lascivo!

—¿Eso crees? —Raven apoyó los pechos en el borde de la bañera y lo torturó un poco—. ¿Qué tal un par de melones en una fuente, o sólo os excitan las asaduras de Burque?

En una fracción de segundo, Heath la agarró por la cintura con sus fuertes manos y la alzó hasta meterla en el agua, encima de él. Raven gritó, y él le dirigió una mueca socarrona.

—Calla, o tus chillidos excitarán al ama de llaves, ¡y no quiero tener que daros gusto a las dos!

Le quitó el corsé y lo dejó caer entre sus dedos, fuera de la bañera. Cuando los senos de ella ya descansaban contra el pecho de Heath, éste llevó las palmas a las nalgas desnudas y deslizó los dedos por la profunda hendidura. «¡Heath! ¡Heath!», gritó excitada. Él la besó en la boca y saboreó su nombre en los labios de Raven.

Se aferraron el uno al otro y se besaron hasta que el agua estuvo tibia; después Raven recordó que había prometido bañarlo. Tomó el jabón y se lo pasó por todo el cuerpo, y a continuación él se lo quitó y le devolvió el favor. Cuando Raven tocó la entrepierna de Heath y notó el vello sedoso, musitó:

—Esto lo he hecho antes, en un sueño. —Al mirarla Heath con extrañeza, ella le espetó—: No te hagas el inocente; sabes que me has llevado muchas veces a la cama.

—Somos amos de nuestros sueños, Raven. Si no me hubieras deseado, no habrías venido.

—Maldito engreído —murmuró ella con tono jocoso—. Ven, el agua se está enfriando y aún no he terminado contigo.

—Y yo no he empezado. —Heath la ayudó a abandonar el agua, y luego salió él. Empezó a secarla—. He hecho esto antes, y no era un sueño.

Raven se puso de puntillas para besarlo.

—Lo recuerdo... recuerdo todo lo que has hecho o dicho, Heath Kennedy.

Mientras él la llevaba a la cama, la toalla cayó al suelo en un descuido. Ella lo empujó hacia atrás y él extendió la mano para alcanzarla.

—No, no, quiero que te tumbes de espaldas; te haré un masaje en las piernas.

Para Heath era una novedad que lo mimaran, pues

había sido educado para hacerlo todo por sí mismo. Se recostó, cruzó los brazos detrás de la cabeza y contempló fascinado cómo Raven, desnuda, se acercaba con la botella de aceite, quitaba el tapón y vertía un poco en su palma. El aire quedó impregnado de aroma de almendras y algo picante.

—Huelo a mejorana —dijo Heath.

—Sí, en el aceite hay mejorana, que evita los calambres musculares; también hay betónica, para las magulladuras, y ungüento amarillo para aliviar el dolor de las articulaciones. —Con las palmas le frotó suavemente desde los tobillos a las rodillas, una y otra vez. Después se arrodilló en la cama y movió las manos muslos arriba. A continuación comenzó a masajear y manipular con los dedos los nudosos músculos.

Tras el dolor que habían soportado sus piernas, los servicios de Raven le parecían algo celestial.

—Sabes de hierbas tanto como yo, pero tú tienes manos de ángel. —Miraba fascinado cómo ella se inclinaba sobre él y el cabello le caía hacia delante hasta tocar y atormentar su cuerpo. A la luz de las velas, parecía seda de ébano y fuego—. Raven, eres maravillosa, primorosa...

Ella alzó los ojos para intercambiar una mirada íntima, pero sin dejar de mover las manos. El martirizador ritmo de sus dedos era tan seductor que despertaba en ambos sensaciones que les entrecortaban la respiración.

—Más fuerte, el dolor es más fuerte. —El fuego se deslizó en su ingle encendiendo su vehemente necesidad de que ella lo tocara.

Raven sonrió con aire juguetón, y, garbosa como un gato, se puso a horcajadas sobre él y se sentó en su vientre dándole la espalda. Después se colocó de tal forma que la polla erecta tocara su ardiente hendidura. Se echó más aceite en las manos ahuecadas y procedió a acariciar las piernas de Heath hacia abajo desde el nuevo ángulo. Se movía adelante y atrás, y el frotamiento se volvió una tortura que los dejó a ambos obnubilados por el deseo.

Heath le acarició el trasero mientras ella seguía con su movimiento de vaivén. La curva de su espalda le pareció asombrosamente hermosa y la piel, terciopelo de crema. Raven era la respuesta a una vida de sueños que él creía que jamás se harían realidad. La amaba hasta la última gota de su sangre, y juró que cuidaría de ella siempre. Heath se incorporó en la cama y la rodeó con los brazos. Se estremeció cuando le tocó los pechos exuberantes y llenos, y percibió el temblor de ella cuando le acarició el pelo con la nariz y le susurró al oído: «Te quiero, Raven.»

Él sabía que con un movimiento hacia arriba podía penetrarla y liberar la misteriosa pasión erótica que ella despertaba en él, pero quería tenerla delante, que los dos se miraran a los ojos mientras él la adoraba con su cuerpo. Quería beber la dulzura de su boca y verla gritar de placer. Se echó hacia atrás y, tras alzarla con los brazos, le hizo dar media vuelta. Llevó el pulgar a jugar con su esencia de mujer. «Ábrete a mí, Raven.»

Ella sabía lo que él deseaba, porque también lo deseaba ella. Reculó de rodillas, y luego, despacio, sensualmente, se introdujo el glande y empezó a apretar. El caliente y húmedo tirón de su vagina permitió que él la penetrara del todo, y Raven contuvo la respiración ante la plenitud y el vibrante poder por el que quería entregarle a Heath no sólo su cuerpo sino también su alma y su corazón.

Empezaron a moverse al mismo tiempo; él empujaba hacia arriba cuando ella bajaba, y sus cuerpos siguieron el ritmo natural de las danzas de apareamiento que han esclavizado a los amantes desde el principio de los tiempos. Él le susurraba frases cariñosas; palabras furiosas y amorosas; palabras ardientes, eróticas y misteriosas; promesas y juramentos que le llegaban a Raven hasta la médula. Ella no podía hablar; sólo sentir. Quería que él se quedara en su interior para siempre.

Raven sabía que Heath era un hombre que jamás le haría daño, que siempre la cuidaría. Sabía que podía poner la vida en sus manos, y que él la protegería en todo momento. Ella se lo daba todo, demostrándole que confiaba en él, sobre todo en el instante en que era más vulnerable, cuando la había penetrado por completo. Se abandonaba a él, y recibía la recompensa de un extraordinario placer, como si de repente saliera el sol de detrás de las nubes. Se aferraron el uno al otro como si nada en el mundo fuera jamás a separarlos; después, una deliciosa languidez se difuminó por ella, que se dejó caer sobre él saboreando la sensación de estar plenamente satisfecha.

Gozaron del sereno momento, sin moverse, sin hablar, absorbiendo cada uno la esencia del otro, como la sedienta tierra bebe la lluvia. Por último, Heath rodó de costado hasta quedar debajo. Como prueba de su amor, se quitó la piedra de los dioses que llevaba al cuello y se la colocó, de modo que el símbolo fálico quedó entre sus senos. Luego comenzaron los besos. Al principio fueron suaves, dulces, seductores, pero el deseo inflamó su pasión cuando él se apoderó enteramente de su boca, igual que antes había hecho con su cuerpo.

Raven le acarició la mejilla y suspiró, temblando ante la intimidad de sus cuerpos.

—Oh, Heath, me he olvidado de la miel. Impedirá que tu herida deje cicatriz. —Buscó en el lado de la cama y hundió un dedo en la miel, pero cuando lo quiso llevar al rostro de Heath, éste lo asió y se lo metió en la boca, chupando su dulzor.

—Se me ocurren cosas mejores que hacer con tu miel. —Sumergió su dedo en el tarro y luego untó los labios y los pezones de Raven y procedió a lamer el manjar de sabor a brezo con su áspera lengua. Los juegos amorosos duraron toda la noche, como si jamás pudieran hartarse el uno del otro.

Raven y Heath se tocaban incluso dormidos. Yacían hechos un ovillo a modo de cuchara, con el largo cuerpo de Heath encorvado en torno a ella y la morena cabeza de Raven bajo la barbilla de él. Esa noche no haría falta soñar.

Por la mañana, Raven se echó encima una manta y bajó a la cocina a preparar el desayuno, que después llevó arriba para tomarlo juntos en la cama. Se dieron de comer el uno al otro entre besos, riendo como niños despreocupados de la vida. Raven le dio una de las camisas de hilo de su padre y, llena de deseo, lo contempló mientras se la ponía. Con sólo mirarlo ya sentía placer.

Mientras Heath se calzaba las botas, dijo:

—Iré a ensillar a *Sully*; entretanto puedes hacer el equipaje.

Raven se quedó inmóvil. Cuando fue capaz de hablar, eligió las palabras con cuidado.

—Heath, no puedo escaparme.

—¿Qué quieres decir? —Le dirigió una mirada vaga, sin comprender.

—No puedo huir contigo. A mis padres ya les he hecho esto una vez. Tengo que quedarme y explicarles por qué no me caso con Christopher Dacre.

—¡Al mismísimo infierno con Christopher Dacre y tus explicaciones! Te llevaré a Eskdale y que el cura acabe de casarnos.

—Heath, trata de comprenderlo. Cuando me fui de Eskdale, dejé a un novio ante el altar. Debo a mis padres una explicación.

Él entrecerró los ojos.

—Estás adquiriendo la puñetera costumbre de dejar novios ante el altar, Raven. Pensaba que querías casarte conmigo. —Se irguió orgulloso.

—¡Yo no he dicho que no quiera casarme contigo!

—No, pero tampoco has dicho que quieras, ¿verdad? —A Heath el rechazo no le resultaba nada nuevo; toda su vida lo había sufrido en carne propia, y sentía el orgullo herido cuando la mujer que había elegido consideraba que él no era lo bastante bueno para ser su esposo. Incapaz de disimular su ira, rió con amargura—. ¡La culpa es sólo mía por haber entregado mi corazón a una mujer veleidosa! ¡Me lo merezco!

—¡No sigas, Heath! Quiero hablar de ti a mis padres. Quiero que nos den su bendición. Cuando les haya explicado mis sentimientos hacia ti, sé que puedo convencerlos de que te acepten.

—¿Convencerlos de que me acepten? ¿A un gitano escocés? ¿Para su preciosa hija? ¡No seas ilusa, Raven! Ya tuve un enfrentamiento con sir Lancelot en el Tribunal de Vigilantes de la Frontera. ¿Crees que le daré la oportunidad de mirarme otra vez por encima del maldito hombro?

—Mi padre no es así —replicó Raven, colérica—. ¡Es el caballero más comprensivo y amable del mundo!

—Aquí está el quid de la cuestión; él es un caballero y yo no. Jamás en la vida bendecirán nuestra unión. ¡Raven, ven conmigo ahora!

—¿Por qué eres tan obstinado y terco sobre este asunto? ¿Por qué no te pones en mi lugar y entiendes que no puedo ir contigo ahora? Mis padres me quieren y sólo desean lo mejor para mí. Estoy moralmente obligada a esperar su regreso, y a explicarles que estoy bien y que quiero casarme contigo y no con Christopher Dacre.

Cuando oyó de nuevo el nombre de su enemigo, Heath se enardeció. Sin asomo de duda, Raven era la mujer más exasperante que había conocido.

—Jamás te volveré a pedir que te cases conmigo, Raven. Me has rechazado en dos ocasiones. Nunca, nunca más te daré la oportunidad de rechazarme por tercera vez. —Mientras se erguía hasta quedar completamente de pie, le brillaban los ojos de rabia—. ¡Cuando descubras que has cometido el error de tu vida y corras detrás de mí, serás tú quien deberá hacer la corte, quien tendrá que proponer matrimonio, tú, y de rodillas! —Hizo una protocolaria inclinación de la cabeza—. Que pase un buen día, señorita Carleton.

26

Cuando el *Venganza* echó el ancla en Kirkcudbright, Ram Douglas advirtió a Donal Kennedy:

—Tu familia está conmocionada, recuerda. Te enterraron la semana pasada.

Donal asintió y ambos bajaron por la plancha. Los hombres que daban los últimos toques a los nuevos almacenes de lana dejaron de súbito lo que estaban haciendo y lanzaron vítores de alegría. Donal los saludó con la mano y a continuación entró en el castillo y se dispuso a subir a la primera planta. Su esposa Meggie, que había comenzado a bajar los escalones de piedra, emitió un débil grito y acto seguido se precipitó hacia abajo convencida de que Donal la tomaría entre sus brazos. Él le dio un fuerte abrazo, alzándola en el aire y contra su pecho, y susurró su nombre.

Meggie hundió el rostro en el cuello de Donal y rompió a sollozar. Pese a su robustez y su enorme corpachón, Donal se mostraba siempre cariñoso con su menuda esposa. Le acarició el cabello con ternura.

—No llores, pequeña, no llores... Tus lágrimas me parten el corazón, Meggie. —La llevó arriba en brazos, y Ram siguió detrás.

Cuando Elizabeth vio a su hijo, se llevó una mano a la garganta y la otra al corazón. Se quedó paralizada, atreviéndose apenas a creer que sus oraciones habían sido escuchadas. Donal bajó a Meggie al suelo y, sin soltarle la mano, se acercó a su madre y se inclinó para darle un beso en la mejilla. Ella tocó la cara de Donal para cerciorarse de que no era un sueño, y después miró a Ram Douglas con gratitud. A Elizabeth nunca le había gustado la familia Douglas y generalmente la evitaba a toda costa; ahora se avergonzaba de su conducta pasada.

—Lord Douglas... Ramsay... Os lo agradezco desde el fondo de mi corazón.

—No, lady Kennedy, yo sólo lo he traído a casa. Es a Heath Kennedy a quien debéis dar las gracias por la liberación de Donal.

—Así es, madre. Yo estaba prisionero en el castillo de Carlisle... Heath ocupó mi lugar a condición de que me dejaran libre.

Rob Kennedy, de pie discretamente en el umbral, oyó lo que decía Donal y se sintió conmovido por el altruismo de Heath. No merecía tal ventura. Siempre había sido un padre indiferente, incluso negligente, para con su primogénito, mientras éste siempre le había demostrado amor y respeto. Desde luego, Rob pretendía enmendar el pasado; ya había enviado a su abogado a Ayr para cambiar su testamento y arreglarlo todo. Sólo quedaba algo pendiente. En cuanto la familia hubiera celebrado el regreso de Donal, Rob Kennedy, lord de Galloway, les diría que Heath era su legítimo heredero.

Duncan, que cuando llegó el *Venganza* se hallaba a bordo del nuevo barco, acudió para averiguar si el Tribunal de Vigilantes de la Frontera había aceptado las reclamaciones de los Kennedy. Cuando entró y vio que su hermano Donal había resucitado, le pareció haber recibido un puñetazo en el plexo solar. Se quedó mudo mientras analizaba sus verdaderos sentimientos. Por fin, admitió para sus adentros que, pese a estar de veras contento de que Donal siguiera vivo, se sentía profundamente decepcionado por no poder ser el heredero del señorío de Galloway.

—Donal, no entiendo por qué no exigiste ver a lord Thomas Dacre cuando te llevaron prisionero a Carlisle. Antes de que yo me casara con tu padre, él era un gran amigo de mi familia.

Todos los presentes la miraron sorprendidos.

—Lizzie, fue el maldito lord Dacre quien ordenó la incursión en Kirkcudbright; fue Dacre el que ordenó que prendieran a Donal. Fue Dacre quien mandó incendiar mi barco y la lana de los Kennedy. Tú tienes la estúpida idea de que, como es inglés, es un caballero. ¿Quieres meterte en esa cabeza de una vez por todas que es nuestro enemigo? —Rob, con la cara enrojecida, corría peligro de sufrir otro ataque.

Elizabeth miró a su marido con aire pensativo.

—Entonces quizá tenías razón al prohibirme que prometiera en matrimonio a Beth con su hijo Christopher. Eres un hombre muy juicioso, Rob.

Su esposo puso los ojos en blanco ante tamaña ingenuidad, aunque se alegró secretamente de que ella le hiciera un cumplido.

—Quedaos a cenar, señor —dijo Elizabeth amablemente a Ram.

—No; en cuanto informe a lord Kennedy de lo sucedido en el tribunal, debo transmitir a Valentina las gratas noticias sobre Donal. El castillo de Douglas sólo está a un tiro de piedra Dee arriba, lady Kennedy; espero que visitéis a Tina y los mellizos.

Ram aconsejó a Rob redactar una reclamación que incluyera todas las pérdidas de los Kennedy y presentarla ante la Corona de Inglaterra.

—Si mandáis la reclamación directamente al cardenal Wolsey, el pagador habilitado del rey, lo más probable es que él la resuelva. El rey Enrique Tudor quiere mantener la ilusión de que desea la paz entre los dos países.

—Así pues, ¿el Tribunal de Vigilantes de la Frontera es sólo una farsa?

Ram le dirigió una sonrisa sarcástica.

—Sirve para confirmar que en la frontera el crimen es rentable. Los corderos son devorados; sólo los lobos sobreviven.

De pronto la voz de Rob se volvió profunda.

—¿Y qué hay de Heath?

Ram cabeceó.

—Heath no es ni un lobo ni un cordero. Engendrasteis un semental salvaje; jamás podrán retenerlo.

Durante la cena, Rob Kennedy meditó sobre la mejor manera de darles la noticia, que a buen seguro no sería bien recibida por su familia. ¿Se lo debía contar a cada uno por separado o a todos juntos? Al final se dio cuenta de que no había un método mejor que otro, por lo que decidió acabar con ello de golpe, y así sólo habría una explosión colectiva. La cena había sido una celebración del regreso de Donal, y hubo varios brindis por su buena fortuna. Rob dejó en la mesa su vaso de whisky vacío y se puso en pie.

—Antes de que os retiréis, quiero deciros algo. —Aún invadidos por el regocijo, lo observaron con leve interés—. Tratad de escuchar hasta el final, no me interrumpáis.

Miró a Lizzie, después a Duncan y por fin a Donal, y cuando inició su confesión sintió sosiego.

—Hace mucho tiempo hice algo que estuvo mal, y jamás tomé ninguna decisión para enderezar las cosas. En lugar de ello mentí y barrí debajo de la alfombra como si nada hubiese sucedido, pensando que era lo mejor y más cómodo para todos los implicados. Pero el destino se las ingenia para hacernos pagar por nuestras mentiras, y finalmente me he dado cuenta de que mi comportamiento ha resultado el más duro para todos.

Rob reparó en que ahora le prestaban la máxima atención, y le dolió tener que truncar su júbilo.

—Sabéis bien que Heath es mi hijo mayor. Cometí el grave pecado de haceros creer que era ilegítimo. Lo que ninguno de vosotros sabía es que yo estaba casado con su madre, Lily Rose, por lo que Heath es mi legítimo heredero.

Elizabeth se quedó boquiabierta y soltó un grito:

—¡No!

Duncan maldijo nervioso y, presa de los nervios, derramó una copa de agua.

Donal permaneció inmóvil en su silla.

Beth se levantó y salió a toda prisa de la estancia.

Meggie deslizó la mano en la de su esposo.

Cuando Elizabeth se puso en pie para encararse con Rob, estaba pálida como la cera.

—¡Maldito seas, Rob Kennedy! Siempre supe que habías amado a Lily Rose más que a mí, pero me decía que al fin y al cabo te habías casado conmigo, no con ella, y esto salvaguardaba mi orgullo. ¡Y ahora lo he perdido por tu culpa!

—Lizzie, me preocupé por ti hasta el punto de negar mi primer matrimonio y negarle a mi hijo mayor su legítima condición. Sabía que eras también demasiado orgullosa para aceptar ser plato de segunda mesa, pero el orgullo es un pecado mortal por el que hemos de pagar, como bien he aprendido.

—¡Y ahora mi hijo mayor ha de pagar por tus pecados! Tu noble confesión lo deja sin nada. ¡Has arruinado su vida!

Donal se puso en pie.

—Madre, eso no es verdad. Desde que nací he vivido una vida privilegiada. Mi padre no sólo tenía riqueza, tierras, castillos y barcos, sino también poder y fuerza de los que rara vez abusaba. Durante mucho tiempo me ha preocupado no poder estar a su altura y ocupar su puesto, así que para mí es un alivio saber que no soy el heredero.

La silla de Duncan cayó al suelo cuando se levantó para encararse con su hermano.

—¡Eres un cobarde y un inútil! ¡Deberías luchar por hacer valer tus derechos! Por Dios santo, ¿cómo vas a dárselo todo a este medio gitano? ¡Tenía que haber sido yo el heredero de los Kennedy! Espero que ese bastardo se pudra en la mazmorra de Carlisle... no, mejor, ¡espero que Dacre cuelgue al muy hijo de puta!

El poderoso puño de Donal se estrelló en el rostro de su hermano. Duncan estaba inconsciente antes de llegar al suelo.

El castillo de Douglas había sido construido tan cerca del agua que los barcos podían cruzar la muralla exterior. Valentina había estado todo el día esperando el *Venganza*; de pronto, Ramsay se subió a la barandilla y saltó a su lado. La tomó en brazos, la besó una vez y la miró a los ojos para ver su reacción cuando le diera las buenas noticias.

—¡Tina, Donal está vivo! Acabo de llevarlo junto a Meggie.

Los ojos dorados de Tina se encendieron y el rostro se le volvió radiante.

—¡Ram, es maravilloso! ¿Está bien? ¿Dónde lo encontraste? ¿Lo habían prendido en la incursión?

—Sufre una leve cojera, pero aparte de eso, está en buenas condiciones. Ven, te lo contaré todo mientras cenamos. Espero que Burque haya preparado algo especial por nuestro regreso. —Ram quería posponer las malas noticias sobre Heath hasta que Tina hubiera comido algo.

—Diré que nos sirvan la cena en la habitación. ¿Será lo bastante especial para ti?

—Me parece bien. Esta noche no quiero compartirte con nadie.

Para cuando hubo ido a ver a los mellizos, a los que alzó a la vez y cantó una nana escocesa con voz de barítono, ya les habían llevado la cena al dormitorio contiguo, en la gran Torre Maestra. Ram colocó a los bebés en sus cunas y se reunió con su esposa en el magnífico aposento de granito rosa brillante desde el suelo al techo y con una enorme chimenea que ocupaba toda una pared. El suelo estaba alfombrado con negras pieles de carnero, y la cama, cubierta con una piel de lince tan grande que llegaba al suelo.

Mientras comían, él le contó todo lo que había pasado, y Tina escuchó con atención, imaginándose el escenario. Al final la venció la impaciencia.

—Pero no me has hablado de Donal. Supongo que ese canalla de Dacre lo retuvo en el castillo de Carlisle. ¿Pagasteis rescate por él?

—Intenté negociar, chantajear, incluso se me pasó por la cabeza matar a ese cabrón, pero, como me recordó el mismo Dacre, él llevaba la voz cantante; tenía a Donal.

—Entonces ¿cómo lograste que lo pusieran en libertad? —preguntó Tina con la respiración entrecortada.

Ram se limpió la boca y tiró la servilleta.

—No lo hice yo. Fue Heath quien negoció la libertad de Donal.

—Pero ¿cómo demonios...? Oh, Dios mío, se ofreció para ocupar el lugar de mi hermano, ¿verdad? —Recordó que en una ocasión había hecho lo mismo por Ramsay.

—Ya sabes que es más valiente y temerario que nadie. —Ram se acercó a Tina y la rodeó con el brazo—. Encontrará la manera de huir; ya lo ha hecho otras veces.

—No entiendo por qué lo hizo; ahora tiene mucho más que perder.

—¿Qué quieres decir, cariño?

—Mi padre nos reveló que, antes de casarse con mi madre, había estado casado legalmente con la madre de Heath, Lily Rose. Heath es el heredero del señorío de Galloway... ¿no te lo dijo?

Ram soltó un silbido.

—No me dijo una palabra. —Ram se acordó de que en la sesión del tribunal Heath exhibía la insignia del delfín de plata—. Sé que se siente culpable de las represalias de Dacre contra los Kennedy.

—En todo caso, si se siente culpable por desplazar a Donal comno heredero es muy noble pero también muy tonto. Lo han engañado una y otra vez. ¡El señorío de Galloway le pertenece por derecho de nacimiento!

—Y vivirá para disfrutar de ese derecho, no lo dudes, Tina. —Ram la estrechó con el brazo para confortarla—. Me aseguré de que Dacre comprendiera cuál sería su destino si a Heath Kennedy le ocurría algo.

—Viendo el valor de Heath, me avergüenzo de mi cobardía. Tan pronto te fuiste vine aquí al castillo; no quería estar presente cuando mi padre hablara de Heath al resto de la familia.

De pronto Ram soltó una exclamación.

—¡Por Judas, notaremos la onda expansiva de un momento a otro! ¿Crees que estos muros de granito aguantarán?

—Una generación tras otra. —Valentina alzó la cara esperando su beso—. Aquí siempre me siento segura.

—Me alegro, porque mañana iré a Glasgow. Hice una visita al banquero de Carlisle al que Angus confió dinero para mí, y, según el hombre, corría el rumor de que estaba por llegar de Londres un cargamento de oro para Archibald Douglas.

—Oh, ahora recuerdo que hay una carta para ti. —Fue a buscarla al escritorio y se la tendió.

Ram la leyó y asintió satisfecho.

—John Douglas, duque de Albany, ha zarpado rumbo a Escocia. Si los espías han pasado esta información a la reina Margarita, esto podría impulsar a Archie a tomar medidas. Mejor que vaya directamente a Edimburgo.

Tina soltó un suspiro fingido.

—Estos niños serán mayores antes de tener la oportunidad de ser bautizados.

Ram la tomó entre sus brazos.

—Prometo un bautizo en cuanto regrese, bruja mía. ¡El mejor y más grande bautizo que se haya visto por estos parajes!

—¿Por qué todo lo relacionado con los Douglas ha de ser mejor y más grande, maldito fanfarrón?

Ram se apretó contra el blando vientre de Tina.

—Porque yo soy mejor y más grande. ¿No te hice gemelos para demostrarlo? —bromeó.

Valentina arqueó una ceja perfectamente depilada.

—¡Creía que eran el regalo que yo te había hecho a ti, Douglas del demonio!

—Y lo fue, en efecto, un regalo que no tiene precio. Te quiero, Tina.

Ante el inminente regreso de sus padres a Rockcliffe, Raven borró con esmero todas las señales de que un hombre había pasado allí la noche. La bañera volvió al cuarto de baño, se lavaron las sábanas y toallas utilizadas, escondió el vestido rojo de gitana y quemó la camisa de Heath manchada de sangre. No se hacía ilusiones de que los criados, sobre todo el ama de llaves, mantuvieran el secreto, pero, al menos para salvar las apariencias, quería que todo estuviera en orden cuando su familia llegara a casa.

Se ocupó en especial de su propio aspecto, y al efecto eligió un vestido sencillo de hilo color crema con mangas largas y escote recatado. Después se peinó el pelo hacia atrás y lo recogió con una cinta. El espejo le confirmó que había logrado su objetivo de parecer más una santa que una pecadora, y esperaba que ello ayudara a que sus padres la perdonaran.

Esperó con inquietud el carruaje, y cuando éste llegó, bajó al vestíbulo de entrada a dar la bienvenida a su familia. Raven suponía que su madre había estado preocupadísima por su desaparición y que cuando viera que su hija se hallaba en casa, sana y salva, se sentiría más aliviada que enojada. Pero se equivocaba.

Kate Carleton cruzó la puerta como un barco de guerra con el cañón cebado.

—Así que estás en casa, con el aspecto sereno de una novicia en un convento, ¡mientras nosotros hemos tenido que aguantar la ira de los Dacre! ¡Eres una chica egoísta, obstinada, que no ha tenido consideración hacia sus padres ni reparo alguno en desdeñar a su novio! ¿Tienes idea de la humillación que ha debido soportar tu familia por tu culpa, por no hablar de la de los Dacre? ¡No lo olvidaré ni en mil años!

Raven se vio obligada a ponerse a la defensiva antes de que el resto de la familia hubiera entrado en la casa.

—Lamento haber huido sin decírtelo, madre. No tenía elección, y espero que lo entiendas cuando te lo explique.

—¿Explicar? ¡Sí, tal vez puedas explicarme qué debía decirle a un novio furioso, a una lady Rosalind lloriqueante, a un lord Dacre lívido e injurioso! ¡Quizá puedas explicar por qué escapaste en la víspera de tu boda, desechando un traje que costaba un ojo de la cara y faltando al respeto a más de cien invitados!

—No podía casarme con Christopher Dacre —objetó Raven—, porque no le amo.

—¡No lo amas porque sólo te amas a ti misma, Raven Carleton! —chilló la madre.

—Kate, discutamos de un modo razonable —suplicó sir Lancelot.

—¿Razonable? En esta chica no hay nada razonable. ¡Ha actuado como una lunática, como una desequilibrada!

—¿Podemos al menos ser educados?

Kate se volvió hacia su esposo.

—Tú tienes la culpa. La has mimado y consentido, y has dejado que viva en estado salvaje, sin ninguna idea clara sobre el deber o la responsabilidad, ¡y un simple capricho suyo ha desacreditado a su familia, ha echado por tierra la posibilidad de un buen matrimonio para su hermana, y nos ha convertido en el hazmerreír de todo el mundo!

—¡Ya basta, Kate! —bramó Lance Carleton—. Si te preocupa más el qué dirán que el parecer de tu hija es que eres en verdad muy frívola. Has hablado sin parar desde que ha amanecido. Por favor, cállate para que Raven pueda explicarse; y no nos quedemos en el vestíbulo como bárbaros incivilizados.

Lance Carleton abrió camino hacia los aposentos de la casa, en cuyo salón él y Heron se quedaron de pie mientras las mujeres tomaban asiento. Kate tenía los labios apretados. Sin duda la referencia de su esposo a los bárbaros incivilizados iba dirigida a ella, pues había nacido y se había criado en la frontera. Cuando se hizo el silencio, todos los ojos se posaron expectantes en Raven, que respiró hondo para tranquilizarse.

—Tienes razón —dijo a su madre—. Tengo la culpa de todo lo ocurrido. Sabía que no amaba a Christopher Dacre desde hacía tiempo; ni siquiera me atraía en especial. Nunca tenía que haber aceptado los esponsales. Debía haber puesto fin a nuestra relación. Pero debido a un desacertado sentido del deber, creí que podía seguir adelante y convertirme en su esposa. Sabía lo feliz que te hacía esta boda, madre, y lo fatal que te sentirías si yo me volvía atrás. —Miró a su padre—. También sabía que a ti no te desagradaba el matrimonio. Cuando comencé a tener dudas intenté posponer los esponsales, pues pensaba que si pasaba algún tiempo tal vez acabara queriendo a Christopher. —Raven se humedeció los secos labios—. Por lo visto, el aplazamiento ofendía a lord Dacre, y mi madre me advirtió de que tú debías a Dacre el nombramiento para el Tribunal de Vigilantes de la Frontera y que no podíamos atrevernos a desairarlo; de modo que me comprometí e hice lo que todo el mundo quería que hiciera. Y, además, parecía lo más fácil.

—Mi nombramiento se debió a mis servicios a la Corona de Inglaterra, y me fue otorgado por el rey fallecido. A Dacre no le debo mi puesto ni ninguna otra cosa, maldita sea, aparte de que últimamente nuestros respectivos principios y opiniones parecen seguir direcciones bien distintas.

—Oh, padre, no sabes cuánto me alegra oír eso —dijo Raven con seriedad—. Dacre tiene la obligación de mantener la paz entre ingleses y escoceses a lo largo de la frontera, pero creo que hostiga a Escocia para que los dos países estén siempre enemistados.

Heron terció en la conversación.

—Raven está en lo cierto. Ya no puedo aguantar las cosas de las que Chris Dacre alardea conmigo. Sé que hacen incursiones en Escocia, que roban, incendian e incluso matan. Me alegra que por fin Raven sepa cómo es.

—¡No estamos hablando de política, sino del comportamiento de Raven! —protestó Kate Carleton.

—Muy bien, dejemos fuera la política. No podía casarme con Christopher Dacre porque al final escuché a mi alma.

—¿Qué disparates dices?

—Tu madre me aconsejó que escuchara a mi alma. Y cuando lo hice, mi alma me dijo que yo amaba a otro. —Mientras pronunciaba estas palabras por primera vez, Raven se dio cuenta de que encerraban la verdad. Estaba locamente enamorada de Heath Kennedy—. Amo a un escocés, y quiero casarme con él.

—¿Un matrimonio mixto? —Kate se quedó muy sorprendida—. ¿Pretendes que aprobemos un matrimonio mixto?

—Los hombres escoceses se han casado con mujeres inglesas durante siglos. ¡Margarita Tudor se casó con un escocés!

—¡Pero él era rey! —puntualizó su madre.

—Margarita se acaba de casar con Archibald Douglas.

—Hablando de Margarita, Rosalind me dijo que dentro de poco agasajaría a la reina, y que tú y ella acompañaríais a la corte real en un viaje por Inglaterra. Raven, ¿cómo demonios puedes renunciar a tal honor?

Raven quería decirle que ya había conocido a Margarita Tudor, pero se contuvo. Fue Heron quien volvió a hablar.

—Los hombres ingleses también se casan con mujeres escocesas. A mí, por ejemplo, me gustó mucho Beth Kennedy cuando la conocí en Carlisle hace unos dos meses.

Kate se relajó un poco.

—Pues muy bien, Heron, Beth Kennedy es hija de un primo de tu padre. No pondríamos ningún reparo a un matrimonio como ése; ¡su padre es el lord de Galloway!

Raven sintió renacer sus esperanzas.

—El hombre que amo, y con el que quiero casarme, también procede de una familia importante. Me ha pedido muchas veces que me case con él, pero le he respondido que necesitaba vuestra bendición.

—Es Heath Kennedy, ¿verdad, Raven? —El tono de su padre era brusco, y en su rostro se dibujaban arrugas de desaprobación.

Ella se negó a mentir. Alzó el mentón y dijo con orgullo:

—Sí, padre, es Heath Kennedy.

—¿Heath? ¿No es el hijo ilegítimo que tuvo Rob Kennedy hace años con una gitana llamada Lily Rose?

—Sí, es él —confirmó Lancelot.

Raven echaba chispas por los ojos.

—Ser hijo natural no es culpa suya, ¡y la sangre gitana es tan buena como la nuestra!

—¿Quéee...? ¿Prefieres a un gitano antes que a Christopher Dacre? —gritó Lark.

—Sí. Es un hombre de honor; mientras que Chris Dacre, no. Estaba intentando seducirte. Si aún no lo ha conseguido, ¡no tardará mucho!

Al ver que Raven sabía lo sucedido, Lark se ruborizó.

Kate miró a su hija con expectativas renovadas.

—Querida, si aspiras a casarte con un Kennedy, lady Elizabeth tiene un hijo que aún sigue soltero. Seguro que tu padre estará encantado de escribir a su prima y tantearla respecto a la posibilidad de unir nuestras familias.

A Raven le vino a la cabeza una imagen nítida del pelirrojo Duncan Kennedy y se quedó boquiabierta. Después montó en cólera.

—¡Madre, no entiendes nada de lo que intento explicar! ¡Ni siquiera escuchas! Estoy enamorada de Heath Kennedy. No me importa que no herede la riqueza de los Kennedy, tampoco que sea gitano. ¿Lo entiendes, madre? ¡Somos amantes! ¡Nos amamos con pasión!

27

Raven elevó los brazos al techo en señal de frustración y salió corriendo del salón. Arriba, cerró de un golpe la puerta de su dormitorio, se arrancó la cinta del pelo y se quitó el recatado vestido de hilo color crema. Se puso su vieja ropa de montar, se calzó las botas y corrió escaleras abajo en dirección a los establos. No se molestó en ensillar a *Sully*; simplemente la montó a lomos y galopó hacia su lugar preferido, donde el río Eden desembocaba en el estuario del Solway.

Cabalgó bordeando la orilla, sabiendo que ése era el único antídoto eficaz contra la sensación de sentirse atrapada. Su necesidad de libertad siempre había sido satisfecha por una galopada por esa costa que separaba Escocia de Inglaterra y ofrecía extraordinarias vistas abiertas del mar y, más lejos, de las montañas purpúreas. Ese día, no obstante, sólo servía para hacer hincapié en que Heath y ella estaban lejos uno del otro y en países distintos.

«¿Por qué no fui con él?» —gritó su corazón—. «Me advirtió de que mis padres no me escucharían. ¡Me dijo que nunca sería capaz de convencerles de que lo aceptaran como mi esposo! Heath tenía razón, pero no le hice caso. Consideré que mis padres eran más importantes que mi amor por él, y eso le hizo daño.» Al llegar al final de la playa, *Sully* se detuvo y Raven se quedó mirando el mar, absorta y melancólica, separada de su amor por un golfo grande como el Solway. Buscó con los dedos la piedra de los dioses bajo la camisa, y el peso de la forma fálica le proporcionó algo de consuelo.

Miró orilla abajo y sonrió pensativa cuando recordó su primer encuentro. Ella había corrido hacia Heath a galope tendido, y él se había plantado en su sitio con firmeza, dispuesto a no moverse, y se había reído de la locura de ella. Se dio cuenta de que en aquel momento se había enamorado de él, pero se había empeñado tercamente en no admitirlo.

Miró la piedra de los dioses y reparó en que lucía la misma camisa que Heath Kennedy le había arrancado aquel día con tanto atrevimiento. Echó la cabeza atrás y rió con alborozo. Se conocían desde hacía unos instantes y él ya la había desnudado; Raven tenía que haber entendido que acababa de encontrar a su pareja.

Revivió la carrera que hicieron en aquella misma orilla, y lamentó con toda su alma que no pudieran repetirla. Ojalá él apareciera en el otro extremo de la playa y se le acercara galopando; pero Raven sabía que él no regresaría a por ella. Había herido tanto su orgullo que Heath lamentaría haberle entregado su corazón. No le daría la oportunidad de intentarlo otra vez.

Aunque la invadió una especie de calma, su congoja era insoportable. Debía de mantenerse activa y ocupar su mente y sus manos en algo. Era ridículo e inútil andar alicaída compadeciéndose de sí misma.

Regresó a los establos y, tras alimentar y abrevar a *Sully*, restregó a su negro poni con la almohaza hasta que le brilló el pelaje. A continuación subió a las jaulas, se puso los guantes de cuero y alzó a los dos esmerejones de sus perchas. Se llevó consigo un señuelo y caminó hacia Rockcliffe Marsh para proseguir el entrenamiento de las aves. Les hablaba con voz dulce, elogiando su belleza y prestándoles toda la atención del mundo.

Raven los lanzó al aire una y otra vez, demostrando una inagotable paciencia toda la tarde mientras daba a sus halcones una lección de caza. Éstos perdían su presa la mayoría de las veces, pero el joven cetrero los había acostumbrado bien a regresar al señuelo. Por fin, cuando las sombras de la tarde se alargaban, uno de los esmerejones atrapó un pequeño roedor y el otro volvió con una caballa muerta encontrada en la playa.

Raven recordó las palabras de Valentina que comparaban una caballa muerta con la corte real. Pensó en Margarita Tudor y en los planes a media voz de Rosalind Dacre para agasajarla. De pronto, la recorrió un escalofrío. ¿Por qué la visita de Margarita a Inglaterra estaba envuelta en el secreto? Sólo se le ocurría una explicación: sacaba a su hijo, el pequeño rey Jacobo, de Escocia y se lo entregaba a su hermano, el rey Enrique Tudor. Cuanto más pensaba en ello, más se convencía de la existencia de una conspiración. Los Dacre se hallaban implicados, y para Raven eso era sumamente significativo.

Deseó poder contarle a Heath sus sospechas. Si el pequeño rey escocés estaba en peligro, Heath y Ramsay Douglas sabrían qué hacer para protegerlo. Raven respiró hondo y analizó sus razones. ¿Estaba utilizando esto para correr detrás de Heath Kennedy? Admitió que él tenía razón, que ella había cometido el error de su vida al no irse con él; pero era un error que trataría de corregir. Si le sucedía algo al joven Jacobo Estuardo porque ella era demasiado orgullosa para ir tras Heath Kennedy, jamás se perdonaría a sí misma. Cuando devolvió los esmerejones a las jaulas, ya había tomado su decisión: ¡Iría a Eskdale!

Esta vez sí ensilló a *Sully*, y cuando salía de los establos miró hacia la casa y examinó las ventanas. No se atrevió a entrar en busca de comida y ropa por si sus padres le prohibían marcharse. Si alguien la había visto desde las ventanas haciendo volar sus rapaces, no la esperarían de regreso casi hasta el anochecer. Se encaminó al borde del pantano para disfrutar de cierta protección, y después dirigió a *Sully* al norte, dejando el sol poniente a la izquierda.

No tenía ni idea de cuántos kilómetros había hasta Eskdale. De pronto recordó que no había ninguna seguridad de que Heath estuviera allí. Cerró la mano sobre la piedra de los dioses y confió totalmente en su poder para llevársela a su propietario. Se dijo que había un hilo místico e invisible que los unía. Había encontrado a Heath siempre que él la había llamado, y ahora tenía fe en que ocurriría lo mismo si ella lo llamaba a él.

No iba al galope; era un viaje largo y no quería agotar a *Sully*. Le acariciaba el cuello, manteniendo un paso tranquilo, y de vez en cuando se inclinaba para susurrarle al oído: «Encuentra a Heath, *Sully*, encuentra a Heath.»

El sol se puso, empezó a oscurecer y luego se instaló un prolongado crepúsculo. Al recordar relatos de incursiones, Raven bordeó deliberadamente Longtown. Sus habitantes no verían con buenos ojos la presencia de un jinete nocturno. Cuando la oscuridad la envolvió, no tuvo miedo. Le encantaba la naturaleza y estar al aire libre, y la noche tenía su propia belleza, desde los ruidos hasta las sombras negras como la tinta.

Cuando oyó el murmullo de un río, guió con cuidado a *Sully* hasta la orilla. Sabía que el río que corría a lo largo de la frontera era el Esk, y, por lógica, si lo seguía un trecho suficiente llegaría a Eskdale. Vio que ése era un buen lugar para hacer un alto, por lo que desmontó, desensilló a *Sully*, y lo condujo a la orilla para que bebiera.

Raven sumergió la cara en el agua y después aplacó su sed bebiendo de la mano ahuecada. Ató el caballo de modo que pudiera pacer en la alta hierba que crecía bajo los árboles y luego se sentó recostada en la silla de montar.

No cerró los ojos, pero permitió descansar a su cuerpo. Sintió hambre pero intentó no pensar en comida porque, cada vez que lo hacía, su estómago crujía. Aproximadamente una hora después del anochecer, apareció la luna nueva, que empezó a ascender en el cielo. Raven contempló la hermosa luna creciente y repitió el conjuro que su abuela le había enseñado.

> *Cuando veo la luna nueva,*
> *me corresponde levantar el ojo,*
> *me corresponde doblar la rodilla,*
> *me corresponde inclinar la cabeza,*
> *dedicando alabanzas a vos, luna que me guiáis.*
> *Dadme los medios para alcanzar mi amor,*
> *tengo el poder y sé cómo usarlo.*

Raven creía que la diosa de la luna gobernaba la intuición y los instintos del subconsciente. Alzó el rostro y abrió la mente, como una enredadera de floración nocturna. Esa noche notaba que su espíritu estaba en armonía con las fuerzas de la naturaleza y el poder de la mente humana. Volvió a ensillar a *Sully* y dejó que la plateada luz de la luna la guiara.

Cuando salió el sol, se paró de nuevo y vio un matorral de zarzamoras silvestres que aliviarían su hambre. Sabía que se hallaba en Escocia, e imaginó que sentía cada vez más cerca la presencia de Heath. Los valles estaban salpicados de ovejas, y tras un breve respiro montó de nuevo y espoleó a *Sully*. Como sucede a menudo en las montañas, de pronto se formaron nubarrones y descar-

378

gó un chaparrón de verano. Las ovejas se amontonaron tras las murallas de piedra de Langholm mientras Raven quedaba empapada hasta los huesos. Aunque llevó un paso mucho más lento, siguió su camino desde Ewesdale hasta Eskdale, sin ceder al desaliento, antesala del fracaso.

Finalmente, llegó a un lugar cuyo entorno reconoció. Cabalgó valle abajo hacia el castillo de Eskdale, y entonces las nubes se dispersaron y salió el sol. Raven comenzó a sonreír.

Heath Kennedy pasó una noche malísima. No había podido dormir nada, y el cuerpo le dolía de tanto desear a la mujer que había dejado atrás, en Inglaterra. Sin embargo, el desasosiego que lo consumía no era sólo físico, sino también de la mente y el espíritu. Su anhelo por Raven no conocía límites; ella ocupaba todos sus pensamientos. Lo más irritante era saber que Raven, al sentirse tan atraída físicamente hacia él, le entregaba su cuerpo generosamente y sin reservas, pero jamás sería su esposa. Le habían inculcado tanto que debía casarse con alguien rico y con título, que no podía oponerse a los deseos de sus padres.

Durante la larga noche había estado tres veces a punto de recurrir a su poder y llevarla a su cama. Sujetaba en la mano aquella pluma negra; sólo tenía que concentrar su mente y su espíritu totalmente en el objeto de su deseo y recitar las palabras «Ven hacia mí, Raven». No obstante, cierto instinto se lo impedía siempre. En el fondo, se daba cuenta de que haciéndola aparecer a su voluntad no ganaría nada. Para que esto significara algo, Raven tenía que acudir libremente; si no, mejor para ella quedarse en su casa.

Cuando se levantó por la mañana, Heath había tomado una decisión. Llevaría sus yeguas de cría a sus cien acres de Kirkcudbright, al otro lado del río Dee. No estaban cerca sólo del castillo de Douglas sino también de las tierras de los Kennedy. La salud de su padre empeoraba, y se sentiría más tranquilo si de vez en cuando le hacía una visita.

Para prepararlas para el viaje, tendría que volver a herrar a la mayoría de las yeguas. Fue al prado en busca de dos de ellas. Después se dirigió a la fragua y encendió fuego. Cuando de repente se desató un aguacero, llevó los caballos al abrigo de la fragua y aceptó la ayuda que le había ofrecido el herrero de los Douglas. Los dos hombres asían las pezuñas de la yegua y luego, de un montón de herraduras, seleccionaban las cuatro que por la forma y el peso mejor encajaban.

En la fragua hacía cada vez más calor y Heath se quitó el jubón mientras limpiaba las pezuñas de las yeguas, y acto seguido calentó una herradura al fuego. Tras haber clavado el primer par, antes de proseguir con la sofocante tarea se despojó también de la camisa. Heath le dirigió una sonrisa socarrona al herrero mientras éste llevaba su mismo ritmo; la actividad física siempre le hacía sentirse mejor.

Para cuando las yeguas estuvieron herradas del todo, el chaparrón había cesado y brillaba el sol. Heath condujo los dos caballos fuera para comprobar sus andares en el empedrado. Alzó la mirada sorprendido al ver una mujer que cruzaba la muralla exterior.

—¡Raven! —El corazón le dio un vuelco.

—¡Heath! ¡Gracias a Dios que te he encontrado!

Él corrió a su lado y la ayudó a desmontar. La izó y la hizo girar en el aire.

—¡Raven, aún no me creo que hayas venido! —El corazón parecía a punto de estallarle de alegría.

—He venido porque temo que haya una conspiración para secuestrar al joven rey. Pensé que debía hablaros a ti y a Ramsay Douglas de mis sospechas.

Buena parte de la alegría desapareció del corazón de Heath, en torno al cual se formó un caparazón de hierro para protegerse de Raven. Ella no había aparecido porque lo amara y no pudiera vivir sin él, sino para traer malas noticias. Disimuló su desengaño y la depositó en el suelo de piedra.

—Estás calada hasta los huesos. Ven, has de secarte. —Se volvió hacia el herrero y le pidió que se ocupara del caballo.

—*Sully* y yo no sólo estamos empapados, sino también hambrientos.

Raven sabía que ahora que lo había encontrado, se acabarían todas sus preocupaciones. Heath le confirmaría si sus sospechas sobre el pequeño Jacobo Estuardo eran atinadas y resolvería el asunto. Se dirigió al castillo y empezó a subir las escaleras que conducían a los aposentos de Heath como si nunca se hubiera marchado de allí.

—Raven, ¿has cabalgado todo el trayecto sola?

—Sí, pero no habría podido hacerlo sin ti. Ya te contaré.

Heath avivó con un atizador las llamas del hogar, y cuando se dio la vuelta vio que Raven ya se estaba quitando la ropa mojada. Fue al armario, tomó su camisón y lo sostuvo mientras ella deslizaba los brazos por las mangas para cubrir su desnudez. Se sorprendió al ver que Raven se desplomaba pesadamente en su cama y levantaba una pierna para que él le quitara la bota de montar. La miró fascinado y sonrió.

—Eres un diablo, Heath Kennedy. Sólo llevo aquí cinco minutos y ya me estás desnudando.

Heath, precavido como un lobo que ya ha caído una vez en la trampa, sospechó que Raven estaba dispuesta a reanudar su relación pero sin comprometerse a matrimonio alguno. Aunque probablemente era la hembra más seductora que jamás hubiera conocido, no aceptaría nada que no incluyera también su alma y su corazón. Puso la ropa delante del crepitante fuego. Pidió a una de las criadas que subiera comida de la cocina y a continuación le tendió a Raven una toalla para el cabello, guardando una distancia prudencial.

Ella estaba ligeramente sorprendida. Por lo general, Heath no podía resistirse a secarla, sobre todo el cabello. Siempre encontraba alguna excusa para entrelazar sus dedos en los negros rizos.

Heath apenas podía apartar la mirada de los rizos mojados. Vertió agua de la jarra y se lavó cara y manos. Después se puso una camisa limpia.

—Monsieur Burque ha ido con Tina al castillo de Douglas, así que no esperes nada del otro mundo —advirtió como de pasada.

—¿Tampoco está aquí lord Douglas? —Raven parecía alarmada. Era la segunda vez que mencionaba el nombre de Ram Douglas.

—¿No puedes hablarme a mí de esta conspiración?

—Por supuesto que sí. ¿Por qué demonios crees que he cabalgado toda la noche hasta Eskdale?

«Preferiría que no hubiera complot alguno. Preferiría que fuera una treta, una excusa para haber venido a decirme que cometiste el error de tu vida al dejarme ir sin ti.»

La criada llevó caldo espeso de cordero y pan recién horneado, y Raven empezó a contar su historia mientras comía.

—Mejor que empiece por el principio. Tenías razón

respecto a mis padres. Cuando llegaron a casa, estaban indignados por mi comportamiento. Les expliqué que yo no podía casarme con Chris Dacre porque ni le amaba ni me gustaba. Les hablé de ti y mencioné todas tus virtudes —le dirigió una sonrisa burlona—, pero no hicieron ni caso.

—Debe de ser cosa de familia —ironizó Heath en voz baja. Raven pasó por alto el sarcasmo.

—Yo estaba enfadada y fui a galopar por la orilla, y poco a poco me vinieron a la memoria cosas que se habían dicho en Carlisle. Lamento no haber prestado más atención en su momento, pero no estaba muy interesada en los planes de los Dacre. Al principio fueron sólo datos dispersos que me llegaron por parte de Christopher y lady Rosalind. Ayer, cuando los relacioné, todo me pareció de lo más evidente. Dime si estás de acuerdo. —Raven se lo contó punto por punto—. Después de la boda, Christopher pretendía llevarme a Bewcastle, donde recibiríamos a importantes invitados. Lady Rosalind estaba nerviosa porque en breve agasajaría a estos mismos nobles en Carlisle. Poco después de la boda, debíamos viajar a la corte en Londres, pero todo estaba envuelto en el mayor secreto. Ayer, a mi madre se le escapó que era la reina Margarita quien iba a Carlisle y que los Dacre la acompañarían a Londres.

—¡Archibald Douglas y Margarita quieren sacar de Escocia al pequeño rey Jacobo y entregárselo al hermano de ella, Enrique Tudor! Has dado en el blanco, Raven. Ramsay Douglas y yo sabíamos que Archibald necesitaría dinero y que acaso tramaría algo con Enrique Tudor para venderle al pequeño Jacobo, ¡pero no creíamos que los planes fueran inminentes!

—¿Puedes darle esta información a lord Douglas?

—Ignoro dónde está. Tendré que actuar sin él. Por

suerte, Ram dejó aquí a unos veinte hombres a las órdenes de Gavin. —Heath la contemplaba admirado—. Raven, has sido muy valiente por haber cabalgado sola toda la noche.

—No estaba sola, Heath. Tu espíritu estuvo conmigo a cada paso que daba, y además llevaba tu piedra. —Acarició el símbolo fálico que pendía entre sus senos, se lo quitó por encima de la cabeza y se lo entregó.

Heath apenas consiguió poner en orden sus ideas. Tomó la mano de Raven en la suya y miró el amuleto.

—Necesitaré algo más que la ayuda de una piedra para resolver mis dudas; hay muchas incógnitas. El pequeño rey Jacobo reside en Edimburgo. ¿Cuándo salieron de la capital? ¿En qué castillos hicieron altos en el camino? Tal vez sólo en las fortalezas de los Douglas en las que Archie se siente seguro. Debemos impedir que crucen la frontera y pasen a Inglaterra. Aunque por lógica debería ser un desplazamiento lento al llevar a un niño que no ha cumplido tres años, el instinto me dice que viajarán lo más deprisa que puedan mientras la luna esté en la fase oscura. Me temo que no tenemos tiempo que perder.

Raven observó con ojos ávidos cómo él iba al armario a por un jubón.

—Avisaré a los hombres que se dispongan a cabalgar de inmediato.

Heath bajó al salón y habló con los que estaban acabando su comida del mediodía. Se oyó alboroto en la entrada, y al salir a ver qué pasaba, Heath vio a Gavin Douglas sujetando a alguien por el cogote.

—¡Es tu maldito prisionero! ¿Cómo diablos logró escapar?

Al ver que era Sim Armstrong, Heath quedó atónito.

—Nos fue útil en su momento; déjalo ir. Por cierto, ¿qué diablos estás haciendo aquí, Armstrong?

—Maldita sea, no entiendo nada, ¡pensaba que me escucharíais! —gritó Armstrong.

—Suéltalo —dijo Heath a Gavin—. Le escucharemos.

—¿Puedo tomar un platito de caldo? —rogó Armstrong.

Heath se dio cuenta de que, si el hombre de la frontera se arriesgaba a pedir algo, es que se estaba muriendo de hambre; hizo una señal a un criado. Entraron y se sentaron. Heath desenvainó el cuchillo, cortó un pedazo de pan y clavó la hoja en la mesa, al alcance de su mano.

—Empieza a pagar la cena; canta.

Mientras alargaba la mano para tomar el pan, Armstrong miró de reojo el cuchillo.

—Mi información vale unas monedas. ¡Hay una conjura para hacer pasar clandestinamente la frontera al legítimo rey de Escocia y llevarlo a Inglaterra!

—Hasta ahora tu información no vale nada. Ya estamos al tanto de la conspiración. Queremos saber cuándo y dónde.

—Llegan a Hawick esta noche. Después, amparados en la oscuridad y guiados por Mangey Armstrong, cruzarán el Bosque de la Frontera hasta Inglaterra, ¡donde los hombres de Dacre los estarán esperando para llevar al rey y a su madre a Bewcastle!

—¿Cómo sabemos que no es una trampa? —preguntó Gavin a Heath.

—No lo sabemos —dijo Heath con tono tajante—. Pero la información concuerda con lo que sabe Raven; y lo de Hawick tiene sentido.

—¿Por qué querría perjudicar a Mangey Armstrong? —inquirió Gavin receloso. Heath se encogió de hombros.

—La venganza es un plato más apetitoso que el caldo

de cordero, sobre todo cuando es contra un hermano que te ha traicionado.

Gavin pensó en su propio hermano y comprendió que, si él y los hombres de Douglas no hacían todo lo que estaba en su mano para frustrar la conjura, no querría ser blanco de la ira de Black Ram.

—Tendremos que cabalgar hasta Hawick y quedarnos allí al acecho.

Gavin estuvo de acuerdo con Heath y ordenó a los hombres que se armaran hasta los dientes y prepararan los caballos.

Arriba, Raven se preguntaba por qué Heath tardaba tanto. De pronto hundió la nariz en la manga del camisón para aspirar el aroma masculino. Suspiró agradecida y se dirigió inquieta a la ventana. Al ver que los hombres se movían por el recinto de la muralla con gran determinación, supo que se aprestaban a salir. Se acercó a la chimenea y tocó su ropa. Aún estaba algo húmeda, pero se preguntó qué otra opción tenía. Se vistió a toda prisa, se echó el despeinado cabello sobre los hombros y bajó corriendo hacia el salón. Al oír que Heath conversaba con un hombre de la frontera desaliñado y de aspecto tosco, titubeó.

Mientras ella se acercaba, el indeseable canalla la miró, y Raven lo reconoció: era el villano que Heath había hecho prisionero el día que la había capturado a ella y a Chris Dacre cerca de Bewcastle. Vio a Heath darle una moneda de plata y se quedó atónita cuando el repulsivo malvado le guiñó el ojo antes de escabullirse como una rata.

Heath acortó la distancia entre ellos y le apoyó las manos en los hombros.

—Sim nos ha confirmado la conspiración. Dice que la expedición de la corte real llegará a Hawick esta noche aprovechando la oscuridad. Si van por el Bosque de la Frontera, el castillo de Cavers está a menos de quince kilómetros de Inglaterra. Gavin y yo iremos a Hawick con los hombres de Douglas y estaremos al acecho.

—Yo también voy.

—Raven, tú no vienes. Te quedarás en Eskdale, aquí estarás segura.

—Heath, ¡no quiero separarme nunca más de ti!

Él le apartó delicadamente de la mejilla un mechón de pelo negro.

—Cariño, son las palabras más maravillosas que jamás he oído, pero no puedes venir conmigo.

—Necesitas una mujer —alegó ella—. El pequeño rey aún no ha cumplido tres años; cuando vea a tantos hombres rudos se asustará.

—No somos tantos, Raven, poco más de una veintena, y vete a saber cuántos guardias armados llevan Archibald y Margarita consigo.

—Sois hombres de la frontera, ¡cada uno de vosotros vale por tres de los otros!

—No te saldrás con la tuya adulándome, Raven. Si quieres ayudar, aléjate del peligro —dijo Heath con firmeza.

Raven hincó las manos en las caderas.

—¡Pues no pienso quedarme aquí! ¡En cuanto te hayas ido, te seguiré!

Él la agarró por los hombros y la zarandeó con brusquedad.

—Si haces algo tan imprudente, me obligarás a usar la violencia —amenazó Heath—. ¡Te daré tal zurra en el trasero que no podrás sentarse en una semana ni cabalgar en un mes! —Le hizo dar media vuelta, le soltó una humillante palmada en las nalgas y la empujó escaleras arriba—. ¿Crees que porque puse mi corazón a tus pies y te dije que te amaba puedes manejarme como quieras? Pues bien, no soy uno de tus halcones, Raven, y nunca llevaré pihuela. ¡No vale la pena tener una mujer que no obedece!

Algo dentro de Raven reaccionó contra el macho dominante que seguía dando órdenes, resuelto, diciéndole a ella lo que podía hacer y lo que no. Miró hacia atrás y estuvo a punto de decirle que tuviera cuidado y que volviera sano y salvo.

—Sube a la torre, maldita sea. Y si quieres servir para algo, ¡espérame en la cama!

Raven tuvo un ataque de ira. Corrió escaleras arriba y cerró violentamente la puerta de la torre.

—¡Esta vez has ido demasiado lejos, condenado Heath Kennedy!

28

Cuando Ram Douglas llegó a Edimburgo con Jock, su segundo en el mando, y una veintena de sus hombres, fue directamente al castillo de Edimburgo.

Allí se encontró con lord Alexander Hume y lord David Maxwell, que también habían recibido cartas de John Douglas, duque de Albany, sobre su inminente llegada. No obstante, era notoria la ausencia de Archibald, Margarita y el pequeño rey Jacobo.

—¿Dónde está la corte real? —preguntó Ramsay alarmado a lord Hume. Éste agitó una mano indolente.

—Margarita y sus cortesanos ingleses son débiles y blandos; prefieren las comodidades del palacio de Holyrood.

—¡Estoy seguro de que prefieren con mucho las comodidades del palacio de Westminster!

Ram envió inmediatamente a Jock hasta el final de la milla real para comprobar si el rey Jacobo y la corte estaban realmente en Holyrood. A continuación procedió a informar a Maxwell y Hume sobre las sospechas de que había un complot para entregar al rey niño de Escocia en manos del despiadado inglés Enrique Tudor.

—El barco del duque de Albany ha sido avistado esta tarde; debería estar en Leith por la mañana. Y aplastará, en efecto, cualquier confabulación que tenga por objeto destronar al rey legítimo de Escocia. John Estuardo no oculta su intención de asumir la regencia. En Escocia todos apoyaremos al hermano del rey fallecido frente a la inglesa Margarita Tudor.

—¡Para cuando Albany llegue mañana, pueden haberse llevado ya al pequeño Jacobo Estuardo y estar a medio camino de Inglaterra! —advirtió Ram.

Cuando Jock llegó del castillo de Edimburgo e informó a Ramsay de que la corte real no se hallaba en Holyrood sino que, según se decía, estaba en el castillo de Craigmillar, a poco más de nueve kilómetros, Hume todavía no se sentía inquieto. Sin embargo, lord Maxwell no deseaba vérselas con el duque de Albany si el pajarito volaba.

—Iré hacia el sur —anunció Ram Douglas—. Nos llevan ventaja, pero yo sé qué castillos buscará Archibald.

—Voy contigo —dijo Maxwell—. No será difícil atrapar a un grupo de cortesanos ingleses.

No obstante, iba a ser más difícil de lo que creían, pues cuando llegaron a Craigmillar se enteraron de que la corte real había partido hacía tres noches.

Ram Douglas y David Maxwell cabalgaron a una velocidad endiablada al frente de sus hombres, esperando sorprender a la corte real en el castillo de Crighton, pero llegaron tarde. Mientras hacían un alto para abrevar los caballos Maxwell preguntó a Douglas por la ruta que seguirían.

—El camino más corto es el que pasa por el castillo de Thirlstane y después por el de Roxborough.

—Tenéis razón, pero Dacre es cómplice de Archie Douglas. Irán directamente a Hawick, y si llegan ahí ya estarán a salvo. Dacre pagará a los Armstrong para que los lleven hasta la frontera inglesa. ¡Bewcastle es inexpugnable!

—El único castillo entre aquí y Hawick es Newark.

Ram asintió con expresión ceñuda.

—¡Newark es nuestra última posibilidad!

En Eskdale, Raven, de pie frente a la alta ventana de la torre, miraba cómo Heath Kennedy y sus hombres partían para Hawick. Los hombres de la frontera, oscuros y fuertes, armados hasta los dientes y montados en robustos caballos conformaban una escena impresionante. Oyó sus risas y maldiciones mientras cortaban el viento con sus curtidos rostros y cruzaban la muralla.

Raven aguardó más de media hora. Luego abrió el armario, tomó una de las capas oscuras de Heath y se encaminó a los establos. Hizo caso omiso de los jóvenes mozos de cuadra que se habían quedado y fue directamente hacia *Sully*. Cuando lo vio, la invadió un sentimiento de culpa, pues sabía que, después de haberlo cabalgado toda la noche, no podía volver a ensillarlo.

Así pues, tomó la silla y la colocó en uno de los caballos de Douglas. Un mozo se acercó a ayudarla con el bocado y la brida y ella le recompensó con una sonrisa radiante. A continuación, envuelta en la capa de Heath, montó y abandonó el castillo.

Mantuvo la distancia respecto a los hombres que cabalgaban por delante de ella. Todavía era de día y ya había recorrido el hermoso valle de Teviot hasta el castillo de Cavers, en Hawick. Ponía mucha atención a los que la precedían, asegurándose de que no repararan en su presencia. Pero Raven iba tan concentrada que no se dio cuenta de que también la seguían a ella.

El indeseable individuo se lamió los agrietados labios mientras su penoso poni iba tras los pasos del robusto animal que transportaba a la belleza morena. Sin duda era una pieza codiciada. Dos hombres se odiaban y se habían convertido en enemigos acérrimos por su causa. Cada uno pagaría lo que fuera para arrancarla de los brazos —y la cama— del otro. Sim Armstrong cabeceó incrédulo y acto seguido rió ante tamaño disparate, dejando al descubierto unos dientes negros y picados.

Mientras la acechaba, se divertía pensando cuál de los dos pagaría más. No había duda: Christopher Dacre disponía de abundante oro de su complaciente padre. Armstrong acarició con sus mugrientos dedos la cuerda que llevaba. Nunca más iría sin cuerda. Nada como una cuerda para atar a un prisionero, como había aprendido de Heath Kennedy en su propia carne. Se imaginó lo impotente que sería una mujer atada con una cuerda; no habría nada que un hombre no pudiera hacerle. ¡La cuerda era realmente un arma fabulosa!

Empezaba a ponerse el sol cuando Heath Kennedy, Gavin Douglas y sus hombres cruzaron la muralla exterior del castillo de Cavers. El castillo almenado era una posesión de los Douglas en la que había un retén mínimo de criados. Gavin habló con el mayordomo que salió a recibirlos y le explicó que iban a intentar evitar que secuestraran al joven rey y lo llevaran a Inglaterra. Así que le advirtió de que podrían haber escaramuzas o enfrentamientos, por lo que los criados debían quedarse en el interior. El hombre les indicó que lo siguieran a los establos, y después se apresuró al castillo para ver de qué víveres disponía.

Heath observó que sólo había dos caballos en las cuadras.

—El establo está casi vacío; es un buen lugar para escondernos nosotros y las monturas. Creo que deberíamos aguardarlos aquí.

Gavin asintió.

—Cabalgarán directamente hacia el castillo; no se esperarán un ataque por sorpresa.

Los hombres se ocuparon de los caballos y luego se acomodaron en las casillas llenas de paja. Dejaron las puertas abiertas para que entrara luz hasta el anochecer; aunque había candiles, no los encenderían a menos que fuera preciso.

Raven, aliviada de haber llegado a Cavers sin novedad, entró en el recinto de la muralla exterior. Durante la última hora había tenido dudas sobre lo atinado de haber seguido a Heath cuando él se lo había prohibido. Había estado dispuesta a obedecerlo hasta que su exasperante arrogancia masculina la irritó.

Alzó la vista hacia las luces encendidas del castillo sabiendo que tendría que batallar con Heath cuando él descubriera su presencia. Pese a todo, había una batalla que ya había ganado ella, puesto que él jamás le ordenaría que regresara a Eskdale en la oscuridad.

Ignorando lo que le esperaba, Raven guió su montura hacia las puertas del establo. De repente, varias manos callosas la agarraron y la arrancaron de la silla. Cuando estuvo en el suelo y vio un círculo de hombres que se elevaban sobre ella con largos puñales desenvainados, un grito de terror se le heló en la garganta.

—¡Raven! ¡Terca mula! ¡Podías haber caído muerta una docena de veces! —Heath la agarró del brazo y la levantó—. ¿Vienes sola? —preguntó con apremio.

Frente a aquella violenta cólera, Raven fue incapaz de hablar, sólo asintió con la cabeza; pero cuando oyó risas, fue muy consciente de hasta qué punto su comportamiento podía humillar a Heath ante los demás.

—¡Ven! —La sucinta orden le hizo dar un brinco, y se imaginó que Heath no confiaba en sí mismo para decirle más de una palabra.

Sujetándola por un brazo, la condujo desde el establo hasta el castillo. Raven se tambaleó y él la tomó en brazos. Tras soltar un grosero juramento, se apresuró por los escalones de piedra hasta la primera planta del edificio. La dejó en un banco de madera al lado de la chimenea y la miró airado—. ¿Puedes quedarte aquí quieta?

—Lo siento, no quería humillarte —susurró Raven.

—¿Humillarme? —repitió Heath incrédulo. Todavía sentía un nudo en el estómago por lo que él había estado a punto de hacerle, ¡y ella lamentaba haberle humillado!

Raven lo miró y vio que por su rostro no corría una gota de sangre, y entonces entendió que lo que a él le preocupaba de verdad era la seguridad de ella. Y ahora se mostraba furioso porque no podía revelar su miedo. En ese momento, Raven comprendió cuánto la amaba. Le echó los brazos al cuello y lo besó. «¡Te amo, Heath!» Aquello devolvió el color a Heath, que buscó sus ojos. Raven se preguntó si le estaba leyendo el pensamiento. Entonces la furia de Heath se disipó y se convirtió en simple exasperación.

—Si crees que un beso te libra de castigo, te equivocas. —Le apartó los brazos del cuello—. Sé que te dije que volverías corriendo y que tendrías que cortejarme, ¡pero aquí no, Raven, ahora no!

Aquel oscuro canalla tenía un perverso sentido del humor, pero ella no se atrevió a demostrar la gracia que le hacía.

—Me quedaré aquí quietecita —prometió solemnemente.

Después de que él se fuera, Raven se quitó la capa y la dejó en el banco, y acto seguido fue a buscar al mayordomo. Lo encontró en la cocina en un altercado con el cocinero, que estaba asando una pierna de cordero en un espetón.

—Estamos esperando al rey de Escocia, patán. Los reyes no comen tanto cordero, tienen el paladar delicado. ¿No recuerdas que cuando los cortesanos reales vinieron a la boda cenaron faisán y pavo real?

—Sí, me acuerdo. ¡Y también me acuerdo de que traían consigo sus malditos y estrafalarios chefs! Yo digo que si es escocés, comerá cordero.

—Y yo digo que estás chiflado.

El cocinero tendió al mayordomo su largo tenedor y con el pulgar señaló bruscamente la pierna de cordero.

—¡Pues tú te encargas de esto!

—Caballeros —dijo Raven, usando el término sin mucha precisión—, si estáis preparando la comida para el pequeño rey, creo que habéis olvidado que Jacobo Estuardo tiene sólo dos años.

Los dos hombres se miraron sin comprender; evidentemente necesitaban que la muchacha los aconsejara.

—Le convendría algo para calentarlo, calmarlo y ayudarlo a dormir —sugirió ella.

—¿Whisky? —sugirieron al unísono.

—Quizá sería mejor una sopa, rociada con crema espesa.

—¿Por qué no se te ocurrió algo así?

—¿A mí? —El mayordomo le devolvió el tenedor—. ¡Eres tú el maldito cocinero! —Se volvió hacia Raven—. ¿Puedo ofreceros un poco de vino, señora?

—Sí, gracias. —Se llevó el vino a su banco de madera y lo bebió a sorbos pensativa, con la vista fija en el fuego.

En los establos, cuando la oscuridad fue completa, los hombres se dispusieron a pasar la noche en vela. En el exterior todo permanecía tranquilo y silencioso mientras los minutos se convertían en horas y se acercaba la medianoche. La espera era aburrida, pues no tenían luz y no podían matar el tiempo jugando a los dados. No obstante, se respiraba demasiada tensión para que los venciera el sueño; no conocían las dimensiones de la expedición real, así que no podían arriesgarse a que los pillaran por sorpresa.

Aproximadamente una hora después de medianoche, oyeron ruido de caballos al galope. Los hombres de la frontera eran expertos en calibrar la fuerza de su enemigo por el sonido de sus caballos, y todos los hombres del establo supieron que el grupo que se aproximaba era pequeño. Aunque se mantuvieron alerta, pues detrás podía seguir una fuerza más numerosa, cobraron mayor confianza.

Cuando varios jinetes entraron al galope y se detuvieron en medio del patio, armaron un alboroto considerable. Estaba claro que no se esforzaban por pasar inadvertidos: los cuatro que habían cruzado la muralla hacían suficiente ruido para despertar a los muertos. Heath Kennedy, que se había apostado junto a la puerta del establo, vio que estaban desmontando. Dio la señal, y los hombres de Douglas rodearon al instante los caballos con las armas desenfundadas.

Pero los cuatro jinetes no intentaron defenderse, sino que gritaron, imploraron y pidieron socorro. Por las voces, Heath Kennedy se dio cuenta de que eran mujeres o muchachos muy jóvenes. Tras llevarlos al establo y encender un candil, la luz puso al descubierto a una turbadísima Margarita Tudor, acompañada de una señora y dos jóvenes ayudas de cámara.

Margarita reconoció a Heath Kennedy.

—¡Ayudadme, ayudadme, os lo ruego! —chilló desesperada.

—¿Dónde está vuestro hijo? ¿Y dónde está Archibald Douglas? —inquirió él.

—¡Fuimos atacados! ¡En Newark! Hubo una pelea encarnizada... una matanza. Fue Black Ram Douglas, ¡el primo de mi esposo! —gritó incrédula.

—¡A los caballos, vamos a Newark! —ordenó Gavin.

Heath tomó a Margarita en brazos y la condujo al castillo; sus aterrorizados acompañantes los siguieron.

Arriba, Raven, que había estado a punto de quedarse dormida, se sobresaltó por el estrépito que se oía abajo. Con el corazón en un puño, saltó del banco y se dirigió a la ventana. Apenas si distinguió un hormigueo de hombres y la luz de la luna destellando en sus espadas desenvainadas. Apareció el mayordomo corriendo.

—¡Está pasando algo! —gritó—. ¿Es el rey? ¿Debo bajar?

Raven le guiñó el ojo.

—No; es mejor que os quedéis. Pronto sabremos quiénes son.

Ella también sintió el impulso de bajar porque ardía en deseos de estar junto a Heath si éste arrostraba algún peligro, si bien no temía demasiado por él; tenía una fe absoluta en su capacidad para vencer a cualquier enemigo. Se dirigió a la parte superior de las escaleras, entornó los ojos para ver en la oscuridad, y de pronto, como si ella lo hubiera hecho aparecer, surgió Heath con una mujer en brazos. Cuando llegó arriba, él dijo:

—Es la reina. —Pasó por delante de Raven dando grandes zancadas y dejó a Margarita en el banco desocupado. La reina gimió y acto seguido empezó a tener arcadas.

Los ojos de Raven buscaron los de Heath.

—¿Está herida?

—No. Huyó de Newark; ha sido un duro trayecto. ¿Cuidarás de ella?

—Desde luego —prometió ella—. ¿Dónde está el niño?

—Ram Douglas los alcanzó en Newark. Iremos allá por si necesita ayuda, aunque creo que por ahora Jacobo Estuardo está a salvo. Volveré pronto, Raven.

Lo miró mientras se iba, y después dirigió su atención a la mujer que tenía delante. Margarita estaba pálida como un muerto, y su cabello amarillo tono cobre le caía desgreñado por la cara. Su capa de terciopelo morado se había abierto y revelaba su vientre, hinchado por el niño que llevaba dentro. Raven la compadeció mientras la reina vomitaba otra vez en el suelo. La mujer que la acompañaba se quedó de pie, moviendo las manos nerviosa, mientras los dos mozos se calentaban en la chimenea.

Raven se sentó al lado de Margarita y le tomó la mano.

—Iré a la cocina a buscar algo para vuestra náusea. Tratad de cerrar los ojos y descansar. —Miró a los dos muchachos—. Eh, vosotros, venid conmigo. —La orden fue tan tajante que no dudaron en obedecerla.

En la cocina estaban el cocinero y otro criado.

—Dad a estos chicos un cubo de agua y unos trapos. Hay que limpiar unos vómitos, y la pobre mujer quizás aún no haya terminado. —Después dijo al cocinero—: ¿Qué tenéis para la náusea?

El cocinero negó con la cabeza, impotente; entonces Raven decidió ocuparse ella misma del asunto y empezó a buscar en la despensa. Cuando encontró un manojo de hierbabuena, cerró los ojos y rezó una oración de agradecimiento.

El mayordomo entró en la cocina.

—¿Qué puedo hacer? —preguntó.

—Si consigo mitigarle los vómitos, necesitaré unas galletas secas y vino diluido. —Tomó un trapo de cocina limpio, empapó un extremo en agua templada y volvió adonde estaba Margarita.

Cuando vio que Raven regresaba, el mozo que había limpiado la porquería del suelo se levantó y se apartó al instante. Ella se arrodilló ante Margarita y le limpió delicadamente el rostro con el trapo, pero la futura madre vomitó de nuevo. Acto seguido, Raven trituró con los dedos media docena de hojas de hierbabuena y las acercó a la nariz de la reina.

—Respirad hondo, inhalad el olor acre, controlará vuestra necesidad de vomitar.

Raven deslizó la mano en el bolsillo y sacó su piedra de brujas, de la que se había olvidado por completo. Ahora conocía los métodos de la ciencia de la curación y sabía que cualquier ritual ocupaba la mente lo bastante para provocar una mejoría física.

—Sostened esta piedra de brujas contra el pecho, centraos en vuestra persona y respirad hondo y despacio. Extraed el poder místico y la fuerza de la piedra y absorbedlos en vuestro cuerpo. —Raven observó que Margarita había dejado de vomitar, y arrancó dos hojas verdes y frescas de hierbabuena de su tallo—. Ponéoslas en la boca, señora. La hierbabuena tiene un sabor limpio y fresco, se ha utilizado durante siglos para las afecciones del estómago.

Margarita lo hizo y venció las náuseas. A continuación, Raven complementó su remedio con cumplidos para asegurarse de que su paciente se recuperaba del todo.

Cuando el mayordomo llevó las galletas y el vino diluido, Raven instó a Margarita a que los probara. Después se dirigió a la mujer que la acompañaba.

—Ayudadla a quitarse la capa y las botas; buscaré una habitación donde pueda descansar.

Margarita asió la mano de Raven para retenerla a su lado.

—¡No; debéis ayudarme a volver a Inglaterra!

Raven la miró fijamente sin comprender.

—Mi señora, debéis descansar, estáis indispuesta. Esta noche no podéis viajar más.

—¡Debo ir! ¡Debo ir! Sois inglesa, ¿no? ¡Cuando me recupere tenéis que ayudarme a cruzar la frontera y llegar a un lugar seguro!

—Eso es imposible. Debéis quedaros en Hawick hasta que los hombres regresen de Newark. —Pensó en Heath y se estremeció sólo de imaginar de lo que sería capaz si volvía y, tras haberle confiado la seguridad de Margarita, se encontraba con que ésta no estaba.

—¡Por compasión! ¡Por compasión! —Margarita tenía la cara anegada en lágrimas—. ¡He cometido traición! ¡Los escoceses se vengarán atrozmente de mí!

—No os harán daño, señora; sois la hermana del poderoso rey de Inglaterra —dijo Raven para tranquilizarla.

Margarita dio un brinco y empezó a pasearse de un lado a otro, reanimada por el vino.

—Me encerrarán en una prisión y arrojarán la llave al río. ¡No soportaré vivir sin libertad! ¡Y pensad en los curiosos accidentes que sufren los que están encerrados!

Aquellas palabras oprimieron el corazón de Raven. No podía mentirle y decirle que no la privarían de libertad. En realidad, la pobre señora ya era una prisionera.

Margarita apuró el vino y abrió suplicante los brazos.

—¡Lo que me llevó a dar este paso fueron las intrigas de hombres malvados y codiciosos! Mi ambicioso hermano desea gobernar los dos países, y mi ávido esposo ha conspirado para vender los derechos de primogenitura a Enrique. ¿De qué servirá que yo me consuma durante años en la cárcel y que al niño que llevo en mi vientre se le niegue la libertad?

Las lealtades de Raven estaban casi divididas. No era difícil negarse a ayudar a una reina traidora, pero era casi imposible volverle la espalda a una mujer embarazada. Margarita tomó a Raven por los hombros.

—He perdido al pequeño Jacobo, y entiendo que así sea porque es el rey legítimo de Escocia, pero, por el hijo que llevo en mis entrañas, ayudadme si aún os queda un resquicio de piedad.

Raven titubeó. ¿Cómo podía negarse a ayudar a una mujer que se hallaba en tal apuro? Vio el miedo en sus ojos y se maravilló de que, aunque debía de sentirse exhausta, estuviera dispuesta a seguir cabalgando para salvar a su hijo.

—Os ayudaré —cedió Raven en voz baja.

—Debo ir a Huntford, en la frontera inglesa, donde los hombres de lord Dacre están esperándome.

Cuando Margarita pronunció el nombre de Dacre, Raven dio un paso atrás.

—No puedo llevaros allí, pero sí al Bosque de la Frontera.

Ante la resolución de las mujeres, el mayordomo no podía hacer nada para impedir su partida. Se encogió de hombros. Hacía sólo unas semanas había servido a la reina en su banquete de boda; ahora no podía pretender ser su carcelero.

En los establos, uno de los mozos de Margarita tomó el caballo blanco que ella había montado desde Edimburgo. Raven advirtió que el animal temblaba.

—Esta yegua está agotada —dijo pasándole la mano por el vientre—. Creo que está preñada. —Acto seguido se dirigió al muchacho—: Lleva a la reina en tu caballo, delante de ti; no está en condiciones de cabalgar sola.

Raven se envolvió con la capa de Heath y encabezó el pequeño grupo por el desierto recinto amurallado. Cuando orientó su montura en dirección al este, hacia el Bosque de la Frontera, cabalgando despacio por deferencia hacia la futura madre, empezó a temblar. No de frío, sino de miedo.

29

Sim Armstrong, tumbado sobre unos helechos al lado de su caballo, alzó la cabeza. Era consciente de todo lo sucedido esa noche en Cavers. Había visto que la reina huía con su exiguo número de criados, y que Heath Kennedy marchaba con los hombres de Douglas. Eso sólo podía significar una cosa: que la confabulación había sido descubierta y que sólo Margarita había podido escapar. Desde luego su hermano Mangey no lo sabía. Sim rió entre dientes y palpó su cuerda. Había decidido aguardar a Mangey tardara lo que tardase, pero ahora quizá cambiara de planes. Un cambio para mejor. Tarde o temprano, el que esperaba se llevaba el gato al agua.

No montó al peludo poni, sino que le hizo describir un amplio círculo hasta llegar a una arboleda donde halló cobijo. Más tarde cabalgó directamente hacia el bosque, que distaba sólo unos kilómetros. Se apresuró todo lo que pudo en su intento de llegar al Bosque de la Frontera antes que Raven Carleton y su pequeño grupo. Armstrong no aminoró el paso hasta que vio los árboles delante de él; después aguzó el oído, olisqueó el aire y atisbó en la oscuridad con ojos expectantes. No hacía mucho había detectado a los Armstrong, y para separarlos imitó el canto del chotacabras que siempre habían utilizado.

Tuvo que recorrer más de seis kilómetros por el bosque, llegar casi a la frontera inglesa, hasta localizar a Mangey, cabalgando junto a Christopher, el arrogante y consentido hijo de Dacre. Así que, una vez más, Sim Armstrong adaptó su plan a la nueva situación. Acarició su cuerda y pensó en Raven Carleton, y luego se lamió los labios mientras se preguntaba cuánto dinero llevaría encima esa noche el joven Dacre. Ojalá fuera suficiente para que le compensara todo el esfuerzo. Sim hizo la señal del chotacabras y advirtió que Mangey tiraba de las riendas y miraba alrededor.

Después, con astucia y osadía a partes iguales, Sim Armstrong se dejó ver durante una décima de segundo. Fue una imagen tan fugaz que sólo un hermano podía reconocerla.

—¡Maldita sea, es Sim! —Mangey fue tras él entre la espesura, y un desconcertado Dacre intentó seguirlo, si bien mucho más despacio, lo que distanció considerablemente a ambos.

Sim regresó trazando un círculo y permitió que Chris Dacre lo viera llegando desde atrás. Éste, al confundirlo con Mangey, mordió el anzuelo y espoleó su montura. Sim soltó una risita; era como inducir a un niño a ir hacia una morera.

Raven cabalgó valientemente por delante de Margarita y el grupo, mirando y prestando oídos a cualquier indicio de otros jinetes, lista para, en ese caso, dar media vuelta y huir. Ya se encontraba cerca del Bosque de la Frontera, que se extendía por delante como una serpiente negra en el horizonte. Avanzaba con cautela, nada se movía; todo estaba quieto y engañosamente tranquilo. Cuando llegó a la primera hilera de árboles, condujo a su caballo al paso mientras adaptaba los ojos a la oscuridad permitiendo que los demás la alcanzaran. Con el corazón palpitándole, dirigió su montura entre la fronda en busca de un sendero. Tras largos minutos de búsqueda, Raven se encontró en un pequeño claro. Vio el camino trillado y tiró de las riendas.

—Si seguís por ahí llegaréis a Inglaterra a través del bosque.

—¡No podéis abandonarnos ahora! —gritó Margarita—. ¡Tienen que venir a recibirnos, pero aún no habrán llegado!

—En ese caso, deberéis esperar aquí. Yo no puedo ir más lejos.

Sus voces neutralizaron el sonido del animal que se aproximaba, y Raven vio al jinete surgir de los árboles de al lado antes de oírle. Su garganta emitió un chillido de terror. Los caballos de detrás le impidieron dar la vuelta; sólo había el camino que se hundía en las profundidades del bosque. De súbito reconoció al poco agraciado hombre de la frontera.

—Sim Armstrong, gracias a Dios, temía que fuera...

Antes de que Raven pudiera pronunciar el nombre, surgió alguien más detrás de Armstrong y, aunque estaba demasiado oscuro para identificarlo con seguridad, temió haber invocado la presencia de Christopher Dacre. Por un instante nada pareció real; ella sabía que aquello no podía estar sucediendo, que tenía que ser una pesadilla. Hundió los talones en los costados del caballo y se apresuró por el sendero del bosque.

Cuando se fijó en la mujer que lo había traicionado, las pupilas de Christopher Dacre se agrandaron. No tenía ni idea de que había sido conducido deliberadamente al señuelo, de que el Armstrong que había seguido no era Mangey. El deseo irrefrenable de vengarse de Raven Carleton lo consumía, negando cualquier otro pensamiento o emoción. Espoleó con brutalidad su montura y salió disparado tras ella. Desde que Raven había huido con su prisionero, Chris había fantaseado sobre su venganza, y de pronto el destino la ponía al alcance de sus manos. Ahora se aseguraría de que jamás perteneciera a Heath Kennedy. La violaría con el mayor placer, y acto seguido se daría el gusto de la venganza definitiva: matarla.

«Esperad aquí», ordenó Armstrong a Margarita y sus acompañantes, y dirigió su caballo por el camino que había tomado Dacre. Sim Armstrong saboreaba una eufórica sensación de dominio; jamás en su vida había estado en posición de dominio, y era una sensación embriagadora, como jugar a ser Dios. Raven Carleton era la codiciada pieza deseada por dos hombres, y él decidiría cuál de los dos se llevaría el premio. Heath Kennedy le había dado a Sim su libertad, y ahora él le correspondería. Acarició la cuerda y se la entrelazó con fuerza en los dedos.

Armstrong cabalgaba casi pegado a Dacre por detrás, pero de repente se situó a su lado y le propinó un duro golpe. Christopher, perdido el equilibrio, agachó la cabeza rápidamente ante el inesperado ataque, pero antes de saber qué estaba pasando ya tenía el lazo de Sim Armstrong alrededor del cuello. El hombre de la frontera sonrió satisfecho, revelando sus dientes ennegrecidos, y empezó a enrollar la cuerda. En su esfuerzo por liberarse, Dacre acabó cayendo del caballo, que prosiguió su camino. Armstrong fue tras él y ató el dogal a su cuerda para arrastrar a Dacre. Al alargar la mano para tomar las riendas y aminorar el paso, Sim oyó el crujido del precioso cuello de Dacre al partirse.

Desmontó y ató su poni y el caballo de Dacre a un árbol. Después se arrodilló y, sin hacer caso de los ojos saltones y la lengua de su víctima, se puso a registrarle despacio y a fondo los bolsillos. Encontró tres soberanos y soltó una risita. Tres soberanos de oro y un purasangre ensillado... no estaba mal por una noche de trabajo. Pero lo mejor, lo que le ponía de veras contento, era que acusarían a Mangey del asesinato. Lord Thomas Dacre iría en busca de Mangey Armstrong y lo perseguiría hasta el fin del mundo y lo acorralaría como a una comadreja. Sim desató la cuerda del cuello del cadáver y la enrolló tranquilamente.

Raven corría por el bosque como alma que lleva el diablo. No podía jurar que el hombre que había visto fuera Christopher Dacre, pero había percibido su presencia, y el miedo la había embargado. Imaginaba oír el caballo de él persiguiéndola, pese a que cuando miró hacia atrás desesperadamente no vio más que la tenebrosa oscuridad del bosque. En un intento de engañar a su perseguidor, se salió del camino y volvió a mirar atrás. Cabalgar por entre los árboles era más lento, pero no podía arriesgarse a seguir por el sendero. Era difícil calcular la dirección correcta, por lo que centró todos sus pensamientos en encontrar la forma de regresar a Hawick. Poco a poco el bosque empezó a hacerse menos denso, y advirtió que se acercaba al final.

Antes de comenzar a cruzar el valle, Raven se detuvo y escuchó, y al oír sólo silencio creyó que ya nadie la perseguía. Se preguntó si el peligro había sido sólo una alucinación debido a la oscuridad y el miedo a los Dacre. No obstante, en el fondo creía que esa noche había estado en presencia del mal. Se envolvió bien con la capa de Heath y cabalgó como el rayo hacia la seguridad del castillo de Cavers.

Raven abrió los ojos cuando oyó pronunciar su nombre, y por un instante no supo dónde se encontraba. Se dio cuenta de que estaba acostada, en una habitación desconocida, y que Heath Kennedy acababa de entrar. Entonces recordó de golpe todo lo sucedido: no había llegado a Cavers hasta la madrugada; después se había metido en una cama y se había cubierto con la colcha. Evidentemente había dormido todo el día.

—¿Qué hora es?

—Creo que es la hora de que me des una explicación —respondió Heath con calma.

Raven apretó las rodillas bajo la colcha y se sintió culpable.

—Primero dime si el rey está bien.

—Sí, cuando llegamos a Newark, Ram Douglas lo tenía todo bajo control. El pequeño Jacobo va camino de Edimburgo con su tío John Estuardo, el duque de Albany, a quien Archibald entregará voluntariamente la regencia. —Heath hizo una pausa, por si ella quería decir algo; luego prosiguió—: Raven, anoche prometiste que te estarías quieta. Y yo te creí.

Raven respiró hondo.

—Heath, juro que tenía toda la intención de no moverme de allí. Ayudé a la reina a mitigar su náusea, pero cuando le sugerí que se acostara, comenzó a gritar y suplicarme que la ayudara a pasar a Inglaterra. Me negué una y otra vez, pero al final su apurada situación me ablandó el corazón. Heath, no lo hice porque fuera inglesa ni porque fuera reina, sino porque era una mujer. La idea de que perdería su libertad, que sería hecha prisionera y tendría a su bebé en cautividad, me resultó insoportable... La llevé por el Bosque de la Frontera.

—¡Por los clavos de Cristo! ¿Tienes idea del peligro que corriste? El bosque era un hormigueo de hombres de los Armstrong y los Dacre, que iban a conducir a la expedición real a Inglaterra. —Cerró los ojos para borrar el recuerdo de los desaprensivos Armstrong, en cuyas manos estuvo una vez—. ¿No tienes miedo a nada, Raven? ¿El peligro te excita tanto que llegas a arriesgar tu propia vida?

Raven cerró los ojos y se estremeció mientras recordaba.

—Jamás en mi vida he tenido tanto miedo como anoche. ¡El peligro no me excita, no volveré a arriesgarme así!

Heath se puso tenso.

—¿Qué ocurrió? —preguntó con ojos recelosos.

Raven no podía inquietarlo más; ya le había causado suficientes problemas y preocupaciones, y distinguía las arrugas de fatiga en torno a sus ojos.

—Nada. La oscuridad me aterraba, y me consumía la culpa por estar ayudando a Margarita y el miedo de lo que pensarías de mí por haber traicionado tu confianza.

Heath se sentó en la cama y le tomó la mano.

—No puedo culparte de que se te enterneciera el corazón por una mujer, Raven. —Meneó la cabeza al recordar—. Para intentar salvar el pellejo, anoche Archibald acusó a Margarita de todo. Acabé harto. Quizá también yo la habría ayudado a huir a la seguridad de su país.

Poco después de levantarse, Raven se despidió del mayordomo y el cocinero antes de seguir a Heath a los establos. Aunque parecía muy fatigado, había insistido en que regresaran a Eskdale. Ella observó que colocaba una rienda en el caballo blanco.

—Esta yegua es mía. —Le pasó una mano reconfortante por el lomo y el vientre—. Cuando Ram y yo vimos que Margarita la montaba en la boda, sospechamos que Archibald estaba teniendo tratos con Dacre. Ahora que ya he recuperado todas las yeguas, mi cuenta con los Dacre está saldada; espero que nuestros caminos no vuelvan a cruzarse.

Una vez en Eskdale, y antes de que Heath subiera a su torre en busca de un sueño reparador, arqueó una ceja en dirección a Raven.

—¿Te estarás quieta?

Ella le dirigió una sonrisa luminosa.

—Esta vez sí —prometió.

Heath se desvistió y se metió en la cama, pero antes de caer en brazos de Morfeo, las palabras de Raven resonaron en su cabeza. «Esta vez sí.» ¿Diría esas mismas palabras ante el sacerdote si la llevaba con él de nuevo? Raven había ido a Eskdale empujada por el complot que sospechaba, no porque no pudiera vivir sin él. Frustrado el complot, ¿se quedaría con él? Heath creía que sí, pese a que ella nunca le había dicho que le amaba. Si le decía que era el heredero del señorío de Galloway, esto acaso la induciría a casarse con él. Lo invadió un vehemente orgullo y decidió al instante que no se lo contaría; y aún tomó otra resolución: si tenían que casarse, ¡sería Raven quien debería hacer la propuesta de matrimonio! Una vez tomada su decisión, se quedó roque.

A la mañana siguiente, un tentador olor a comida despertó a Heath. Al abrir los ojos y ver que Raven le había llevado el desayuno, renació su esperanza. Ojalá ella fuera lo primero que él viera cada mañana al despertar; no pedía nada más. Se incorporó y se recostó en las almohadas, y observó, con gran regocijo, cómo ella trepaba a la cama, se sentaba con las piernas cruzadas y colocaba la bandeja entre los dos.

—Hoy lo haremos todo juntos. He estado pensando en las cosas tan deliciosas que me hiciste cuando estaba herida, y he decidido corresponderte. —Vertió una pequeña jarra de crema en las gachas y añadió una generosa ración de jarabe dorado y removió. A continuación hundió el dedo en el cuenco y luego se lo ofreció a Heath.

Heath le lamió la punta, perplejo ante su seductor comportamiento. Si no andaba equivocado, Raven trataba de cortejarlo, y decidió que sería divertido ver hasta dónde estaba dispuesta a llegar. Después, ella le ofreció exquisitas muestras de la comida que le había preparado, y mientras lo hacía se las ingenió para tocarlo y provocarlo de mil perversas maneras. Logró convertir el desayuno en un juego sensual, y Heath se sintió preparado para jugar su propio juego.

Dado que Heath había dado un supuesto paso atrás en su persecución de Raven, ahora ella lo perseguía a él de manera descarada. Era obvio que quería que él le hiciera el amor, ya que prosiguió con su tentadora seducción. Heath disimuló su regocijo y se concentró en mantener un férreo control sobre su deseo.

—Aquí hace calor. —Raven se quitó el camisón que llevaba para exhibir una camisa de dormir que Ada había acortado y diseñado hábilmente para que los pechos quedaran cubiertos por pétalos de flores.

No obstante, los centros de las flores de lavanda eran sus pezones, que asomaban a través de aberturas diminutas. Tomó con destreza la bandeja y se inclinó hacia Heath para depositarla en el suelo. Al estirarse hacia abajo, se le subió la camisa, dejando al descubierto su tentador trasero. Pero como él no mordió el anzuelo, ella volvió a la posición anterior y preguntó:

—¿Te gustan los juegos?

—Me encantan; además, se me dan bastante bien.

Raven se inclinó hacia delante ofreciéndole un espléndido panorama de sus pechos y le dijo en voz baja:

—Tina dice que entre un hombre y una mujer siempre hay un juego. —Hizo un ligero mohín con los labios—.

Por desgracia, yo no sé jugar a muchos, pero me encantaría que me enseñaras.

El autodominio de Heath sufrió un pequeño retroceso cuando sus dedos se le fueron tras un seductor pezón. Logró rectificar a tiempo haciendo un zigzag para que la mano acabara detrás de la oreja. Acto seguido hizo una sugerencia.

—Cartas. En este cajón encontrarás cartas de tarot... podemos jugar a decir la buenaventura.

Sorprendida por su control de sí mismo, pero aun así presa de la curiosidad, Raven saltó de la cama en busca de los fascinantes cartones.

Los ojos de Heath seguían ávidos todos sus movimientos. Las bellas curvas de su cuerpo se transparentaban a través de la tela, y él se asombró de que la prenda revelara mucho más de lo que ocultaba. Bajo la colcha, su cuerpo reaccionaba; su falo se alargaba y engrosaba, y sus testículos se tensaban deliciosamente.

Raven se encaramó de nuevo en la cama y dispuso las cartas del tarot.

—Raven, tú tienes el poder celta de la adivinación mística. Dime mi futuro. Échame las cartas y déjame oír tu interpretación.

Raven descubrió la primera carta, el Caballero de Varas, y esbozó una sonrisa maliciosa.

—Este hombre se parece mucho a ti. Está cabalgando a galope tendido. ¿Es agresivo, temerario, y lo bastante valiente para tomar lo que quiere? —Esperó a que él la tomara entre sus brazos, pero al ver que no lo hacía, prosiguió—: No, ya veo que no eres tú. Es sir Galahad, imbuido de caballerosidad romántica más que de virilidad.

Descubrió otra carta: el Dos de Copas.

—Oh, he aquí un hombre y una mujer, brindando,

411

comprometiéndose el uno con el otro. Él le está haciendo una pregunta, y la respuesta de ella es claramente afirmativa —dijo Raven con tono insinuante y descarado—. ¿Podríamos ser nosotros esta pareja? ¿Deseas formularme alguna pregunta?

Heath negó con la cabeza.

—¿Deseas tú hacerme a mí alguna pregunta?

En cuanto dijo esto, Raven supo lo que Heath estaba tramando. Y cayó en la cuenta de que estaban verdaderamente metidos en el juego: un juego que los amantes jugaban desde el origen de los tiempos. La siguiente carta fue la Emperatriz.

—¡Ah, aquí tenemos a una bella mujer con un escudo en forma de corazón que lleva el signo de Venus! Esta mujer tiene mucho que ver contigo. —Le acarició el duro muslo por encima de la colcha—. Su camisón está lleno de símbolos de fertilidad; le dará a su esposo muchos hijos varones y fuertes. Representa el cielo en la tierra para el hombre cuya valentía lo lleve a escalar sus muros y romper sus defensas. Ella desea un hombre poderoso que la obligue a entregarle todos sus tesoros terrenales. —Lo miró con una caída de párpados—. Pobre señora, me imagino lo que sufre.

Heath sentía que su polla resistía porfiadamente bajo la sábana, mientras el músculo de su mandíbula parecía un trozo de hierro.

Raven fingió no darse cuenta de nada y descubrió otra carta. El Rey de Espadas.

—Este hombre de tez oscura sí se parece a ti. Sin duda ha sido toda su vida un lobo solitario y ha tenido que luchar por todo lo que ha conseguido. Pero ahora está solo; y busca compañera. Me pregunto si eres tú —dijo fingiéndose desconcertada—. Tiene una espada enorme y erecta que blande como un guerrero. —Tiró de la colcha hasta que quedó por debajo de las caderas de Heath—. ¡Eres tú! ¡La espada desenvainada y levantada te ha delatado!

Heath refunfuñó e hizo ademán de agarrar a Raven, pero ésta alzó una mano autoritaria para detenerlo.

—¡Espera, tengo que asegurarme! Debo investigar a fondo, explorar los detalles y comprobar si pasa un examen exhaustivo. —Cerró los dedos en torno al falo y tiró hacia abajo para dejar el glande al descubierto—. Sí, el Rey de Espadas. —A continuación, lo tomó con ambas manos envolviéndolo con las palmas—. Desde luego parece el Rey de Espadas. —Lo miró fijamente a los ojos y se lamió los labios despacio—. Comprobaré si sabe igual que el Rey de Espadas; por la muestra se conoce el paño.

Cuando Raven se inclinó y besó aquel glande aterciopelado, Heath casi perdió el sentido. Extasiado, contempló cómo la punta de la lengua de Raven trazaba delicadamente un círculo en torno al glande y su forma de corazón. Repitió la tortura tres veces, y después lo chupó entero como si fuera una ciruela madura. A continuación procedió con todos los pormenores, como había prometido, y su magnífico cabello cayó en una cascada negra cubriendo el pecho de Heath de lado a lado.

Él echó la cabeza atrás hasta que los músculos del cuello se le tensaron como cables, y arqueó las caderas mientras el ardor de la boca de Raven lo hizo retorcerse y jadear de deseo. Al sentir la áspera fricción de la lengua de ella, se estremeció y gimió, y notó que la sangre le latía en las venas y le golpeaba las sienes y la planta de los pies.

—¡Raven, para! —ordenó—. ¡No puedo más!

Al ver que ella no le hacía el menor caso, Heath se incorporó, le tomó las mejillas y le alzó suavemente la boca. A continuación, deslizó las manos hacia abajo y alcanzó su cintura, y la subió hasta que sus respectivos labios se tocaron y él se saboreó a sí mismo en la boca de ella. Atolondrado por la pasión que Raven le había provocado, rodó de costado con ella hasta colocarse a horcajadas, y acto seguido hundió su arma hasta la empuñadura. Los muslos de Raven eran pura seda, y su esencia caliente y húmeda lo marcó a fuego como nada lo había hecho hasta entonces. Cuando el ardor brotó de pronto entre ellos, fue algo primitivo, inenarrable. El amor fue duro, desinhibido y magníficamente enloquecido mientras saciaban su avidez de sexo. Cuando los estremecimientos líquidos de ella causaron el estallido de su botón al rojo vivo, él estaba tan profundamente envainado que se fundieron y fueron uno.

Heath no se retiró; se quedó dentro de ella para poder sentir las agitadas olas y los vibrantes temblores de la tormenta que su apareamiento había desatado. Mientras le asía los blandos pechos y notaba los labios de ella en su garganta, oyó que Raven susurraba:

—Eres mi Rey de Espadas, no me cabe duda.

30

Raven contemplaba encantada cómo Heath herraba una de sus yeguas. Fijó la atención en sus manos, admirando su fuerza y su delicadeza. Jamás había conocido a nadie que estuviera tan en armonía con las criaturas que cuidaba. Era evidente que los caballos eran la pasión de Heath, y que ellos, en recompensa, le querían.

Cuando Gavin entró en Eskdale con gran estrépito acompañado de los hombres de Douglas, Heath fue a los establos a hablar con él y ayudarle con los caballos. Raven lo siguió algo turbada. Temía el momento en que Gavin y los demás se enteraran de que ella había ayudado a la reina a escapar a Inglaterra. Ellos eran escoceses y ella inglesa, y tenía miedo de que le guardaran rencor.

—Tengo un mensaje de Ram para ti —le dijo Gavin a Heath—. En cuanto termine sus gestiones en Edimburgo se dirigirá directamente al castillo de Douglas. Asegura que si no regresa para el bautizo de los mellizos, Valentina lo despellejará vivo. —Gavin hizo una mueca burlona mientras paseaba su mirada de Raven a Heath—. Jamás imaginé que un día vería a una mujer manejar a su antojo a un hombre de la frontera. —Guiñó el ojo—. Ten cuidado, puede ser contagioso.

Heath le devolvió la mueca.

—No hay peligro de que esto le pase a un Kennedy. —Mientras desensillaba la montura de Gavin, su semblante se puso serio—. Tras estar en Newark y presenciar la cobarde actuación de Archibald Douglas, decidí dejar que Margarita huyera a Inglaterra. Así se separa efectivamente del joven rey Jacobo y se evita la posible influencia que Enrique Tudor tendría sobre el rey de Escocia.

—Una decisión juiciosa —dijo Gavin con seriedad antes de echar un vistazo intencionado a Raven y empezar a sonreír—. Nada crea más problemas que una mujer en cautividad... ¡sobre todo si es inglesa!

Cuando Raven oyó que Heath asumía toda la culpa y la plena responsabilidad de lo que había hecho ella, se le hizo un nudo en la garganta y en sus ojos apareció un velo de lágrimas contenidas. Era un hombre de verdad, con su inquebrantable código de honor. Por aquellos que le importaban era capaz de cualquier sacrificio. Ella lo amaba con toda su alma y todo su corazón; pero lo que la hacía la mujer más feliz del mundo era saber que él también la amaba. Se sentía extraordinariamente bienaventurada.

Raven salió de los establos y volvió al castillo. Subió las escaleras que conducían a los aposentos de la torre de Heath y se secó las lágrimas. Sabía que el enorme orgullo de Heath provenía de todo el daño y el rechazo que había acumulado desde la infancia. Incluso ella lo había desdeñado, y por dos veces. Estaba segura de que no volvería a pedirle que se casara con él, pues no podría soportar que ella lo rechazara; no se arriesgaría. Abrió el armario y eligió su vestido preferido: el verde pálido que había llevado le noche que cambió su vida... la noche que él le hizo el amor por primera vez. A continuación, encendió todas las velas que encontró y las colocó en el hogar y la repisa de la chimenea.

Cuando Heath entró en la torre se preguntó dónde se habría metido Raven esta vez. Una vez en el umbral de la habitación interior, se quedó maravillado. Raven, rodeada de velas encendidas, nunca había estado más bella. Su rostro resplandecía, y su brillante aura de color lavanda contrastaba llamativamente con sus negros rizos de seda. Al verlo, los ojos de ella se iluminaron, y Heath no pudo creer lo afortunado que era.

La miró como hipnotizado mientras ella se arrodillaba con donaire ante él.

—Heath Kennedy, os pido de rodillas que os caséis conmigo.

Él la tomó entre sus brazos.

—Raven, amor mío, ¡nunca más te arrodilles ante mí! Por la sangre de Cristo, sólo un arrogante canalla podía forzarte a hacer esto. —Admiró su hermosa cara y le acarició la mejilla con el dorso de los dedos en señal de respeto—. ¿Lo dices en serio, Raven? ¿De veras quieres casarte conmigo?

—Lo digo con todo mi corazón. Te quiero, Heath.

Él le tomó las manos, y la intensidad de sus emociones le endureció el rostro.

—Piénsalo con calma, Raven. Todo lo que poseo en el mundo es una docena de yeguas de cría. No tengo nada que darte.

—Heath, tú puedes dármelo todo; ¡tu amor es más valioso que los rubíes!

—Has de estar completamente segura, Raven... por mis venas corre sangre gitana.

Ella echó la cabeza atrás mientras comenzaba a reír y cantar:

Oh, ¿qué me importa mi lecho de plumas de ganso,
con el embozo de la sábana tan bien doblado?
¡Esta noche dormiré al aire libre,
con los desordenados y andrajosos gitanos!

—¿Te casarás conmigo ahora? ¿Hoy? —preguntó él.

—Sí. ¡Ve a buscar al sacerdote!

—Temo que cuando yo vuelva, tú quizá te hayas ido. Iremos los dos a la pequeña iglesia de Kirkstile. Vamos. —La tomó posesivamente de la mano, como si temiera que pudiera desaparecer si la soltaba.

En los establos, Heath se paró frente a la yegua blanca.

—Quiero dártela como regalo de boda; y quiero que su potro también sea tuyo. ¿Te gustaría montarla? El ejercicio no le hará ningún daño.

Raven acarició la nariz del animal.

—Es el regalo más maravilloso que me han hecho jamás. —Se puso de puntillas y le dio un beso—. Gracias de todo corazón, pero yo no tengo regalo para ti.

Heath le tapó la boca con la suya en un beso deliberadamente seductor.

—Ya pensaré en algo —murmuró junto a sus labios.

—No me cabe la menor duda; eres el demonio. Mejor que ensille a *Sully*, ¡pues pienso echarte una carrera!

Llegaron a la iglesia de Kirkstile empatados. Ataron sus monturas ante el pequeño edificio de piedra y entraron juntos. El cura, que estaba sacando brillo a los candelabros del altar, se volvió y los reconoció al instante.

—¿Podéis casarnos, padre? —preguntó Heath con tono respetuoso.

—¿Otra boda a la fuerza? —El robusto religioso les dirigió una mirada severa.

—Sí —afirmó Raven—. Esta vez yo he hecho el cortejo y la propuesta de matrimonio. Ya es hora de que Heath Kennedy haga de mí una mujer honrada.

Heath miró al cura y se encogió impotente de hombros.

—No acepta un no por respuesta.

El sacerdote llamó a su ama de llaves para que oficiara de testigo e indicó a la pareja que se acercara al altar. Allí les hizo una exhortación.

—El matrimonio no es algo de lo que uno pueda ocuparse, o pueda considerar, de manera irreflexiva, caprichosa o a la ligera, ¡sino con respeto, discreción, reflexión, seriedad y temor de Dios! —Los miró ceñudo y prosiguió con la celebración del sacramento.

Esta vez la novia no dudó al dar su palabra de casamiento.

—Yo, Raven Carleton, te tomo, Heath Kennedy, como esposo desde hoy y para siempre, para lo bueno y lo malo, en la riqueza y la pobreza, en la salud y la enfermedad, para amarte y cuidarte y obedecerte hasta que la muerte nos separe.

Heath advirtió el sorprendido regocijo de Raven cuando él sacó el anillo de boda que guardaba desde hacía tiempo.

—Con este anillo te desposo, te honro con mi cuerpo y te doto de todos mis bienes materiales.

Ella se quedó absorta pues no apreció ironía alguna en las palabras de él. El sacerdote concluyó.

—Puesto que Heath y Raven han consentido en el sagrado matrimonio, yo los declaro marido y mujer. Que Dios todopoderoso os colme de gracias, os bendiga y santifique vuestra unión, y que vosotros le complazcáis en cuerpo y alma y viváis juntos en sagrado amor hasta el fin de vuestra vida. Amén.

Fuera de la iglesia, Heath soltó un sonoro hurra de alegría y alzó a Raven para besarla antes de subirla a la silla. ¡Sin pronunciar otra palabra, ambos supieron que la carrera había comenzado! Galoparon juntos por el valle hacia Eskdale. Cuando llegaron al río Esk, Heath gritó de súbito:

—¡Raven, mira!

Ella miró el cielo y vio un par de aves de caza volando en círculo entre las nubes de la tarde. Los recién casados tiraron de las riendas; la carrera había terminado.

—¿Es posible?

Las rapaces bajaron dando vueltas, y el experto ojo de Raven comprobó que eran halcones peregrinos.

—¡Sí! ¡Son *Sultán* y *Sheba*! ¡Es inaudito!

Las aves habían visto a los jinetes, y la hembra se posó en lo alto de un abeto mientras el macho bajaba en picado para investigar. Raven rompió a reír alborozada mientras *Sultán* se precipitaba hacia ellos y *Sheba* extendía las alas y meneaba la cabeza en emocionado reconocimiento.

—Tal vez sea un regalo de boda de la diosa de la caza; ¡una señal mística de que nuestra unión ha sido bendecida! —exclamó ella admirada.

Heath observó su rostro esplendoroso y comprendió que Raven era su regalo de los dioses.

—Puedo fabricar un señuelo —sugirió él.

—Oh, no, no volveré a tenerlos en cautividad. Quiero que sean salvajes y libres, y que estén enamorados hasta el fin de su vida... como nosotros —añadió.

Heath desmontó y alzó a Raven en sus brazos.

—Esto es exactamente lo que yo siento. Amor mío, tengo que confesarte algo. No es del todo cierto que sólo posea mis yeguas de cría.

Raven levantó los ojos confiada, lista para escuchar sus secretos.

—Archibald Douglas, el fallecido conde de Angus, me legó cien acres de tierra en su testamento.

—¿Y por qué lo hizo?

—Se rumorea que mi madre, Lily Rose, fue hija natural de él. Aún no he visto la tierra, pero está más allá del río Dee, en Kirckudbright, y corre paralela al territorio que pertenece al castillo de Douglas.

—¡Es maravilloso! —Raven advirtió anhelo en el rostro de él al hablar de la tierra—. ¿Por qué no llevamos tus yeguas a pastar a tu propia tierra? ¡Y quizá lleguemos a tiempo para el bautizo!

—Es lo que planeaba hacer antes de que llegaras a Eskdale; por eso estaba herrando los caballos. Si hubieras aparecido un día más tarde, probablemente no me habrías encontrado.

—¿Lo ves? Predestinados a estar juntos: estaba escrito. Mi abuela quería para mí un hombre de la frontera. —Raven esbozó su sonrisa secreta—. Esta noche te explicaré qué pasó cuando me inició en la hechicería.

—Siempre sospeché que me habías embrujado. Cuéntamelo ahora. —Heath tiró de ella hacia la alta hierba para que se tumbara junto a él.

—Ay de mí, no es posible. Ha de ser a medianoche —dijo con tono de chanza. En ese momento ambos se protegieron los ojos mientras contemplaban a *Sultán* y *Sheba* levantar el vuelo—. ¿Podemos salir mañana?

—Podemos si tú estás dispuesta, mi amor. Es un largo trecho, y conducir la manada puede ser un esfuerzo pesado. ¿Te gustaría dormir al aire libre?

Raven sonrió.

—Me encantaría. Tenderse bajo las estrellas será de lo más romántico.

—¿No encontrarás el suelo demasiado duro?

—No sé... será cuestión de probar.

Se volvieron el uno hacia el otro e hicieron el amor en plena naturaleza.

Al día siguiente, Heath y Raven se reunieron con Gavin y los demás hombres en el salón para desayunar y anunciaron que se habían casado.

—¿Por que diablos no dijisteis nada anoche? ¡Podíamos haberlo celebrado hasta la madrugada!

—Precisamente por esto lo mantuve en secreto. Nos vamos hoy; llevo mis yeguas a mi tierra en el río Dee. Era nuestra última oportunidad de dormir en una cama de verdad hasta dentro de unos días.

—¿Y dormisteis? —preguntó Gavin con cara seria.

—A ratos —respondió Heath con solemnidad.

Raven disimuló su rubor y se despidió. Había llegado a amar Eskdale, donde había sido más feliz que en ninguna otra parte. Receló unos momentos ante el futuro que le esperaba, pero sus dudas se desvanecieron en cuanto reconoció que su felicidad no se debía a Eskdale sino a Heath Kennedy.

El viaje fue muy tranquilo. Heath y Raven cabalgaron el uno junto al otro, dejando que las yeguas fueran a su paso. Tardaron dos días en cruzar el río Annan y otro más en llegar a Dunfries. Heath se daba por satisfecho si recorrían unos doce kilómetros diarios, y el ritmo pausado permitió a los recién casados hablar y saber cosas uno de otro. Cuando encontraban un riachuelo donde abrevar los caballos, se bañaban y nadaban juntos, riendo y jugando como niños. Heath sospechaba que nunca volverían a estar tan libres de preocupaciones y tenía la certeza de que en el futuro jamás pasarían tanto tiempo juntos.

Raven gozaba de su nueva libertad. Se asombraba de la capacidad de Heath de alimentar y dar cobijo a ambos. Él era experto en cazar con trampa animales pequeños, pescar, resguardarse de las tormentas, y recoger helechos y ramas de abeto para confeccionar un cómodo lecho. Heath le reveló algunos de sus secretos sobre el trato a los caballos, y Raven estaba encantada de que a veces las yeguas la siguieran a ella y la empujaran afectuosamente igual que hacían con él.

Por la noche, cuando yacían abrazados, Heath le hablaba de Donal y Meggie y lo muy enamorados que estaban.

—Tú y Meggie os caeréis bien; ella tiene una dulzura especial, y quedarás prendada de su pequeña.

—Valentina saltará de alegría en cuanto te vea.

—Y cuando vea que estás conmigo, no cabrá en sí de contenta. Estaba tan convencida como yo de que eras la esposa perfecta para mí; creo que nos llama almas gemelas.

—¿Está muy lejos el castillo de Douglas del de Donal?

—No, las tierras son colindantes. El castillo de Kennedy se halla en la desembocadura del río Dee, donde éste desagua en el Solway; el de Douglas está a unos kilómetros río arriba.

—¿Así que llegaremos primero al castillo de Douglas y a tus acres? ¿No tenemos que llevar las yeguas más lejos?

Heath le leyó el pensamiento y reparó en que la visita a los Kennedy la ponía nerviosa.

—Hemos de ir a verlos. —La tomó en brazos—. Cariño, a mi padre ya lo conoces. Sé que a veces puede mostrarse furioso y autoritario, pero nunca debes tenerle miedo. Él admira a los valientes. Valentina es su preferida porque tiene las agallas de hacerle frente. Cuando se entere de tu valor al rescatarme del castillo de Carlisle, verás cómo cae rendido a tus pies.

Tardaron otros dos días en llegar al castillo de Douglas. Cuando entraron en el enorme salón, éste empezaba a llenarse para la cena. Tina se abrió paso entre el ajetreo mientras corría hacia su hermano favorito.

—Gracias por ir en ayuda de Ram en Newark. Me contó que habías escapado del castillo de Carlisle, pero no me preocupé en ningún momento. Sabía que si habías huido de la torre de Londres, Carlisle sería cosa de niños. ¿Por qué demonios has tardado tanto?

—Fue Raven quien me rescató de Carlisle —explicó Heath.

Valentina se volvió hacia Raven y la contempló horrorizada.

—¿Pero qué diablos has hecho con ella? ¿Te has vuelto loco? ¡Parece una gitana!

Heath estalló en carcajadas.

—Hemos traído mis yeguas desde Eskdale.

—¿Y habéis vivido como vagabundos y dormido a la intemperie? Dios mío, pero mírale la piel... ¡el sol la ha oscurecido! —Tina estaba escandalizada—. ¡Está hecha un andrajo! Ada, ven enseguida, hemos de hacer algo con Raven. —Se volvió hacia Heath—. Sin duda que una mujer que haga esto por ti debe de amarte lo bastante para casarse contigo. ¿Se lo has pedido ya?

—Sí —declaró Heath.

Tina se dirigió a Raven.

—¿Y habéis aceptado por fin?

—Sí —declaró Raven.

—Oh, magnífico, ¡tengo que organizar una boda!

—Tina, la verdad es que...

Raven se llevó un dedo a los labios para indicarle que se callara. Tina era la mujer más generosa del mundo, y si su corazón estaba empeñado en tener una boda, Raven no la defraudaría. Se quitó disimuladamente el anillo y lo deslizó en la mano de su esposo.

—Tina —se corrigió Heath—, la verdad es que queríamos casarnos en tu capilla del castillo de Douglas.

Ram entró en el salón con su fiel perro lobo, *Boozer*. Cuando el feroz animal vio a Heath, corrió hacia él y se irguió, posó las patas delanteras en sus hombros y ladró tan fuerte que parecía que el techo iba a desplomarse. Ram rompió a reír.

—Cualquiera pensaría que está contento de verte.

—Luego se volvió hacia Raven—. No temáis; son peores sus ladridos que sus mordiscos.

—He traído mis yeguas a pastar en la tierra que Angus me legó. Aún no la he visto; será lo primero que hagamos por la mañana. —A continuación se dirigió a Tina—. También he traído a *Índigo*; ¿te gustaría venir con nosotros?

—Oh. Muchas gracias, Heath; la he echado muchísimo de menos. No se me ocurre nada más estimulante que un paseo a caballo por la mañana. Ram, deberías mandar enseguida un mensaje a mi padre para avisarle de que Heath está aquí, sano y salvo.

—Ya le envié ese mensaje hace días; estoy seguro de que Rob preferirá una visita antes que otro maldito mensaje.

—Nosotros iremos río abajo tan pronto la manada esté pastando —señaló Heath.

—¿Cómo que iremos? —objetó Tina con retranca—. Tú puedes ir, naturalmente, Heath Kennedy, ¡pero Raven no puede ir a conocer a su futura familia hasta que yo la haya convertido en una señora!

Heath miró impotente a Ram. Desde luego no quería separarse de su mujer.

—Pero por Dios, no me mires en busca de ayuda; es tu puñetera hermana, y ya sabes que dirige Douglas con mano de hierro —dijo Ram con tono guasón.

Tina miró a Ram y Heath con impaciencia.

—Id a comer con los hombres; nosotras tenemos que organizar una boda.

Mientras los dos hombres se alejaban, Heath le explicó a Ram que había dejado escapar a Margarita a Inglaterra. Ram soltó una carcajada.

—Dejemos que Dacre vaya en su busca; le costará un dineral. Ella tiene gustos indecentemente caros.

—¿Y qué hay de Archibald?

—El pobre Archie no puede huir a Inglaterra. Enrique Tudor le cortaría los huevos y se los metería en la boca. ¡Tomar el oro de los Tudor y después no entregar lo convenido es muy malo para la salud! Mi primo tendrá que retirarse a los Braes de Angus en las Highlands; es el único sitio que le queda. Los tribunales me han comunicado que el testamento que presenté ha sido aceptado y validado.

—¡Enhorabuena! Menos mal que el viejo Angus está allá arriba manejando los hilos. Si no lo hubieran aceptado, yo no tendría ningún derecho sobre las tierras del río Dee. Veo que las cosas nos van mejor a los dos. Raven y yo nos casamos antes de salir de Eskdale, pero a Tina se le ha metido en su condenada cabeza organizar nuestra boda, y Raven quiere que mantenga la boca cerrada para no desilusionarla.

—Guardaré tu secreto. Tina se lo pasará en grande preparando una boda y un bautizo. Invitará a todo Kirckudbright, Wigtown y Galloway. Quiere presumir de mellizos, y aún estamos discutiendo qué nombres ponerles.

Tras la cena, Heath se acercó a Tina y su esposa, que estaban enfrascadas en una conversación con Ada y dos sirvientas. Al fin logró que su hermana le prestara atención.

—¿Qué habitación tenemos? Quiero una en la que no nos molesten.

—Puedes utilizar la contigua a la de Cameron. No te molestará nadie, ya que Raven dormirá en mi ala; utilizará mi bañera y así además podremos probarle algunos vestidos nuevos.

—Pues te equivocas, ¡me molesta, y mucho! Quiero que Raven duerma conmigo.

—Ya lo hará... después de la boda. Una futura novia necesita dormir, no eso en lo que tú estás pensando.

—En lo que estoy pensando es en estrangular a cierta pelirroja. ¡No sé cómo demonios te aguanta tu esposo!

—Porque Black Ram Douglas tiene un carácter muy dulce —ironizó Ada—, además de un temperamento exquisito. Haríais bien en tomar ejemplo.

Heath miró airado a las conspiradoras y levantó los brazos hacia arriba en señal de rendición.

31

Heath halló la cama sumamente solitaria, y la noche se le hizo interminable. Se levantó al romper el alba y se dirigió a los espaciosos establos de los Douglas para visitar a su semental, *Blackadder*. Cuando vio a Heath, el enorme caballo negro comenzó a patear los lados de su casilla para indicar que necesitaba ejercicio. Heath lo ensilló y salió con él al trote, hacia el cercado donde había dejado las yeguas. Como suponía, en cuanto olió las hembras, *Blackadder* comenzó a encabritarse excitado. «Sé cómo te sientes», murmuró Heath mientras lo calmaba y sujetaba.

Lo desmontó y lo ató; acto seguido Ram se reunió con él y juntos volvieron al establo, donde su cuñado ensilló a *Índigo* para Tina.

—Entiendo que las señoras quieren honrarnos con su compañía —masculló Heath—. Será mejor que ensille a *Sully*.

Ram contuvo la risa.

—Esta estupenda mañana noto en tu voz cierto tono incisivo. ¿No te sienta bien el matrimonio?

Heath echó la cabeza atrás y estalló en risas recuperando su buen talante. Se volvió al oír voces femeninas, y contempló a la hermosa criatura que acompañaba a su hermana. Raven vestía un elegante traje de montar de color melocotón pálido guarnecido con trenzas de damasco, y un vistoso sombrero a juego en lo alto de sus oscuros rizos. Se apresuró hacia ella, le alzó las enguantadas manos y se las llevó a los labios.

—Estás arrebatadora, o en peligro de provocar arrebatos —susurró—. Pero, por bello que sea, tu vestido es muy poco práctico.

—¿Para cabalgar o para provocar arrebatos? —Raven levantó la boca en espera de su beso.

Heath torció el labio, divertido.

—Sólo unas horas con Tina y ya se te ha pegado su descaro. La única forma de saber que eres tú es por el color del pelo.

—Qué cumplido más amable —soltó ella burlona—. ¿Serás así de galante cuando estemos casados?

—Hablando de bodas, ¿para cuándo será la nuestra? —Heath sonrió y procuró que no le rechinaran los dientes.

Valentina tenía la respuesta a punto.

—Dado que ya se ha invitado a todo el mundo, hemos decidido que será el mismo día que el bautizo.

—¿Cuántos días? —La voz de Heath era comedida; sus palabras, pausadas.

—Qué impaciencia... Estoy tentada de aplazarla sólo para ver cuánto puedes resistir.

—¡Tina! —Esta vez el tono se endureció.

—Este domingo, lo que que nos da cuatro días más para arreglar el vestido de boda y completar un nuevo ajuar para tu novia.

—¿Cuatro días? —A Heath le sonó a cadena perpetua. Tomó a Raven de la mano y la llevó aparte—. No puedo estar bajo el mismo techo que tú durante cuatro días y permanecer célibe. Iré río abajo y visitaré a mi padre.

Raven lo miró con deseo y lamentó haber provocado aquella farsa. Se puso de puntillas y le dio un beso.

—No dejemos que esto estropee nuestra ilusión de llevar las yeguas a tus tierras.

Heath la estrechó contra sí.

—Te quiero, Raven.

—Por el amor de Dios, Tina, ¿quieres montar de una maldita vez antes de que se empiecen a revolcar en el heno?

Heath sacó las yeguas del cercado, y él y Ram las condujeron río arriba por la orilla del Dee. De momento, Valentina y Raven estaban satisfechas con seguir a sus hombres.

—El río se estrecha a unos tres kilómetros a partir de aquí. Seguro que será el mejor sitio para cruzar. Tus acres empiezan donde el Dee se hace más ancho y profundo —explicó Ram.

Al llegar al lugar señalado por Ram, agruparon a las yeguas sin dificultad, pero cuando la bereber de Tina metió sus delicadas pezuñas en el agua, se puso nerviosa y se resistió a avanzar. Ram se rió de su esposa.

—No estás en forma.

—¡Esto es porque he estado atada a tu cama, fabricando niños para ti, Douglas! —*Índigo* se dio la vuelta y retrocedió, y en el esfuerzo por detener a su yegua, el precioso traje de montar de color amatista de Tina quedó salpicado de agua fangosa.

—Quizá pesas demasiado para una montura tan exquisita. —Ram se lo pasaba en grande—. ¿Por qué no desmontas y la ayudas a pasar?

Eso justamente hizo Tina. Apreciaba demasiado a la yegua bereber para poner en peligro sus largas y delgadas patas. El vestido y las botas no le importaban, y cuando llegó a la otra orilla donde su esposo estaba riendo, se dispuso a participar en el juego.

—Ram Douglas, eres un cerdo grosero e incivilizado. Deberían azotarte con la fusta. —Se montó en el caballo y se lanzó tras él.

—Atrápame si puedes —gritó Ram mirando hacia atrás.

Raven, montada en la segura *Sully* de siempre, cruzó el río sin contratiempos; después, cabalgó junto a su esposo.

—Nadie diría que es madre de mellizos.

—Les gusta hostigarse mutuamente; Ram sabe de sobra que la bereber lo alcanzará.

—Pero también sabe que Tina no lo atizará con la fusta.

—No sería la primera vez que ella le da unos buenos fustazos; ¿por qué crees que tiene esa cicatriz en la mejilla?

Raven se estremeció. Sabía perfectamente la pasión que una mujer podía llegar a liberar si su hombre amado la empujaba a ello. Las yeguas empezaron a vagar, paciendo en la abundante hierba verde que había junto al agua, de modo que Raven ayudó a Heath a agruparlas y comenzaron a subir una empinada cuesta. Ya les parecía que ésta no iba a acabar nunca, cuando advirtieron que Tina y Ram los aguardaban arriba.

Cuando llegaron, vieron que la tierra bajaba hacia un largo y florido valle, y debajo de ellos, a su derecha, el río Dee se ensanchaba formando un lago.

—Es eso —indicó Heath, sin necesidad de que nadie le dijera que era su tierra.

—Es una vista soberbia. —A Raven se le hizo un nudo en la garganta, pues sabía que era la primera vez que Heath poseía tierra alguna, y apenas podía imaginar las profundas emociones que él sentía mientras contemplaba a sus yeguas bajar al galope y con gran estruendo por la ladera hacia el valle.

De pronto, Valentina empezó a mondarse de risa.

—¡No puedo creerlo! —Con un semblante jubiloso, se volvió hacia Ram—. ¡Es tierra de los Kennedy! ¡Ésta es la tierra que tú y Angus le estafasteis a mi padre como parte de mi dote! ¡Y ahora se ha cerrado el círculo y ha vuelto a los Kennedy! Así era antes: la tierra de los Douglas en el otro lado del Dee, y la de los Kennedy en éste.

—¿Dónde terminan tus cien acres? —preguntó Raven a Heath.

—No terminan —respondió Tina—. La tierra de los Kennedy se extiende desde aquí hasta el océano Atlántico, y sube desde Port Patrick hasta Ayr. ¡Poseemos la mitad de Kirkcudbright, la mitad de Wigtown y la mitad de Galloway!

Raven miraba el paisaje maravillada. Para ella era difícil comprender que una familia pudiera poseer tanta tierra como abarcara la vista, y aún más allá, hasta el mar. De pronto sintió un gran enojo. Si el padre de Heath poseía toda aquella tierra, ¿por qué, en nombre de Dios, nunca había sido capaz de ceder unos acres a su primogénito?

Heath vio que los ojos de Raven se humedecían y le leyó el pensamiento.

—Fui demasiado orgulloso para preguntar, Raven —dijo con voz suave—. Sé feliz por mí, amor mío.

Raven se secó las lágrimas con decisión y le dedicó una sonrisa radiante. «¡Te echo una carrera!» Bajó hacia el valle galopando con estrépito y él la siguió, lanzando gritos de alegría. Tras alcanzarla, desmontó en un santiamén y la alzó en sus brazos. Raven ya había perdido el elegante sombrero, y para cuando Heath dejó de hacerla girar en el aire estaban ya los dos tumbados en el suelo, el traje melocotón pálido se había echado a perder.

Eligieron el mejor sitio para construir el establo que

albergaría a las yeguas en los largos meses de invierno, y buscaron un lugar donde levantar su modesta cabaña. La piedra y la madera eran abundantes, y Ram prometió mano de obra de Douglas, pero Heath y Raven no se hacían ilusiones; sabían que deberían empezar desde abajo hasta que la manada se multiplicara y se volviera a multiplicar.

De regreso al castillo de Douglas, los hombres llevaron a sus respectivas esposas cada uno en su caballo. Las monturas sin jinete seguían detrás. Con Raven acurrucada en sus brazos, Heath nunca había sido tan feliz. Aparte de su amor y su protección no tenía mucho más que ofrecerle, aunque si Raven se casaba con él dos veces, estaba dejando bien claro que con ello bastaba. Un hombre no podía pedir más. «Disfruta los próximos días y deja que mimen a la futura novia. Regresaré con tiempo de sobra para la boda con todos los Kennedy a cuestas.» La besó con ternura. «Te quiero y te adoro; no lo olvides nunca.»

Cuando Heath llegó al castillo almenado de los Kennedy, apenas pudo creer la bienvenida que le dispensaron. Meggie se arrojó a sus brazos y lo besó con las mejillas anegadas en lágrimas de amor y gratitud.

—Donal se niega a contarme lo mucho que sufristeis sufrió mientras estuvisteis encarcelado en Carlisle; tuvo que ser atroz.

—No llevaba allí ni cinco minutos cuando Raven Carleton, la mujer que amo, me ayudó a huir. Valentina está organizando nuestra boda para el domingo en la capilla de Douglas, después del bautizo de los mellizos. Espero que tú y Raven os hagáis amigas, Meggie.

—¿Te casas con Raven? —gritó Beth con júbilo—.

Nuestro padre está negociando unos esponsales para mí y su hermano Heron. ¡Oh, Heath, por favor, utiliza tu influencia con los Carleton y convéncelos de que me acepten como nuera!

—Cariño, yo no tengo influencia sobre los Carleton. Estoy seguro de que me odian por haberles robado la hija. —Cuando Beth rió como si estuviera bromeando, Heath lamentó no haberse explicado bien.

Rob Kennedy entró en el salón con su esposa Elizabeth. Padre e hijo intercambiaron una mirada rápida que valía por mil palabras. Heath vio en el rostro de su padre alivio, orgullo y afecto, y se alegró de que tuviera mucho mejor aspecto que la vez anterior.

Lady Kennedy se acercó y apoyó la mano en el brazo de Heath.

—¿Quieres venir conmigo un momento?

Era la primera vez que la esposa de su padre lo tocaba; una de las pocas veces en que ella siquiera había reconocido su existencia. Heath no quería su agradecimiento, pero tenía demasiado amor propio para ser grosero con ella. De modo que, con la mano de Elizabeth en su brazo, ambos se alejaron hacia el otro extremo del amplio salón.

—Estaba celosa de tu madre, y por eso te he tratado con antipatía, rencor, animadversión e incluso odio. Me molestaba tu mera existencia. Sin embargo, me has correspondido con la vida de mi hijo.

Heath rechazó su gratitud dejando claro que no lo había hecho por ella.

—Lady Kennedy, Donal fue hecho prisionero por la enemistad entre los Dacre y yo. Lograr su libertad era responsabilidad mía... y no me costó demasiado.

—Heath Kennedy, si te hubiera costado la vida, el precio lo habrías pagado tú. He de hacerte una confesión. —Se inclinó hacia él—. Si fueras mi hijo, te daría todo lo que tengo.

Heath se quedó pasmado de que Elizabeth le abriese su corazón; siempre había creído que lo tenía duro como una piedra. Las palabras de ella habían sido elogiosas, de modo que su orgullo lo empujó a devolver el cumplido.

—Mi padre presenta mejor aspecto. Sé que tenéis mucho que ver en ello, por lo que os doy las gracias.

Ella lo miró con timidez maliciosa.

—Sí, claro, ¡gracias... por haberte quitado el muerto de encima!

—¡Vaya, lady Kennedy, muy aguda!

—¿De dónde crees que viene Tina? Llámame Elizabeth.

Heath soltó una risotada, pues era imposible imaginar a una madre y una hija tan distintas.

—Gracias a Dios que puedes reír de nuevo. —Donal había recorrido el salón para saludarlo—. Gracias a Dios que mi... que nuestra familia puede reír de nuevo. —Elizabeth Kennedy los dejó solos—. Las palabras no bastan; lo que cuentan son los hechos, como tú me demostraste. De ahora en adelante intentaré ser un verdadero hermano para ti.

Heath se sintió embotado y torpe y quiso rechazar el agradecimiento de Donal.

—No estuve encadenado a la pared, pero he tenido pesadillas en que tú sí aparecías así. —Donal parecía acongojado.

—No —negó Heath con rapidez—, no... tal vez perdieron la llave.

—Menos mal —murmuró Donal—. Nuestro padre quiere hablar contigo.

Rob Kennedy lo estaba esperando; no había escapatoria. Heath respiró hondo y cruzó el salón a grandes zancadas.

—Entremos aquí, así no nos molestarán. Tengo que decirte algo. —Rob se dirigió hacia una pequeña estancia contigua al salón. Heath miró a su padre a los ojos.

—¡Por Dios, no me des las gracias! Acabo de tener una revelación. No lo hice por ninguno de vosotros... ¡lo hice por mí mismo! ¡Lo hice por puro y simple orgullo, para demostrar que soy mejor y más arrojado y que tengo más agallas que ningún otro Kennedy! ¡Lo hice para poder arrojarte las gracias a la cara así como tu oferta de que sea heredero tuyo!

—¿Has terminado, muchacho? —preguntó Rob con tono guasón.

Heath asintió.

—Bien. Es asombroso que no te hayas atragantado con tu extraordinaria rectitud. —Rob meneó la cabeza—. Por Cristo bendito, ¡cada día te pareces más a mí! El orgullo desmedido no sólo es un pecado mortal, sino también algo condenadamente insoportable. ¡Yo tuve que tragarme el mío, y tú harás lo mismo!

—¿Qué quieres decir? —Heath recelaba.

—Mañana vendrá mi abogado para cambiar mi testamento. Estamos todos de acuerdo... bueno, todos menos Duncan, así que no hay nada que objetar. También estoy esperando a otros Kennedy de las demás ramas de la familia, que están invitados al bautizo de mis nietos mellizos. Vendrá el nuevo conde de Cassillis, jefe del clan; también Callum Kennedy, de Newark; Keith Kennedy, de Dunure; y Andrew Kennedy, señor de Carrick. Ya es hora de que sepan quién es el heredero legítimo del señorío de Galloway, ¡y no me avergüences arrojándome nada a la cara!

Heath se negó a hablar y cambió de tema.

—Tina ha organizado mi boda con Raven Carleton para después del bautizo. —Estuvo a punto de añadir que ya estaban casados, pero su padre se adelantó.

—¡Bueno, bendita sea la Providencia! Yo he iniciado negociaciones con sir Lancelot Carleton para prometer a su hijo con la pequeña Beth, y los he invitado aquí para concluir el asunto.

—¿Van a venir? —A Heath le recorrió una oleada de miedo.

—Envié a Duncan en su busca a bordo del *Doon*. ¡Piensa en lo honrados que se sentirán al saber que su hija se casa con mi primogénito!

El miedo de Heath se transformó en pavor.

—Es mejor que aún no estéis casados; esto me da la posibilidad de negociar una dote importante para su hija.

Una vez más, el orgullo de Heath creció sin medida.

—¡No harás esto, maldita sea! No tomaría de ellos ni un penique. Además, Lance Carleton sólo vive razonablemente bien; no es asquerosamente rico como tú.

—¡No te hagas un lío con la falda! Ah, sí, hablando de faldas, nos estamos probando unos tartanes nuevos de los Kennedy para lucirlos cuando vayamos a Douglas. ¡Ese jactancioso canalla no nos superará!

Al día siguiente empezó a llegar el clan Kennedy. Miembros de todas las ramas de la familia acudían a rendir homenaje a los nietos mellizos del señor de Galloway, mostrándose además ansiosos por conocer a Heath Kennedy, de quien se rumoreaba que no era bastardo ni mucho menos, sino el heredero legítimo.

Heath trabó enseguida amistad con John Kennedy, el nuevo conde de Cassillis, cuyo padre había muerto en Flodden. El viejo conde había criado los mejores caballos de Escocia, y Heath había montado en alguna ocasión un par de sus animales, en especial la bereber de Tina, *Índigo*.

—Los caballos eran la pasión de mi padre —le dijo John a Heath—. Por desgracia no tengo tiempo de dedicarme a la cría a largo plazo. Mi nueva esposa, Alexandra Gordon, trajo con ella veinte mil cabezas de ganado de cuerno largo, y no dispongo de sitio para todos.

Heath se preguntó cómo demonios alguien podía preferir las reses a los caballos. Nunca se había dejado llevar por la envidia, pero en ese momento admitía que codiciaba los caballos de Cassillis.

Llegó también el abogado de Rob Kennedy, y los dos hombres se encerraron para discutir diversos aspectos legales y preparar nuevos documentos. Cuando salieron del aposento privado, Rob convocó a todos los Kennedy en el gran salón y les sirvió whisky.

—Pasado mañana iremos a Douglas para asistir al bautizo de mis nietos mellizos.

Los hombres brindaron, y Rob llamó a los criados para que volvieran a llenar los vasos.

—Después del bautizo habrá una boda. Mi hijo Heath Kennedy se casa con Raven Carleton. —Rob indicó a Heath que se acercara a él y al abogado.

Con cierta reticencia, Heath recorrió la estancia temeroso de que su padre fuera a proponer un brindis por el nuevo heredero y estaba indeciso en cuanto a su propia reacción. Sin embargo, las palabras de su padre lo pillaron de sorpresa.

—Aquí está Heath, mi hijo primogénito y legítimo heredero. Mi salud es sólo regular y tengo los días contados. Tras pensarlo y meditarlo mucho, he decidido cederle hoy mismo el señorío de Galloway.

Se hizo el silencio en el estupefacto salón. Heath, que durante mucho tiempo se había considerado un ser impasible, vio que estaba equivocado. Poco a poco creció dentro de él un ardiente orgullo que neutralizó la conmoción inicial. Miró severamente al padre que lo había rechazado toda su vida, desde que era niño, y que de pronto quería aceptarlo. Instintivamente pensó que ahora le tocaba a él materializar su rechazo y su anhelada venganza.

«No dejes que el exceso de orgullo te domine.» Heath oía la voz de su madre, Lily Rose, con tanta nitidez como si estuviera presente. «No permitas que tu inflexible orgullo te haga perder tus derechos de primogénito.» Heath se mesó el pelo en un gesto y razonó: «¡Aceptar lo que me ofrece significa que lo perdono!» Y entonces oyó el suspiro de Lily Rose. «Heath, querido hijo, ¿no eres lo bastante hombre para perdonarlo?»

Heath observó el ajado rostro de su padre, y entonces comprendió que el orgullo no era señal de fuerza sino de debilidad. Inclinó su altiva cabeza.

—Me honráis, mi señor.

Mientras firmaba los documentos, los presentes emitieron un fuerte grito de entusiasmo y alzaron las voces y los vasos de whisky en un brindis jubiloso: «¡Por Heath Kennedy, señor de Galloway!» Apareció un gaitero y los Kennedy levantaron a Heath en hombros y lo llevaron por todo el salón. Cuando éste miró hacia abajo, lo primero que vio fue la radiante cara de Donal.

Durante las dos horas siguientes, su padre y el abogado estuvieron mostrándole mapas y escrituras para que viera la extensión de sus posesiones.

—Tengo que hacer esto mientras esté todavía vivo para orientarte en tus responsabilidades como señor de Galloway. No te arrepientas de nada; tú eres el hombre adecuado.

—No me arrepiento de nada, padre.

Esa noche, Heath Kennedy no pudo dormir; de hecho, ni siquiera deseó hacerlo: no hacía más que pensar en los sucesos del día, que habían cambiado el rumbo de su vida, y en lo que suponía ser señor de Galloway. Ahora todas las posesiones de los Kennedy estaban a su nombre: vastas extensiones de tierra, media docena de castillos y torres fortificadas, una flota de barcos mercantes e innumerables cabezas de ganado. La riqueza era inmensa, y también las responsabilidades. En el territorio de los Kennedy había al menos una veintena de ciudades y pueblos, y sus decisiones afectarían a miles de personas. Y a ello se sumaban los arrendatarios que trabajaban la tierra y las tripulaciones de los barcos. Heath sabía que debería mostrarse tajante y resuelto, si bien hizo votos para conseguir ser flexible y, por encima de todo, honrado.

Lo primero que haría por la mañana sería hablar con el abogado y firmar una serie de documentos en beneficio de sus hermanos. Quería que Donal recibiera todas las rentas derivadas de las ovejas y la exportación de la lana. Heath, consciente del resentimiento de Duncan, decidió que éste obtendría los ingresos procedentes del negocio de los barcos mercantes, que también pondría a su nombre.

Pasó el resto de la noche pensando en su bella esposa Raven, y en el inaudito regalo de boda que estaba a punto de hacerle. El título sólo era importante para él porque Raven sería a partir de ahora lady Kennedy.

32

En la capilla del castillo de Douglas no cabían todos los Kennedy y Douglas que habían acudido al bautizo y la boda. Ramsay y Valentina, cada uno con un mellizo, estaban junto a la pila bautismal de piedra con el sacerdote, flanqueado por Ada, como madrina, y Rob Kennedy, con la doble función de padrino y abuelo.

Cuando el cura salmodió las oraciones bautismales en latín, el hijo pelirrojo de Ram y Tina empezó a balbucear y chillar de contento al oír las extrañas palabras, y su hermana se sumó a la diversión. Rob Kennedy se aclaró la garganta ruidosamente en una indisimulada indirecta para que el sacerdote prosiguiera. Comoquiera que éste no entendió la señal a la primera, Rob se le acercó y apoyó todo el peso de su enorme mole en el pie del ministro de Dios.

—¡*Christus!* —soltó éste en latín, pero entendió que acelerar la ceremonia sería la manera más rápida de que el impío Kennedy abandonara su iglesia. El sacerdote tomó la niña en sus brazos y se dirigió a Ada.

—Ponedle nombre a esta niña.

Se oyó la clara voz de Ada:

—¡Tara Jasmine Douglas!

Cuando una exclamación de asombro resonó en la capilla ante el estrafalario nombre, Valentina y Ada intercambiaron una sonrisa cómplice.

El cura miró airado a Ada y a continuación entonó:

—Tara Jasmine Douglas, yo te bautizo en nombre del Padre, el Hijo y el Espíritu Santo. —Hizo la señal de la cruz con agua bendita en la cabeza de la niña y se la devolvió a la madre. Después tomó en brazos al chico y se volvió hacia Rob—. Ponedle nombre a este niño.

La áspera voz de Rob sonó fuerte, desafiante y rebosante de orgullo:

—¡Ramsay Robert Douglas!

En esta ocasión quien se quedó boquiabierta fue Valentina, pues había asegurado a todos que el nombre sería Neal Ryan. Cuando el cura bautizó al niño, Tina advirtió que su esposo y su padre intercambiaban un guiño de complicidad. Cuando Ramsay Robert Douglas asió el rosario del sacerdote y lo arrojó a la pila bautismal, éste murmuró:

—Cabroncete.

—¡Lo mismo que pensaba yo! —exclamó Tina, recuperado su buen humor.

Cuando acabó la ceremonia, Valentina sacó a los mellizos de la capilla y los entregó a sus cariñosas niñeras; a continuación se volvió hacia Raven, que estaba fuera esperando nerviosa la señal de que iba a comenzar la ceremonia. El traje de boda de encaje crudo tenía una cola muy original y unas primorosas mangas holgadas. Las flores eran lirios y rosas, que había elegido en honor de la madre de Heath.

Tina le dio un beso en la mejilla. Estaba secretamente al tanto de las sorpresas que aguardaban a Raven y agradecía a todos los santos del cielo que el hermano al que quería tanto hubiera encontrado su alma gemela.

—A partir de hoy todo será diferente —predijo.

Raven le obsequió con una sonrisa radiante.

—Es verdad, puesto que serás mi hermana.

—¡Ahí está el gaitero! —Valentina recogió la cola del vestido de Raven, y las dos se deslizaron por la nave de la capilla en dirección al altar.

Raven sólo tenía ojos para Heath. Con su tartán de los Kennedy y su ceñido jubón negro, estaba tan guapo que el corazón le dio un vuelco. Cuando llegó a su lado, él le tomó las manos temblorosas y vio los lirios y las rosas. Se llevó los dedos de Raven a los labios y murmuró: «Te quiero, Raven.»

Ella no pudo seguir las oraciones en latín y se alegró de haber entendido las palabras la primera vez que se habían casado. No era consciente de que un rayo de sol atravesaba el coloreado vidrio de la ventana del mirador y formaba un intenso halo de luz en torno a su cabeza; pero la multitud de la capilla sí lo veía.

El sacerdote cambió al inglés para preguntar a Heath si la amaría, la consolaría, la honraría y renunciaría a todo lo demás, y cuando éste dijo «Sí», su profunda voz hizo que a Raven un escalofrío la recorriera de arriba abajo. Cuando el cura le preguntó a ella lo mismo, añadiendo las palabras *obedecer* y *servir*, el «Sí» de Raven sonó como una campana de cristal.

Entonces el oficiante inquirió: «¿Quién entrega esta mujer a este hombre para ser desposada?», ante lo cual Lance Carleton dio un paso al frente. «Yo.» Tomó la mano de su hija y la colocó en la de Heath.

Raven estaba asombrada; le fallaban las rodillas y se tambaleó sensiblemente. Heath la rodeó con el brazo para que conservara el equilibrio. Por la dulce sonrisa que él le dirigió entendió que la presencia de su padre no era ninguna sorpresa para su esposo.

El cura habló de nuevo. «Repetid conmigo: Yo, Heath Kennedy, señor de Galloway...»

Ante el supuesto error, Raven contuvo el aliento, pero cuando su esposo repitió «Yo, Heath Kennedy, señor de Galloway», le pareció que nada fuera real y que ella o los que había a su alrededor habían perdido el juicio. Todo se volvió borroso hasta que se sorprendió agarrada con fuerza a la mano de Heath mientras salían presurosos de la capilla para regresar al castillo de Douglas. Raven no recordaba haber dado la palabra de matrimonio ni haber recibido el anillo de boda, aunque sí al sacerdote cuando dijo: «Damas y caballeros, tengo el gran honor de presentaros al señor y la señora Kennedy».

En el gran salón los rodearon miembros de los clanes Douglas y Kennedy, por lo que no hubo tiempo para explicaciones. Cuando la novia alzó la boca para recibir el beso de su esposo, sabía que debería aguardar hasta medianoche para enterarse de la asombrosa historia. Veía claramente que Heath estaba más feliz que nunca, y eso era lo único que le importaba.

Kate Carleton abrazó a su hija y susurró: «Eres una chica lista, Raven. Estoy segura de que mi madre te habrá iniciado en la hechicería. Prométeme que utilizarás todo tu poder para que Beth Kennedy y Heron acaben prometidos».

El padre de Raven, sir Lancelot, solicitó el primer baile, y Rob Kennedy el segundo. Después, tantos hombres le pidieron ser su pareja que se sintió mareada. Los hombres de Douglas eran oscuros, los Kennedy pelirrojos, y aún había otros que Raven no sabía distinguir entre sí. La música, la fiesta y la bebida siguieron hasta pasada la medianoche, pero mucho antes Heath desapareció con su novia escaleras arriba, en el aposento principal de la torre maestra que Tina había preparado para los recién casados.

Cuando se cerró la puerta de la suntuosa habitación con paredes de granito rosa, Heath y Raven ardían de deseo. Tan pronto comenzaron a abrazarse y besarse, las explicaciones quedaron aplazadas. Heath la desnudó con manos reverentes, y a continuación procedió a ungir cada centímetro de su piel de seda con devotos besos.

Raven yacía desnuda sobre la lujosa piel de lince. Heath le hacía el amor dulce y pausadamente, con una delicadeza desgarradora. La honró y amó con su cuerpo como había asegurado en las promesas de matrimonio, y sus manos y sus labios la hicieron sentirse absolutamente hermosa. Cuando Raven experimentó su éxtasis final, Heath la envolvió en un tierno abrazo en el que compartir las últimas pulsaciones. Estaba atónita por la enormidad del amor que sentía por él. Mientras su alma y su corazón se llenaban de contento, tuvo una sensación de perfección y exactitud.

Yacían inmóviles, entremezclados sus latidos respectivos, cuando Heath le abrió su corazón.

—Me has atado por toda la eternidad. Raven, te juro amor ahora y para siempre jamás. Nunca me había sentido así. Te quiero más que a mi propia vida. —Subió las almohadas y la acunó en sus largas piernas. Le acarició los suaves pechos y pasó a contarle todas las novedades que iban a cambiar su vida.

—Hacía algún tiempo que sabía que era el heredero legítimo de mi padre, pero cuando me cedió el señorío de Galloway me dio una auténtica sorpresa.

—¿Desde hacía algún tiempo? ¿Ya lo sabías cuando me propusiste matrimonio?

Heath sonrió bonachón.

—Sí, pero trata de entenderlo; entonces creía que podía llegar a rechazar su generosa oferta.

Raven le acarició el muslo. «Lo entiendo, Heath. Era tu orgullo, que te impedía hacerme la proposición y te empujaba a rechazar la oferta de tu padre.»

—¿Qué te hizo cambiar de opinión?

—Pensé en mi madre... y en ti. Ella era la esposa legítima de mi padre, y el señorío me corresponde por derecho. Pero por encima de todo quería concederte el título de señora. Sin ti no significa nada, Raven. —La estrechó entre sus brazos mientras seguía explicándole sus planes.

—Voy a comprar las manadas de caballos de pura raza del conde de Cassillis. Quiero que recorramos cada palmo de la tierra de los Kennedy, que visitemos todas las ciudades y pueblos y conozcamos a la gente que vive en ellos. Más allá del río Cree tenemos un castillo, en la orilla del lago Ryan. Si te gusta tanto como imagino, me encantaría que viviéramos allí. Entre el castillo y el río Cree hay una vasta extensión de tierra llamada los Moors, que debería ser ideal para la cría de caballos. El lago Ryan se abre al mar, lo que será una gran ventaja cuando tengamos suficientes caballos para exportar.

Contagiada por su entusiasmo, Raven dijo:

—Parece que será también un lugar magnífico para criar aves de caza.

Heath no pudo resistirse a tomarle el pelo.

—¡No creo que ésta sea una ocupación adecuada para una señora!

Raven saltó de la cama y se quedó de pie, desnuda, con las manos en las caderas, altanera.

—¡Maldito seas, Heath Kennedy! ¡Yo no soy una señora corriente!

—¿Porque domesticas rapaces?

—No; porque tengo un amante gitano... aunque, si lo piensas bien viene a ser lo mismo.

Él arqueó una ceja oscura.

—No pongo reparos a que me llames «rapaz», ¡pero ni por todos los demonios pienses que se me puede domesticar! —Se lanzó tras ella, pero Raven corrió por el camino de ronda, y él tardó uno o dos minutos en atraparla.

Mientras Heath la rodeaba con sus robustos brazos, a ella le dio un ataque de risa.

—Si me vieran aquí desnuda, en las murallas del castillo de Douglas, nadie diría que soy una señora. ¿Sabes lo que siempre he deseado hacer? ¡Cabalgar desnuda a la luz de la luna!

Heath hizo una cortés inclinación.

—Estoy aquí para satisfacer todas sus fantasías, lady Kennedy.

Regresó al aposento por su capa, cubrió con ella a Raven, y después la condujo escaleras abajo. Los establos estaban desiertos, pues esa noche todos los mozos estaban de fiesta. Sacó a *Blackadder* sin ensillarlo, lo montó, y a continuación subió a Raven, que se colocó entre sus muslos desnudos.

Cuando llegaron a la orilla del río Dee, Heath se deshizo de la capa e hincó los talones en los costados de *Blackadder*. El caballo arrancó impaciente, y Raven entrelazó sus dedos en las crines, sintiéndose totalmente lasciva y salvaje. Cuando por fin Heath detuvo el corcel, susurró con tono perverso:

—Mi fantasía es revolcarme con una señora inglesa bajo un seto.

Raven agarró la capa, se deslizó del caballo y echó a correr. De pronto miró hacia atrás.

—¿Qué diablos estáis esperando, lord Kennedy?